THE PUTIN INTERVIEWS
Stone / Putin

オリバー・ストーン オン プーチン

オリバー・ストーン

訳｜土方奈美　解説｜鈴木宗男

オリバー・ストーン オン プーチン

目次

指導者と芸術家の真剣勝負　ロバート・シアー（ジャーナリスト）……7
日本語版のための手引き……13
1
五度の暗殺未遂にもかかわらず悪夢は見ない……19
一度目の訪問初日　二〇一五年七月二日
「就寝は午前零時、起床は七時頃だ。いつも六〜七時間は眠っていた」
2
万能感に浸る国家は必ず間違う……55
一度目の訪問二日目　二〇一五年七月三日
「NATOには二種類の意見しかない。アメリカの意見と、間違った意見だ」
3
ロシアがスノーデンを引き渡さない理由を話そう……91
一度目の訪問二日目　二〇一五年七月三日
「スノーデンは祖国を裏切ったわけではない。公表という形でしか情報は出さなかった」
4
アメリカはロシアという外敵を必要としている……109
一度目の訪問三日目　二〇一五年七月四日
「イスラエルのパレスチナ封鎖を批判する人は多い。が、ウクライナ政府はドンバス地方に同じことをしている」

5
平和を支持するのは楽な立場だ……137
一度目の訪問三日目　二〇一五年七月四日
「あなたは平和を支持するという。それは楽な立場だ。私は親ロシアだ。私のほうが難しい立場にある」

6
同盟国と国民を追い込むシステム……173
二度目の訪問初日　二〇一六年二月一九日
「レーガンと私のあいだには大きな違いがある。破産しかけているのと、実際に破産しているのとでは大違いだ」

7
トルコはIS支配地域の石油の密輸先になっている……205
二度目の訪問二日目　二〇一六年二月二〇日
「一台や二台の話じゃない、何千台ものトラックがあの道を走っていた。まるで動くパイプラインのようだった」

8
クリントン大統領はロシアのNATO加盟を「いいじゃないか」と一度は言った……245
三度目の訪問初日　二〇一六年五月九日
「だがアメリカの代表団は非常に神経質な反応を見せた。なぜか？　外敵が必要だからだ」

9 米国との対立は二〇〇四年から二〇〇七年に始まった ……… 263
三度目の訪問二日目　二〇一六年五月一〇日
「（国民への監視については）アメリカよりはましだよ。アメリカほど高度な設備がないからさ。同じ設備があれば、アメリカと同じぐらいひどいことをしていただろう（笑）」

10 ウクライナで起きたのはアメリカに支援されたクーデターだ ……… 283
三度目の訪問三日目　二〇一六年五月一一日
「ウクライナで大統領選が実施された。ヤヌコビッチ氏が選挙で勝利したが、反体制派は納得せず、大規模な暴動が起きた。この暴動はアメリカが積極的に煽ったものだ」

11 ソ連は何年もかけて人材を評価したが、結局崩壊した ……… 313
三度目の訪問三日目　二〇一六年五月一一日
「誰にでも、権力を禅譲しなければならない時期は訪れる」

12 ロシアはアメリカ大統領選挙に介入したか？ ……… 327
四度目の訪問初日　二〇一七年二月一〇日
「もちろんわれわれはトランプ大統領に好感を持っていたし、今もそうだ」

訳者あとがき ……… 380
解説　北方領土交渉の実体験から本書を読み解く　鈴木宗男（新党大地代表） ……… 385

オリバー・ストーン　オン　プーチン

本書はオリバー・ストーンが二〇一五年七月二日から二〇一七年二月一〇日にかけて四回ロシアを訪問し、合計九日間にわたってウラジーミル・プーチンにインタビューした内容を書き起こしたものである。プーチンの発言はロシア語からの通訳を介したもので、編集の過程で文法的誤りや不明確な発言、矛盾点などを修正した。また二年以上にわたるインタビューには重複する部分があったため、その一部を編集した。いずれの場合も発言の意図や意味が正確に伝わるよう最善を尽くした。

指導者と芸術家の真剣勝負

ロバート・シアー（ジャーナリスト）

三〇年前、私はロサンゼルス・タイムズ紙の特派員として、ソビエト共産党政治局の深部に足を踏み入れたことがある。どことなく陰惨な神秘のベールに包まれたソビエト連邦の中枢だ。ちょうどミハイル・ゴルバチョフが野心的な開放・改革の取り組みを始めたころだ。ソビエト政府の改革を目指した「ペレストロイカ」はやがて（図らずも）地表の六分の一を覆う広大な国土に異なる民族、文化、宗教を押し込め、まったく新しい世界を創るという共産主義の苛烈な実験の幕を引くこととなった。

インタビューの相手は、ゴルバチョフの側近のなかでもリベラル派として知られたプロパガンダ責任者のアレクサンドル・ヤコブレフ、続いて廊下を少し歩いたところにあるエゴール・リガチョフのオフィスを訪ねた。ゴルバチョフ政権のナンバー2で、ペレストロイカの最大の反対勢力として知られた。その四年後のソ連崩壊でロシアの初代大統領となるボリス・エリツィンはまだ無名で、このときは会う機会がなかった。エリツィンはその後、元KGBエージェントのウラジーミル・プーチンを改革派の一員として政権に引き入れた。そして一九九九年一二月三一日に自らの辞任を表明したときに、プーチンを大統領代行に任命する。翌年の選挙でプーチンは共産党が擁立した候補を大差で破り、大統領に選ばれた。

映画監督オリバー・ストーンによるプーチンへの歴史的な、そして大変価値のあるインタビューを収めたのが、本書とアメリカのテレビ局「ショータイム」が放映する四回シリーズのドキュメンタリー番組である。そのなかでプーチンは、ソ連崩壊によって冷戦が終結し、終わりのない対立の脅威も消え去ると思ったと語っている。だがそうはならなかった。

プーチンはイデオロギーとしての共産主義を否定し、ロシア正教の伝統を再評価する一方、熱烈な愛国主義者であり、国際社会はロシアに相応の敬意を払うべきだという強い信念を持つ。これは長い歴史を持つ国境問題や、ソ連崩壊によって突然異国民となってしまったロシア系住民の扱いに対するこだわりに表れている。最たる例がウクライナだ。

ストーンとのインタビューでプーチンは、ゴルバチョフが機能不全に陥っていたソビエト体制に根本的変化が必要だと気づいたことを評価しつつ、そうした変化を阻む国内要因、それ以上に重要なアメリカ側の要因を過小評価していたと批判する。最終的には理性が勝つというゴルバチョフの信念を、プーチンは否定する。冷戦を戦った双方が平和を願いつつ、それぞれ地球上の全生物を絶滅させられるほどの核兵器を蓄えたのがよい例だ、と。

インタビューの中核をなすのは、近年の国際的な緊張がどのような経緯で生まれたのか、という疑問だ。本書はこの危険な時代を理解する重要な手がかりとなる。インタビューが断続的に行われた二〇一五年七月二日から二〇一七年二月一〇日というのは、世界の二大軍事大国の関係が悪化し、四半世紀以上前に冷戦が終結して以降、例のないほど疑念と敵意が高まった時期だった。ストーンが何度も鋭く指摘するように、愛国主義の美名のもとに指導者が権力を握り、やがて腐敗していくという構図はあらゆる国家に見られ、当然ロシアも例外ではない。

二人のやりとりには敬意が感じられ、最後のストーンの言葉にもあるように一連のインタビューはプーチンにとって「ロシア側の見方を伝える機会」となっている。映画監督でありジャーナリストのストーンは、この「ロシア側の見方」を徹底的に追求する。シリアのアサド政権への支援から、二〇一六年のアメリカ大統領選挙への介入疑惑まで、世界におけるロシアの役割をめぐり、話題は多岐にわたる。ベトナム戦争に二度従軍し、それをもとにアカデミー賞受賞作の『プラトーン』、そしてベトナム戦争三部作としてさらに『7月4日に生まれて』と『天と地』を撮ったストーンは、戦争の無益さと嘘を知り尽くしている。二〇一二年には近代史を再評価する試みとして、ショータイムで一〇回シリーズのドキュメンタリー『オリバー・ストーンが語る　もうひとつのアメリカ史』を制作、同名の著書も出版した。その内容は冷戦期に対するアメリカの従来の見方に疑問を呈するものであり、本書の素地をなしている。

このテーマは、ソ連崩壊後の混乱のなかでロシアの権力者となったプーチンにとっても他人事ではない。ソ連はドイツの侵攻という恐るべき脅威を五〇〇〇万人の犠牲を出しつつ撃退したにもかかわらず、無意味なアフガニスタン侵攻によって崩壊の道をたどりはじめた。プーチンの率いるロシア社会は依然として強大な軍事力を維持しているものの、平和的な経済発展ではそれほどの成功を収めていない。

ストーンとプーチンは、軍事的傲慢さが国家の命取りとなるという確信と、かつて帝国主義を追求したそれぞれの母国のイデオロギーへの不信感を共有する。とはいえ二人の立場は対等ではない。ストーンは好奇心旺盛な芸術家として、思考の矛盾点や不審点を積極的に突いていく。一方のプーチンは容易に本心を明かさず、世界第二の軍事大国の最高司令官という自らの立場やその発言の影響力への自覚から、魅力的映像を撮ろうとするストーン側の意図に簡単に乗るわけにはいかないという意思が伝わってくる。ただ多少の警戒心はあるものの互いへの敬意に満ちた対話を通じて、傑出した指導者と芸術家の思考の片鱗に触れることができる。

ストーンは映画制作という手段を通じて、アメリカの外交政策を担う人々の浅はかさを嘲笑することができる。一方、プーチンの立場はもっと複雑だ。指導者として、ソ連共産主義イデオロギーと決別し、新たな国家のアイデンティティを確立するという重大な変化期を乗り切っていかなければならない。そのアイデンティティは、帝政ロシアから縁故資本主義のロシア版ともいえるオリガルヒ体制まで含めた「一〇〇〇年におよぶ」国家の歴史を包含するものでなければならない。

本書のなかでプーチンは、傷ついたロシアのナショナリズムの未来を見通す。それは他国から潜在的脅威と見られることもあるが、かつての共産主義イデオロギーと決して混同してはならない、と。プーチン自身の共産主義イデオロギーに対する嫌悪は明白だ。共産主義イデオロギーと新たなナショナリズムの相克《そうこく》というテーマは、プーチンのモノの考え方と、広い意味では大きく変化した世界におけるロシアの立ち位置を理解する貴重な手がかりとなる。インタビューが始まったのは、右翼のポピュリストが予備選で共和党の正統派リーダーを次々と破り、本選では民主党の候補者に勝利してアメリカ大統領に選ばれるとは誰も考えていなかった時期だ。ドナルド・トランプ大統領の就任式から一カ月もたたないうちに行われた長いインタビューの結びは、示唆に富むと同時に気の滅入るものだ。

この最後のインタビューで、ストーンは知的攻撃性を備えたドキュメンタリー監督ならではの執拗さで、プーチンが立場を明らかにしていない問いへの答えを引き出そうとする。そこには面積で世界最大の国家の指導者を一八年間務めてきたプーチンに寄せられるさまざまな批判も含まれている。権力を手放せなくなったのではないか。自らをロシア史に欠かせない存在と見ているのか。ほぼ反対勢力の存在しない状態はビジョンを歪ませることにならないか。ストーンが初期のインタビューでこの話題を持ち出したときにはプーチンには歓迎するむきもあったが、最後のインタビューではもどかしさを隠さない。自らの考えが西側の人々に受け入れられないというより、そもそも耳を傾けてさえもらえない、と。

四人目のアメリカ大統領と向き合うことになった今、しかも皮肉なことに大統領選での勝利を支援したと言われる人物（プーチンは介入を否定している）を迎えた今、プーチンはアメリカの指導部との関係構築に向けた努力に倦《う》んでいるように見える。アメリカの政権、それ以上に重要な要素である政権を支える官僚機構は、絶対にロシアをパートナーとはみなさない、自らの失敗を糊塗《こと》するための都合のいいスケープゴートとしてしか扱わない、と断言する。プーチンはアメリカをたびたび「パートナー」と表現するが、そこには一抹の皮肉がにじむ。

三回目のインタビューの最後に、プーチンは「殴られたことはあるか」とストーンに尋ねる。ストーンが「もちろん、数えきれないほど」と答えると、プーチンはドキュメンタリーの放映を念頭に「ならば初めての経験にはならないな。この作品によって、まちがいなくそういう目に遭うからね」と語る。真偽が定かではないアメリカ大統領選への介入疑惑をめぐり、ロシアを非難する声が高まるなか、残念だがおそらく正確な見立てだろう。それに対してストーンはこう答える。「それはわかっている。だがそれだけの価値はある。この世界に多少の平和と善意をもたらそうと努力するのは意味のあることだと信じている」

日本語版のための手引き（新聞報道、公式HP、Wikipedia他を参考にしながら作成）

ウラジーミル・プーチン

一九五二年サンクトペテルブルク（当時の市名はレニングラード）生まれ。レニングラード大学法学部四年の時にKGBからリクルートをうけ、就職、同時にソ連共産党員になった。一九八五年から東ドイツに駐在、しかし東西ドイツ統一とともにレニングラードに戻り、九〇年にはKGBに辞表を提出、レニングラード市ソビエト議長だったサプチャークの国際関係担当顧問となる。一九九六年、ロシア大統領府に職を得て、九八年七月にはKGBの後身であるロシア連邦保安庁（FSB）の長官に就任した。当時の大統領だったエリツィンによって九九年に第一副首相に任命され、同年一二月には健康上の理由で引退を宣言したエリツィンによって大統領代行に指名される。二〇〇〇年の大統領選挙を制して、二〇〇四年まで務め、オリガルヒと呼ばれるソ連の市場経済化で生まれた財閥と対決、圧倒的な人気を博して、二〇〇四年には七〇パーセント以上の得票率で大統領に再選。ソ連邦崩壊直後、破産寸前だったロシアを経済成長させ、二〇〇五年にはIMFからの債務を完済した。が、一方で、その政治手法が強権的・独裁的だと指摘され、事実この時期、プーチン政権を批判していた人々が次々不審な死を遂げた。ロシアの大統領選挙に三選が禁止されていたために、メドベージェフを後継に指名、当選したメドベージェフは、プーチンを首相に指名した。二〇一二年まで首相を務めるが、一二年の大統領選挙に出馬、当選し、六年の任期を務めている。

ABM条約（Anti-Ballistic Missile Treaty　弾道弾迎撃ミサイル制限条約）

一九七二年に締結されたアメリカ合衆国とソビエト連邦の軍事制限条約。弾道ミサイルの迎撃ミサイルの開発によって結果的に弾道ミサイルの配備数が増加するというインフレを止めるために米ソ間で結ばれた。しかし、米国はブッシュ大統領時代の二〇〇二年六月に、ロシア以外のミサイルからの防衛を理由に脱退した。

シリア情勢

ロシアは、ソ連時代の一九八〇年にシリアとの間にソビエト・シリア友好協力条約を締結しており、伝統的な友好国である。この同盟関係はソ連崩壊後もロシア連邦が引き継ぎ、ロシアは新鋭の防空兵器や弾道ミサイル等さまざまな武器・兵器を販売するなどシリアにとって最大の武器援助国となっている。また、シリアは、独立国家共同体（ＣＩＳ）諸国以外でロシアの軍事施設がある唯一の国である。

シリア危機に際し、二〇一三年九月九日にプーチン政権は米国によるシリア侵攻を回避すべくロシアのセルゲイ・ラブロフ外相を通してシリアの化学兵器を国際管理下に置き、シリアの化学兵器禁止条約批准を提案した。そして、九月一二日にシリアのアサド大統領はさらに批准の一カ月後に化学兵器情報を提供することにも同意した。

トルコによるロシア軍機撃墜

二〇一五年一一月二四日九時二〇分頃、トルコとシリアの国境付近で、ロシア空軍のＳ

u－24戦闘爆撃機がトルコの領空を侵犯したとして、トルコ軍のF－16戦闘機に撃墜され、シリア北部に墜落した。トルコ軍は国籍不明機二機が領空を侵犯したと認識し、一〇回警告したが領空侵犯を続けたため一機を撃墜したと主張している。Su－24の乗員二人が死亡したとみられる。乗員二人は緊急脱出装置で脱出したが、シリア反体制派武装勢力は同日夕方、「乗員二人を射殺した」と発表した。ロシアも「乗員一人が脱出後に地上から銃撃を受けて死亡した」と発表している（もう一人は消息不明）。Su－24は撃墜される前、シリアのトルコ系少数民族トルクメン人の居住地域を爆撃していたという。また、乗員の捜索にあたっていたロシア軍のヘリコプターがシリア反体制派によるとみられる攻撃を受けて損傷し、政府軍支配地域に不時着し、乗員一人が死亡したという。

クリミア危機

クリミア半島の帰属を巡ってロシアとウクライナの間に生じた政治危機である。この政治危機は、ヴィクトル・ヤヌコビッチ政権を崩壊させた二〇一四年ウクライナ騒乱の後に生じたもので、クリミア共和国とセヴァストポリ特別市の一方的な独立宣言（クリミア共和国の成立）、それらのロシアへの編入が宣言された。

ウクライナ騒乱

二〇一四年二月一八日、ウクライナの首都キエフで生じた、EU派市民によるヴィクトル・ヤヌコビッチ大統領への抗議デモ。このデモの結果、二二日にヤヌコビッチがキエフを離れたすきに反体制派が大統領公邸を占拠。翌日、最高会議の与野党全会派の信任により、野党第一党の副会派長であったオレクサンドル・トゥルチノフが大統領代行に就任した。

ドンバス

東ウクライナにある石炭の産地でロシアと国境を接している。二〇一四年に親欧米派によってウクライナの親ロシア派大統領ヤヌコビッチが追放されると（ウクライナ騒乱）、ドンバスで親露派による反乱がおきて支配されるにいたった。その結果、親欧米派のウクライナ新政府との戦争に発展した。

チェチェン紛争

一九九一年一一月にチェチェン人たちが、ソ連邦からの独立を宣言して以来の紛争。エリツィン政権時代、ロシア軍が首都グロズヌイを制圧。停戦が図られるも、九九年にチェチェン独立派が隣国のダゲスタン共和国へ侵攻したことで、再燃。大統領になったプーチンは、ロシア軍を派遣し、二〇〇〇年にグロズヌイを制圧。ロシアへの残留を希望する親露政権をつくった。しかし、以降も独立運動がつづき、内戦状態となった。ゲリラ化した独立派勢力は，アルカイーダ等の国外のイスラム過激派勢力と結びついてテロを行っているとされ、紛争は泥沼化している。

エドワード・スノーデン

アメリカ国家安全保障局（ＮＳＡ）および中央情報局（ＣＩＡ）の元局員である。ＮＳＡで請負仕事をしていたアメリカ合衆国のコンサルタント会社「ブーズ・アレン・ハミルトン」のシステム分析官として、アメリカ合衆国連邦政府による情報収集活動に関わった。

二〇一三年六月に、香港で複数の新聞（ガーディアン、ワシントン・ポストおよびサウスチャイナ・モーニング・ポスト）の取材やインタビューを受け、これらのメディアを通じてNSAによる個人情報収集の手口（PRISM）を告発したことで知られる。

二〇一三年六月、米司法当局より香港政府へ逮捕要請が出され、エクアドルなど第三国への亡命を検討しているとされていたが、同年八月一日にロシア移民局から期限付きの滞在許可証が発給されロシアに滞在中である。

1

五度の暗殺未遂にもかかわらず悪夢は見ない

一度目の訪問初日　二〇一五年七月二日

「就寝は午前零時、起床は七時頃だ。いつも六～七時間は眠っていた」

特殊部隊隊員だった父

――西側の人間の多くは、ほぼニュースを通じてしかあなたを知らない。まずはあなたの来歴、これまでの歩みについてお話しいただきたい。生まれは第二次世界大戦後の一九五二年一〇月で、母上は工場労働者、父上は戦争に行かれたと聞いている。ただ戦後、父上がどうされていたかはよくわからない。そして育ったのは庶民の暮らす共同住宅だったと聞いている。

「母が働いていたのは工場ではない。労働者だったが、いろいろな仕事をしていた。私は一人息子だった。両親は私が生まれる前に子供を二人失っている。一人は第二次大戦中のレニングラード包囲戦[1]のさなかに亡くなった。両親は私を養護施設に渡したくなかった。母が看守として働いていたのはそのためだ」

――養護施設に行かせたくなかったから？

「そうだ。そして父は労働者だった。工場で働いていた」

――具体的に何を？

「技術者だった。父は大学を出ていた。職業教育を受け、工場で働いていた」

――それは正規の、それとも非正規の仕事だったのか。安定した職に就いていたのか。

「もちろん、そうだ。安定した職に就いていたと言っていいだろう。しかも本当に長いあいだよく働いた。退職後も七〇歳くらいまでは働いていた」

――傷痍軍人だったのでは？

「そうだ。戦争が始まったとき、父は特殊部隊にいた。さまざまな作戦を遂行するため前線に送り込まれる、小規模な諜報部隊があった。そこに配属された二〇人のうち、生き残ったのはわずか四人だ。

　父から当時の話は聞いていて、その後大統領になってから保管資料を入手し、実際に何があったか確認できた。非常に興味深かった、掛け値なしに。それから父はレニングラード前線のなかでもとりわけ危険な地域の部隊に配属された。ネフスキー・ピャタチョークという橋頭堡だ。ネバ川をめぐる交戦があり、ソビエト軍は苦労して幅四キロメートル、奥行き二キロメートルの小さな砦を造ったんだ」

――その後、お兄さんはたしかあなたが生まれた数日後、それとも数カ月後に亡くなったとか。

「いや、兄がなくなったのはレニングラード包囲戦のさなかだ。まだ三つになっていなかった。当時は子供の命を守るため、子供を親元から離して養育し、保護していた。だが兄は病気になって死んでしまった。両親には埋葬場所さえ知らされなかった。興味深いことに、ごく最近、関心を持った人たちが資料を探し当てた。苗字と父親の名前、それと親の住所をもとに調べたところ、兄の死と埋葬場所に関する文書が見つかり、送られた養護施設もわかった。去年、私は初めて兄の埋葬場所を尋ねた。サンクトペテルブルクの墓地だ」

――第二次世界大戦で被害を受けた方々の例を考えても、ご両親はこうした悲劇にもかかわらず絶望してはいなかった。三人目の息子に新たな希望を見いだしたのだろう。

「たしかに絶望してはいなかった。ただ戦争が終わったのは一九四五年で、私が生まれたのはようやく五二年になってからだ。しかもこれはソ連を信じた庶民にとって非常に困難な時期だった。それでももう一人子供をもうけることにしたんだ」

――そして……ちょっと聞きづらいが、幼少期は少し問題行動があったとか。一二歳で柔道を始めるまではやや問題児であったと。

「たしかにそうだ。両親は躾《しつけ》に努めたのだが、それでも……自由奔放に育って、中庭や道路で遊んでばかりいた。常に周囲に期待されるほど品行方正ではなかったのも事実だ。その後、正式にスポーツに取り組むようになり、柔道も始めて、それが私の生き方を良い方向に変えてくれた」

――父方の祖父が、レーニンとスターリンの料理人であったとも聞いている。

「たしかにそうだ。たまたまだが、世の中狭いものだ。一九一七年のロシア革命まで当時のペトログラード、つまりはレニングラードのレストランで働いていた。シェフ、要はコックだった。どういうわけでレーニンのような立場の人に仕えることになったかはわからない。だがその後はスターリンが住んでいた田舎町でも働き、スターリンに仕えた。とにかく素朴な男だった。コックだからね」

――当時の話を聞いたことは？

「ない。祖父は何も言わなかったが、実は私は子供時代にモスクワ州で過ごしたことがある。

住んでいたのは当時レニングラードと呼ばれていたサンクトペテルブルクだが、夏になると数週間、すでに隠居していた祖父を訪ねたんだ。祖父はかつて働いていた地で公営住宅に住んでいた。そんなとき父が、スターリンのコックだった祖父を訪ねていったときの話をしてくれた。祖父は父に、遠くからスターリンを見せたそうだ。私が知っているのはそれだけだ」

――われわれには共通点があるようだ。私の母はフランス人で、その父、つまり祖父は第一次世界大戦にはフランス兵として従軍した。祖父も塹壕《ざんごう》では料理担当だった。第一次大戦がどれだけ辛い経験だったか、祖父はよく話してくれた。

「私の母も、自分の父から聞いた第一次大戦中の話をしてくれた。同じように第一次大戦に従軍したんだ。人間性という観点から、おもしろい話がある。塹壕戦だったそうだ。復員した祖父が語った話によると、たしか南部戦線でオーストリア兵が自分に狙いを定めていることに気づいた。先に撃ったのは祖父のほうで、オーストリア兵が倒れた。だが祖父は相手がまだ生きていることに気づいた。祖父の説明はこうだ。周囲にはオーストリア兵と自分以外は誰もおらず、オーストリア兵は失血死しようとしていた。このままでは死ぬ。そこで祖父は相手のところまで這って行き、救急道具を取り出して傷口に包帯を巻いたそうだ。きわめて興味深い話だ。親戚にはこう語っていたそうだ。『相手がオレを狙っていなければ、そもそも撃っていなかった』と。どの国の生まれであろうと、われわれはみな同じだ。同じ人間で、兵士といってもふつうの、われわれと同じ労働者なんだ」

――フランスにとっても状況はロシアと同じように悲惨だった。第一次大戦では一七歳から三五歳までの若い男性の二人に一人、五〇%が戦死あるいは負傷した。[2]

「そのとおり」

自ら望んでKGBに入る

——あなたは高校卒業後、すぐに法学部に入った。それがロシアの制度なのか。

「そうだ。私はレニングラードの高校、つまり中等教育を終えて、そのままレニングラード大学に入学し、法律を学び始めた」

——そして一九七五年に卒業した？　たいしたものだ。法学士となり、最初の妻、というか唯一の妻とはそこでめぐりあった。

「それはもっと後。七年後だ」

——そして一九七五年の卒業と同時に、レニングラードでソ連国家保安委員会（ＫＧＢ）に入った。

「ソ連の高等教育機関には就職先の割当制度があってね。つまり高等教育機関を卒業したら、決められたところに行くことになっていたんだ」

——なんと、選択肢はなかったということか。

「詳しく説明しよう。私は卒業後、すぐにＫＧＢに採用された。割当制度の下ではそうする義務があった。ただ同時にそれは私の希望でもあったんだ。そもそも法学部に進んだのも、ＫＧＢで働きたかったからだ。まだ中学生のころに、単身レニングラードのＫＧＢの事務所に訪ねていき、ここに就職するにはどうしたらいいのかと聞いたんだ。すると職員が高等教育が必要で、特に法学が有利だと教えてくれた。だから法学部に進学した」

——なるほど。

「ただもちろん、そのときの私を覚えていた者はいないし、KGBに知り合いがいたわけではなかった。だから割当の時期になって、KGBが私に目を付けて仕事をオファーしてくれたのはかなり意外だった」

――きっとKGBや諜報活動についてのソ連映画を観て、憧れを抱いたのだろう。

「まさにそうだ」

――映画俳優にはチーホノフやゲオルギーがいた。

「本もあれば映画もあった。まさにあなたの言うとおりだ。的確な描写だな」

――一九八五年から九〇年までドレスデンに行ったが、それに先立つ最初の一〇年はほぼレニングラードか？

「そうだ。レニングラード、そしてモスクワの特別な教育機関にもいた」

――そして頭角を現した。非常に優秀だったのだろう。

「まあ、だいたいそんなところだ」

――八五年から九〇年の東ドイツというのは、かなり気の滅入る場所だった。

「いや、気が滅入るというのは少し違う。当時ソ連ではペレストロイカ[3]に関連する動きが出ていた。それについて詳しく説明するつもりはないが。ペレストロイカには問題も多かったが、その本質である改革の精神はたしかに感じられた。それが東独、ドイツ民主共和国に行ってみると、改革の精神など一切なかった」

――私がいわんとしたのは、まさにそういうことだ。

「この社会は一九五〇年代のまま。凍りついているという印象を受けた」

――ゴルバチョフの話が出たが、あなたは本人を知らなかった、つまり面識はあまり……。改革が進んでいる空気はあったが、あなたはモスクワにいなかったのでそれを感じていなかったのかもしれない。不思議な時代だった。モスクワには戻ったのか？　ペレストロイカを経験したことは？

「国に変革が必要であることは、ゴルバチョフにもその側近にも明らかだった。しかし彼らには必要な変革がどのようなものか、それをどのような方法で実現すべきかはまるでわかっていなかったと絶対の自信をもって言い切れるね」

――なるほど。

「だからこそ国に甚大なダメージを与えるようなことをいろいろとやった。良かれと思ってやったことで、変革が必要だという認識は正しかったのだが」

――ただゴルバチョフは私自身何度も会ったことがあるのだが……アメリカにも来て、そこでも会ったことがある。旧体制のなかで頭角を現したという点では、あなたと似ているんじゃないか。非常に貧しい生まれだったと聞いている。農業の専門家だった。文書をよく研究し、たいへん勤勉で、回顧録を読むとソ連経済の抱える多くの問題点に早くから気づいていたようだ。このシステムはうまくいっていない、と。

「人間である以上、誰にだって多少の共通点はあるさ」

――私が言わんとしているのは、ゴルバチョフは労働者であったということだ。物事を具体的に考え、さまざまな疑問を抱いていた。どうやってこの状況を正すべきか、と。

「私は労働者ではなかった。そして旧ソ連の指導者の多くに欠けていたのは、まさにその具体性、現実味だ。ゴルバチョフも例外ではない。自分たちが何をしたいのか、必要なことをどのように達成すべきか、まるでわかっていなかった」

――ただ一九九一年八月にクーデターが起こり[4]、その二日目にあなたはＫＧＢを辞めた。クーデターは共産党によるものだった。

「そうだ、クーデター未遂事件があり、その二日目か三日目かは忘れたが、たしかに私が職を辞したのはそのときだ。ドイツから帰国した後、しばらく大学で働いていたが、まだＫＧＢで対外諜報活動に従事する将校でもあった。その後サンクトペテルブルクの元市長のサプチャークに誘われた[5]。非常におもしろいなりゆきで、私はもとは彼の教え子だったのが、市政に引き込まれたんだ」

――ただその前に、なぜＫＧＢを辞めたんだ？　あなたの望んでいた仕事だったはずだ。

「すべてお話ししよう。サプチャークに誘われたとき、ぜひ一緒に働きたいと思っていることを伝えた。ただできない、と。またやるべきでもない、と。まだＫＧＢの対外諜報サービス担当官だったからね。サプチャークは民主派のリーダーとして名をはせていた、新たな波を体現する政治家だった。だから元ＫＧＢ職員である私が側近として働いていることが明らかになったら、あなたの評判に傷がつくと言ったんだ。当時、この国の政治闘争は熾烈を極めていたからね。だからサプチャークにこう言われたときには心底驚いたよ。『私はそんなことはまったく気にしないね』と。そこでしばらく顧問としてサプチャークに仕えた。その後クーデターが起こり、自分が非常に微妙な立場に置かれていることに気づいた」

――九一年八月のことか。

「そうだ。武力クーデターだ。その時点で、民主的に選ばれたサンクトペテルブルク市長の側近でありながら、ＫＧＢの将校であり続けることはできなくなった。だから辞職した。サプチャークは自らソビエト連邦ＫＧＢ長官に電話をかけ、私を辞めさせてほしいと訴えた。長官は二日ほどで同意し、私の辞職が正式に認められた」

——心の中ではまだ共産主義を信奉していたのかな？　まだ体制を支持していたのか。

「いや、まったくそんなことはない。ただ当初は信奉していたし、考え方としては優れており、心から支持していた。実現させたかった」

——それが変わったのはいつか。

「残念ながら、私は新しい思想に触れたからといって考えを変える人間ではない。新しい状況に直面したとき、初めて考えを変える。体制が効率的ではなく行き詰まっていることは徐々に明らかになった。経済は成長しておらず、政治制度はよどんでいた。体制が固定化し、前に進む能力を失っていた。単一の政治勢力、単一政党による独裁支配が国を蝕んでいた」

——ただそれはまさにゴルバチョフの思想だ。ゴルバチョフに影響を受けたのだろう。

「これはゴルバチョフの思想などではない。フランスの空想的社会主義者が提唱した思想であって[6]、ゴルバチョフとは何のかかわりもない。ゴルバチョフは単に自らの置かれた状況に反応していただけだ。繰り返しになるが、ゴルバチョフの功績は変化の必要性を感じたことだ。そして体制を変えようとした。変えるというより、刷新し、完全につくり直そうとした。ただ問題は、この体制は大本のところで有効ではなかったということだ。しかも国家を維持しながら、どうやって体制を劇的に変えようというのか。ゴルバチョフを含めて、当時その答えを知っている者はいなかった。だからこの国を崩壊に導いた[7]」

エリツィンから首相指名されるまで

――たしかにそれは大きな痛みを伴っただろう。ソ連は崩壊し、エリツィンの下でロシア連邦が成立した。私は九二年初頭にサンクトペテルブルクを訪れてサプチャークと面会している。そのときあなたに会ったかもしれない。当時サプチャークの側近だったのなら、ありえるのではないか。

「いや、記憶にない。ただ一つ言っておきたいのは、サプチャークはどこまでも真摯で、まっとうな人物だったということだ。思想的には民主主義者だったが、ソ連の分裂には断固として反対していた」

――サプチャークはソ連分裂に反対していた。確かに激動の、胸の躍る時期だった。新しい何かが生まれようとしているが、どこに向かっているのか誰にもわからないといった感覚があった。犯罪組織も登場し、人々の様子も変わった。着る物も変わった。一九八三年のアンドロポフ時代にソ連を訪れたときには、とても気が滅入った。だから七、八年後に戻ってきたときには驚愕した。サプチャークにしゃれたレストランに連れていってもらい、大いに楽しんだ。

「だがちょうどそのころ、しゃれたレストランが登場する一方で、ロシアの社会保障制度は完全に崩壊していた。経済のさまざまな機能が完全に停止した。医療制度は荒廃し、軍もきわめて悲惨な状態に陥り、何百万人が窮乏していた。その事実も忘れてはならない」

――たしかに、両面が存在していた。あなたは一九九六年にモスクワに移り、ロシア連邦保安庁（ＦＳＢ）の長官を一三カ月務めた。

「いや、モスクワに移ってすぐにそうなったわけではない。最初はエリツィン政権の下で働くことになっていた。実際、大統領府総務局で法務責任者として働きはじめた。その後、政権の一員となり監督総局長に就任した。連邦政府と地方政府を監督する部局だ。ＦＳＢ長官になったのはその後だ」

――なるほど。その立場からは、国がどれほど混乱した状況にあるかがよくわかったのだろう。悪夢のようなカオスだった。

「まさにそのとおりだ。私に対する批判として、ソ連崩壊を悔やんでいるということがよく言われる。だがソ連崩壊にともなう最も重要な問題は、ソ連崩壊によって二五〇〇万人のロシア人が瞬きするほどのあいだに異国民となってしまったことだ。気がつけば別の国になっていた。これは二〇世紀最大の悲劇の一つだ。かつてはみなが一つの国に住んでいて、親戚がいて、仕事があり、住む場所も平等な権利もあった。それが突如として異国で暮らすことになったり、内戦の予兆が表れ、まもなく本格的な戦争に突入した。FSBの長官として、たしかに私はこうした状況を直接目にする立場にあった」

――一九九九年には首相代行に昇格した。そしてエリツィンが二〇〇〇年に大統領を辞職した。記者会見の様子や映像からも、エリツィン氏がアルコール依存症であったのは明白だ。脳が……話し方、カメラを凝視する方法、動き方から強硬症を患っているのが見てとれた。

「ゴルバチョフについても、エリツィンの人柄についても、私には評価する権利はないと思う。さきほどゴルバチョフは何をすべきか、目的が何であり、それをどのように達成すべきかわかっていなかったと言ったが、この国に自由をもたらすための第一歩を踏み出したのは彼であり、それは歴史的快挙だ。非常に明白な事実であり、同じことがエリツィンについても言える。われわれと同じようにエリツィンにも欠点はあったが、強みもあった。その一つが決して逃げようとしなかったこと、自らの責任を逃れようとしなかったことだ。彼は責任の負い方を知っていた。ただもちろん彼にも弱みはあったし、あなたの言ったことは事実だ。周知の事実であり、現実だった」

――フルシチョフはスターリンの酒に付き合わなければいけなかったという話を知っているので、好奇心から聞くが、あなたもときには夜、エリツィン氏の酒に付き合うことがあったのかな。

「いや、一度もない。あなたが思うほど彼とは親しくなかった。ゴルバチョフに対してもエリツィンに対しても、最も近いアドバイザーであったことはない。エリツィンが私をFSB長官に任命したのは青天の霹靂《へきれき》だった。それが一つ。そしてもう一つ言うと、私は酒を飲みすぎたことはない。そしてエリツィンは私と会うとき、いつもビジネスライクなふるまいをした。仕事中に彼が酔っているのは見たことがない」

――二日酔いぐらいはあったのでは？

「確かめたことはないね。臭いを嗅いでみなかった。これはまったく嘘偽りのない事実だ。エリツィンとは狩猟に行ったこともないし、ともに余暇を過ごしたこともない。会うのは大統領執務室。それがすべてだ。ウォッカの一杯も一緒に飲んだことはないよ」

――それは驚きだ。さて、大勢の首相が就任しては辞めていき、突如としてあなたが首相代行となった。いったいどういうことなのか。

「そうだな、なかなか興味をそそられる話だろう。あなたの言ったとおり、一九九六年にレニングラードからモスクワに出てきた。だいたいモスクワには強力な後ろ盾はいなかったし、知り合いもいなかった。それが一九九六年にやってきて、二〇〇〇年一月一日には大統領代行となった。信じられないような話だ」

――まったくだ。

「とにかくエリツィンとも彼の側近とも特別な関係はなかったと、改めて言っておこう」

――他の首相がクビになって、エリツィンが「今度はコイツだ」と言ったとか。

「さあね。おそらくすでに大統領を辞めることを決めていたので、代わりになる者を探していたのだろう。実際、何人もの首相が任命されては辞めている。彼がなぜ私を選んだのかはわからない。私の前にも非常に有能な首相が何人もいて、直前にその一人が死去していた。だが最初にエリツィンにこの職務を提示されたとき、私は断ったんだ」

――断った？　なぜ？

「エリツィンに執務室の隣部屋に呼ばれ、首相に指名するつもりだ、その後は大統領に立候補してほしいと告げられた。私はこう言った。それは大変な責任であり、そのためには人生を変えなければならない。その心づもりが自分にあるのかわからない、と。するとエリツィンは『また改めて話そう』と言った」

エリツィンは利用されていたが、そのことをわかってなかった

――人生を変えるとは、どういうことだろう？　すでに政府の官僚として長年働いてきたじゃないか。

「それはまた、まったく違う話だ。官僚であれば、たとえ高官であってもほぼふつうの生活が送れる。友人に会いに行ったり、映画に行ったり、芝居を見たり、友人と自由に話したりもできる。国内で起きているありとあらゆることに対して、何百万という国民の運命を個人的に背負うこともない。しかも当時のロシアに対する責任を引き受けるというのは、並大抵のことで

はなかった。

　しかもボリス・エリツィンが私を首相に指名し、議会がその判断を支持したのが一九九九年八月。第二次チェチェン紛争がロシアで勃発したのも同じ八月だ[8]。これはわが国にとって大変な試練だった。しかも率直に言って、当時大統領だったエリツィンが最終的に私をどうしようとしているのか、まるでわからなかった。いずれにせよそんな状況に対し、私は責任を引き受けなければならなかった。しかも自分がどれだけ続けられるかもわからなかった。エリツィン大統領にいつなんどき『おまえはクビだ』と言われてもおかしくない。そのとき私が考えていたことはたった一つ。『どこに子供たちを隠そうか』だ」

——本当に？　どうするつもりだったんだ？

「当然じゃないか。状況は非常に緊迫していた。私がクビになったらどうか。警護もいなくなったら、どうすればいいのか。どうやって家族の安全を守るのか。あのとき私は、それが自分の運命なら、やり抜くしかないと腹をくくった。その時点では大統領になるかはわからなかった。なんの保証もなかった」

——エリツィンとオリガルヒ（新興寡占資本家）との会合に同席したことがあるか、尋ねてもよいだろうか。

「もちろん、ある」

——ということは、エリツィンが彼らとどう接していたかも見た、と。

「もちろんだ。非常にフォーマルで、実務的なやりとりだった。エリツィンは彼らをオリガルヒとしてではなく、何百万という国民の運命を左右する大企業の代表者、大勢の労働者の代表として扱った」

——エリツィンが利用されているとは感じなかったか。

「感じたが、エリツィンにはわかっていなかった。ボリス・エリツィンは他人を寄せつけないところがある。ひと握りのオリガルヒによる経済支配についてエリツィンに非があるとすれば、あまりに他人を信頼しすぎたことだろう。エリツィンはオリガルヒとは一切関係はなく、彼らから個人的に利益を享受したことは一度もない」

——ベレゾフスキー、あるいは彼のような人々と会ったことはあるか。[9]

「もちろん、ある。ベレゾフスキーとはモスクワに来る以前から面識があった」

——どんなかたちで？　親しかったのか。

「いや。親しい関係ではない。ベレゾフスキーに会ったのは、サンクトペテルブルク市で働いていたとき、たしかモスクワからアメリカ連邦議会の上院議員を受け入れてほしいという依頼があったからだ。上院議員がグルジアの首都トビリシからサプチャークに会いに来る、と。私は市の対外関係責任者だったので、会合を設定するよう頼まれた。サプチャークに報告すると了解したので、上院議員と会うことになった。トビリシから飛行機で来た議員に同行していたのがベレゾフスキーだ。これが彼との出会いだ。会合のあいだ、ベレゾフスキー氏は居眠りしていたがね」

——いや、そうは言ってもベレゾフスキーは賢明な男だ。あなたを値踏みしたに違いない。あなたを見て、どう接するべきか、どう扱うべき相手か判断したのだろう。といってもお互い様だと思うが。

「いや、私はサプチャークの側近に過ぎなかったのだから。ベレゾフスキーが何か考えていたとすれば、私ではなくサプチャークとどうやって関係を作ろうかといったことだろう」

六～七時間の睡眠、悪夢を見たことはなし

――では、二〇〇〇年の話に移ろう。暗い時期だ。あなたは大統領となった。得票率は五三％。長くはもたないと見られていた。大統領として治めるべき国は、暗黒時代にあるようだった。チェチェン紛争は続いていた。状況は非常に悪く、オリガルヒが跋扈《ばっこ》していた……というより民営化があらゆるところで進んでいた。あなたはそれを押し戻した。私はそのドキュメンタリーを観たし、闘争の様子をとらえた動画もある。非常に厳しい闘いがあったようだ。あなたの人生で最も暗い時期の一つだったのではないか。

「そうだ。あのころは……まさにおっしゃるとおり。ただ困難な時期は二〇〇〇年ではなく、ずっと前に始まっていた。始まったのは一九九〇年代前半、ソ連崩壊の直後だと思う。そして二〇〇〇年には……一九九八年には非常に重大な経済危機があった。一九九九年には第二次チェチェン紛争が始まり、私は大統領代行となり、国家は非常に困難な状況にあった。まさにあなたの言うとおりだ」

――明け方四時に目が覚めてしまうことはあったのか。まともに眠れたのか。困難な時期の夜はどんなものだったんだろう。

「いや、午前四時に目覚めたことなどないよ。就寝は午前零時、起床は七時頃だ。いつも六～七時間は眠っていた」

――すばらしい自己規律だな。悪夢を見たことは？

「ないね」

――本当に？　その自己規律は軍隊生活、つまりＫＧＢ勤務で身につけたものか。

「スポーツと軍隊経験の両方だろう」

――それだけの自己規制、見上げたものだ。

「結局そうしなければ、まともに働くことはできないからだ。自己規律がなければ、目の前の課題に立ち向かう強さが湧いてこない。戦略的課題などむろん、無理だ。常に健康でなければならない」

――それもそうだが、この時期、子供たちに会うことはできたのか。奥様は？

「もちろん。ただ時間はとても限られていたがね」

――頻繁に？　毎晩夕食は自宅でとったのか、それとも夕食に家族を呼んだのか。毎晩家族には会えたのか。

「帰宅は深夜、家を出るのは早朝だった。もちろん家族には会えたが、ほんの短いあいだだった」

――ご両親が亡くなったのは、この時期か。

「母は一九九八年、父は九九年に亡くなった」

――他にもこれだけの困難を抱えているなかで、さぞつらいことだったろう。

「両親は最後の二年は入院していた。だから毎週金曜日にはモスクワからサンクトペテルブルクに飛行機で会いに行ったよ。毎週欠かさずだ」

――週末を向こうで過ごして、日曜日に戻ってくる、と？

「いや、日帰りだ。両親と会って、そのままモスクワに帰ってきた」

――あなたを誇りに思っていた？

「そうだな」

――ご両親には信じられない状況だったのでは。

「たしかにそうだった。父は私が首相に指名される二カ月前に亡くなった。でも首相になる前から、私が会いに行くとまわりの看護師にこう言っていたよ。『ほら、オレの大統領閣下がいらしたよ』と」

――それはいい。本当に良い話だ。大統領一期目は多くの成果をあげた。民営化を止めた。エレクトロニクス、エンジニアリング、石油化学、農業などさまざまな産業を強化した。まさにロシアの息子であり、誇りに思って当然だ。GDPは成長し、所得は増え、軍の改革は進み、チェチェン紛争も解決した[10]。

「いや、少し違う。私は民営化を止めたわけではない。もっと公平公正に進めようとしただけだ。国家の資産が二束三文で売却されないように手を尽くした。オリガルヒの登場につながった仕組み、市場操作の仕組みを廃止した。瞬きする間にひと握りの人間を大富豪にした仕掛けだ。

私はロシア系アメリカ人のノーベル賞経済学者、ワシリー・レオンチェフを尊敬している。生前の彼に会ったこともあるし、その講義も聴いた。資産は一ルーブルの対価と引き換えに自由に流通させられるが、最終的にはそれを手にすべき者の手に収まる、というのがレオンチェフの考えだった。しかしロシアの状況では、それは特定の集団が合法的に私腹を肥やすことにつながった。また政府が戦略産業を支配する能力を失う、あるいはそうした産業が崩壊する事態につながった。私が目指したのは民営化を止めることではなく、より秩序ある公正なやり方で進めることだった」

――二〇〇三年から〇四年にかけてのあなたがオリガルヒと対面したときの映像を見たことがある。なかなか興味深い会合だった。ベレゾフスキーやホドルコフスキーのような人々と正面衝突したことは?

「正面衝突はない。彼らには、政府と適正距離を置くようにと言っただけだ。『適正距離』というのは当時のはやり言葉だ。そしてこうも伝えた。あなた方が合法的に取得した資産を取り上げるつもりはない。ただ法律は変化しており、新たな法には従ってもらわなければならない。民営化の結果を覆すようなことは、民営化以上に国の経済にダメージを与えるというのが私の考えだ。だからより公平な基準にもとづいて民営化を継続するのであり、政府としてみなさんの資産や権利を守るために手を尽くす。ただ法の下では誰もが平等であることは理解してほしい、と。そのときは誰からも反論はなかった」

――あなたの就任後、貧困率は三分の一になった。

「そのとおり」

――高齢者への敬意も表した。年金というかたちで。

「そう、何倍にもした」

――二〇〇〇年の平均所得は二七〇〇ルーブル。それが二〇一二年には二万九〇〇〇ルーブルになった。

「そうだ」

――二〇〇四年には支持率はきわめて高く、再選時の得票率は七〇%だった[11]。

「もう少し高かったはずだ」

――二〇〇八年、大統領は二期までと決まっていたので首相になった。影の宰相になったわけだ。そして二〇一二年に大統領に立候補し、再び当選した。六三%、二〇一二年の得票率は六三%だったはずだ。

「そのとおりだ」

――大統領三選を果たしたわけだ。もしかしたらルーズベルトと同じように四期目もあるかもしれない……フランクリン・デラノ・ルーズベルトを超えるわけだ。

「ルーズベルトは四回大統領になったのか？[12]」

――そうだ。四期目は最後まで務められなかったが、まちがいなく非常に人気のある大統領だった。そして当然ながら、あなたにはたくさんの批判もある。それについては改めて議論したいが、たとえば報道機関への弾圧だ。今夜はそこには深入りしないことにしよう。あなたはすでに一五年近く大統領を務めてきたことになる。驚くべきことだ。

「いや、最初の二期が四年と四年で計八年。そして二〇一二年に三期目に入ったので、通算一〇年だ」

――たしかに。ただ首相時代も熱心に働いたのだろう。

「そうだ。懸命にやったし、全般的にかなりうまくいったと思う。ただ当時、ロシア大統領は別の人物が務めていたからね。この時期が海外からどう見られているかは認識している。はっきりさせておきたいが、メドベージェフ大統領はすべての職務を自律的に遂行していた。憲法上、大統領と首相の機能は明確に分かれている。私は彼の領域に介入したことはない。[13]ときには特定の問題について、大統領が私に相談したこともあるが、そうしたことはめったになかった。たいていは自ら判断を下し、動いていた。

それに加えて、興味深い話をしよう。メドベージェフ大統領の就任式の日[14]、われわれはこの部屋に集まっていた。彼の側近などごく少数だ。そのときある議員が、私に温かい言葉をかけてくれた。『みんなわかっている。わが国の大統領はいまもあなただ』。そこで私は全員にこう言ったんだ。『ご厚意はありがたいが、社会に誤ったシグナルを送らないでほしい。わが国に大統領は一人しかいない。国民に選ばれた人物だ』と」

——まっとうな意見だ。あなたに対する暗殺計画は五回あったと聞いている。カストロほどではないが……彼もインタビューしたことがあるが、五〇回はあったはずだ。いずれにせよ、あなたに対してわかっているだけで五回あった。[15]

「そうだ。この件についてはカストロと話したことがある。彼は『私がなぜまだ生きているか、わかるかね』と聞いてきた。『なぜか?』と問うと、『自分の身の安全は常に自分で守ってきたからさ』と答えた。カストロと違って、私は自分の仕事に集中し、警備は警備担当に任せている。彼らは非常にうまくやってくれている。私は自分の任務で、彼らは彼らの任務でかなり成功を収めていると言っていいだろう」

——つまりカストロの流儀には従わなかった、と。

「その必要はないと思う」

——つまり警備担当を信頼しており、彼らも十分に職務を果たしている、と。

「そうだ」

——アメリカがカストロ暗殺を企てたときもそうだが、暗殺の王道は大統領の警備担当の内部に入り込むことだ。

「それはわかっている。ロシアにはこんなことわざがあるんだ。絞首刑になる定めの者は溺死することはない、と」

――あなたの定めは？　見通している？

「それを見通せるのは神だけだ。われわれの運命は神のみぞ知る。あなたも私も同じだ」

――ベッドの上で安らかな死を迎えるかも？

「誰もがいずれはその日を迎える。重要なのは、このかりそめの世でそれまでに何を成し遂げたか、自らの人生を謳歌したかだ」

要約された資料は読まない。元の資料を読む

――あと一〇分ほどで今夜のインタビューは終わりにしよう。ロシアで制作された、あなたに関するドキュメンタリーで「氷山理論」を説明していた。外交問題でたいていの人が見るのは水面から出ている全体の六分の一だけで、水面下にある六分の五は見ない、と。外交問題にはきまって表とは違う裏の面があり、一筋縄ではいかないとも語っていた。

「外交は非常に複雑な世界だ」

――それについては明日と明後日、じっくりお聞きしたい。水面下に目を向けなければ、世界で何が起きているかまずわからないだろう。

「実は、世界で何が起きているかを常に注視しているだけで、その背後にあるロジックを理解することは十分可能なんだ。なぜふつうの人は、何が起きているかがわからなくなるのか。なぜ外交問題は難しいと思うのか。なぜ自分たちに隠された事実があると思うのか。それは彼らが日常生活に埋没しているからだ。日々仕事に出かけ、金を稼ぐことに忙しく、国際問題に関心を払わない。だから世論を操作し、誤った方向に誘導するのはこれほどたやすいのだ。

だがふつうの人々が日々世界の出来事に関心を持つようになれば、たとえ外交の一部が常に密室で行われるとしても、世界で何が起きているかを理解し、さまざまな出来事の背後でどのような論理が働いているかをつかめるようになるだろう。機密文書を入手するつてがなくても、それは十分可能なことだ」

――あなたの驚異的な仕事ぶりについては読んだことがある。資料を読み、勉強する、と。そこでジョン・F・ケネディについて最近私が読んだ話をお伝えしたい。ケネディは人々を鼓舞する魅力的な大統領だったが、同時に大変な努力家でもあった。弟のロバート・ケネディが、フルシチョフとケネディの時代に起きたキューバ危機を『13日間』という本にまとめているが、そこで私が驚いたのは、ジョン・F・ケネディがあらゆる文書、入手できるかぎりの海外首脳のスピーチに目を通していたと書かれていたことだ。スピーチの内容を把握していた。諜報機関である中央情報局（CIA）から提供される情報の要約をうのみにしなかったのは、CIAを信頼していなかったからだ。その結果、フルシチョフについて独自の結論を導きだすことができ、危機を解決することができた。

「私は要約された資料は読まない。常に元の文書を読むようにしている。諜報機関から提供される分析資料を使うことはない。常に個別の文書を読んでいる」

――おもしろい、実はそんな気がしていたのだ。あなたの人生論は、柔道の理念に集約されていると言われるが。

「だいたいそうだ。『柔《やわら》の道』というのが柔道の基本となる理念だ。柔軟でなければならない。ときには相手に譲ってもいい。それが勝利に通じる道ならば」

――それともう一つ、ネズミのエピソードがある。ジャーナリストのマイク・ウォレスにあなたが語った話だ。たぶんあなたが少年だったころ、棒を手にネズミを追い回したら、ネズミが向かってきた、と。

「噛みつきはしなかったが、私に飛びかかろうとした。今度はこっちが逃げる側になった。階段を駆け降りると踊り場があり、またさらに次の階段を降りる。踊り場を挟んで、階段が隣り合わせになっていた。私はまだ小さかったが、ネズミより足は速かった。階段を降り、踊り場を曲がってもまだネズミは追いつかない。そこでネズミはどうしたと思う？　私の頭越しに階段を飛び移ったんだ」

――たぶん棒切れでさんざんネズミをいたぶったのだろう。

「まあそういうことだ」

――柔道の理念によると、敵が弱そうに見えてもかかってくることがあるので、強硬に出すぎてはいけない、ということか。

「当時は柔道の理念は知らなかったが。ただこの話の結論はもう少し違うのではないか。『窮《きゅう》鼠《そ》猫を噛む』という有名なことわざがある。ネズミを追い詰めてはいけない。それこそ私がやってしまったことだ。誰かを追い詰めてはならない。誰かを袋小路に追い込んではならない」

――オリガルヒはあなたを見くびっていた。大統領に就任したとき、長くはもつまい、と思った。

「オリガルヒはまた別の話だ。そしてあなたの言うとおりだ。彼らのなかにも、政府の提案した協力関係に進んで従おうとする者もいた。そうした者には誰もその財産権を侵害しないこと、政府は彼らの資産を保護することを伝えた。たとえ以前の法律が不当なものだったとしても、法律は法律だ。ただ新たなルールにも従ってもらう必要があった」

――法律は法律。ただそれも法律が変わるまでだ。市民は抗議の声をあげる。アメリカではその結果、市民権が法制化された。抗議行動、つまりは法律への不服従からたくさんの成果が生まれた。

「それも事実だが、われわれの状況は違った。一九九〇年代初頭に制定された民営化法は不当であったと考えている。ただ先ほども言ったように民営化を逆行させれば、経済と一般国民の生活にさらなるダメージが生じていただろう。私が大企業の指導者らに伝えたのはそういうことであり、率直な議論を交わした。私はこう言った。これまで存在していた仕組みは段階的に消滅する。法律はもっと公平、公正なものになる。そして企業は社会的責任を引き受けるべきだ、と。経営者の圧倒的多数が新たな法律を順守した。新たな法律に不満を持っていたのが誰かわかるか？　真の経営者ではない者たちだ。起業家としての才能ではなく、政府とのコネづくりに長《た》けていたおかげで大富豪になった者たちだ。彼らは納得しなかった。新しい法律に反発した。だがそれはほんの一握りで、全体としてはわれわれと産業界との関係は良好だ」

――スターリンについて最後にひと言。さきほどスターリンについては否定的なコメントをしていた。もちろん世間では非難されることが多い人物だ。ただ同時に戦時には優れたリーダーだったこともはっきりしている。ロシアを率いてドイツを破り、ファシズムを倒した。この両面性をどう見るか。

「あなたは油断ならない男だ」

――なぜ？　良かったらこの話は明日にしよう。

「いや、いま答えられる。過去の傑出した政治家にウィンストン・チャーチルがいる。ソビエト主義に断固反対の立場だったが、第二次世界大戦が勃発すると、ソ連との協力を強く主張し、スターリンを偉大な戦時リーダーであり革命家だと持ち上げた。そして第二次世界大戦後、冷戦を始めたのがチャーチルであるのは有名な話だ。その後ソ連が初めての核実験を実施すると、二つの社会体制の共存が必要だと声明を出したのはほかならぬウィンストン・チャーチルだ。非常に柔軟な人物だったわけだ。しかし心の奥底ではスターリンに対する考えは決して揺らがず、一度も変わらなかったはずだ。

スターリンは時代の産物だ。悪者扱いする材料はいくらでもある。われわれはファシズムを倒した功績を認めようとしている。悪者といえば、歴史を振り返れば同じような人物にオリバー・クロムウェルがいる。革命に乗じて権力を握った残虐な男で、独裁者となり、暴君となった。いまだにイギリス各地にその銅像がある。ナポレオンは神格化されているが、彼がいったい何をした？　革命的気運を利用して権力者となった。すると君主制を復活させただけでなく、自ら皇帝を名乗った。そのうえフランスを完全な敗戦という国難に導いた。そんな状況、人物は世界史を振り返れば十分すぎるほどいる。スターリンの凶悪さを過剰にあげつらうのは、ソ連とロシアに対する攻撃方法の一つであり、今日のロシアの起源がスターリニズムにあるかのように見せる意図がある。それは生まれつきのあざのようなもので、誰にだってある。

私が言わんとしているのは、ロシアは劇的な変化を遂げたということだ。もちろん国民性として残っているものはあるだろうが、スターリニズムに逆戻りすることはあり得ない。国民のメンタリティが変わったからだ。スターリン自身について言えば、すばらしい理念を抱いて権力の座についた。平等、博愛、平和の必要性を語っていた。ただその後、独裁者となったのも事実だ。あのような状況では、ああなるしかなかった。当時の世界の状況を考えれば、ということだ。スペイン、あるいはイタリアの状況はましだったのか？　ドイツはどうか？　独裁制にもとづく国家は今も世界にいくらでもある。

だからと言って、スターリンにソ連の国民をまとめる力がなかったというわけではない。ファシズムに対する抵抗運動を組織した。ヒトラーのような振る舞いはしなかった。配下の将軍の意見に耳を傾けた。部下の判断を尊重したこともある。それでもスターリニズムの下で行われた残虐行為を忘れるわけにはいかない。数百万人の同胞を殺害したことや強制収容所の存在だ。いずれも忘れてはならないことだ。スターリンは二面性のある人物だ。晩年には非常に難しい状態にあったと思う。精神的に、という意味だ。ただこの問題については公平な研究が求められる」

――あなたのご両親はスターリンを慕っていた。

「もちろんだ。旧ソ連の国民の圧倒的多数がスターリンを慕っていたと思う。かつてフランス国民の大多数がナポレオンを慕っていたように。いまでも慕っている人は多いのではないか」

今朝もホッケーをやってきたところだ

――最後は少し明るいトーンで締めくくりたい。あなたの映像を見たのだが、びっくりするようなものだった。どこで身につけたのか……若いころに習得した能力ではなさそうだが、ピアノを弾けるようになったのでは?

「そうだ。友人が最近、指二本で有名なメロディーをいくつか弾く方法を教えてくれたんだ」

――あなたの年齢で新しいことを学ぼうとするのはすばらしいことだ。スキーをする姿も見た。スキーはしたことがなかったはずだが。

「スキーは学生時代に始めた。最近スケートを始めたんだ」

――たしかにホッケーをしていたな。

「スケートを始めたとき、最初に思ったのは……ほんの二年前のことだが、これは絶対にモノにならないと思ったね。そもそも『どうやって止まればいいんだ?』と」

――足をくじくのを心配していた? それともケガをすることなど恐れていないのか。

「そんなことばかり考えるようなら、家にいたほうがいい」

――ホッケーは手荒なスポーツだ。

「確かにこれほど荒っぽいとは思わなかった。柔道ほど荒っぽいものはないと思っていたが、ホッケーも本質的にかなりの運動能力を要するスポーツだった」

――まだプレーしているのか。

「もちろん、今朝もやってきたところだ」

――本当に? 驚くな。これから新しいスポーツをモノにする計画は?

「今のところはないね」

――でもフランス語は習得した。

「いや、二～三フレーズ覚えただけだ」

――グアテマラまで出向いて冬季五輪の招致に成功した。

「国際オリンピック委員会(IOC)のあるメンバーが、少なくともひと言ふた言、フランス語でしゃべったほうがいいとアドバイスしてくれた。それは必須だ、と」

――ひと言ふた言? それはインチキだ。

「IOCのメンバーが、それが敬意の表れになると言ったんだ。フランスに対してではなく、フランス語を話すアフリカ諸国に対してだ」

――プーチンさん、ありがとう。すばらしいスタートになった。

「こちらこそ。続きはまた明日」

1 レニングラード（現サンクトペテルブルク）包囲戦は一九四一年九月八日から一九四四年一月二七日まで八七二日間続いた。この間、ナチスはレニングラードを包囲し、市内への食糧を含むほぼすべての物資の供給を遮断した。この結果、一九四二年だけで六五万人の市民が死亡した。
https://www.britannica.com/event/Siege-of-Leningrad

2 第一次世界大戦中に動員された男性のうち、犠牲者の割合は恐ろしい高さである。連合国側は五二%、中央同盟国側は六七%に達した。以下を参照。
"First World War Causalties," Chris Trueman *The History Learning Site* (April 17, 2015). http://www.historylearningsite.co.uk/world-war-one/world-war-one-and-casualties/first-world-war-casualties/
このウェブサイトの数値は、以下の資料とも一致する。*International Encyclopedia of the First World War*. 以下も参照。"War Losses," Antoine Prost (October 8, 2014). http://encyclopedia.1914-1918-online.net/article/war_losses

3 米国議会図書館によると「ペレストロイカ」は次のように定義されている。「ミハイル・ゴルバチョフが（一九八六年に開始した）経済、政治、社会改革の計画であり、図らずもソ連崩壊の要因となった」。"Revelations from the Soviet Archive," Library of Congress, https://www.loc.gov/exhibits/archives/pere.html

4　短命に終わった一九九一年八月のクーデターは、西側の表現を借りれば「強硬派」の共産主義者が、ゴルバチョフのペレストロイカの引き起こした混乱を受けて、ソ連を救済するために仕掛けた最後の悪あがきだった。クーデターはわずか数日で終息した。ゴルバチョフを軟禁し、共産党のソ連支配を復活させようとしたことで知られる。しかしこの企ては完全に裏目に出て、クーデターへの抗議運動を指揮したボリス・エリツィンを英雄にし、ソ連の崩壊を加速させただけだった。以下の記事を参照。"The KGB's Bathhouse Plot," VICTOR SEBESTYEN, *The New York Times* (Aug. 20, 2011). http://www.nytimes.com/2011/08/21/opinion/sunday/the-soviet-coup-that-failed.html

5　ニューヨーク・タイムズによると、「サンクトペテルブルクの民主的改革派であるアナトリー・サプチャークは（中略）、ウラジーミル・プーチン大統領代行に政治家としてのキャリアをスタートさせるきっかけをつくった」。一九九一年八月のクーデターのあと、レニングラードをサンクトペテルブルクに改名したのは当時市長であったサプチャークである。以下を参照。"A.A. Sobchak, Dead at 62; Mentor to Putin," Celestine Bohlen, Feb. 21, 2000. http://www.nytimes.com/2000/02/21/world/aa-sobchak-dead-at-62-mentor-to-putin.html

6　フランスの空想的社会主義者は「世の中に調和的協力の模範を示すような小規模なモデルコミュニティ」を創ることで、平等主義的社会を創ろうとしていた。そのビジョンは急進的民主主義を小規模に立ち上げ、そこから徐々により良い社会につなげていくというものだった。一方、ソ連の建国の過程からも明らかなように、マルクス主義社会主義者は社会主義は「階級闘争」によって形成され、初期にはプロレタリアートの独裁というかたちをとりつつ、最終的には労働者国家が誕生すると信じていた。つまり、社会主義は徐々に誕生するのではなく、必要に迫られ、労働者（ロシアの革命主義者はここに農民も加えた）の革命闘争によって誕生するという思想である。そこにおいては過去の支配階級である企業経営者や大規模所有者を抑えるため、当初は強力な国家をつくることが必要とされた。たとえば以下を参照。"Socialism," Terence Ball, Richard Dagger, *Encyclopedia Britannica*, https://www.britannica.com/topic/socialism

7　ペレストロイカの急激な変化とその結果であるソ連崩壊によって引き起こされた経済、社会的混乱の詳細については、以下を参照。

Cohen, Stephen F., *Soviet Fates and Lost Alternatives: From Stalinism to the New Cold War*(Columbia University Press, 2011).

8　ボリス・エリツィン大統領が遂行した第一次チェチェン紛争は一九九四年から一九九六年まで続いた。ロシア政府の目的は、分離独立を目指したチェチェン共和国の支配権を取り戻すことであった。第二次チェチェン紛争はロシアのウラジーミル・プーチン新大統領が始めたもので、目的は主に海外から流入したイスラム過激派勢力から、誕生したばかりのチェチェン共和国の指導部を守ることだった。これは「ロシアのベトナム戦争」と呼ばれ、双方に数千人の死者が出た。ロシアが第二次チェチェン紛争の勝利を宣言したのは二〇〇九年のことである。"Chechnya, Russia and 20 years of Conflict," Mansur Mirovalev, *Al Jaazera*（Dec. 11, 2014).

http://www.aljazeera.com/indepth/features/2014/12/chechnya-russia-20-years-conflict-2014121161310580523.html

紛争の詳細な年表は以下を参照。"Chechnya and Russia: timeline," *The Guardian*（April 16, 2009). https://www.theguardian.com/world/2009/apr/16/chechnya-russia-timeline

9　毀誉褒貶相半ばするオリガルヒ、ボリス・ベレゾフスキーはソ連崩壊前後のロシア経済の民営化の過程で企業を手に入れ、大富豪となった。二〇一三年に不審死を遂げた。フォーブス誌は自社の編集者ポール・クレブニコフを殺害したのは、ベレゾフスキーである可能性があると見ている。

"Did Boris Berezovsky Kill Himself? More Compelling, Did He Kill Forbes Editor Paul Klebnikov?" Richard Behar, *Forbes*（March 24, 2013). https://www.forbes.com/sites/richardbehar/2013/03/24/did-boris-berezovsky-kill-himself-more-compelling-did-he-kill-forbes-editor-paul-klebnikov/

10　ロンドンのガーディアン紙によると、プーチンは「一九九九年から二〇〇六年にかけて実質所得を倍増させるなど、過去に例のない繁栄の時代をもたらし」「さらに二〇〇六年から二〇一四年にかけてGDPを二・七倍に成長させた」ことで、ロシア国民に好ましく思われている。

"15 years of Vladimir Putin, 15 ways he has changed Russia and the World," Alec Luhn（May 6, 2015).

https://www.theguardian.com/world/2015/may/06/vladimir-putin-15-ways-he-changed-russia-world

11 二〇〇四年にプーチンが得票率約七〇%で大統領選に勝利したというオリバー・ストーンの発言は正しい。以下を参照。"Russia in 2004," Elizabeth Teague, *Encyclopedia Britannica.* https://www.britannica.com/place/Russia-Year-In-Review-2004

12 一九三三年にアメリカの第三二代大統領となって以降、民主党のフランクリン・デラノ・ルーズベルトはこれまでで最多の四選を果たした。ただ四期目は任期を全うすることはできなかった。ルーズベルトの死から二年後の一九四七年三月二一日、連邦議会はアメリカ合衆国憲法修正第二二条を採択し、同一人物が二期以上大統領を務めることを禁じた。修正第二二条が批准されたのは一九五一年である。以下を参照。

"FDR nominated for unprecedented third term," *History,* http://www.history.com/this-day-in-history/fdr-nominated-for-unprecedented-third-term

13 ロシア憲法は確かに大統領と首相の機能を明確に分けている。以下を参照。

"FACTBOX: Russian president and prime minister: who does what?," *Reuters* (May 7, 2008). http://www.reuters.com/article/us-russia-inauguration-president-duties-idUSL0718325420080507

とはいえ、ドミートリー・メドベージェフが大統領を、ウラジーミル・プーチンが首相を務めた二〇〇八年から二〇一二年にかけて、実際に両者の関係がどれほど独立したものであったかという疑念は残る。西側メディアは一貫して二人を友人として描き、ときにはメドベージェフ大統領が提案し、実施した改革をめぐって両者が対立することもあったものの、最終的に判断を下すのはプーチン首相だという認識で一致していた。以下を参照。

"Vladimir Putin Is Medvedev's Friend—And Boss," Dmitry Sidorov, *Forbes* (February, 23, 2009). https://www.forbes.com/2009/02/23/russia-president-prime-minister-opinions-contributors_medvedev_putin.html

14 ドミートリー・メドベージェフは二〇〇八年から二〇一二年まで大統領を務めたほか、ウラジーミル・プーチンの大統領任期中は首相を務めた。

"Dmitry Medvedev, Fast Facts," CNN (Aug. 30, 2016). Retrieved at: http://www.cnn.com/2012/12/26/world/europe/dmitry-medvedev--fast-facts/

15 プーチンの暗殺未遂についてははっきりと確認することはできない。しかしキューバ当局はフィデル・カストロに対する暗殺は六三八回を超えると主張している。ただしこれも確認はできない。以下を参照。

“Fidel Castro survived 600 assassination attempts, officials say,” Patrick Oppmann, CNN (November 26, 2016). http://www.cnn.com/2016/08/12/americas/cuba-fidel-castro-at-90-after-assassination-plots/

2

万能感に浸る国家は必ず間違う

一度目の訪問二日目　二〇一五年七月三日

「NATOには二種類の意見しかない。アメリカの意見と、間違った意見だ」

欧州は米国とは違った市場化アプローチを勧めていた

「ロシア中央政府とエリツィン政権には、アメリカの経済アドバイザーが大勢協力していた。サンクトペテルブルクにいるかぎり、ほとんどかかわりはなかったが」

——だが九五年にはエリツィン政権に加わった。

「正確には一九九六年だ。とはいえ改めて指摘しておくと、私は大統領府で国内問題に対応していた。法務の責任者としてね。

ただもちろんサンクトペテルブルクにいたときも、また大統領府に移った後も、海外アドバイザーとのやりとりには注目していた。そしてアメリカとヨーロッパのエコノミストのあいだには意見の相違があることに気づいた。後者の多くは、われわれがアメリカ側から受けていたアドバイスに必ずしも賛成していなかった。国有資産の民営化が最たる例だ。正直なところ、われわれは民営化のプロセスに介入することができず、介入しようともしなかった。あのころヨーロッパの人々が言っていたことは、私にはきわめて客観的で妥当に思えた。しかしアメリカの専門家の約束した未来のほうが、はるかにまばゆく見えた」

――当時を振り返って、それは純粋に民間主導の取り組みだったのか、それともアメリカ政府の存在が感じられたのか。

「両方だろう。民間セクターと政府の両方だ。もちろんこのプロセスに積極的に関与していたのは民間セクターだ。しかし連邦政府の影響が及んでいたのはまちがいない」

――エリツィン氏がアメリカの利害についてうがった見方を口にしたことは？

「一度もない」

――一度も？

「一度もだ。そうした考えを口にしたことはなく、経済問題に深入りすることもなかった。全般的に政府機関を信頼していた。また自らの周囲で働くスタッフを信頼していた。次世代を担うのは彼らだと考えていたのだ」

――ヨーロッパのアドバイザーは何と言っていたのか。

「ロシアで行われていたような野放図な民営化は、経済効率の向上につながらないと見ていた。経済の基幹分野の民営化については特にそうだ、と。もっと穏当なやり方、つまり市場経済の導入を勧めていた。今から思うと、そのほうがはるかに有効で、あれほど深刻な社会的影響を引き起こさなかっただろう。ただ当時、決断を下した人々の功績は認めなければならない。彼らが思い切った行動を選択していなければ、市場経済への移行はまったく進んでいなかったはずだ」

――具体的に誰のことを言っているのか。

「中心となったのはエゴール・ガイダル。それに財務省のアナトリー・チュバイス、アンドレイ・ネチャーエフだ」

――つまり政策としては適切だと思うが、実施方法が拙速すぎた、ということか。

「彼らが示した目的は正しかったが、採用した方法が誤っていた」

民主主義はおしつけるものではない

――若き日のあなたは、ゴルバチョフがレーガンとの合意に基づいて東欧諸国からソ連軍を引き揚げたことに何か問題を感じたのだろうか。一九九一年一月にアメリカがイラクに介入したケースは？

「少なくとも最初の問いについては、すでに公の場で私の意見を述べている。東欧諸国やその国民に、ソ連が自らの行動基準を押しつけるようなことは無意味だし有害だ。社会がどのように発展すべきか、どのような政治および国家体制を構築すべきかといったビジョンを強制するのは無益であり、そのような手法に未来はなかった。なんらかの方法で終止符を打たねばならないことは明白だった。外部から押しつけられた決定に、各国の国民がいつまでも耐えられるわけがない。それに加えて東欧、そしてヨーロッパ全土には独自の政治的伝統があり、それは無視できないものだった」

――はっきり言ってしまおう。私はベトナム戦争に行った。アメリカは五〇万人もの兵士をベトナムに送った。まさに言語道断で、世界中から非難された。それがゴルバチョフとの緊《デ》張緩和《タント》が始まると、レーガンは早速五〇万人の兵士をサウジアラビアとクウェートに送り込んだ。

「あなたが多くの点においてアメリカ政府にかなり批判的であることは知っているよ。あなたの見方にそっくり同意するわけではない。アメリカの指導者とこちらの望むような関係を常に築けるわけではないがね。ときには社会の一部から完全な同意を得られなくても、決断を下さなければならないことがある。そのほうが何も意思決定をしないよりはいい」

――アメリカが突然、中東に五〇万の兵力を送ったことを批判するつもりはない、と。

「他国やその国民に対して、自分の基準や規範を押しつけるのはお門違いで誤りだ。民主主義がよい例だ。民主主義は外から押しつけるものではなく、社会のなかからしか生まれない。他国が民主主義への道を歩めるように手を差し伸べてもいいが、外から押しつけようとするのは意味がなく、非生産的だ。相手にダメージを与えるだけだ。地上部隊を含めた武力の使用については、必要なこともあるだろう。もちろん相手政府の要請、あるいは国際法に準拠し、国連安全保障理事会の決定を得たうえでのほうがいいがね」

――まあ、そうだ。とにかく私が言いたいのは、ゴルバチョフは平和のために誠心誠意努力した。それなのにアメリカはベルリンの壁が崩れたほんの一カ月後にはパナマに不法に兵を送った。他国の支持も受けず、南米諸国からは激しい非難を浴びた。

「もちろん、どう見たって褒められたことじゃないさ。それにゴルバチョフだって一方的に約束を果たす前に、まずは相手の出方を考えるべきだった。パートナーに歩み寄るのはかまわないが、その後の展開を読んでおかなければならない。イラクについての質問もあったが、あれは失敗だったと思う。イラクに兵を送り、サダム・フセインを倒すというのは」

――それはもっとあとの話だ。私が念頭においていたのは一九九一年初頭のクウェート侵攻のほうだ。

「あのときはアメリカは深追いしなかった。イラク政権も倒さなかった。この件についてはさまざまな意見がある。サダム・フセインを倒すまで徹底的にやるべきだったという声もあれば、正しい判断であった、適切な段階で止めるべきだったという声もある。ブッシュ大統領が行ったことは正しかった。慎重にふるまい、侵略に対処し、適切なタイミングで手を引いた」

――あなたの言うことはわかる。同意はしないが、理解した。アメリカが世界のどこかに五〇万もの兵力を送るというのは、とてつもない利害が絡んでいるときだ。そしてひとたびアメリカがこれだけの兵力を送れば、その地域の力学は不可逆的に変化する。いまとなってはアメリカが中東から手を引くことはありえない。

「おそらくそうだろう。あの地域に、政権さえ変われば次の日にはすべての問題はきれいさっぱり解決するなどという期待を抱いて介入するのは、非常に不幸な話だ。アメリカ流の民主主義が根づくのではないか、と。そんなことはありえないし、その結果が今のあの地の状況だ。ISはなぜ生まれたのか。かつてあそこにテロリストはいなかった。それがいまはISの本拠となって、イラク領土の三分の二を制圧している。同じことがシリアでも起きている。領土的に統一された国家としてのリビアは消滅した。[16] カダフィが殺害されたとき民衆はあれほど喜んだのに、蓋を開けてみれば喜ぶ理由など一つもなかったわけだ。[17] かつてリビアの生活水準はかなり高かった。ヨーロッパの平均に近かった。民衆は民主主義のために闘う必要があったのか？　あったかもしれないが、選んだ手段はまちがっていた。結果は明白だ。まぎれもない悲劇だよ」

――そうだな。ちょっと話が先に進みすぎた。

ブッシュ大統領はロシア支持を表明したが、官僚機構は別の対応をとった

――この問題がどのように発展してきたか、最初から辿りたい。ブッシュ・ジュニア、つまりジョージ・W・ブッシュの時代だ。二〇〇一年に大統領に就任し、あなたに会った。場所はスロベニアだったたか、そのときブッシュはたしかこう言ったと思う。「彼の目を見つめたら、その魂が感じられた」と。[18]

「そう、まさにそう言った。彼は立派な人間、善人だ」

――ブッシュの言葉を聞いて、どう思ったのか。どんな気がした？

「話せる相手、議論のできる人物だと。少なくとも私はそんな期待を抱いた」

――九月一一日には各国首脳のなかでもいち早くブッシュに電話をかけて弔意を伝えた。[19]

「そうだ。ロシアではその翌日、新たに創設した戦略部隊の軍事演習を予定していたのだが、中止した。その事実をアメリカ大統領に伝えたかった。あのような状況に置かれた国家や政府の首脳には、精神的サポートが必要なのは私が誰よりも知っている。その支援の気持ちをブッシュ大統領に示したかった」

――その後ブッシュ大統領がアフガニスタンに侵攻したときには、あなたも協力した。ユーラシア大陸のコーカサス地方に拠点を設けて、アメリカ軍がアフガニスタンでの戦闘のための物資供給に使えるようにした。

「いや、それは正確ではない。そうした目的のためにわざわざ軍事拠点を設けたわけではない。旧ソ連の時代からタジキスタンには師団を置いており、その後この方面を守るという明確な目

的を持った軍事拠点に格上げした。アフガニスタンのテロリストの存在を考えると、危険な地域だったからだ。そこを拠点にアメリカ軍を支援した[20]。さらにわが国の領土を使って武器や物資を供給することも認めた」

——そして最近までそうした措置を続けた。

「そうだ。この協力がわが国の利益に沿うものだと考えたからだ。これは両国が力を合わせられる、そして合わせるべき分野だ。われわれはパートナーであるアメリカに、諜報情報を含めて可能なかぎりの追加情報を提供した」

——ロシアは長年、アフガニスタンで諜報活動を行ってきた。情報は豊富に持っているだろう。なのにビンラディンの居場所や彼の身に何が起きているかがわからなかったというのはどういうわけなんだ？　ビンラディンの居場所だけでなく、あの時点でアフガニスタンにおいてアルカーイダがあれほど弱体化していたこともつかんでいなかった。

「アルカーイダはロシアの活動の結果生まれたものではない。アメリカの友人たちの活動の産物だ[21]。そもそもの発端は、ソ連時代のアフガニスタン紛争だ。アメリカの諜報機関がアフガニスタンのさまざまなイスラム原理主義組織に、ソ連軍と闘うための支援をしたのが始まりだ。つまりアルカーイダとビンラディンを育てたのはアメリカだ。だが結局、制御不能になったし、そうなるものと相場が決まっている。だから責任はアメリカにある」

——なるほど。ロナルド・レーガン時代の長官、ウィリアム・ケイシーが対ソ戦略として、中央アジアのコーカサス地方でイスラム勢力の先鋭化に注力したことは、正式な文書にも残されている[22]。ケイシーの計画は、単にアフガニスタンでソ連を打ち負かすことではなかった。ソ連体制そのものの打倒をもくろんでいた。

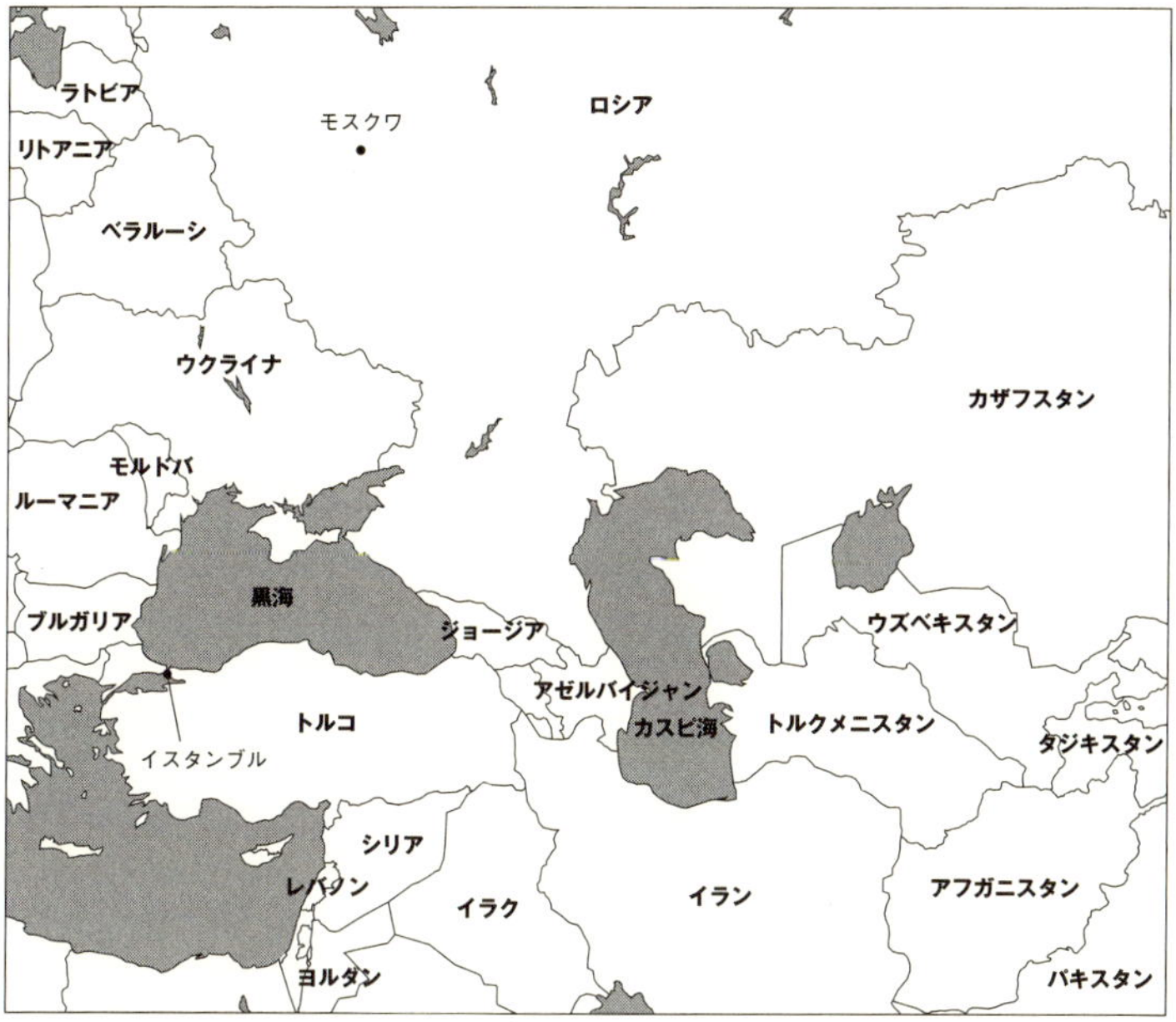
ラトビア
リトアニア
モスクワ
ロシア
ベラルーシ
ウクライナ
カザフスタン
モルドバ
ルーマニア
黒海
ブルガリア
ジョージア
ウズベキスタン
アゼルバイジャン
トルコ
カスピ海
トルクメニスタン
イスタンブル
タジキスタン
シリア
レバノン
イラク
イラン
アフガニスタン
ヨルダン
パキスタン

「そうだ、しかもそういう考えはいまだに続いている。コーカサスやチェチェンで問題が起きたとき、残念ながらアメリカは反体制派を支援した。[23]正規軍、すなわち民主的なエリツィン政権を支持しなかった。われわれはアメリカからの支持を期待していたのに。冷戦は終わり、アメリカや世界と透明性のある関係を築いたと考え、支持が得られるものと心から期待していた。それなのに結局、アメリカの諜報機関がテロリストを支援するのを目の当たりにすることになった。しかもコーカサス地方で戦っているのはアルカーイダのテロリストだという事実を突きつけても、アメリカの諜報機関はアルカーイダを支援しつづけた。

おもしろいエピソードを話そうか。私がこの事実をブッシュ大統領に伝えたら、大統領は『誰が何をしているのか、具体的証拠はあるのか』と聞いてきた。『もちろん、そういう情報はある』と言って、私は実物を見せた。そこにはアゼルバイジャンの首都バクーを含めて、コーカサスで活動しているアメリカの諜報員の実名まで書かれていた。諜報員は一般的な政治的支援にとどまらず、技術支援や戦闘員の移動手段まで提供していた。それに対するアメリカ大統領の判断は妥当なもので、非常に否定的な反応を見せたよ。『私がすべて解決する』と。しかし何の対応もとられず、そのまま数週間が過ぎた」

――いつごろの話だ?

「二〇〇五年か二〇〇四年だ。それからしばらくして、アメリカの諜報機関から手紙が来た。不可解な内容だったよ。そこにはこう書かれていた。『わが国は反体制派を含めたあらゆる政治勢力を支援する。その方針は継続する』と」

――二〇〇五年にアメリカがロシアに手紙を送った。

「そうだ。ＣＩＡが手紙をよこした。[24]カウンターパートであるモスクワの諜報機関に送ってきたんだ。はっきり言って、私は非常に驚いたよ。アメリカ大統領とああいう話をした後だからね」

——ブッシュ大統領とはその後も話した？

「もちろんだ。政治というのは奇妙な世界だからね。私はブッシュ大統領は誠実な人物だったと信じている。だが官僚機構はいまだにあなたが言ったような古い発想にしがみついている。つまり原理主義勢力を利用して、事態を不安定化しようとするわけだ。ソ連が消滅するなど、ロシアの状況が劇的に変わったにもかかわらずね。

一つ、とても重要なことを言っておこう。われわれはいま、こう確信している。あの当時も同じように確固たる自信を持っていたがね。アメリカのパートナーはテロリストとの戦いを含めて、協力の必要性を口にはした。しかし現実には、そのテロ勢力を使ってロシア国内の政治情勢の不安定化を画策していた。率直に言って、われわれは大いに失望したんだ」

——宮殿に移ったほうがいいのかな？

「そこなら話は早いな」（ここでインタビューの場所をクレムリンに移す）

——私には大きな夢が二つある。

「一つは空を飛ぶ夢か」

——そうだ。私はなるべく見た夢を覚えておこうとするんだ。目が覚めると、ノートに書き留める。もう習慣になった。

「おもしろい話だな」

——大事なことだ。だからあなたが夢には関心がなく、覚えてもいないと聞いて驚いた。

「覚えていることもあるが、それもわずかなあいだで、すぐに忘れてしまうよ」

――私は夢を覚えておくため、深夜でも起きてメモをとる。そのまま眠ったら、忘れてしまうのはわかっているから。

「ふだんはどこに住んでいるんだい?」

――ニューヨークとロサンゼルスを行き来している。出張に出ていることも多い。

「マンション住まいか、それとも戸建て? ニューヨークはマンションで、ロサンゼルスには邸宅があるのかな?」

――どちらにも自宅がある。でもここ半年はミュンヘンにいた。

イラクには大量兵器などないという確固たる情報を持っていた

――さて、ロシアはアメリカのアフガニスタン侵攻に協力することになった。アメリカはいまや中央アジアに進出した。アメリカがかつて対ソ戦略としてテロリスト、要するにイスラム原理主義者を支援していたことを示す情報はふんだんにある。だが今度は自分たちがそうしたテロリストと戦うことになり、ビンラディンの捜索とアルカイダの追跡に莫大な資金を投じた。ただ聞くところによると、アルカイダの勢力は、戦闘員がわずか一〇〇人といったレベルまで弱体化していたとか。アメリカがアフガニスタンで戦っていたとき、アルカイダの戦闘員はわずか一〇〇人しか残っていなかった[25]。

「残念ながらある国では、自らの敵と思われる勢力と闘うために、極端な思想を持つ集団を支援することが習い性となっている。だがその方法には一つ重大な問題がある。こうした集団の本性を見きわめるのは極めて困難なのだ。それは彼らが絶えず成長し、変化するからだ。状況に応じて変化する。誰が誰を利用しているのか、アメリカの諜報機関がイスラム原理主義者を利用しているのか、把握するのは不可能だ。

原理主義者には諜報機関が自らの利益のため、自分たちを利用したがっているのはわかっている。彼らは資金、支援、武器をもらい、しまいには支援者に牙をむく。あるいは受け取った資金や武器や機材の一部をほかの武装勢力に流し、支援者の利益に沿わない活動、あるいはその武装勢力の支援者の意に沿わない活動に手を染める。

同じことがまさにいまISで起きている。まったく同じことだ。シリアの反政府勢力を支援しよう、という話になる。まともな反対勢力に資金や武器を渡す。だが結局、その一部がISに流れる。われわれのパートナー諸国もそれを認識している。これは構造的過ちであり、歴史的に何度も繰り返されてきた。一九八〇年代のアフガニスタンで起きたのも同じこと。そして今度は中東で起きている」

――繰り返しになるが、第一次あるいは第二次チェチェン紛争において、アメリカはチェチェン勢力を何らかのかたちで支援していたと思うか、あなたの考えを聞かせてほしい。

「アメリカはチェチェンを支援していた。その客観的証拠があると一〇〇%確信している。[26]特別優秀な分析官ではなくても、アメリカが資金面、情報面、政治的にチェチェンを支援していたことぐらいわかるさ。分離派とコーカサス北部のテロリストを支援していた。われわれがパートナーに『なぜ公式なレベルで彼らの訪問を受けるのか』と尋ねると、『ハイレベルの会合ではない。現場レベル、専門家のレベルだ』という答えが返って来た。とんでもない話だ。アメリカがチェチェン側を支援しているのは明らかだった。

共通の敵に対して力を合わせるどころか、状況を自分に都合のいいように利用し、短期的利益を追求しようとする。だが最終的には、支援していた相手から攻撃されるのは自分たちだ。リビアでアメリカ大使が殺害されたのも同じことだ」

――チェチェンへの武器輸出のことか？　それとも資金協力の話か？　サウジアラビアも資金を出していた？

「サウジアラビアは国家レベルでは一切テロ組織を支援していなかった。われわれはサウジとは常に良好な関係を維持してきた。亡くなった国王とも、現在の指導者とも。サウジアラビア政府がテロ組織を支援したという具体的な証拠はない。それとは別に、テロを支援する民間の資金や人物が数多く存在することは、われわれも認識している。それはサウジアラビア王家も懸念していた。彼らは常にテロの台頭を懸念していた。ビンラディンはサウジアラビア出身だ。しかしサウジはそもそもロシアではなく、アメリカの同盟国だ」

――しかしアメリカの支援は表立ったものではなかった。アメリカがチェチェンを支援していた証拠があるのか。

「もちろん、あるさ。そう言っただろう。情報面と政治的支援については、証拠の必要もない。公然と、堂々と行われたので、誰の目にも明らかだった。運営面と金銭的支援については証拠があり、しかも証拠の一部をカウンターパートであるアメリカに渡したこともさきほど話したとおりだ。それについての回答も、説明した。正式な手紙に『われわれは反体制派を含めてあらゆる政治勢力を支援する、その方針は今後も継続する』と書かれていた。それが単なる反体制派だけを指しているわけではないのは明白だった。テロ組織も含まれており、それがあたかもふつうの反体制組織であるかのような書きぶりだった」

――あなたから見て、チェチェン紛争で最も危険な局面はいつだったのか。第一次あるいは二次、具体的にいつか。

「いや、特に特定の時期を挙げるのは難しいよ。いわゆる第二次チェチェン紛争は、チェチェン領内の国際的な武装勢力がダゲスタン共和国を攻撃したことで始まった。まさしく悲劇だった。[27]強調したいのは、これがロシア連邦軍がテロリストに立ち向かうというかたちで始まったことだ。ダゲスタンはイスラム教徒の国であったにもかかわらず、攻撃対象となったのは一般市民だった。市民は武器をとり、テロリストへのレジスタンス組織をつくった。私は当時のことをはっきりと覚えている。ダゲスタンの人々はロシアに出動を要請するというより、懇願していた。『ロシアにわれわれを守る気がないなら、せめて武器だけでも提供してほしい。われわれは自ら戦うから』と。首相代行だった私はこの問題の解決に積極的にかかわるべき立場にあった」

――一方アメリカは、アフガニスタンに駐留するかたわら、二〇〇三年三月にはイラクに侵攻した。戦争までの経緯とイラク侵攻について、あなたはどう感じたのか。

「われわれにはアフガニスタンでの新たな動きが、ニューヨークのテロ攻撃に関連していることがわかった。アフガニスタンにテロリストが集まり、細胞と呼ばれる下部組織を作っているという情報もあった。そこでアメリカには支援を検討する意思があることをすぐに伝えた。

　イラクについてはすでに話したとおりだ。アメリカがイラクに侵攻すれば、最終的にはイラクの分裂につながり、テロ組織を抑えていた社会構造が消滅する。その結果、地域全体にとって大きな問題になると考えていた。この地域での協力体制について、アメリカにわれわれの提案を送ったが、返事はなかった。こうした問題について、アメリカは単独で判断することを好む。ちなみに知ってのとおり、ＥＵの同盟国だってこぞってアメリカの行動を支持したわけじゃない。ロシアではなく、フランスとドイツがイラクに対して独自の立場を打ち出し、ロシアに対してヨーロッパ側を支持してくれと働きかけてきたんだ」

――誤解なら申し訳ないが、ロシアは、ニューヨークのテロ攻撃にイラクのテロ組織が関係したという証拠を握っていたと言ったのか？　そういう意味なのか？

「違う、アフガニスタンだ」

――そうか。イラクと言ったのかと思った。つまりあなたにはニューヨークのテロとイラクには何のかかわりもないことがわかっていた、と。

「もちろんだ、なんのかかわりもない。アフガニスタン領内のテロ組織とはかかわりがあったが、イラクはなんのかかわりもない」

――しかしブッシュ政権はそう主張した。特にリチャード・チェイニー副大統領が、イラクはニューヨークのテロにかかわった、と。

「それを示す証拠は何もなかった」

――つまりあなたはアメリカのでっちあげだとわかっていた。

「完全に正確ではない情報にもとづいて、なんらかのかたちでアメリカ政府がつくりあげた主張だ。私にアメリカを非難する権利はない。しかしそれは大きな誤りであり、それをいまわれわれは身をもって学んでいる」

――大量破壊兵器についても、おそらくあなたの見方は同じなのだろう。

「まったく同じさ。しかもわれわれはイラクには大量破壊兵器など一切ないという確固たる情報を持っていたんだ[28]」

――そういう話をブッシュ氏とはしなかったのか？

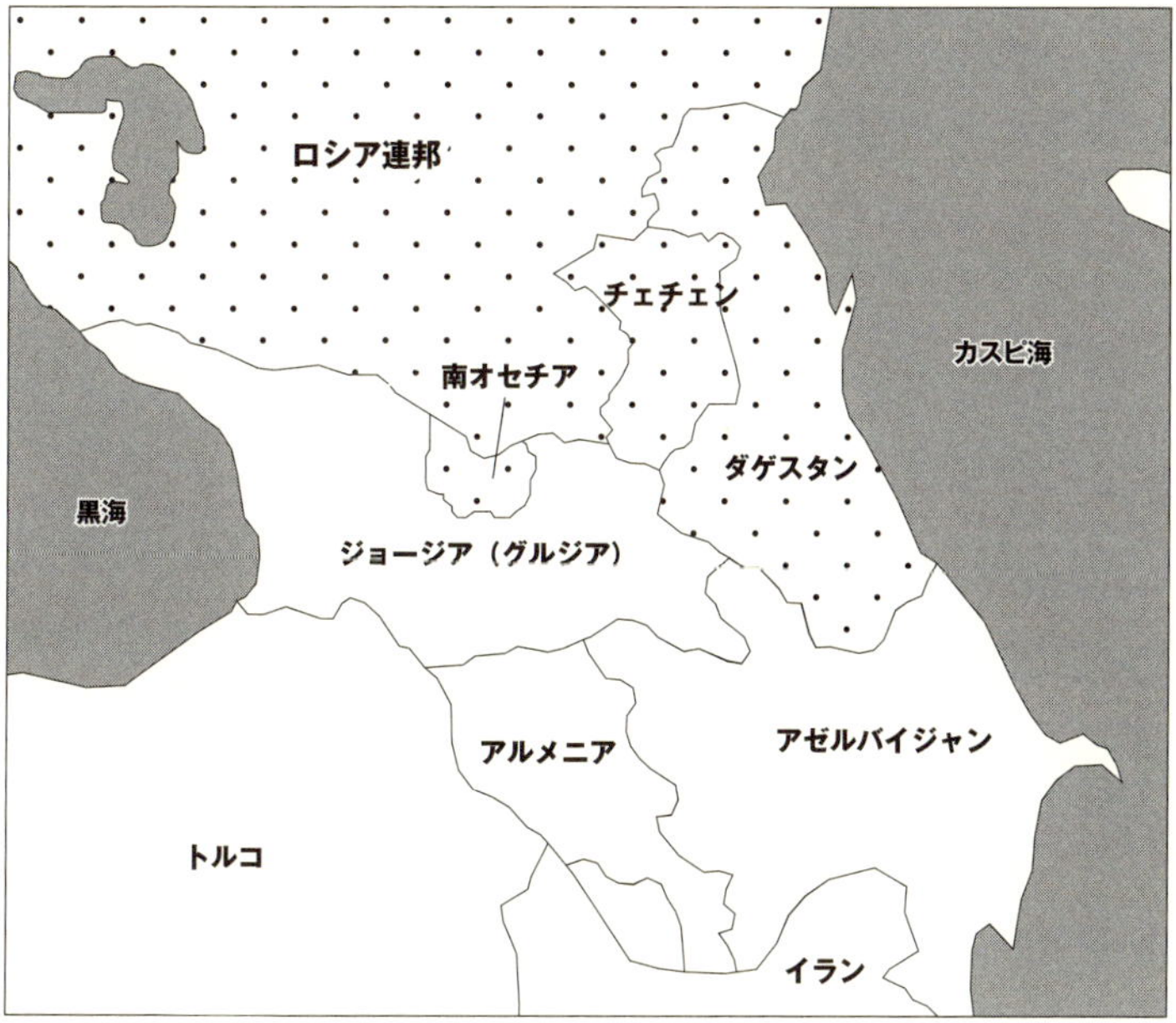
ロシア連邦
チェチェン
カスピ海
南オセチア
ダゲスタン
黒海
ジョージア（グルジア）
アルメニア
アゼルバイジャン
トルコ
イラン

「したさ。だがアメリカ側は自分たちには十分な証拠があるので、それで良しと考えた。それが向こうの意見だった」

――つまりあなたの見方によると……世界中の指導者とつきあいがあるわけだが、ブッシュ氏は立派な人間で、誠実である。ただ有識者や専門家のために何度も判断を誤ることになった、と。

「いやいや、何度もというほどでもないだろう。それにニューヨークのテロ攻撃の後、ブッシュ大統領はどのように国を守るか、アメリカ国民を守るかを真剣に考えたはずだ。その手段を考えた。諜報機関から提供されたデータを信じたのは無理もないことだ。たとえそれが完全に正確ではなかったとしても。ブッシュ氏を悪者扱いする動きがあるが、私は正しいとは思わない」

もし、ロシアがNATOに加盟したら

――そうだろうか。いずれにせよブッシュ氏は任期中、クリントン大統領が始めたNATOの拡大を継続した。

「それも誤りだった」

――なるほど……あなたはどう思ったのだろうか。というのもゴルバチョフ氏から聞いた話や、ジェイムズ・ベーカー元国務長官などアメリカ政府高官の書いた文章によると、アメリカとソ連のあいだには東欧諸国へのEUの拡大はしないという合意があったようだが。

「そうだ。それについては公の場で発言している。ミュンヘン【訳注　二〇〇七年の国防政策

国際会議】でも話したな。ドイツ再統一が決まった当時、アメリカの高官、国連の事務総長、そしてドイツ連邦共和国の代表が口を揃えてこういったんだ。『ＮＡＴＯの東の境界が、ドイツ民主共和国（旧東ドイツ）の国境より東に行くことはない。それだけはソ連に保証する』と」

――つまり明らかな約束違反だ。[29]

「ただ約束は書面にされてはいなかった。そこが誤りであり、その誤りを犯したのはゴルバチョフ氏だ。政治の世界では何事も書面に残さなければならない。残したって反故《ほご》にされることも珍しくない。だがゴルバチョフ氏はペラペラしゃべっただけで十分だと判断した。だが結局そうではなかった。その後、拡大の波は二度あった。

ちなみにクリントン大統領が最後にここを訪れたときのことを私はよく覚えているんだ。隣の部屋で大統領と代表団と面会した。そのとき半分真剣、半分冗談でこう言ったんだ。『ロシアもＮＡＴＯへの加盟を考えたほうがいいかもしれない』。すると大統領はこう言ったよ。『いいじゃないか。可能だと思う』と。だが代表団のほうを見ると、誰もがぎょっとした顔、あるいはぞっとした顔を浮かべていたよ」

――本気だったのか？

「半分真剣、半分冗談と言っただろう。そのときの真意について、ここで語るのは控えておこう。しかし私がそう言ったのに対し、代表団の反応は非常に慎重だった。その理由を教えようか。私の見るかぎり、ＮＡＴＯは過去の遺物だからさ。東西体制の冷戦のさなかに生まれた組織だ。いまとなってはアメリカの外交の道具でしかない。同盟国なんていないよ。属国だけさ。ＮＡＴＯの仕事のやり方はよく知っている。些末《さまつ》な話については自由に議論ができるが、重要な問題については議論など一切行われない。ＮＡＴＯには二種類の意見しかない。アメリカの意見と、間違った意見だ」

――どうやらあなたはこの風向きの変化を重くとらえているようだ。

「ちょっと待った。あと一つ加えておきたい。ロシアがＮＡＴＯに加盟していたら、どうだったか考えてみようじゃないか。もちろんわれわれはそんな作法に従うつもりはない。さまざまな問題について、独自の意見があるからね。しかもそれを強く主張するつもりだ」

――つまり加盟にはメリットがあるわけだ。特定の問題について「ノー」と言えるようになる。

「（笑）だからアメリカの代表団には私の提案が受けなかったんだろうな」

――ただＮＡＴＯのルールの下では、アメリカに核関連の情報をすべて開示しなければならないはずだ。

「いいかい、ソ連の崩壊後、そして政治体制の変革後、われわれはアメリカを含むパートナーに対して、隠し立てをしない姿勢を貫いてきた。そこには核兵器も含まれている。当時は秘密などほとんどなかった。アメリカの査察官が来て、核兵器の部品を製造するわが国有数の工場にも足を踏み入れた。そこに常駐していたぐらいだ。これでわかったかい？　われわれは十分オープンだ。新たな脅威もなかった」

米国の弾道弾迎撃ミサイル制限（ＡＢＭ）条約からの脱退

――いまとなっては、あなたが時代のシグナルを見誤ったのは明らかだ。二〇〇一年に[30]ブッシュ氏が、一九七二年に制定された弾道弾迎撃ミサイル制限（ＡＢＭ）条約から脱退したことなど、たくさんのシグナルが出ていた。

「いや、それは違う。われわれはこの問題について、パートナーととことん議論を重ねてきた。一つ興味深い事実がある。あなたの国では大統領が替わっても、政策は変わらない。主要な問題についてはね。たとえばＡＢＭ条約だ[31]。それは国家の安全保障システムの土台であると同時に、国際安全保障の基礎を成していた。この条約からのアメリカの脱退を支持するように、最初に私に訴えてきたのはクリントン大統領だ」

――どういう論拠で?

「論拠などないさ。イランが脅威となっている、という話だった。次にブッシュ大統領が同じ要請をしてきた。われわれはアメリカの脱退はロシアにとって脅威であることを訴えた。まったく無意味な努力ではなかったと思う。その後アメリカ国防総省と国務省のカウンターパートから、ロシア側の懸念も理解できると言ってきたからね。だからわれわれのほうからアメリカ、ヨーロッパ、ロシアで協力してＡＢＭシステムに取り組もうと提案したんだ。だが結局、きわめて残念な話だが、パートナーから提案への反応はなかった。要は、ロシアに懸念があるならば自力で解決せよ、という話だった。そしてアメリカは自らの提案について議論を続けることも拒否した。

このように、この問題について相当な時間を割いた。ロシアからはこう言った。非常にカネがかかるし、モノになるかもわからないＡＢＭシステムは開発しない。ただ国際的な安全保障と安定に欠かせない要素である戦略的力の均衡を保つために、ロシアとしては独自の攻撃能力を構築せざるを得ない。たとえばいかなるシステムにも迎撃されないミサイルだ、と。アメリカの反応は非常にシンプルだったよ。アメリカはロシアを標的としてシステムを開発するのではない、と。そしてこう言った。『好きなようにするがいい。ロシアの標的はアメリカではないのだろうから』。それで『わかった。そういうことにしよう』となったんだ。

そしてロシアはまさにそれを実行に移している。だからこちらが戦略核兵器削減条約の制限を超えない範囲で核能力を更新する計画を発表するたびに、パートナーが非常に神経質な反応を見せるのは不思議で仕方がない。軍拡競争を始めたのはこちらではないし、もともとロシアが何をするか、何をする必要があるかは伝えておいたはずだ」

――二つ、簡単な質問をしたい。つまりブッシュは相談もなく、これをやったのか？　一方的に。

「何度も議論や交渉を重ねた。そして最終的にアメリカは条約からの脱退を一方的に決めた」

――なるほど。クリントン政権とは議論を重ねたが、ブッシュ政権とはうまくいかなかった？

「ブッシュ政権ともクリントン政権とも議論をした」

――つまりルールは無視。というか新しいルール、アメリカがルールである、と。

「おそらくわれわれのパートナーは、ロシアの軍事力、経済力、技術力を考えれば、そのような挑戦が可能だとは思わなかったのだろう。だが今となっては力量があるだけでなく、実行に移し、結果を出していることにみな気づいている」

――いまはともかく、当時は？

「当時はロシアには無理だという認識があったと思う」

――少し技術的な質問になるが、ぜひお聞きしたい。当時のロシアにはアメリカのＡＢＭシステムを監視する能力があったのか、それともいずれにせよアメリカがごまかすことは可能だったのか。

「そうした能力はあったし、今でもある。当初、われわれは迎撃ミサイルの削減に合意した。ロシアもアメリカのパートナーも取り決めを順守した。ただ合意には条件があった。どちらかがこの条約は自らの国益に反すると判断したら、一方的に脱退する権利がある、というのがそれだ。

これでこの件については相当な議論がされたことがわかっただろう。機密性の高い事柄については、ここで話す権利は私にはない。ただ、アメリカとの議論が実に無益だと思えることもあった。すべてが出来レースだからだ。最初は何か解決すべき問題があるふりをする。そしてさまざまな論点を整理し、細部を検討し、われわれの懸念に理解を示しつつ、こんなやり方、あるいはあんな方法で解決できるのではないかと提案する。だが結局はその提案も撤回する。

ちなみに、そもそもＡＢＭシステムを開発するという発想のおおもとには、イランによる核の脅威という概念がある。だがまさにいま、われわれはイランとの合意に近づいている。イランのすべての核開発計画に対して、外からの制限をかけるのだ。イランに対する制裁解除という話まである。それは何を意味するのか？　ミサイルだろうが核だろうが、イランによる脅威など一切ないと世界が認めようとしているということだ。ならばＡＢＭはいま、やらなければいけないことなのか。ＡＢＭ開発計画などすべて中止すべきだ」

――中止？

「そうさ。なぜやる必要があるんだ。ＡＢＭシステムがもともとイランの脅威を前提とするもので、その脅威がなくなったとすれば、開発計画を継続する理由があるのか」

――私が誤っていたら正してほしいのだが、弾道弾迎撃ミサイルの開発ではロシアが先行していたという印象がある。

「全面的に、というわけではない。防空システムはわれわれのほうが優れている。ただＡＢＭにおいては、宇宙速度で飛んでくる弾道ミサイルから国民を守ることを考えなければならない。この脅威に対処するためには違うタイプのシステムが必要になる。弾道弾迎撃ミサイルははるかに大掛かりなシステムのほんの一部で、通常ミサイルは国土の周辺に配置される。非常に複雑で大規模なシステムで、情報支援と宇宙支援を必要とする。

ただロシアに対しては二つの脅威が存在する。一つ目の脅威は、ロシア国境の近くに弾道弾迎撃ミサイルが配備されることだ。もう一つはこれらの弾道ミサイルの発射台は、数時間で攻撃用兵器の発射装置に転換できることだ。どちらもかなり現実味のある脅威だ。弾道ミサイルがルーマニアかポーランドに配備されたら、あるいは地中海や北海、アラスカを巡航する戦艦に配備されたら、ロシアの領土はこうしたシステムにぐるりと囲まれる状況になる。

見てのとおり、これもわれわれのパートナー（アメリカ）が犯した重大な戦略的誤りだ。[32]こうした動きに対して、ロシアは確固たる対策をとるからだ。これは新たな軍拡競争の始まりにほかならない。しかもわれわれの対策ははるかにコストが低いはずだ。もちろん相手側ほど高度ではないが、こちらの構築するシステムのほうが効率的だ。われわれはいわゆる戦略的均衡を維持するつもりだ。これはロシアとアメリカの国民だけでなく、世界にとって関心のあるテーマで、力の均衡ほど重要なものはない」

――そのとおり。

「核開発計画が発展した経緯は知っているだろう？　アメリカが核爆弾を発明し、ソ連がそれに対抗して積極的に核開発に乗り出した。ロシアにはロシア人科学者に加えて、ドイツ人を中心とする外国人科学者がいた。ただ諜報機関もアメリカから膨大な情報を得ていた。電気椅子で処刑されたローゼンバーグ夫妻を思い起こせばわかる。[33] 二人はアメリカ市民だった。夫妻が情報を入手したわけではない。単に運んだだけだ。では入手したのは誰か」

――クラウス・フックス。[34]

「そう、科学者自身、つまり原爆を開発した当事者だ。なぜ彼らはそんなことをしたのか。それは危険性を理解していたからだ。自分たちがジーニーを魔法のランプから出してしまい、戻せなくなってしまった。この国際的な科学者の集団は政治家より賢明だったのだろう。世界に核の均衡を取り戻すため、自らの意思で情報をソ連に提供したのだ。それなのに今、われわれは何をしているのか。そのバランスを壊そうとしているんだ。それは大きな誤りだ」

――ならば、彼らをパートナーと呼ぶのはやめたらどうだ。「われわれのパートナー」という言葉はもう聞き飽きたよ。もってまわった言い方だが、もはやパートナーではないだろう。

「だが対話は続けなければならない」

――そのとおり。だが「パートナー」は実態を表していない。「かつての」という言い方ならできるだろうが。オブラートに包んだ表現がふさわしくないときもある。条約からの脱退、イラク侵攻、NATOの拡大……こういう状況では、アメリカの意図に対してあなたが懐疑的になり、ロシアの政策が変わらざるを得ないのは明らかだ。二〇〇七年にはミュンヘンでロシアの姿勢が変化したと発言した[35]ではないか。

「ロシアの方針を変えるとまでは言いたくなかった。アメリカのしていることは容認しがたい、と言っただけだ。何が起きているかは明らかであり、手を打たねばならない。修羅場にひきずりこまれようとしているのに、拍手を送るわけにはいかない、と」

――あの演説や他の場面でも、国際社会における各国の主権についてあなたは雄弁に語ってきた。リビア、イラク、シリアにおける主権の侵害について語ってきた。他に付け加えたい国は？

「ない。ただあのやり方は危険だと言っておきたい。さきほど庭を散歩しながら、民主主義を輸出することはできない、と言っただろう？　外から輸入するものじゃない。社会のなかから生まれるべきものだ。そのほうが困難だが、うまくいく可能性は高い。忍耐と時間、そして関心を持つことが必要だ。爆撃機を送り込むほうが話は早い。だがそれでどうなる？　何が起こる？　テロリズムが台頭し、今度はテロとの闘いが待っている。ＩＳがそうだ。新兵はどこで募集している？　たくさんの国から若者が集まっているだろう。サダム・フセインの軍隊はどうだ。解散させられたが、いまは市中にあふれ、街を支配している。地域全体から兵士を集め、すでに指導体制も確立した。しっかりした訓練も受けている」

ソ連の崩壊を目の当たりにしたアメリカは万能感に浸り過ちを犯した

――旧ソ連に対するアメリカの姿勢について話そう。一九一七年にロシア革命が起こるとアメリカは敵対し、革命を潰すため他の一六カ国とともにシベリアに軍を送り込んだ。派兵に踏み切ったのはリベラル派のウッドロウ・ウィルソンだ。以来、ソ連にとってアメリカは敵ではないという認識を受け入れるのは非常に困難になった。フランクリン・ルーズベルトがようやくソ連を承認したのは一九三三年のことだ。

ソ連がスペインをはじめ、ヨーロッパで吹き荒れていたファシズムについて世界に警告を発しても、アメリカとその同盟国は支援に動かなかった。むしろハリー・トルーマンを含めたアメリカの政治家の多くは、ドイツ人とロシア人に殺し合いをさせておけばいい、と言っていたぐらいだ。そして連合国の一員であったにもかかわらず、スターリンはチャーチルやルーズベルトには支持されていないと感じていた。アメリカとイギリスがドイツとの戦いに参戦したのは遅かった。ソ連はドイツ軍との戦いで多くの血を流していた。アメリカとイギリスがドイツとの戦いに参戦したのは遅かった。ソ連から見れば遅すぎたぐらいで、しかも一九四四年までは大規模な部隊を配置しなかった。[36]

チャーチル自身も認めるとおり、最終的にドイツの軍事機構を破壊したのはソ連だ。ドイツ兵の六人中五人は東部戦線で戦死した。ロシアは戦後物資がなく、貧困に苦しみ、ルーズベルトとイギリスには援助を約束された。二〇〇〇億ドルを米英で半分ずつ負担する、と。だが一九四五年四月にルーズベルトが亡くなり、トルーマンが大統領に就任した。トルーマンのソ連に対する立場はルーズベルトとは異なり、その時期に冷戦が始まった。アメリカの歴史書や西側諸国では一貫して、その責任はロシア側にあるとされた。そして昨晩あなたが言ったとおり、スターリンの暴虐がそれを正当化する材料や口実として使われてきた。

アメリカの軍事基地はいまや世界を覆い尽くしている。正確な数はわからないが、おそらく八〇〇から一〇〇〇、もしかしたらそれ以上の数があるだろう。アメリカ軍は軍事行動のため、ときには条約に基づいて、一三〇カ国以上に駐留している。これに終わりはあるのか。共産主義であれ、プーチニズムであれ、アメリカのロシアに対する敵意が消えたことはあったのか。敵という概念は拭いがたいものなのか。[37]

「すべては時の流れとともに変化する。第二次大戦後、世界は二極化した。私はそれをソ連の戦略的誤りだったと思う。もちろん同盟国があるのは良いことだ。しかし他国を無理やり同盟関係に引きずり込むことはできない。良い例が中欧だ。われわれは中欧諸国と関係を築いたが、その後ソ連軍はオーストリアから完全に撤収した。いまやオーストリアは中立国として存続している。それは同国の強みであり、フィンランドについても同じことが言える。

本当のことをいえば、ソ連が中欧の他の国々ともそのような関係を保っていれば、もっと洗練されたかたちで影響力を維持できたはずなんだ。協力しあうことができただろう。各国の非効率な経済を支援するためにロシアが莫大な資金を投じる必要もなかった。おそらく軍事条約を結ぶこともできただろう。

だがソ連はかなり強硬かつ粗暴なふるまいをしたので、アメリカにＮＡＴＯを設立し、冷戦を始める口実を与えてしまった。もちろん冷戦の直接的なきっかけはそれではなく、ソ連が原爆開発計画に乗り出し、かなりの早期に完成させたことだ。アメリカはいわゆる先進国のリーダーを自認し、その後ソ連の崩壊を目の当たりにしたことで、自分たちにはなんでもできる、何をしても咎めを受けることはないという幻想を抱いたのだと思う。

それはまちがいなくワナなんだ。なぜならそういう状況に陥った個人や国家は、誤りを犯すようになるからだ。状況を分析する必要もなく、行動がもたらす結果や経済性も考える必要がなくなる。すると国家は非効率になり、次々と失敗を重ねるようになる。アメリカはまさにそのワナにはまったと私は思う。指導者にはすべてを支配し、意のままにすることは不可能だという認識はある。ただそれに加えて、社会も同じように現実を認識する必要がある。というのも社会がこのような帝国主義的考えにとらわれていると、政治指導者にそうした論理に従うような圧力をかけるからだ。特に選挙のときはそうなる」

――アメリカにおいて？

「もちろんそうだ。社会に帝国主義的考えが蔓延し、全体として自分たちは何をしても許される、自分たちが正しいと思い込めば、政治指導者も同じ論理に従わざるを得なくなる」

――基本的にアメリカには、世界中に軍事基地を作って他国に介入し、そうした国々の政治を思うままにしようという党派を超えた外交政策がある。いまは中国、イラン、ロシアで問題や壁にぶつかっており、この三国が常に論議の的となる。次回はこのアメリカによる世界支配の追求について議論したい。その障害がなんであり、その計画においてロシアはどのような役割を果たすのか。

「一つ約束しようじゃないか。あなたがアメリカの政策に対して非常に批判的なのはわかっている。ただ私を反アメリカ主義に引きずり込むのはやめてほしい」

――そんなつもりはない。ただ起きた事実について議論したいだけだ。それもできるだけ率直に。というのも旧ソ連は常にアメリカの政策に対して非常に現実的な認識を持っていたからだ。常にアメリカの意図を理解するよう努めていた。そうしたシンクタンクがいまも存在するかわからないが、きっとあると思うし、あなたはそこからアメリカの意図についてきわめて正確な評価を得ているのだと思う。

「もちろん、そうした評価は受け取っている。アメリカの意図は理解している。さきほども言ったとおり、自らを世界唯一の超大国だと考え、国民に自分たちは特別だという認識を植えつけると、社会に現実ばなれしたメンタリティが生まれる。それが今度は社会の期待に応えるような外交政策を求めるようになる。そうなると国家の指導者はそうした帝国主義的論理に沿った行動をとらざるを得なくなり、アメリカ国民の利益を損なう可能性がある。なぜなら最終的にそうした行動は問題を生み、システムに齟齬《そご》を来すからだ。それが私の現状認識だ。すべてをコントロールすることはできない。そんなことは不可能なんだ。だがこの議論はまたにしよう」

――そうしよう。長時間ありがとう。

16 国家としてのリビアが二〇一一年のNATOの介入により破壊されたのは周知の事実である。以下を参照。"The US-NATO Invasion of Libya Destroyed the Country Beyond All Recognition," Vijay Prashad, Alternet (March 22, 2017). http://www.alternet.org/world/us-nato-invasion-libya-destroyed-country-beyond-all-recognition

17 「敬愛なる指導者」と呼ばれたカダフィは、二七歳で王政に対するクーデターを率いた。それから四二年にわたり、リビアの指導者としてイスラム・スンニ派の教義を厳格に実施した。国家と政権を徹底的に守ろうとして戦闘につながることも多く、そのショーマンシップは他国から危険視された。なんどもクーデターや暗殺の企てを生き延びたが、最終的に二〇一一年に殺害された。以下を参照。http://www.nytimes.com/2011/10/21/world/africa/qaddafi-killed-as-hometown-falls-to-libyan-rebels.html

18 以下を参照。"Bush saw Putin's 'Soul.' Obama Wants to appeal to his Brain," Steven Mufson, *The Washington Post* (Dec. 1, 2015). https://www.washingtonpost.com/business/economy/bush-saw-putins-soul-obama-wants-to-appeal-to-his-brain/2015/12/01/264f0c7c-984b-11e5-8917-653b65c809eb_story.html

19 以下を参照。"9/11 a 'Turning Point' for Putin," Jill Dougherty, *The Washington Post* (Sep. 10, 2002). http://www.edition.cnn.com/2002/WORLD/europe/09/10/ar911.russia.putin/index.html

20 ストーンの指摘するとおり、プーチンは九・一一後のアフガニスタン侵攻ではアメリカに重要かつ具体的支援を実施した。前掲サイト。

21　以下を参照。"Frankenstein The CIA Created," Jason Burke, *The Guardian* (Jan. 17, 1999). https://www.theguardian.com/world/1999/jan/17/yemen.islam

22　以下を参照。"Ghost Wars: How Reagan Armed the Mujahadeen in Afghanistan," Steve Coll & Amy Goodman, Democracy Now! (June 10, 2004). https://www.democracynow.org/2004/6/10/ghost_wars_how_reagan_armed_the

23　以下を参照。"Chechen Terrorists and the Neocons," former FBI agent Coleen Rowley, Consortium News (April 19, 2013). https://consortiumnews.com/2013/04/19/chechen-terrorists-and-the-neocons/

24　ＣＩＡからプーチンに送られた、ＣＩＡがチェチェンの反体制派を支援した可能性についての書簡は、次の記事のなかで言及されている。"Chechnya, the CIA and Terrorism," Michael S. Rozeff, *Russia Insider* (April 28, 2015). http://russia-insider.com/en/chechnya-cia-and-terrorism/6179

25　"In Afghanistan, Taliban leaving al-Qaeda behind," Joshua Partlow, *The Washington Post* (Nov. 11, 2009). http://www.washingtonpost.com/wp-dyn/content/article/2009/11/10/AR2009111019644.html

26　以下を参照。"Chechen Terrorists and the Neocons," 前掲サイト。

27　以下を参照。"Miscalculations Paved Path to Chechen War," David Hoffman, *The Washington Post* (March 20, 2000). https://www.washingtonpost.com/archive/politics/2000/03/20/miscalculations-paved-path-to-chechen-war/e675f17a-d286-4b5e-b33a-708d819d43f0/?utm_term=.2549af78ab19 ホフマンは次のように説明する。「チェチェン共和国の反体制派指導者は、ロシアは積極的な対抗措置を取らないだろうという誤ったもくろみに基づき、イスラム教徒による反乱を引き起こす狙いから前年八月に隣国のダゲスタン共和国への攻撃を開始した。しかしそのような反乱は起きず、ダゲスタンに侵攻した勢力は撃退された」

28　プーチンが主張するとおり、ロシアは当時アメリカに対して、イラクは大量破壊兵器を所持しておらず、二〇〇三年のイラク侵攻を正当化する根拠はないという評価を伝えていた。ニューズウィーク誌は次のように伝えている。「信頼できる諜報機関の多くが、大量破壊兵器の存在が事実ではないことを確信していた。フランス、ロシア、ドイツの諜報機関はすべてそれを認識していた」"Dick Cheney's Biggest Lie," Kurt Eichenwald, *Newsweek* (May 19, 2015). http://www.newsweek.com/2015/05/29/dick-cheneys-biggest-lie-333097.html

29 "Russia's Got a Point: The US Broke a NATO Promise," Joshua R. Itzkowitz Shifrinson, *LA Times* (May 30, 2016). http://www.latimes.com/opinion/op-ed/la-oe-shifrinson-russia-us-nato-deal-20160530-snap-story.html

30 以下を参照。"US Withdraws From ABM Treaty; Global Response Muted," Wade Boese, Arms Control Association (July/August 2002). https://www.armscontrol.org/act/2002_07-08/abmjul_aug02

31 "Bush Pulls Out of ABM Treaty; Putin Calls Move a Mistake," Terence Neilen, *The New York Times* (Dec. 13, 2001). http://www.nytimes.com/2001/12/13/international/bush-pulls-out-of-abm-treaty-putin-calls-move-a-mistake.html

32 "Putin Warns Romania, Poland Over Implementing US missile Shield," Fox News (May 28, 2016). http://www.foxnews.com/world/2016/05/28/putin-warns-romania-poland-over-implementing-us-missile-shield.html

33 冷戦の緊張が高まり、共産主義に対するパラノイアがアメリカ中に吹き荒れるなか、共産党員のジュリアス・ローゼンバーグとエセル・ローゼンバーグ夫妻が、アメリカの原子力情報をロシアに伝えたとして一九五〇年、スパイ法違反容疑で逮捕された。夫妻に対する寛大な処遇を求める世論の声に反して、トルーマン、アイゼンハワー両大統領は恩赦を拒絶した。夫妻はニューヨークのシンシン刑務所から無実を訴え続けたが、ともに一九五三年六月一九日に電気椅子で処刑された。以下を参照。http://www.coldwar.org/articles/50s/TheRosenbergTrial.asp

34 共産主義イデオロギーに傾倒し、ソ連に原子力機密を渡したクラウス・フックスの詳細な物語は、以下のPBSの番組を参照。"American Experience," http://www.pbs.org/wgbh/amex/bomb/peopleevents/pandeAMEX54.html

35 以下を参照。"Putin's Prepared Remarks at 43rd Munich Conference on Security Policy," *The*

Washington Post (Feb. 12, 2007). http://www.washingtonpost.com/wp-dyn/content/article/2007/02/12/AR2007021200555.html

36 以下を参照。Pauwels, Jacques R. *The Myth of the Good War: America in the Second World War* (Lorimer, 2016).

37 以下を参照。Vine, David. *Base Nation: How US Military Bases Abroad Harm America and the World* (American Empire Project). (Metropolitan Books, 2015).

3

ロシアがスノーデンを引き渡さない理由を話そう

一度目の訪問二日目　二〇一五年七月三日

「スノーデンは祖国を裏切ったわけではない。公表という形でしか情報は出さなかった」

――運転中に話しかけていいかな？　事故は嫌だからね（笑）。

「私もごめんだ」

――渋滞なし、か。夏の晩はいいなあ。最初にあなたに会ったのは二〇一五年の初夏で、ここモスクワで映画『スノーデン』を撮り終えようとしていたころだった。あなたは一九六〇年代に書かれた芝居を観に来ていたんだ。ロシア農村部の伝統文化を祝う式典だったと思う。

「あの芝居にはずっと以前から、劇場主に招待されていたんだ。ロシアで最も有名で人気のある芸術家の一人でね。アレクサンドル・カリャーギンという。人気映画にたくさん出ているし、今は劇場主でもある。数年前、私は劇場のこけら落としにも参列したんだ。カリャーギンは俳優組合のトップでもある」

ジョージア（グルジア）介入は正当だ

――スノーデンについて少し話したい。二〇一二年頃というのは今となってはずいぶん前のことに思えるが、もともとあなたとブッシュ大統領との関係は良好だったという話で、おそらくその後のオバマとの関係も良好だったのだろう。シリアやイランの問題ではオバマが交渉相手だった。決裂したことはなかったはずだ。あなたとアメリカとの関係に特別な悶着は一つもなかったと記憶している。それが二〇一三年に突然、あなたはエドワード・スノーデンの亡命を認めた。

「その描写は必ずしも正確じゃないな。まずアメリカがコーカサス地方でテロ組織を支援したことが全体的な米ロ関係に水を差した。それは長らく両国関係に刺さっていた棘《とげ》のようなものだった。大統領との関係だけでなく、議会との関係もそうだ。連邦議員はみな口ではロシアを支持すると言いながら、行動はまるで逆だった。その後イラク問題で両国関係はさらに悪化した。われわれにとって気がかりな問題はほかにもあった。たとえばアメリカがＡＢＭ条約から一方的に脱退したことだ」

――たしかに。ただそれはブッシュ政権の時代だ。その後オバマ大統領が就任した。

「しかしその問題は尾を引いており、両国の関係に影響を及ぼしつづけた。スノーデン氏の亡命を認めたことも、関係改善にはつながらなかった。というより、むしろさらに悪化した」

――少し話を戻そう。ブッシュ大統領は二〇〇八年にジョージア【訳注　かつてのグルジア】の南オセチアへの攻撃を支持した[38]。

「いや、正確にいうと、その言い方は半分正しく、半分誤りだな。ブッシュ大統領は単にサーカシビリ大統領による攻撃を支持しただけではない。攻撃を開始したのがサーカシビリ大統領であるのは明らかであったにもかかわらず、ロシアが侵略者であるかのような図式を描こうとしたので、われわれは非常に驚いた[39]。しかも大統領はそんな見方を公然と語った。テレビ演説までした。これほど事実と真逆のことが言えるというのは驚きだった。しかも隣国であるロシアに罪を着せようとした。つまりスノーデン以前から、両国関係を悪化させる問題はたくさんあったのだ。そうした流れのなかで、スノーデンという新たな問題は関係をさらに悪化させる要因となった」

——ただ、ロシアがサーカシビリに対して強い姿勢……非常に強い姿勢で臨み、ジョージアの問題について越えてはならない一線があることを明白にして以降は、ジョージアについて目立った対立はなかったと言ってよいのではないか。オバマはそういう状態を受け入れたと思ったが。

「まず事実をはっきりさせておこう。われわれはあの地域の未承認の共和国【訳注　アブハジアと南オセチア】に対して、非常に慎重な立場をとってきた。ロシア大統領として、私自身は両国の指導者と面会したことは一度もなかった。そしてサーカシビリ大統領と会った際には、ジョージアの領土問題の解決に協力すると何度も伝えてきた。ただそれと同時に現実を受け入れ、彼らが直面していた問題は昨日や今日始まったものではないことを認める必要がある、とも言った。分離派との対立には根深い歴史がある。

第一次大戦後、ロシアのいわゆる一〇月革命後、ジョージアは国家として独立する意向を宣言した。一方、オセチアはロシアの一部にとどまる意向を宣言した。すると一九二一年、ジョージア軍は分離派に対して二度にわたって懲罰的攻撃を仕掛けた。そうした歴史がすべて人々の記憶に刻まれている。それに対して何か手を打たなければならない。ジョージアが自らの領土保全を望むなら、国民の信頼を得る必要があった」

——ただもう一度言うが、スノーデンの問題が起きるまではあなたとオバマのあいだに重大な、派手な対立はなかったと記憶している。

「それはそのとおりだが、よろしければジョージアについてもう少し続けさせてもらいたい。私はサーカシビリには何度も言ったんだ。領土保全を望むなら、アブハジアと南オセチアの住民に対してとにかく慎重に接するべきだ、と。それについてロシアには協力する用意がある、とも言った。それはジョージ・ブッシュにも言ったはずだ。サーカシビリには攻撃の可能性は排除すべきだと言い聞かせた。コーカサスの民族構成を考えれば、アブハジアと南オセチアに攻撃を仕掛ければ、両地域に接するロシア連邦内の人々が放っておくわけがない。彼らが戦いに身を投じるのを防ぐ手立てはないだろう。南オセチアは小さな共和国だ。その北側にはロシア連邦の一部である北オセチアがある。南北オセチアには同じ民族が住んでいる。北オセチアの人々が同胞のもとへ馳せ参じるのを止めることなど不可能だ。ロシアも傍観してはいられなくなるはずだ。パートナーであるアメリカは『なるほど、了解した』と言っていたんだ。

そうしたなかでサーカシビリによって戦争が始まった。彼の行動はジョージアに甚大な打撃を与えた。スノーデンについては、たしかにそれまでアメリカとの関係は良好だった。スノーデン問題によって関係が悪化したのだ」

スノーデンを引き渡せなかった理由

――そして二〇一三年六月になった。あなたのもとに、おそらくスノーデンがモスクワに向かっているという電話が来たのだろう。オバマを含めて、アメリカから電話があったはずだ。事態はどのように進展し、あなたはどう対処したんだろう。

「最初にスノーデン氏と連絡を取ったのは、彼が中国にいたときだ。そのときは人権のために闘う、人権侵害に抗議している人物だと聞いていた。そしてロシアもそこに加わってほしいと言う。あなたを含めて、多くの人をがっかりさせるかもしれないが、私はそんなことにはかかわりたくない、と言ったんだ。すでにロシアとアメリカとの関係は難しくなっていたので、それ以上こじらせたくなかった。しかもスノーデン氏は自分のほうからは何の情報も提供せず、ただ一緒に闘ってほしい、それを約束してほしいの一点張りだった。そしてこちらにそのつもりがないとわかると、そのまま姿を消したんだ」

――そのまま姿を消した？

「ただその後、スノーデンがモスクワに向かっており、そこで別の便に乗り換えて南米に向かうという報告を受けた。私の記憶違いでなければ。だが彼が向かおうとしていた国々は、積極的に受け入れようとはしていなかった。しかもこれはわれわれが独自に入手した情報ではなく、他の情報源からもたらされたもので、彼が機上にいるうちにメディアに漏れてしまった。結局、彼は旅を続けられなくなり、乗継区画から動けなくなった」

――アメリカはスノーデンが機上にいるあいだにパスポートを無効にした。そんなことは前代未聞だ。[40]

「それは覚えていないが、いずれにせよスノーデンが旅を続けられなくなったのは明白だった。彼は勇敢な男だ。無謀と言ってもいいだろう。そして自分に勝ち目がないこともわかっていた。乗継区画に四〇日間とどまっていた。その後、われわれが一時的亡命を認めたんだ。もちろんアメリカは引き渡しを求めてきたが、そんなことは当然できない」

――なぜ？

「当時はアメリカと法務協力協定を締結するための交渉中だったからだ。それはわれわれから働きかけたことだ。そこには犯罪者の相互引き渡しも含まれていたが、アメリカは協力を拒否していた[41]。われわれの方から提案した合意文書に署名することも拒否した。ことロシアの法律については、スノーデンは何も違反を犯していない。犯罪行為は一切働いていない。だから犯罪者の相互引き渡し協定が存在しない以上、そしてアメリカが同国に亡命を求めてきたロシアの犯罪者を引き渡したことが一度もないことを鑑《かんが》みれば、われわれに選択肢はなかった。われわれが一方的にアメリカの求めに応じてスノーデンを引き渡すことは絶対にできなかった」

――オバマとは直接電話で話したのか。

「機密事項だから、この番組のなかで話したくはないね」

――ぜひこれは聞いてみたいんだが、KGBの元エージェントとして、スノーデンの行動は生理的に受けつけないほど不愉快だったんじゃないか。

「いや、そんなことはまったくない。スノーデンは国を裏切ったわけではない。母国の利益に背いたわけではないし、母国やその国民を危険にさらすような情報を他国に渡したわけでもない。彼は世間に公開するかたちでしか情報を出さなかった。それはまったく性質の違う話だ」

――なるほど。彼の行為は正しいと思ったか。

「いいや」

――アメリカの国家安全保障局の盗聴は行き過ぎだったと思うか[42]。

「もちろん、まちがいなく行き過ぎだ。その点についてはスノーデンは正しかった。ただあなたの質問への答えとしては、彼はあのような行動を採るべきではなかったと思う。自分の仕事に気に食わないことがあったのであれば、さっさと辞めればよかっただけの話だ。だが彼はそれ以上に踏み込んだ。私は個人的にはスノーデン氏と会ったことがなく、報道を通じてしか知らない。自分があのような行動によって母国を何らかの脅威から守ることができると思ったのなら、そうする権利はあったと思う。それは彼の権利だ。ただそれが正しいか正しくないかと聞かれれば、私は間違っていると思う」

——つまりスノーデンは告発をすべきではなかった、と。基本的には仕事を辞めるべきだったと考えているわけだ。あなたがKGBを辞めたときのように。

「そのとおり。そんなふうに考えたことはなかったが、まさにそうだ」

——昨日聞いた話から推察すると、あなたが辞めた一因は、共産主義者が支配する政権には仕えたくなかったということか。

「私が辞めたのは、ゴルバチョフに対するクーデターという共産党指導部の行動を正しいと思わなかったからだ。そしてあの時期に諜報官として働きつづけたくはなかった」

——NSAの行為が行き過ぎだったと言ったが、ロシアの諜報機関の監視活動はどうだろう。

「かなりうまくやっていると思う。ただ既存の法的枠組みのなかできちんと任務を果たすことと、法律を犯すことはまったく違う。わが国の諜報機関は常に法律を遵守する。それが一つ。そして同盟国に対してスパイ行為を働くのは……もし相手を属国ではなく本当に同盟相手と見ているのなら、きわめて不適切なことだ。そんなことはすべきではない。信頼を損なう。それは最終的に自らの国益を損なうことになる」

——だがアメリカの監視機関がロシアを徹底的に監視していたのはまちがいない。

「そして今も監視を続けている。まちがいない。私はいつもそう考えてきた」

KGB長官は盗聴システムをアメリカに信頼のあかしとして手渡した

――映画『スノーデン』のなかで、スノーデンが同僚にハワイで「ヒートマップ」【訳注 どの地域でどれだけの盗聴活動が行われているかを示す図】を見せる場面がある。そこからはアメリカ国内で、ロシアで収集する数の二倍、実に数十億件単位の電子メールと通話を収集していることがわかる。ロシアは二番目。一番多いのがアメリカだ。

「それは事実だろう。残念ながら、それが今日の諜報機関のあり方だ。私ももう大人だから、世の中がどんなものかはわかっている。だがそれでも自らの同盟国をスパイするというのはいかがなものかね。どうにも認められないな」

――それでもアメリカを同盟国と呼ぶのか。

「もちろんだ。だがそうした行為は同盟国の信頼を損なう。そして関係を壊す。単に専門家としての意見だがね」

――アメリカがロシアをスパイしていたのだとしたら、ロシアだってアメリカをスパイしていたんじゃないか……アメリカはきっとロシアもわれわれをスパイしていたと言うだろう。

「それはそうだろう。アメリカがわれわれをスパイしていることに何も文句はないさ。ただ一つ、とびきりおもしろい話をしようじゃないか。ロシアで劇的な変化、政治体制の変化があった後、われわれは周囲はすべて同盟国だと考えた。アメリカも同盟国だと思った。そこでロシアの諜報機関であるKGBの長官が突然、パートナーであるアメリカの高官とモスクワのアメリカ大使館で面会し、それまで使っていた盗聴システムを手渡したんだ。それも一方的にね。

思いつきからの突然の行為だった。米ロ関係が新たな次元に移ったことを象徴する信頼の証として」

――それはエリツィンのことか？

「いや違う、ロシアの諜報機関のトップだ。エリツィン政権時代のことだがね。彼を裏切り者という者も多かった。だが私は、この人物は米ロ関係の性質が変化したことの象徴のつもりでやったのだと確信しているんだ。だから諜報活動もやめるつもりだ、と。だがアメリカ側からのそうした対応は一切なかった」

――米ロ関係においてスノーデン事件は転換点だった。アメリカにおける新保守主義ネオコン運動にとって重大な問題だった。それを契機にネオコンは再びロシアに照準を合わせるようになった。ウクライナ問題が持ち上がったのは、それからまもなくのことだ。

「そのとおりだ。多分明日、それについてはもっと突っ込んだ議論ができるだろう。ただスノーデンについては、ロシアの立場を十分説明したと思う」

――現実主義者として、政治的現実主義者として、私はスノーデンはゲームの駒だったと考えている。

「その見方はまちがっていると思う。スノーデンが国家の反逆者だったのであれば、ゲームの駒だったのかもしれない。彼の行動に対する私の見解はこうだ。私は彼は大した男だと思うし、独自の意見を持っており、それを貫くために闘っている。自らの正当性を示そうとしている。この闘いにおいて、あらゆる努力を惜しまない」

――スノーデンには三年間の滞在期間延長を許可したわけだが、そうした状況を踏まえれば、何があろうと彼をアメリカに引き渡すつもりはない、と。

「ないね。何があろうとも。なぜなら彼は犯罪者ではないからだ」

――ロシアの法律は犯していない？

「アメリカのパートナーはスノーデンが法を犯したと言っている。だがロシアでは何の法も犯していない。しかもアメリカのパートナーが合意への署名を拒否したために、両国のあいだに政府間の犯罪者引き渡し条約は存在しない。ロシアで罪を犯した者がアメリカに逃げても、アメリカはこちらへの引き渡しを拒んできた。われわれは主権国家であり、双方向性のない犯罪者の引き渡しを決断するわけにはいかない」

――つまり、アメリカが合意に署名したら、スノーデンの送還を考慮することになるということか。

「われわれはアルメニアとのあいだでそういう合意を結んでいる。その後ロシアの軍関係者がアルメニアで罪を犯した。協定に基づいて、彼はアルメニアで裁判を受けることになるだろう」

――アメリカがどうしてもスノーデンを取り戻したければ、ロシアとの犯罪者引き渡し協定に署名するだろうか。

「もっと早くやっておくべきだったな。もう手遅れだ。法律を遡って適用することはできない。だから今後われわれが協定を結ぶことがあっても、法律は署名後に発生したケースにしか適用されない」

なぜ、アメリカはスノーデンをわざわざモスクワで足止めさせたのか？

――なるほど。最後にあと一つ。アメリカはスノーデンが機上にいるあいだにパスポートを無効にした[43]。経由地がモスクワであることはわかっていたはずだ。だからアメリカは意図的にスノーデンをロシアに足止めしたのだ、という見方をする者も多い。裏切り者を糾弾する舞台にうってつけの場所だからだ。

「私はそんな話は信じないね。ニューヨークのテロ攻撃を仕掛けたのがアメリカの諜報機関だという説を買わないのと同じことだ」

――そんなことは言っていない。私が言わんとしているのは……。

「あなたがそんなことを言っていないのはわかっている。私はそんな筋書きは信じないと言っているだけだ。アメリカがスノーデンのモスクワへのフライトを手配したという説もね」

――いや、手配したのはウィキリークスだ。ウィキリークスの仕事ぶりは見事だった。私が聞いた話では、スノーデンの行き先を隠すため香港から発《た》つ便のチケットを二五枚以上も用意したそうだ。スノーデンが飛行機に乗った後に、香港当局から、あるいはウィキリークスからモスクワに向かっているという事実が明らかにされたと思う。その時点ではエクアドルかキューバに安全に渡航できるはずだった。ベネズエラとボリビアも歓迎する意向を表明していた。つまり行き先はあったわけだ。うまく行くはずだった。私にわからないのは、なぜアメリカ当局はスノーデンにモスクワを通過させ、南米に行かせなかったか、だ。奇襲攻撃でスノーデンを奪還するなら、おそらくロシアよりベネズエラやボリビアのほうがはるかに簡単だっただろう。

「彼らが単にプロの仕事をしなかっただけさ。意図的にそうしたとは思わない。彼らは感情的になっていた。極度に緊張し、不安にさいなまれていた。諜報活動でそういう状況に追い込まれたとき、絶対に緊張してはいけない。冷静さを保つんだ。彼らはスノーデンを飛行機に乗せ、その飛行機を適当な空港に着陸させるべきだった」

──そんなことができたと思うか

「もちろんさ。当然じゃないか。ボリビア大統領の飛行機だって緊急着陸させただろう」[44]

──驚くな。

「なんともお粗末な話だ。刑事免責を与えられていたのに、そんなことをする胆力もなかったとはね。アメリカがスノーデンのパスポートを無効にしなかったと仮定しよう。そのまま民間航空機に乗せて、ヨーロッパ上空を飛んでいる途中で、何らかの技術トラブルだと言って着陸させることができたはずだ」

──スノーデンをモスクワに足止めして、恥をかかせようという意図がなければ。

「そんな意図はなかったと思う。彼らがそんな気の利いたことを思いつくわけがない」

──そうだろうか。

「私はそんな意図はなかったと思う。しかもスノーデンはここに座っていただけで、何か特別なことをしていたわけではない。ロシアの指示に従っていたわけじゃない。すべて自分の意思に基づいて行動していただけだ」

──たしかに。そしてスノーデンはアメリカでもヨーロッパでも目的を果たした。アメリカ連邦議会は改革を検討している。裁判所は法律を精査し、いくつかを無効と判断した。それが実現したわけではないが、複数の裁判所が違法という判断を下した。マス・サーベイランス（無差別的監視）は違法だ、と。だからスノーデンは目的を果たしたんだ。[45]

「彼らがスノーデンを南米に向かう途中で拘束していたら、そうはならなかった。だからこそ私は、アメリカ当局はプレッシャーの下で行動したためにたくさんの失敗を犯したのだと確信している」

――なるほど。納得だ。

「彼らの失敗によってスノーデンは助かった。さもなければ今頃は塀の中だ。彼は勇気ある人物だ。それは認めよう。そしてかなりの個性の持ち主だ。これからどういう人生を送っていくつもりなのか。まるで想像もつかないよ」

――一つだけはっきりしている。世界中で彼が安全なのは、ここロシアだけだ。

「私もそう思う」

――ここに非常に大きな皮肉を感じるんだ。かつてはロシアの亡命者がアメリカを目指した。今はそれが逆になった。

「だがスノーデンは反逆者じゃない」

――私もそれはわかっている。

「それが一つ。そしてもう一つ、今あなたが言ったことは、何の不思議もない。なぜならあちらがどれだけロシアを悪者に仕立てようとしても、今日のロシアは民主国家であり、主権国家だからだ。それはリスクを伴うが、同時にすばらしく価値のあることなんだ。今日の世界には、本当に主権を行使できる国家は数えるほどしかない。それ以外は同盟国の義務とやらを負わされている。実際には、自らの意思で自らの主権をしばっているんだ。それぞれの選択として」

――ありがとう、大統領。明日はウクライナの話から始めよう。

「おおせのとおりに。私はもう少し、仕事をするとしよう」

38 以下を参照。"The United States Shares the Blame for the Russia-Georgia Crisis," Paul J. Saunders, *US News & World Reports* (Aug. 12, 2008). https://www.usnews.com/news/articles/2008/08/12/the-united-states-shares-the-blame-for-the-russia-georgia-crisis

39 "The United States Shares the Blame for the Russia-Georgia Crisis," 前掲記事。

40 訂正。エドワード・スノーデンのパスポートは、スノーデンがロシアに向けて香港を出発する前に無効にされた。以下を参照。"AP Source: NSA leaker Snowden's passport revoked," Mathew V. Lee, *US News & World Report* (June 23, 2013). https://www.usnews.com/news/politics/articles/2013/06/23/ap-source-nsa-leaker-snowdens-passport-revoked

41 アメリカとロシアが犯罪者引渡条約を締結していない理由は以下を参照。"3 Extradition Cases That Help Explain US-Russia Relations," Eyder Peralta, NPR (Aug. 7, 2013). http://www.npr.org/sections/thetwoway/2013/08/07/209846990/3-extradition-cases-that-help-explain-u-s-russia-relations
この記事ではアメリカはロシア人の逃亡者だけでなく、チェチェン共和国から逃亡したテロリストや、ロシアで強制収容所を運営していたナチスの戦争犯罪者などの引き渡し要求も拒んできた、と伝えている。

42 ＮＳＡがアメリカ国民について収集している膨大な情報について、詳しくは以下を参照。"FAQ: What you Need to Know about the NSA's Surveillance Programs," Jonathan Stray, *Propublica* (Aug. 5, 2013). https://www.propublica.org/article/nsa-data-collection-faq

43 "AP Source: NSA leaker Snowden's passport revoked" 前掲記事。

44 アメリカはボリビアのエボ・モラレス大統領の乗ったボリビア大統領機を強制的に着陸させ、ボリビア政府の怒りを買った。大統領機にスノーデンが乗っていると誤認したためである。以下を参照。"Bolivia: Presidential plane forced to land after false rumors of Snowden aboard," Catherine E. Shoichet, CNN (July 3, 2013). http://www.cnn.com/2013/07/02/world/americas/bolivia-presidential-

plane/

45 以下を参照。“Congress Passes NSA surveillance reform in vindication for Snowden, Bulk collection of Americans’ phone records to end as US Senate passes USA Freedom Act” Sabrina Siddiqui, *The Guardian* (June 3, 2015). https://www.theguardian.com/us-news/2015/jun/02/congress-surveillance-reform-edward-snowden

4

アメリカはロシアという外敵を必要としている

一度目の訪問三日目　二〇一五年七月四日

「イスラエルのパレスチナ封鎖を批判する人は多い。が、ウクライナ政府はドンバス地方に同じことをしている」

アメリカはアエロフロート機も強制着陸させられる

——おはよう、プーチンさん。調子はどうです?

「ああ問題ない、ありがとう」

——私もいまは絶好調だ。水もあるし、コーラもある。あなたは何も飲まないのかな。あまり水分をとらないようだ。

「水分をたっぷりとるのはいいことだよ」

——私は朝起きると、まず大きなボトルに三本、水を飲むんだ。

「私も起きると一本ぐらいは飲む」

——ちなみに昨晩の会話の続きなんだが、確認したら、スノーデン氏を香港からモスクワに運んだのはアエロフロート便だった。だとするとアメリカが緊急着陸させることは難しかったんじゃないか。

「いやいや、そんなことはまったく問題じゃないさ」

――本当に？

「何か特別な事情があるといった名目で、世界中のどの国のどの空港であろうと、またどこの航空機だろうと着陸させられたはずだ。好きなところで乗客全員を降機させ、選別できたはずだ。そうすれば一〇時間も経たずにスノーデンはアメリカの監獄に収まっていただろう。ただここで重要なのは、スノーデンがアエロフロート便に乗ったのはモスクワまでで、そこから先は別の航空会社に搭乗する予定だったことだ。モスクワで別の航空機に乗り換えるはずだったんだ」

――だがアエロフロート機を着陸させるとなったら、ロシアは強く反発したんじゃないか。

「それがロシアの領土となんのかかわりがあるんだ？　緊急着陸させられるとしたら、モスクワから南米に向かう途中だったはずさ」

――ロシアの航空機内はロシア領土とみなされるんじゃないか。

「そうじゃない。そういう意味でのロシア領という概念は、軍艦、軍用機、あるいは公海上にいる商船のみに適用される」

――わかった。ではウクライナの話に移ろう。

「ちょっと待った。わが国の航空機がロシアから南米に向かう途中のどこかの国で着陸させられたとしても、そもそも私は知らなかったはずだ。誰も私に報告しなかっただろう。単なる運輸上の手続きだ。政治とは一切無縁の標準的な手続きさ。そしてあのときスノーデンがモスクワより先に向かっていたら、それも私の知るところではなかったはずだ。それはスノーデンの元雇用主が、彼をどうするかというだけの問題だ」

ロシアがウクライナに対して貿易的措置をとった理由

——では、ウクライナだ。初めに、私が数カ月前にヤヌコビッチ氏【訳注　元ウクライナ大統領】にここモスクワで会ったことを伝えておきたい。そのとき一連の出来事に対する彼の見方を聞いた。

「一連の出来事については客観的事実がある。それに対してさまざまな評価が可能だし、さまざまな表現や図式を当てはめることもできる。だがまずは事態がどのように進展していったかを明らかにすることだ。さまざまな立場の人間に、起きた事象について独自の見方を語る機会を与えるのはそれからだ」

——二〇一三年一一月から二〇一四年二月二一日にかけての出来事について、あなたの見方を聞きたい。この三カ月間にウクライナではかなりの抗議運動があった。あなたも当然認識していたはずだ。

「ウクライナで何が起きていたのか、一九九〇年代初頭からさかのぼって知りたくはないかね？　そこで起きていたのは、ウクライナ国民からの組織的略奪さ。独立直後からウクライナではロシア以上に大々的な民営化と国家資産の横領が横行し、それが生活水準の低下につながった。ウクライナの独立直後からだ。どんな勢力が政権に就こうと、一般の人々の暮らしは一向に変わらなかった。

当然ながら国民は、上層部の身勝手な行動やとんでもない腐敗、貧困、そして一部の人間ばかりが不法に富んでいく状況にうんざりしていた。それが人々の不満の根っこにあった。そしてどんなかたちであれEU世界に出ていくことが、一九九〇年代初頭から始まった悲惨な状況からの解放につながると考えた。それがウクライナでの一連の出来事を引き起こした原動力だったと私は考えている。

そして周知のとおり、ヤヌコビッチ大統領がEUとの政治・貿易協定を延期すると言ったことで危機が勃発した。それが始まりだった。ヨーロッパとアメリカのパートナー達は、まんまとウクライナ国民の不満に乗じて、本当は何が起きているかを知ろうともせず、クーデターを支援することを決めた。[46]

ここで事態がどのように進展したのか、そしてそれに対するロシアの立場を説明しておきたい。ヤヌコビッチ氏がEUとの協定に調印するのを『中止』ではなく『延期』したのは、ウクライナがすでに独立国家共同体（CIS）自由貿易協定の加盟国だったからだ。

CIS自由貿易地域の設立は、ウクライナ自身が積極的に推進したものだ。ウクライナが設立を主導したんだ。その結果として、またロシアとウクライナの経済が一体性を強め、両国のあいだに特別な経済関係が生まれたことで、両国の企業の多くは互いから独立して存在することができなくなった。両国企業のあいだにはきわめて深い結びつきがあった。

ロシア市場はウクライナからの輸入に対して完全に開放されていた。当時も今も関税障壁はゼロだ。両国は単一のエネルギーシステムと輸送システムを共有している。両国の経済を結びつけていた要素はほかにもたくさんある。われわれは一七年にわたって世界貿易機関（WTO）への加盟条件をめぐり、EUと交渉を重ねてきた。それが突然、EUはウクライナと貿易協定を調印すると発表した。それが意味するのはウクライナの市場開放だ。つまりEUの技術基準、貿易規制をはじめとする経済政策がウクライナに適用されるということだ。しかも移行期間もなく一気に。ロシアとウクライナとの税関が完全に開放されている状況のなかで、EUは一切の交渉もなく、あらゆる製品をわが国の領土に自由に持ち込めることになる。一七年にわたるロシアのWTO加盟交渉のなかで合意された、一貫性のあるルールを反故にして。

当然われわれとしては対応をとらざるをえない。そこでこう言ったんだ。ウクライナがそのような行動をとると決めたのなら、それは彼らの選択であり、ロシアは尊重する。だからといって、われわれがその代償を払ういわれはない。なぜ今日ロシアに住んでいる人々が、ウクライナ指導部の選択のツケを払わなければならないのか。だからロシアとして保護貿易措置を採ること、ただしそれは特別なものではなく、ウクライナに差別的扱いをするわけではないことを伝えた。

ロシアはちょうどウクライナに対して国際私法で言うところの最恵国待遇を延長しようとしていたが、それを撤回することにした。だが最恵国待遇を失えば、ウクライナ企業はロシア市場で長くはもたないだろう。そこでヨーロッパのパートナーに三者協議を提案したんだ。だがヨーロッパ側はにべもなく断った。ロシアは口を出すな、と。彼らの言い分はこうだ。EUとカナダの貿易交渉にロシアは介入しないだろう？　われわれもロシアと中国との交渉には介入しない。だからEUとウクライナとの関係に介入しないでくれ、と言うわけだ。

それに対してわれわれは、それはまったく違う話だと反論した。カナダや中国との交渉と、ロシアとウクライナ関係は違う話だ、と。しかしEUがそのように考えるなら、われわれはEUとウクライナの関係に口出ししない。ただその場合、ロシアが保護貿易措置を採り、自らの経済政策を継続する権利を尊重するよう求めた」

ロシア系住民の多い地域にウクライナが何をしたか？

「もっと言わせてもらえば、経済政策についてはクーデターの後、ウクライナの政権が変わってポロシェンコ氏が大統領となった後、われわれはアメリカのパートナーとウクライナ側の要請に基づいて、保護貿易措置の実施を見送った。一方、ウクライナ指導部はＥＵとの貿易協定に調印した。そして批准後、その発効を二〇一六年一月一日まで延期した。いまこのドキュメンタリーを撮影しているのは二〇一五年半ばだが、現時点ではＥＵとウクライナの貿易協定はまだ発効していない。

それこそまさに私がヤヌコビッチ氏に提案したことだ。そしてヤヌコビッチ氏は調印を延期しようと提案した。そうなるとクーデターは何のためだったのかという疑問が湧いてくるじゃないか。なぜウクライナを混乱と内戦に引きずり込む必要があったんだ？　そこに何の意味があった？　あなたがさきほど事実として指摘したように、政治状況としては暴動やクーデターが起きた。

ここで思い出していただきたいのだが、私の記憶が正しければ、二〇一四年二月二一日、ヨーロッパ諸国の外相が三人、キエフにやってきたはずだ。そしてヤヌコビッチ大統領と反体制派との話し合いに同席し、そこで大統領選を前倒しで実施することが合意された。[47] 大統領と反体制派とのその後の関係についても合意した。その翌日、ヤヌコビッチ大統領は地域会議に出席するため、ウクライナ第二の都市であるハリコフに出向いた。だが大統領が出発した途端、武力によって公邸が占拠され、政権も占拠され、政府機関も占拠された。どう思う？　そして検事総長が銃撃され、警備員が一人負傷した。ヤヌコビッチ大統領自身の車列も銃撃された。

武力による権力奪取にほかならない。当然、誰かがこのクーデターを支援していたんだ。最初に言ったとおり、ウクライナ国民は国内の混乱した状況をめぐり、ヤヌコビッチ個人に対してではなく政府そのものに愛想を尽かしていた。貧困と汚職にうんざりしていた。だからクーデターに満足した国民もいたが、そうではない者もいた。ナショナリズムと急進主義の台頭に恐怖を抱いた国民もいた。

新政権が早速議論しはじめたのは、ロシア語の使用を制限する法律を作ろうという話だ[48]。ヨーロッパ諸国がやめさせたが、社会にシグナルは送られてしまった。ロシア系住民が圧倒的多数を占めるクリミアなどは、国がどこに向かおうとしているかはっきりと認識した。この地域のウクライナ国民の多くはロシア語を母国語だと考えている。クリミアの人々は新たな状況に特に恐怖を抱いた[49]。彼らに対する直接的脅しもあった。そうしたことが周知の状況につながった。この問題についてはさまざまな場で詳しく説明してきたので、興味があるなら一から説明しよう。だが全体としてウクライナ南東部で起きていた状況はそういうものだ。

ドンバスと呼ばれる地方【訳注　ドネツク州とルガンスク州を指す】には大きな都市が二つあり、そこの住民もクーデターを容認しなかった[50]。当初は警察がそうした住民を逮捕しようとしたが、まもなく警察も住民側に付いた。するとウクライナの中央政府が特殊部隊を使って、夜中に住民を捕まえて刑務所に放り込みはじめた。続いてオデッサの悲劇が起きた[51]。武器を持たず、平和的デモに参加した人々が、建物に押し込まれ虐殺されたのだ。犠牲者には妊婦もいた。極悪非道だ。だが誰も調査に乗り出さなかった。その後、ドンバスの住民も武装するようになった。

ベラルーシ
ロシア
ポーランド
キエフ
スロバキア
ドンバス
ウクライナ
ハンガリー
ルーマニア
クリミア
黒海
セバストポリ
ノボロシースク

衝突が始まって以降、ウクライナ政府は南東部の住民と対話をするどころか、特殊部隊を使った後は直接武力に訴えるようになった。戦車や爆撃機まで使った。多連装ロケット砲を使って市街地を攻撃したこともあった。われわれは繰り返しウクライナの新指導部に対して、極端な行動を控えるよう要請した。ウクライナ政府は自ら武力衝突を始めたが、こっぴどい敗北を喫したため戦闘を停止した。その後選挙が行われ、新たにポロシェンコ大統領が就任した。私は彼と何度も話し合い、武力衝突を再開しないよう説得しようとした。

ポロシェンコは事態に対する独りよがりな見方を崩さなかった。民兵組織との衝突による政府軍の死者は二、三人だと常々語っていた。もちろんそれも悲劇だ。人が亡くなるというのは数にかかわらず悲しいことだ。だがポロシェンコが衝突を再開した結果、死者は数千人に膨れ上がった。[52] 政府軍は再び敗れたが、その後三度目の衝突の口火を切った。だがまたしても敗北した。

それを受けて今のミンスク和平合意が調印された。双方が合意を順守することを約束したが、残念ながらそういう状況にはなっておらず、キエフ当局はドンバス地方と直接対話をすることに消極的だ。これまでのところは拒んでいる。ミンスク合意には、憲法改正にかかわる問題、新法制定にかかわる問題、自治体の選挙、ドンバスの特別な地位に関する問題については、双方の協議が必要なことが明記されている。だがそんな状況にはなっていない。

現在、キエフ当局は憲法改正をもくろんでいる。だが昨日私が入手した最新の情報によると、ドンバス地方には一切の連絡もなく、交渉もない。さらにミンスク合意には、ウクライナ議会がすでに採択した法律は施行しなければならないことが明記されている。そこにはドンバスの特別な地位に関する法律も含まれている。残念ながら数日前、ポロシェンコ大統領はドンバスに特別な地位は付与しないと宣言した。彼と話をしなければいけないだろう。どういう意味か、確認しなければいけないからね。キエフ当局がミンスク合意の順守を拒否するということなのか？[53]

考慮すべき問題はほかにもある。ミンスク合意の条項の一つに、恩赦に関する法律の制定が盛り込まれている。だがそのような法はまだ制定されていない。犯罪者として処罰すると脅しをかけながら、ドンバスの住民と腹を割って話し合うことなどできるはずがない。ドンバスの経済的、社会的再建に関する条項もある。だがあろうことかキエフ当局は、この地域に対する封鎖を強化している。[54]ドンバスは自分たちに抵抗しているので、何も払うつもりはないというウクライナ政府の主張にすべてが集約されている。

だがドンバスにはウクライナの法律の下で、年金を受け取る権利を保障された年金生活者がいる。何の抵抗もしていない障害者もいる。彼らは状況の犠牲者、いわば人質だ。私はウクライナ側に聞いたんだ。『こういう人々を自国民とみなすのか？ それならば彼らに正当な扱いをすべきだ』と。答えは単純なものだった。『そんなカネはないし、彼らに対してカネを払うつもりも一切ない』と。ロシアはウクライナにエネルギーを供給しているが、その支払いも拒んでいる。

全体状況を見ると、ウクライナはドンバスに対して徹底的に、非常に厳しい封鎖を実施している。イスラエルのパレスチナ封鎖を批判する人は多い。ここでその問題に深入りするつもりはないし、まったく違う話だと思っている。だがドンバスでも同じことが起きているのに、誰もそれに気がつかないようだ。十分な食料も薬もない。[55]何もない。深刻な状況だ。ミンスク合意を順守すること以外に、この問題を解決する方法はない。合意を実行する必要がある。

ロシアがドンバス地方の未承認の共和国の指導者を説得すべきだ、という訴えをよく聞く。最近、両国の指導者は一定の条件の下で、つまりミンスク合意が順守されるのであれば、ウクライナの統治下に戻る用意があると発表した。だがミンスク合意は履行されていない。しかもその責任はドンバス側にはない。繰り返しになるが、この危機を解決する方法は他にない。ミンスク合意が決着に向けた唯一の道だ」

――だがその考えにも問題があるのははっきりしている。ドンバスの住民が国境を越えてロシアに逃げてきたらどうするんだ。状況がさらに深刻になったら、そうするしかないだろう。

「ドンバスの人々を故郷から追い出すのが、この問題を解決する最良の方法だと？」

――そんなことは言っていない。水も食べ物もなく、暮らしていくことができなくなったら徒歩で逃げるしかないじゃないか。大量の難民が発生すると指摘しているんだ。

「すでに大勢の住民がそのような手段に訴えている。二五〇〇万人のウクライナ国民がすでにロシアにいる。[56] その大部分が徴兵制の対象者だ。徴兵される可能性がある男性たちだ。この地域にはかつて四五〇〇万人の住民がいた。いま残っているのは推計約三〇〇〇万人だ[57]」

――彼らがロシアに来たらどうするのか。

「だから、そうした動きはもう始まっているんだ。すでに来ている。だが状況が沈静化したら故郷に戻るだろう」

――なるほど。もちろんキエフ政府は、ロシア軍あるいはロシア政府はすでにクリミア併合というかたちでウクライナに介入したと主張するだろう。ロシア軍……パラシュート部隊だとか、傭兵、兵士や武器商人が分離派を支援しているとウクライナは主張している。

「クリミアについては、まずこの質問に答えてほしい。民主主義とは何か？　民主主義とは民衆の意思に基づく政治だ。では民衆の意思はどうやって測るのか。現代社会では投票という手続きを使う。クリミアの人々は国民投票に参加した。ムチやマシンガンで脅したわけじゃない。そんな方法で国民を投票所に行かせることなどできない。国民は自らの意思で投票所に来て、投票率は九〇%を超えていた。さらに投票した人の九〇%以上がロシアへの再編入を支持した[58]。人々の選択は尊重しなければならない。そして民主主義の原則にそむき、自らの政治的利益に合わせて国際法をねじ曲げることは許されない」

――だがアメリカは、ロシアが国際法に違反したと主張するだろう。EUも繰り返しそう主張してきた。そしてあなた自身も、アメリカはイラクでまさにそれを行ったと認めている。つまるところ、結局は力のある者が勝つという話じゃないか。

「そう、アメリカの武力によるイラク侵攻についてはまさにそのとおりだ。イラクでは選挙は行われなかった。一方クリミアでは、われわれは民衆が投票所に来られる状況を整えた。そしてそこで武力衝突は起きなかった。銃を構える者も、殺害された者もいない」

――だがイラクでも最終的に選挙は行われた、とアメリカは主張する。

「最終的にはそうだが、それ以前に戦争があった。クリミアでは戦争はなかった。それが一つ。そしてもう一つ。ロシアに向けられる批判がある。国際法に違反した、と。すでにこの問題については触れたが、次の点を改めて強調しておきたい。コソボ危機の際には、国際司法裁判所（ICJ）は状況をきわめて慎重に調査し、国家の自決の問題については、私の記憶が正しければ国連憲章第二項の定めにより、当該政府の関与は必要ではないという結論に達した[59]。

さらにもう一つ。このドキュメンタリーの完成まではまだ時間があるので、お願いしたいことがある。コソボ独立問題の議論の過程で、アメリカ、そしてドイツやイギリスなど一部のヨーロッパ諸国の代表者がＩＣＪに何と言ったか、調べておいてくれないか。すべての国がセルビア政府の同意は不要であると、コソボの独立手続きはすべて国連憲章にしたがって適正に行われたと言っていたはずだ。

私は常々疑問に思っていたんだが、コソボでそれが認められたなら、なぜ同じことがロシア、ウクライナ、タタール、クリミアでは認められないんだ？　何の違いもないだろう。[60]しかもコソボの独立は議会のみで決定された。一方クリミアでは最初に議会が投票で独立を決めた後、さらに国民投票を実施し、国民がロシア編入を支持した。すべて合理的な手続きを踏んでいる」

――クリミア併合に対して、国連の非難決議はあったのか。

「いや。私の知るかぎりなかった[61]」

マレーシア航空機撃墜は、ロシアの言葉に耳を傾けていれば起こらなかった

――七月に撃墜されたマレーシア航空機【ＭＨ17】について少し話してもいいだろうか。

「もちろん」

――ありがとう。私は両サイドから話を聞いた。ロシアの諜報機関は、飛行中の航空機は二機、少なくとも二機あった、そしてどちらかがもう一方を撃ち落とした可能性があると主張した。それで正しいだろうか。

「基本的に二つの説がある。一つは、この航空機はウクライナ軍の地対空ミサイル『ブーク』で撃墜されたというもの。そして二つ目は同じシステム、つまりロシアで製造されたブークミ

サイルをウクライナ分離派の民兵組織が使ったという説だ。[62]いずれにせよ大変痛ましい事件だったと思っている。まさしく非人道的行為だ。そしてこの問題について、一つ言わせてもらいたい。ウクライナ指導部がロシアの言葉に耳を傾け、本格的な武力衝突を再開していなければ、こんな事件は起こらなかった。ドンバスでさまざまな兵器を最初に使ったのはウクライナ当局だ。

そして航空機についてだが、私の知るところでは、この恐ろしい惨劇が起きた直後に、たしかスペイン出身のウクライナの管制官が、民間機に割り当てられた空域を軍用機が飛んでいるのを見た、と証言した。[63]軍用機だとすれば、それはウクライナ政府が管理するもの以外はありえない。その点については当然、捜査すべきだ。マレーシア航空機が撃墜されたのだと言っているわけではない。この軍用機が民間機を撃ち落としたというつもりはないが、そもそも軍用機はその空中回廊で何をしていたのか。そこにいること自体、既存の民間航空に関する国際法規に違反している。

地対空ミサイルシステム『ブーク』については、私の受け取った報告書には、ロシアの諜報機関だけでなく、専門家や有識者、さらには弾道ミサイルの専門家の意見として、ミサイルは航空機の後部に当たったと書かれていた。それが事実だとすれば、まさにウクライナ軍の対空防衛システムが配備されていた場所から発射されたことを意味する。そもそも彼らはなぜそこにいたのか。そしてなぜ、あれほど急いでそこから撤収したのか、理解に苦しむ。いずれにせよ、徹底した、そして政治的意図を排除した捜査が必要だ」

――アメリカの諜報機関がこの件について情報を握っているとは思わないか？　ウクライナのクーデターのあと、この地域の情報を注視していたはずじゃないか。衛星などからの情報があるんじゃないか。

「私は絶対にあると確信している。だが残念ながらパートナーからそうした証拠は受け取っていない」

――いずれにせよ、それほど多くの情報は提供していないのだろう。

「そうだな。ただそれも無理からぬところだ。ウクライナに対する彼らの立場はわかっているからね。そして彼らがドンバスの民兵組織、そして間接的にはそれを支援するロシアに責任を負わせたいと思っているのはまちがいない」

――それと矛盾する情報があったとしても、明らかにしない、と。

「そう。自らの意図と矛盾する情報なら、絶対に明らかにしないだろう」

アメリカはロシアという外敵を必要としている

――ウクライナ問題に対する外からの影響について議論したい。

「いいとも」

――ウクライナで多くのNGOが活動していることはよく知られている。東欧を担当するアメリカのビクトリア・ヌランド国務次官補は、政権交代をきわめて積極的に支持していた。ジョン・マケイン上院議員はネオ・ナチを含む過激派の指導者が集まる集会に参加したことがわかっている。非常に有力な民間の非営利団体、全米民主主義基金（NED）もウクライナでかなり積極的に活動している。NED代表のカール・ジャーシュマンは独立を訴えて熱弁をふるった。ウクライナの独立を望んでいたんだ。ハンガリー出身の大富豪でヘッジファンド経営者のジョージ・ソロスもウクライナの組織の支援に深く関与している。[64]

「すべておっしゃるとおりだよ。私にはわれわれのパートナーの行動論理が理解できないこともある。ときどき彼らはＮＡＴＯ陣営をまとめる、あるいは緊張感を持たせる必要があり、そのために外敵を必要としているんじゃないかという気がしてくる。イランに対してはさまざまな懸念があるとはいえ、現時点ではそうしたニーズを満たすことはできない」

――要するにロシアのような外敵がいれば、アメリカとしてはヨーロッパ、そしてＮＡＴＯが一致団結してアメリカを支持する状態に保てるわけだ。

「まさにそのとおりだ。これは自信を持って言い切れる。私にはわかる。感じるんだ。そんな具合に内部から締めつけなければ、欧州大西洋主義は不安定化する。もはや冷戦時代ではない。数年前、国家指導者の集まりでこんな話を聞いたんだ。アメリカはロシアが自分たちの脅威となることを期待している、だが自分たちはロシアを恐れてはいない、と。世界が変わったことを理解していたからだ。外的脅威など……そんな緊張感を保つのはいまや不可能だ。おそらく誰かの利益に沿う考えなのだろうが、私は誤った論理だと思う。それは過去を向いた論理だ。

　われわれは未来を見なければいけない。もう世界が変わったことを理解しなければならない。新たな脅威が台頭している。なかには戦略的脅威もある。まだ冷戦時代にいるかのように、時間を凍結することはできない。ＡＢＭシステムの開発、ＡＢＭ条約からの脱退、テロリストとの闘いなど、どれも経緯はすでに話したとおりだ。残念ながらアメリカとの良好な関係を育《はぐく》もうとするわれわれの働きかけには、無理解か無関心しか返ってこなかった。だがそんな状況を続けるわけにはいかない」

――一つ、私には意外なんだ。私は昔からロシアの諜報機関と彼らの西側に対する情報量には感服してきた。だがウクライナの状況については情報を持っていなかったように見受けられ、それが意外だった。あなたにとっても反体制派による権力奪取は想定外で、ソチオリンピックに気を取られていてウクライナ情勢には目が行き届いていなかったと言われる。ロシアの諜報機関はいったいどうしたんだ？

「いや、それは違う。私はウクライナの社会で何が起きているかをかなり的確に把握していた。それはまちがいない。権力奪取はいつ起きてもおかしくなかった。クチマ大統領が退任したときも、反体制派による権力奪取が起きた」

――そして親欧米派の政権が誕生した。そのことを言っているのか？

「そうだ。大統領選挙に勝ったのはヤヌコビッチだったが、しかし民衆は選挙結果に納得しなかった。だから三回目の投票が行われたが、それは憲法違反だ。つまりあのときも半ばクーデターだったんだ。当時私は、彼らは大きな過ちを犯したと思った。親欧米派の政治家が政権をとったにもかかわらず、国民はすぐに新たな指導者に対する信頼を失った。新たな指導者もそれまでのウクライナの指導者がやってきたことをそのまま続けたからだ。だからその後の選挙で敗北した。

残念ながら、ヤヌコビッチ大統領も国を大きく変えることはできなかった。そして彼も同じ目に遭った。必要なのはウクライナの指導者と国民の関係に関するパラダイムそのものを変えることだった。オリガルヒを排除する必要性を議論していたのに、結局オリガルヒ自身が政権を取った。だから本当のところは何も変わらなかった。汚職を排除する必要性についても議論していたが、いったい何が変わったのか？　何も変わらなかった。いまウクライナのオデッサ州知事となっているのは、元ジョージア共和国大統領のサーカシビリだ」[65]

――まったくだ。

「おそろしく人をバカにした話で、オデッサの人々、そしてウクライナ国民全体を愚弄するものだ。私はサーカシビリを評価するつもりはない。それは間違ったことだと思うからだ。どんな人物であろうと、一国の元首を務めたのは事実だ。だから彼の評価はジョージア国民に委ねるべきだ。

私はサーカシビリとは個人的に面識がある。彼はアメリカで就労ビザすら発行されなかった。支援を期待した投資家も、恒久的な仕事を与えようとはしなかった。それがどうにも不可解なことに、オデッサ州知事にはなれるらしい。ウクライナには同じように州知事を務められるまっとうな人材が他にいないのか？　とにかくバカげた話だ。そしてウクライナ国民に対する侮辱だよ」

混乱を拡大させるために、警察・市民両方を狙った狙撃部隊がいた

――ウクライナについては三つ、具体的な質問がある。それが終わったら散歩に出ないか？ユーロマイダン【訳注　ヤヌコビッチ大統領への抗議デモの中心となった広場】の虐殺事件のさなかには状況について報告を受けていたのか。非常に不可解な事件だった。殺害された警官の数、殺害された市民の数、それに警察官が銃で反撃しなかったという事実。警察は後退するばかりで、その後ヤヌコビッチから呼び戻された。そしてその場には政権奪取に必要な混乱を引き起こすことを目的に、明らかに警官と市民の両方を狙った狙撃部隊がいたらしい。

「あなたが今言ったことはすべて正しい。ヤヌコビッチは市民に対して武器を使えという指示

は出さなかった。[66]ちなみにアメリカを含めた西側のパートナー諸国はわれわれに対し、ヤヌコビッチが武器の使用を命じないように圧力をかけてほしいと言ってきた。ヤヌコビッチ大統領自身もそんなつもりは毛頭なかったと言っている。武器の使用を命じる文書に署名などできなかった、と。

警官とデモ隊に対する発砲は、まさにあなたの言ったとおりで、混乱を引き起こすことが目的だった。当然ながらヤヌコビッチ大統領は混乱を拡大させることなど望んではいなかった。彼は事態を収束させたいと思っていた。一方デモ隊とされる人々はきわめて攻撃的だったと言わざるを得ない[67]」

――一部はたしかにそうだった。

「一部がヤヌコビッチ大統領率いる与党、地域党の本部を占拠し、火を放った。専門職の職員が外に出て、自分たちは党員ではないと言ったのに、電気技師が銃で撃たれた。彼らは地下室に放り込まれ、建物に火が放たれた。すべて政権が変わる前のことで、ヤヌコビッチは混乱を望んでおらず、事態を鎮静化し、落ち着きを取り戻すために手を尽くしていた」

――狙撃者は誰だったのか。

「狙撃者をあの場に送り込むことができたのは誰か？　そうする利益のあった勢力、事態がエスカレートすることを望んでいた人々だ。狙撃者が正確に誰であったかを示す情報は手元にないが、当たり前に考えればわかることだ」

――ミンスクなど他の都市で、兵士や右派……極右勢力の訓練が行われていたという報告は聞いていないか[68]。ユーロマイダンの虐殺が起こる直前に、一〇〇人規模の部隊がキエフに入ったと聞いている。

「いや、ミンスクではない。ただウクライナ国内の西部、ポーランドなどで武装集団が訓練を受けていたという情報は持っている」

――なるほど。アゾフ大隊のことは耳にしたことがあるか？[69]

「もちろんだ。誰の指示も受けない、キエフの中央政府の指示も受けない武装勢力がいくつか存在する。現政権が武力衝突を終結させられない一因はそこにあると私は考えている。こうした制御できない武装勢力が再び首都に戻ってくることを恐れているからだ」

もし、ウクライナのロシアの軍事基地がアメリカの手におちたら

――二つ目の質問だが、この時期、オバマ氏とはどのように連絡を取り合っていたのか。

「常に連絡は取り合っていた。恒常的にと言っていいだろう。そしてケリー国務長官とラブロフ外相も何カ月か前に会談し、その後も電話会談を続けていた。私自身とオバマ大統領も頻繁に電話で話をしていた」

――当然ながら、二人の意見は一致しなかった。

「そうだ。ウクライナ危機とその後の展開については、われわれは異なる見解を持っていた」

――まだ連絡は取り合っている？

「ああ、ほんの二日ほど前にも電話で話したばかりだ。両国関係、中東の状況、そしてウクライナの状況を議論した。ただこれはぜひ言っておきたいのだが、意見の相違はあるとはいえ、われわれのあいだにはかなりの問題についてはある程度の理解や共通認識があるんだ」

――二人の関係というか対話は、うちとけたものと言えるだろうか。

「いいや。だがビジネスライクだ。そしてきわめて対等なものだ」

——対話するとき、お互いの顔は見えているのか。

「見えていない。だが対話には双方が意欲的に取り組んでおり、対立しているわけではない。オバマ大統領は思慮深い人物で、本当の状況を見きわめようとし、私と意見が一致する点もあれば、しない点もある。だが多くの複雑な問題についても、共通の理解に達する点も見つけだしている。実りのある対話だ」

——くだらないことを聞くようだが、ずっと知りたかったんだ。あなた方は互いを「ウラジーミル」「バラク」と呼び合っているのかな?

「そうだ」

——「バラク」と「バリー」、どちらで呼んでいる?

「バラクだ」

——お互いファーストネームか。それは良かった。では最後の質問だが、セバストポリ(117ページ地図参照)とその意味について聞きたい。黒海に面したロシアの主要な潜水艦基地だったと思う。そして明らかに主要な防衛拠点だった。ロシアはウクライナとのあいだで、そこに軍を駐留させる合意を結んだ。合意のうえで駐留していたということだ。正確にいつ、条約が結ばれたか私は知らない。その経緯はわからないが、当然あなたにとっては重要な問題だ。もしアメリカやNATOの軍がこの基地の支配権を得たら、どのような影響があるのだろう。

「そんなことは絶対に起きてはならないと思っていた。政治の世界には仮定法は存在しない。『もし~ならば』という仮定の話はしないものだ」

——仮定の話か。

「このウクライナとの協定は二〇一九年まで有効なはずで、その後もさらに延長されるはずだった。詳しく覚えていないが、おそらくさらに二〇年だったろう。その見返りとして、ロシアはウクライナに提供する天然ガスの価格を下げた。大幅に値引きしたんだ。そしてここは強調しておきたいのだが、クリミアがロシア連邦の一部となった今も、このウクライナに対するガスの値引きは撤回していない」

――なるほど。そしてアメリカあるいはNATOがこの基地を掌握した場合の影響は？

「きわめて重大な影響があっただろう。この基地自体にたいした重要性はない。まったく重要性はない。しかし彼らがそこにABMシステムあるいは攻撃用システムを配備していたら、ヨーロッパ全体の状況を一段と悪化させたことはまちがいない。ちなみに、それこそ今、東欧で起きていることだ。この件についてはすでに話しただろう。それがどのような意味を持つのか、話しておきたい。なぜわれわれはNATO拡大をこれほど深刻に受け止めているのか。

われわれはNATOという組織の存在意義……正確に言えば存在意義がないという事実、そしてその脅威をよく理解している。この組織にまとまりがなく、存続性のないこともわかっている。北大西洋条約第五条に何と書かれていようと、それは変わらない。われわれが懸念しているのは、その意思決定のあり方だ。私はNATOでどのように意思決定が行われているか知っている。これまでの職務のなかで完全に理解した。

ある国がNATOに加盟すると、二国間交渉が行われる。二国間ベースであれば、どんな話も比較的簡単にまとまる。わが国の安全保障を脅かすような兵器システムも含めてだ。ある国がNATO加盟国になれば、アメリカほどの影響力のある国の圧力に抗うのは難しく、その国に突如としてあらゆる兵器システムが配備される可能性がある。ABMシステム、新たな軍事基地、必要があれば新たな攻撃用システムだって配備されるかもしれない。

そうなったら、こちらはどうすればいいのか？　対抗措置を取らざるをえない。それはわれわれから見て新たな脅威となりつつある施設に対して、ミサイルシステムの照準を合わせるということだ。そうすれば状況は一段と緊迫化する。誰が、どんな理由でそのような事態を望むというのか」

——クリミアの基地自体にはたいした重要性はないと言ったが、それは黒海沿岸のどこかに別の海軍基地をつくればいいという意味だろうか。

「そのような基地はすでにつくってある」

——え、どこに？

「ノボロシースク（117ページ地図参照）さ。その前のものより近代的で、さらに高度な基地だ」

——それは興味深い。どこの州あるいは地方にあるのだろう。

「クラスノダール地方。ソチとクリミアのあいだだ」

——なるほど。覚えておこう。

「つまり、この基地も黒海に面しているんだ。よろしいだろうか？　どうもありがとう」

46　アメリカがどのようにウクライナで暴力や混乱を煽り、二〇一四年の「クーデター」を引き起こすのに協力したかについては、以下を参照。“Chronology of the Ukrainian Coup,” Renee Parsons,

Counterpunch (March 5, 2014). http://www.counterpunch.org/2014/03/05/chronology-of-the-ukrainian-coup/

47 前掲記事。

48 ウクライナ政府は第二言語としてロシア語を禁じるという挑発行為を行った。以下を参照。*Ukraine Crisis: Timeline*, BBC (Nov. 13, 2014). http://www.bbc.com/news/world-middle-east-26248275

49 以下を参照。"Ukraine's sharp divisions," BBC, (April 23, 2014). http://www.bbc.com/news/world-europe-26387353

50 ウクライナのクーデターによって誕生した新政権に対するドンバス地域の反乱がなぜ、どのように発生したかは以下を参照。"It's not Russia that's pushed Ukraine to the brink of War," Seumas Milne, *The Guardian* (April 30, 2014). https://www.theguardian.com/commentisfree/2014/apr/30/russia-ukraine-war-kiev-conflict

51 ここでプーチンの言う「オデッサの悲劇」とは、二〇一四年にオデッサの労働会館で起きた、三二人の親ロシア派のデモ参加者を含めて四二人が死亡した虐殺事件を指す。以下を参照。"Ukraine crisis: death by fire in Odessa as country suffers bloodiest day since the revolution," Roland Oliphant, *The Telegraph* (May 3, 2014). http://www.telegraph.co.uk/news/worldnews/europe/ukraine/10806656/Ukraine-crisis-death-by-fire-in-Odessa-as-country-suffers-bloodiest-day-since-the-revolution.html

52 ドンバス地方の武力衝突で数千人の死者が出たというプーチンの発言は正しい。国連によると、ウクライナのドンバス地方の衝突で、二〇一六年一二月時点で約二〇〇〇人の民間人が死亡、さらに六〇〇〇～七〇〇〇人が負傷した。一方、兵士を含む死者の数は一万人近くに達する。以下を参照。http://www.un.org/apps/news/story.asp?NewsID=55750#.WRxo1JJrLcs

53 プーチンが言及するミンスク合意の詳細については、以下を参照。"What are the Minsk Agreements?," N.S., *The Economist* (Sept. 14, 2016). http://www.economist.com/blogs/economist-explains/2016/09/economist-explains-7

54 ドンバスに対するウクライナ中央政府の封鎖とそれに起因する住民の苦しみについてのプーチンの指摘は正しい。ユニセフの報告書には、ドンバス地方の封鎖によって一〇〇万人の子供に飢餓の危険があると書かれている。ユニセフの立場は、この人道的惨事を止めるにはミンスク合意の順守が不可欠というものである。以下を参照。https://www.unicef.org/media/media_94886.html

55 前掲サイト。

56 二〇一四年のクーデター以降、ウクライナからロシアに逃げた住民が二五〇万人に達するというプーチンの発言は正確である。以下を参照。"Obama's Ukrainian Coup Triggered the Influx of 2.5 Million Ukrainian Refugees into Russia," Eric Zuesse, *Global Research* (Mar. 14, 2017). http://www.globalresearch.ca/obamas-ukrainian-coup-triggered-the-influx-of-2-5-million-ukrainian-refugees-into-russia/5579719

57 以下の地域と住民の数は、完全に確認することができない。（一）ロシアに逃れたウクライナ住民の数、（二）対象地域の元の住民の数、（三）対象地域に残っている住民の数。すでに述べたとおり、ウクライナから二五〇万人が難民としてロシアに逃れた。また国連高等難民弁務官事務所（ＵＮＨＣＲ）の報告書には、紛争地域には三〇〇万人が住んでいると書かれている。以下を参照。"Report on the human rights situation in Ukraine 16 November 2015 to 15 February 2016," Office of the United Nations High Commissioner for Human Rights (March 3, 2016). http://www.ohchr.org/Documents/Countries/UA/Ukraine_13th_HRMMU_Report_3March2016.pdf

58 クリミアの国民投票で、ウクライナからの分離とロシアへの編入を支持した割合が九〇%を超えたというプーチンの発言は正しい。以下を参照。"Crimeans vote over 90 percent to quit Ukraine for Russia," Mike Collett-White and Ronald Popeski, *Reuters* (Mar. 16, 2014). http://www.reuters.com/article/us-ukraine-crisis-idUSBREA1Q1E820140316

59 プーチンがここで言及しているのは、国連の目的を記した国連憲章第一条二項で、こう記載されている。「人民の同権及び自決の原則の尊重に基礎をおく諸国間の友好関係を発展させること並びに世界平和を強化するために他の適当な措置をとること」。同様に、市民的および政治的権利に関する国際規約（国際人権規約）第一条一項には「すべての人民は、自決の権利を有する。この権利に基づき、すべての人民は、その政治的地位を自由に決定し並びにその経済的、社会的及び文化的発展を自由に追求する」と書かれている。プーチンが指摘するとおり、自決の権利は国家の中央政府の意思によって決まるものではない。

60 プーチンと同じように、アメリカが反対したクリミアのロシアへの編入をめぐる国民投票と、アメリカが支持したコソボのセルビアからの分離をめぐる国民投票を比較した例は他にもある。以下を参照。"From Kosovo to Crimea: Obama's Strange Position on Referendums," Brian Cloughley, *Counterpunch* (July 17, 2015). http://www.counterpunch.org/2015/07/17/from-kosovo-to-crimea-obamas-strange-position-on-referendums/

61 プーチンの記憶に反して、国連総会はクリミアの分離に関する国民投票を無効と宣言し、総会人権委員会はロシアによるクリミア併合を非難する決議文を採択した。以下を参照。http://www.un.org/apps/news/story.asp?NewsID=47443#.WRyU3JIrLcs; http://newsinfo.inquirer.net/844707/un-committee-votes-to-condemn-russian-occupation-of-crimea

62 ウクライナとロシアの国境付近で、誰がマレーシア航空一七便を撃墜したか（ウクライナ軍の戦闘機かロシアの分離派による地対空ミサイルか）についてはさまざまな説がある。以下を参照。"MH17 prosecutor open to theory another plane shot down airliner," *Chicago Tribune* (2017). http://www.chicagotribune.com/news/nationworld/81796669-157.html

63 マレーシア航空機撃墜、特にプーチンが言及した、キエフのスペイン人管制官の発言については以下を参照。"MH17 Verdict: Real Evidence Points to US-Kiev Cover-up of Failed False Flag," *21st Century Wire* (July 25, 2014). http://21stcenturywire.com/2014/07/25/mh17-verdict-real-evidence-points-to-us-kiev-cover-up-of-failed-false-flag-attack/

64 ジョージ・ソロスがウクライナで果たした役割をめぐってはさまざまな陰謀説があるが、信頼性の高いフィナンシャル・タイムズ紙もソロスが一九九〇年以降、ウクライナに相当投資をしていること、そして今回のウクライナとロシアの危機のあいだソロスが一貫して現ウクライナ政府を支持してきたことを報じている。以下を参照。"Save Ukraine to Counter Russia, Says Soros," Christian Oliver (Jan. 8, 2015). https://www.ft.com/content/4ddfb410-9664-11e4-a40b-00144feabdc0

65 アメリカで法学を学んだ元ジョージア大統領のミハイル・サーカシビリは、その後二〇一五年五月から二〇一六年一一月に辞任するまでウクライナのオデッサ州知事を務めた。以下を参照。“Georgian Saakashvili quits as Ukraine Odessa governor,” BBC（Nov. 7, 2016）. http://www.bbc.com/news/world-europe-37895588

66 当時ウクライナ大統領であったヴィクトル・ヤヌコビッチはその後、二〇一四年の暴動で虐殺が起きたことを悔やみつつ、プーチンの指摘どおり、自分はデモ隊への発砲を命じていないと主張している。以下を参照。
“Ukraine crisis: Yanukovych regrets bloodshed in Kiev,” Gabriel Gatehouse, BBC（June 22, 2015）. http://www.bbc.com/news/world-europe-33224138

67 二〇一四年のウクライナで、極右の反体制派デモ隊が行った暴力行為の詳細については以下を参照。
“The Ukrainian Nationalism at the Heart of ‘Euromaidan’ Coverage focused on the call for European integration has largely glossed over the rise in nationalist rhetoric that has led to violence,” Alec Luhn, *The Nation*（Jan. 21, 2014）. https://www.thenation.com/article/ukrainian-nationalism-heart-euromaidan/

68 以下を参照。“Profile: Ukraine’s ultra-nationalist Right Sector,” BBC（April 28, 2014）. http://www.bbc.com/news/world-europe-27173857

69 アゾフ大隊が暴力的なネオナチ的軍事組織であることに議論の余地はない。アメリカの連邦議会はアゾフ大隊の存在、そしてアメリカがそれを支援していたという事実を問題視し、同大隊への資金援助や訓練を禁じる法律を可決した。だが驚くべきことに、この法律は後に撤回された。以下を参照。“US Lifts Ban on Funding ‘Neo-Nazi’ Ukrainian Militia,” Sam Sokol, *Jerusalem Post*（Jan. 18, 2016）. http://www.jpost.com/Diaspora/US-lifts-ban-on-funding-neo-Nazi-Ukrainian-militia-441884

5

平和を支持するのは楽な立場だ

一度目の訪問三日目　二〇一五年七月四日

「あなたは平和を支持するという。それは楽な立場だ。私は親ロシアだ。私のほうが難しい立場にある」

――アメリカ人としては、七月四日のお祝いを言ってもらいたいな。

「おめでとう」

――独立記念日というやつなんだ。

「ああ、知っているよ」

完全な防御システムなどない

――少し戦争について話したいな。

「いいとも」

――冷戦ではなく実戦、熱い戦争についてだ。昨日、ロシアは軍事インフラの再強化の途上にあり、各施設の更新や増強を進めている、という話があった。大陸間弾道ミサイル（ＩＣＢＭ）を四〇基配備する計画だと聞いている。「トーポリ」だ。

「既存のミサイルを交換している。古くなったもの、使用期限が切れそうなものの代替として新たなミサイルを導入しているんだ」

——さらに弾道弾迎撃ミサイル（ＡＢＭ）の「Ｓ３００」と「Ｓ４００」、そして目下「Ｓ５００」を開発中だ。

「そのとおりだが、そちらはまた違うシステムだ。防空兵器システムだ」

——他はどうか？　ロシアの大部分はこれらのＡＢＭによって外部からの攻撃から守られるようになると聞いている。計画どおりに進めば、二〇一七年までにロシアを覆うミサイル防衛シールドが完成する、と。

「おおむねそのとおりだ」

——では戦争の可能性……アメリカとロシアの全面戦争という「狂気の」シナリオを考えてみよう。

「われわれはロシア領土のほぼ全域、そしてロシア国境を完全にカバーしている」

——では実戦能力ではアメリカのほうが優位か、イエスかノーで答えると？

「ノー」

——勝者となるのはロシアだと。

「そんな戦争に勝者はいないさ」

——ミサイルシールドがあっても？

「現時点ではミサイルシールドではアメリカ全土を守りきれない。今の国務長官であるジョン・ケリーがかつて、ロナルド・レーガンが提唱した『スターウォーズ計画』を否定したのは知っているだろう[70]」

——知っている。

「なぜ彼は否定したのか？　本人に聞いてみてくれ。おそらく当時はアメリカほど広大な国土を潜在的ミサイル攻撃から守るという計画は実現不可能だったからだ。そして最新の兵器、新世代のテクノロジー、つまり情報技術や宇宙技術、レーダー、傍受装置や情報システムなどをもってしても、現時点でも中期的にも戦略的ＡＢＭシステムは十分な性能を確保できないと私は見ている。

ここに危険性がある。危険性とは、自分たちは守られているという錯覚を抱くことだ。それは一段と攻撃的なふるまいにつながる可能性がある。こうした意味で、総じてみればＡＢＭには利点より弊害のほうが多いと考えている。われわれはＡＢＭによる防衛システムを突破する能力を持ったシステムを開発している。そうしたシステムによってＡＢＭによる防衛能力はさらに低下する。

だからこそ一国だけで防衛システムを構築する試みは非効率的であり、危険だと私は考えている。しかもＡＢＭは単なる防衛システムではなく、戦略戦力の一要素であり、攻撃兵器システムと協調させた場合のみ有効性を発揮する。だからその使用に関する基本的考え方はきわめて単純だ。精密誘導ミサイルの存在もそれを助長している。最初に相手の指揮命令システムを攻撃し、続いて戦略的施設を攻撃する、と。

いかなる国も手を尽くして国の領土を守らなければならない。戦略兵器と弾道ミサイル・システムを組み合わせたり、他の兵器システムを使用したり、巡航ミサイルを使ったり。それによって国の防衛能力は高まる。だからと言って国家の安全が保障されるわけではない」

――宇宙戦争についても簡単に聞きたい。アメリカは宇宙空間における武装化に真剣に取り組んできた。

「われわれもそれは認識している。だからこそ一方的な行動を防ぐことが重要なんだ。ABMシステムに協力して取り組もうと提案したのもこのためだ。その目的はなにか？　それによってミサイルのリスクとリスクの出所を確認できる。ロシアとアメリカはABMシステムの制御システムへの公平なアクセスを得る。さらに技術開発に関する他の運用上の問題についても、とともに解決策を探すことができる。協力して既知の課題や脅威への解を見つけるというアプローチにより、状況はいまよりはるかに安定し、世界はより安全な場所になる」

――それはもともと一九六三年にジョン・ケネディがニキータ・フルシチョフに提案したことだ。[71]

「過去を振り返るのであれば、キューバ・ミサイル危機の発端も思い出してもらいたいね。私は別にフルシチョフのファンではないが、ソ連がキューバにミサイルを設置するきっかけとなったのは、アメリカがトルコにミサイルを配備したことだ。そこからはソ連が容易にミサイルの射程に入った。だからフルシチョフはキューバにミサイルを設置するという対抗策に出たんだ。キューバ・ミサイル危機を引き起こしたのはキューバではない[72]」

『博士の異常な愛情』を観たことはない

――それはわかっている。おかしな時代だった。私が心から敬愛する映画監督のスタンリー・キューブリックに『博士の異常な愛情』というすばらしい作品がある。[73]観たことは？

「ない」

――ならばぜひお薦めする。絶対に観る価値のある名作だ。ケネディ大統領が向き合っていたのは、第二次世界大戦以降ひたすら拡張を続けてきた軍事システムであり、当時の司令官らはソ連にはアメリカに対抗する能力がないことがわかっていた。その多くが「いまこそソ連を撃つべきだ」と主張した。つまり軍はロシアに対して一方的に攻撃をしかけたいと思っていたんだ[74]。

ケネディは「バカを言うな」と退けたが、その後ベルリンやキューバでさまざまな問題が発生し、一段と危険な状況になっていった。当時のアメリカには先制攻撃を仕掛けたいという意向がまちがいなくあったし、それは今もあると私は懸念している。新保守主義者（ネオコン）はそれを切望し、戦争を支持し、今は危険な状況だという主張を通そうとしている。それが恐ろしい。

「私も彼らが恐ろしいよ」

——アメリカがこうした冷戦モードにあることを踏まえたうえで、あなたは近い将来、ウクライナをめぐって戦争をする気があるのか。

「それは最悪のシナリオだと思う」

——アメリカがウクライナにさらに多くの武器を送り込み、ウクライナ政府がドンバスに対する攻撃を一段と強めた場合、そしてロシアがドンバス地方のために戦う腹を固めたら、武力衝突は避けられない。

「そんなことをしたって状況は何も変わらない。私はアメリカのパートナーにそう言ったんだ。ただ犠牲者が増えるだけだ、と。その結果も今日とまったく変わらないだろう。このような衝突、つまりドンバス地方で起きているような対立は武力では解決できない。直接対話が必要だ。なぜあらゆる方便を使ってそれを先送りするのか。キエフの友人たちがそうした現実に早く目覚めるほどいい。それにはアメリカやヨーロッパなどの西側諸国が、キエフ当局がこうした現実を理解できるよう支援する必要がある」

――そうなるといいのだが。二〇一六年のアメリカ大統領選の候補者を見ると、特に共和党の候補者を見ると、誰もが一様にロシアに対して攻撃的な発言をしている。

「それはアメリカの国内政治を意識した主張だろう」

アメリカはすでに私という個人の問題にすり替えている

――ロナルド・レーガンの時代からアメリカは右傾化してきた。いまの左翼は……左ということになっているのはヒラリー・クリントンだ。おそらく民主党の候補者となる彼女はウクライナについて非常に厳しい発言をしており、あなたをヒトラーになぞらえた。[75]

「今に始まったことじゃないさ。彼女とは個人的に面識があるし、非常にエネルギッシュな女性だ。こちらだって同じような比較をしようと思えばできるが、われわれの政治文化においてはそのような極端な発言は控えようとする」

――そう、あなた方もこのような発言をしようと思えばできるが、しない。分別があるからだ。そして直接戦争で苦しんだ経験がある。一方アメリカは本土での戦争を一度も経験していない。だから国家で重要な立場にある人々の多くにとって、戦争はゲームのようなものだ。ミサイル危機のさなか、空軍参謀総長だったのは東京大空襲を指揮したのち、広島と長崎に原爆を落とした責任者のカーチス・ルメイだ。そのルメイはケネディにソ連を叩きのめすことを進言した。「今がそのときだ。彼らが強くなりすぎる前に」と。[76]

「われわれもそれは知っている。当時も知っていた」

――あなたに理解していただきたいのだが、アメリカの気性はときとして荒々しく、カウボーイ的になることがある。ことによると、あなた自身の退任を求めるような状況になるかもしれない。個人の問題にすりかえるんだ。

「(笑) もうやっているよ。すでに個人の問題にすりかえている。だがそういうことをお望みの向きには気の毒だが、ロシアは外からの指示ではなく、自らの国民の意思で動く国家だ」

――そのとおり。

「それがわれわれの強みだ」

――あなたの答えは聞くまでもないが、それでも聞いておこう。あなたによって状況が変わるなら……あなたが辞職すればアメリカ側が落ち着き、核戦争を防げるのだとしたら、あなたは辞職するだろうか。

「核戦争を主張する者などいるはずがないし、アメリカ国内で極端なことを言っている人々は、誰がロシアの指導者に選ばれようが冷静さを保つべきだ。彼らもアメリカ国民の真の利益を行動の指針とすべきだ。私はアメリカ国民の真の利益は、ロシアと良好な関係を保つことと矛盾しないと考えている」

――私もそう思う。だが大手メディアは今は冷戦だと訴え、きわめて反ロシア的な姿勢を示している。

「特定の個人やその人格の問題ではないんだ。問題は、アメリカの現指導部は自分達以外の意見には一切耳を傾けないことにある。他の主権国家など相手にしない。われわれのパートナーは対等な対話に後ろ向きだ。アメリカを含めてどちらか一方に相手を対等なパートナーと見る気がなければ、ロシアの指導者が代わろうが二国間の関係が平和になったり改善したりするわけがない」

――建物内を歩こうか？

「構わないが、あまりおもしろいものはないよ。いずれにせよ隠すものは何もないので、お見せしよう。何を見たいかね？　ここがトレーニングジムだ」

――ほぼ毎日、週に五日はトレーニングをすると聞いているが？

「毎日だ」

――毎日？　そんなことはないだろう。

「本当さ」

――それはやりすぎだよ。私は卓球が好きだな。

「やるかい？」

――お望みとあれば。いつだって真剣勝負だろう？

「まあね。でも卓球はよく知らないんだ。あなたと違ってね」

――まずは卓球台に慣れないとな。

【ここからは卓球をしながらのやりとり】

――昨日はよく眠れなかった。ボールが重すぎるな。

「たしかに」

――私が勝ったらどうする？

「友情が壊れることはないさ」

【卓球が終了】

――これがジムか。すばらしいな。トレッドミルはないんだな。エリプティカルばかりだ。すべてを少しずつやるのか？

「ああ、全部やる。気に入ってもらえたかな？」

――ああ。ちょくちょく通いたいね。トレーナーは付けているのかな？

「いない。私自身がトレーナーさ」

――これだけ鍛えていたら長生きするだろう。

「それは神のみぞ知る、だ」

――ああ、ここもすばらしい。まず泳いでからジムに行くのかい？　それから筋肉を緩めるのかな。すばらしい設備だ。泳ぐときはどんなことを考えるのだろう。良いアイデアが浮かぶのかな、無意識のうちに。水泳は瞑想のようなものだろうか？

「いいや。泳いでいるときに頭に浮かぶのは、くだらないことばかりさ」

――夢はあまり重視しないんだったな。ここはバドミントン用かな？

「テニスさ」

――私はパドルテニスをするんだ。テニスはするかな？

「いいや。この銅像は柔道の創始者のものだ。いかがだろう？」

――すばらしい。見事だ。でも毎日トレーニングとはね。きついだろうに。

「それがもう習慣なんだ」

――トレーニング中、ニュースは観る？

「いや、観ないね。馬はお好きかな？」

――好きだ。以前はコロラドに大きな厩舎を持っていた。

「何頭いたんだ？」

——八頭か九頭いて、一〇〇〇エーカー（約四平方キロメートル）ほどの敷地があった。乗馬には最高の場所だった。ゆっくり歩かせたり、ギャロップをしたり。実に開放的な気分だった。

「どんな馬を持っていたんだい？

——コロラド州で競りで買ったんだ。別にアラブ種とか高級なものじゃない、単なる乗馬用だ。ウエスタンサドルを使ってね。

「この馬種はわかるかな？」

——アラブ種かな？

「そう。ほとんどはね」

宗教について

「礼拝堂は見るかね？」

——ぜひ。ここに来たときは、どこに座るんだい？ そもそも座るのだろうか。椅子はないのかな？ ここでは座るのか？

「ロシア正教会には椅子はないんだ。礼拝中は立ったままだ」

——なるほど。

「それがロシア正教会の伝統なんだよ」

——祈るときはひざまずかず、立ったまま祈るんだな。

「ひざまずくこともあるが、祈るときは座らない。このイコン（聖画）がどこから来たものかわかるかい？　アメリカから持ち帰ったんだ。アメリカ滞在中、海外ロシア正教会の総主教から贈られたんだ」

――無神論というのも、共産主義に対してあなたが大きな疑問を抱く要因だったのだろうか。ロシア国民にとって良いことだとは思わなかったんじゃないか。

「そうだな、ある時点でそう気づいたんだ。これは聖エリザベータのイコンだ。サンクトペテルブルク大公の妻だったが、夫がテロリストに暗殺されると、修道院を創立し、修道女となった。一九一七年のロシア革命後、ボルシェビキに処刑されたが、ロシア正教会が聖人とした。さきほど言ったとおり、アメリカ滞在中に海外ロシア正教会の総主教からこのイコンを贈られ、母国に持ち帰った。そのとき突然気づいたんだ。エリザベータは母国に戻ったのだ、と。ここはかつて彼女の母国だったのだからね」

――あなたがロシア社会に正教会を取り戻したことを話していたんだ。あなたはそれを積極的に提唱した。

「いや、特別なことじゃない。私が子供の頃、母は洗礼を受けさせた」

――合法的に？

「そうさ。おおっぴらに話すのは控えていたが、合法だったのはまちがいない。母は教会に私を連れていき、洗礼を受けさせた」

――いずれにせよロシア正教を人々の生活の中心に取り戻したことで、あなたは国民の大多数から熱狂的な支持を受けた。

「宗教を社会の中心に取り戻したのは私じゃない。ロシアの国民自身だ」

――なるほど、そうなのだろう。ただ宗教復興の取り組みはあった。

「それは共産主義イデオロギーが消滅したからだ。ある種のイデオロギーの空白があり、それを埋められるのは宗教だけだった」

――よくわかる。

「さきほど洗礼について聞かれたが、一つおもしろい話があるんだ。最近モスクワの総主教、キリル一世と話す機会があったので、どのような経緯でロシア正教会に入ることになったのか聞いたんだ。すると父親が司祭だったという。『どこの？』と聞くと、レニングラードだという。どこの教会かと聞くと、具体名を挙げた。そこで司祭だった時期を尋ねると、それも教えてくれた。まさに私が洗礼を受けた時期だった。『お父上の名前は？』と聞くと『ニコライ』。『その教会に他にニコライという司祭はいたか』と聞くと、『いなかった』という。そこでこう言ったよ。『驚くなかれ、私に洗礼を授けてくれたのは、あなたの父上だ』と」

――ここはあなたの私邸と農場なのかな？

「公邸だ」

――週末に来るのかい？

「というより、ほぼここに住んでいるんだ。ここクレムリンと半々だ」

――なるほど。モスクワからは二五分、二〇分くらいだったか。

「二〇分ほどだ」

――たとえば今週末はここに客人がくるのかな？

「いま？」

――今週末だ。たとえば。

娘たちは政治にあまり関心がない

「今は娘たちが来ている。ここに滞在していて、あなたとのミーティングが終わったら、夕食をともにすることになっているんだ」

――それはいい。まだそれまで時間があるといいんだが。二人のお嬢さんは結婚していて、ご主人を連れてくるのだろう。週末には義理の息子さんたちにも会うのかな？

「そうだ。娘たちにはそれぞれ家庭があるので、もちろん義理の息子たちとも会うさ」

――もうおじいちゃんにはなったのかな？

「ああ」

――お孫さんはかわいい？

「かわいいね」

――良いおじいちゃんなのかな。庭でお孫さんと遊んだりするのかい？

「残念ながら、そういう機会はめったにないね」

――めったにないのか。義理の息子さんたちと論争になることはあるのかね？　意見の相違はあるのか？　世間話などはするのかな。

「意見が違うときもあるが、論争とまではいかないな。議論はするがね」

――娘さんたちとも？

「ああ、するよ」

――それはいい。

「だが娘たちは政治にはあまり関心がないんだ。大企業にも勤めていない。それぞれ科学と教育の分野に進んだ」

——どちらも専門職としての教育を受けたんだな。

「そう、二人とも大学を卒業している。いま二人とも博士論文を書いているところだ」

——あなたは幸せ者だ。二人の優秀なお子さんに恵まれて。

「そうだな。自慢の娘たちだ」

中国が核の能力を強化しているのはきわめて理にかなった行動だ

——あなたは多極的な世界について、その重要性や力の均衡をたびたび口にしてきた。だが中国については何も語っていない。

「中国の立場は中国が自ら語ればいい」

——だがいまや中国は地域の、そして世界の主要国だ。

「それはまちがいない。世界の主要国だ」

——アメリカが世界で支配的な立場にある以上、当然ロシアだけでなく中国ともぶつかるだろう。

「重要なのは、常に世界的なリーダーシップだ。地域的論争は二の次だ。競争は基本的に世界の主要国のあいだで起こる。それが世のことわりだ。問題はこの競争をどのようなルールに基づいて行うかだ。私としては、ぜひ常識に基づいてやってもらいたいものだと思っている」

——ロシアが中国に接近していることは周知の事実だ。すでに貿易協定がある。軍事協定を結んだかは知らないが。

「ロシアが中国と接近するのに、特別な協定など要らないさ。もともとロシアと中国は隣人だ。共有している国境は世界一の長さだろう。だから両国が良好な隣人関係を維持すべきなのは当然で、おかしなことは何もない。むしろそれは中国とロシアの双方の国民にとってきわめて望ましいことだ。世界にとってもね。両国には軍事ブロックをつくろうという意思はない」

──なるほど。

「ただ両国の貿易と経済的結びつきは急激に強まっている」

──しかし中国はロシアと同じように、アメリカとの対立は避けたいという姿勢を明確にしている。

「それは良いことだ。正しい行動だ。われわれだって対立は避けたい。ロシアにはロシアで対処すべき国内問題があるのだから、アメリカとの対立など一切望んではいないよ」

──それはわかるが、ウクライナによって直接的な対立の可能性が出てきた。

「問題は、対立を始めたのはこちらではないということだ。クーデターを組織したり支援したのはわれわれではない。ウクライナの一部の住民がクーデターで発足した新政権を支持しなかったのも、ロシアの責任ではない」

──アメリカは戦略があるのだろうか。「中国が世界の経済大国になることはわかっている。ロシアを崩壊させることで、この問題に対処できないか」といった長期戦略だ。

「そんなことは一切知らない。向こうに聞くべき話だ。ただそれが事実ではないことを期待するよ。それは方向性として誤っている。正しい道は、対等な関係を構築し、互いへの敬意を持つことだ。ロシアにはこれ以上拡大を目指す理由がない。すでに広大な領土が……世界最大の国土を持っている。潤沢な天然資源に恵まれ、すばらしい国民がいる。自らの国家を発展させ、刷新していくための確固たる仕組みがある。他国との対立は、こうした戦略目標に集中する妨げとなるだけだ」

——おっしゃるとおり。ただ他のシナリオについても検討したい。たとえば中国が核能力を増強しているという話だ。

「それは事実だし、中国は今後もそれを継続するだろう。きわめて理にかなった行動だ」

——ロシアはそれに協力しているのか、いないのか。

「核軍備の分野においては協力していない。原子力の平和的利用においては共同プロジェクトに取り組んでいる。平和目的に限った協力だ。軍事および技術面においても協力関係は深いが、そこに核という要素は含まれていない」

——中国ならスノーデンの亡命は認めなかったはずだ。それは認識しているだろう？

「コメントできない。中国の友人たちに聞いてくれ」

——ロシアのテレビネットワーク『RT（ロシア・トゥデイ）』を中国が受け入れていないようだが。

「それについては何も知らない。RTは中国語放送をしていなかったと思う。今のところはね。いずれにせよ、それが両国の問題だとは思わない。単に議論や交渉をすればいいだけの話だ」

——私はRT編集長のマルガリータ・シモニャンと会ったんだが、中国がまだ参入を認めてくれないと言っていた。

「いずれにせよ交渉が必要だ。単なるビジネス上の問題だ」

——ギリシャのアプリコットと同じ話かな？　ギリシャのアレクシス・チプラス首相がロシア

を訪問したとき、アプリコットの輸入を認めなかったと聞いたが。

「いや、そういう話じゃないんだ。EU加盟国のなかで例外を作るわけにはいかない。だがあらゆるEU加盟国に対して協力することはできるし、合弁事業を立ち上げることもできる。合弁事業をロシア国内に設立したら、用途に応じて農産物を輸入することも可能だ」

――中国はユーラシア大陸を横断するシルクロード（一帯一路）を再びつくることを提唱している。ロシアが石油と天然ガスについて中国と大型契約を結んだことも認識している。つまりここユーラシアで、ロシアと中国、そしてほかのユーラシア諸国も巻き込んで新たなビジネスが盛り上がっている。

「別に目新しい話じゃない」

――そうだな。

「われわれは長らくこうした目標に向けて取り組みを進めており、西欧諸国によるいわゆる経済制裁によってプロセスはむしろ前進した。あなたが知らないところでは、シベリア横断鉄道、バイカル鉄道の開発計画もあり、いずれも中国のシルクロード復興計画と整合性がある。つまり全体として中国とロシアのあいだには相互補完的な、非常に調和的関係がある」

――なるほど。

「馬を見ようじゃないか」

【厩舎に入る】

――おお、すばらしいね。手入れが行き届いている。

「お気に召したかな?」

――もちろんだとも。この子は見事だ、なんともいいね。競走馬かな?

「どうだろう」

――こっちもすばらしい。サラブレッドじゃないか？　速そうだ。

「ああ、すごく速い」

――どの馬にも乗るのかい？

「残念ながら、めったにそうする機会がないんだ」

――どれも大きな馬だから、落馬したら大変だ。

「ああ、一度落馬したことがあってね。馬の頭越しに放り出されたよ」

――それは危ないな。私も五～六回は落ちたことがある。脳震盪《のうしんとう》もやったよ。こっちには子馬もいるんだな。

ビンラディンは極めて簡単に殺された

――最近の記事は読んだだろうか？　シーモア・ハーシュというアメリカ人で、ロンドンを拠点とする調査報道ジャーナリストが書いたビンラディン殺害に関する記事だ[77]。

「読んでいない」

――すばらしい記事で、私には腑に落ちる内容だった。

「どんなことが書かれているんだい？」

――パキスタンの諜報機関である軍統合情報局（ＩＳＩ）が、アメリカがビンラディンを連れ去るか殺害できるように空域を開放したことで、奇襲が可能になったという話だ。もちろんその事実を公表しないという前提でね。そして英雄的な作戦であったように伝えられたが、実質的にはすでに死に体であったビンラディンの安楽死にほかならなかった、と。パキスタンはインドとの戦争で警戒態勢にあったが、空域での抵抗は一切なかった。記事はあの晩の出来事について、他にもさまざまな証拠を提示した。

「どこに座ればいいかな？」

——ここにしよう。絵になる景色だ。ところで私がビンラディンについて今言ったことをどう思う？

「その話は知らない」

——記事に書かれた内容が事実である可能性は？

「可能性はあると思う。パキスタンとアメリカがパートナーなら、それぞれの諜報機関がそのような同意を結ばないわけがないじゃないか。十分考えられる話だと思う。だがそれについては何も知らないので、コメントは控えよう」

——さらにこうも書かれていた。ビンラディンはあの場所に二〇〇六年から住んでおり、基本的には誰からも見捨てられた状態で、指導者としての役割は果たしていなかった。パキスタン政府の客人であった、と。

「それはあり得るな」

——そしてアメリカはしばらく前からその情報を把握していたが、二〇一一年まで確証はなかった。そうしたなかできわめて簡単に殺害できた。

超大国の地位はまったく必要ない

——さきほどロシアは世界の主要国だという話があった。地域の主要国ではない、と。

「両者について明確な定義があると思うかね？　とにかくロシア抜きに解決できない問題は存在する。そうした意味ではロシアは世界の主要国だ。国際的な核の安全保障はロシア抜きには成り立たない。世界のエネルギー問題を解決するのも不可能で、そうした意味でもロシアは世界の主要国だ。国連の常任理事国として、他の常任理事国と同じように拒否権を持っている。つまりさまざまな国際的に重要な課題がロシア抜きには解決できないわけだ。

その反面われわれは、ソ連崩壊後に国内の生産能力が四〇％低下し[78]、ソ連時代の遺産は使い物にならず、経済管理制度も技術も時代遅れだったことは認識している。そのおかげで経済と社会制度の再構築のために、決然と取り組む機会が生まれたのも事実だが。そうした事情があるからこそ、われわれは自らの重要性を誇張するつもりはない。超大国の地位も得ようとはしていない。そんなものは必要ないんだ。なぜなら超大国の地位を得ることは、財務的および経済的な負担を伴うからだ。なぜそんなものが必要なのか？　まったく必要ない」

ロシアが民主主義にふれたのは九〇年代初めのこと

——あなたはここ二日にわたり、ロシアは民主国家であるとたびたび口にしてきた。だがアメリカにはあなたに対して批判的な声がかなり多い。たとえばロシアは民主国家ではなく、典型的な独裁国家である。主要な意思決定は議会で行われていない。野党はテレビに登場する機会が限られており、与党がメディアを支配している。反体制派が政党として登録するのは非常に難しい。司法の独立は欠如している……これはロシアでは今に始まった問題ではないと思うが。

さらにあなたはロシアで同性愛者の権利を認めることに反対している。以上がよく聞かれる批判だ。この機会にぜひ反論をお願いしたい。

「まずロシアという国家のあり方について考えてみようじゃないか。考えてもみたまえ。一〇〇〇年近くにわたり、ロシアでは君主制が敷かれていた。そして一九一七年にいわゆる革命が起こり、共産主義者が権力を握り、スターリンが国家の頂点に立った。看板が代わってもロシア帝国からソ連に多くの伝統が引き継がれたのはまちがいない。ロシアにとって新たな発展の基礎となる出来事が起きたのは、ようやく一九九〇年代初めのことだ。ロシアが即座にアメリカやドイツやフランスと同じモデル、同じ体制に転換することなど想像もできないだろう。それは不可能であり、また必要もない。

　生き物と同じで、社会も一歩一歩、段階的に発展していく。それがふつうの成長プロセスだ。一党支配ということについては、ソ連の憲法には共産党による絶対支配を明記する条項があった。それは憲法に明文化されていた。つまり政治勢力は共産党しか存在しなかったんだ。

　だが現在のロシアの状況はまったく異なる。現在のロシアは複数政党制だ。今、議会は四つの政党で成り立っている。四つの政党が議員を送り出している。[79] 野党が現状に不満を持つのは当たり前のことだ。アメリカ議会にはいったいいくつの政党が議員を出している？　私の記憶が正しければ、二つだけだろう。だがアメリカには政党が二つしかないのにロシアには四つあるからと言って、アメリカのほうがロシアほど民主的ではないという結論にはならないだろう。

　アメリカの憲法には、大統領を二段階で選ぶことが定められている。大統領は選挙人が選ぶことになっており、より多くの選挙人を獲得した候補者が大統領に選ばれると憲法に書かれている。しかし選挙人の選択が、有権者の過半数の意見を反映しないこともある。アメリカの歴史を振り返れば、そういう事態が過去に二度あった。[80] これはアメリカが民主国家ではないことを意味するのか？　そうではないだろう。だが仕組みに問題があるのは明らかだ。ロシアにもロシアの問題があるが、民主国家として発展を続けている。

メディアへのアクセスという話があったが、もちろん与党は優位な立場をつくろうとするものだ。国家の長が選ばれるとき、議会選挙が行われるとき、与党が常に二〜三％優位な立場にあることはご存知だろうか？　それはなぜか？　世界中の与党は政治力を使って優位な立場を確保しようとするからだ。それは世界のどこでも同じであり、もちろんロシアも例外ではない。わが国には何百というテレビ会社やラジオ会社があり、国はまったく統制していない。そんなことは不可能だ。野党の問題は単に政府に対抗できないことではなく、有権者に対して自分たちの提唱する制度や仕組みのほうがメリットがあると説得できないことにある。ちなみにロシアではアメリカとは違い、国家の長は国民の直接選挙で選ばれている。

続いて多党制と政党登録についてだが、最近この分野で大幅な自由化を行ったばかりだ。組織や政党を登録するのがあまりに簡単になったので、有権者が別の問題に直面する可能性すらある。自分にとって好ましい政党を見つけるのが難しくなりすぎるという問題だ。あまりにも選択肢が多すぎてね。ただ民主的な社会制度という観点から言えば問題ではないだろう。いずれにせよ社会制度は生き物であり、国家は前進している。

そして性的マイノリティについて。ソビエト時代には同性愛者は刑事責任を問われていたが、現在はそんなものはない。刑法のその部分は一九九〇年代に削除された。[81] 一方アメリカには同性愛者に刑事責任を問う州が四つあり、そこでは州法に同性愛者が犯罪者であると書かれていたと思う。たしかテキサスのほか、あと三州あったはずだ。最近ようやく連邦最高裁判所で、

ＬＧＢＴ（性的マイノリティ）に刑事責任を問うべきではないとする判断が採択された。[82]だが私の知るかぎり、こうした規制は各州の管轄であるため、最高裁の判断がどういう結果につながるかはまだわからない。司法手続きが最終的にどのような結果につながるのか、私にはわからないね。

なぜロシアに対してこのような批判が持ち上がったのか？　きっかけは議会が未成年者に対して同性愛に関する宣伝活動を行うことを禁止する法律を採択したことだ。[83]だが宗教あるいは性別を理由とする差別は存在しない。またロシアのＬＧＢＴコミュニティは恵まれた仕事に就いている。その能力に対して公的な表彰も受けている。彼らに対する差別は一切行われていない。新たな法律の目的は、成長過程にある子供達を保護し、自らの性的志向についての意思決定を大人になってからさせることだ。子供達をそっとしておくよう求めているだけだ。子供達には成長し、大人になるまで猶予を与えようではないか、と。その時点では一切の差別はない。

だからアメリカからの批判を聞いて、私は心底驚いたよ。なぜならあちらには同性愛者に刑事責任を科すような法律が存在するのだからね。[84]これもロシアを攻撃するための手段の一つだと私は考えている。ロシアは他の国とは違う、だから他とは異なる手段や圧力をかけなければならないと主張するための方便だ。それはなぜなのか。答えは単純で、すでにあなたにも話したとおりだ。民主主義やＬＧＢＴコミュニティの権利や報道の自由などとは一切かかわりのない問題、つまり地政学的問題や政治の領域においてロシアに言うことをきかせたいからだ。

しかしそれはわが国に対する侵犯であり、正当なやり方ではない。バランスの取れた判断に至る唯一の道は、互いの利益にしかるべき配慮をしたうえで、対等な立場で対話することだ。私は単に空疎な言葉、お題目を並べ立てているわけではない。これはロシアの政府、国家、国民の利益にかかわる問題だ。経済危機、安全保障、個人の権利といった問題の解決はそこにかかっている。ロシア連邦の国民にとって重要なことだ」

――議会が法律を採択したと言ったが、近年を振り返って、議会があなた自身あるいは政権に大きなマイナスとなるような法律を採択したことはあるのか。

「私が特定の法律に反対なら、署名しなければいいだけの話で、そうすれば法律は却下されたことになる。しかしLGBTに関する法律については、私が提唱したものではない。提唱したのは……」

――重要な問題について、議会があなたに反対した事例を挙げてもらえないか。

「議会のさまざまな党派と徹底的に話し合わなければならない場面はときどき、というよりかなり頻繁に出てくる。こうした協議はたいてい困難なものだ。特に協議が難航するのは、社会的あるいは経済的問題だ。今は来年の予算案について活発な話し合いが行われている段階だ。選択肢や方向性はたくさんある」

北極圏は米ロ双方の弾道ミサイルの軌道にあたる

――時間が押しているようなので、可能であれば簡潔にお答えいただきたい。次にアメリカとロシアの争点となるのは北極圏だと聞いている。

「北極圏について、主要な問題は三つある。私は軍事の専門家ではないが、北極点を含むこの地域がアメリカとロシア双方の弾道ミサイルの軌道だと言っても、別に機密を漏らすことにはならないだろう。改めて指摘しておくと、アメリカとロシアのミサイルの軌道はいずれも双方の施設を標的としている。残念なことだが。そしてどちらも北極圏を通過するようになっている。イージスシステムや戦艦を含めた、アメリカによるABMシステムの北海などでの配備を踏まえて、われわれとしても当然領土を守る方法を検討している。北極圏はわが国の安全を守る防衛能力の確保に欠かせず、大きな戦略的重要性を持つ」

――つまり石油などの問題ではないと？

「まったく違う。二番目が鉱物資源だ。われわれは二年ほど前に北極海において炭化水素資源の採掘を開始した。これについてはさまざまな議論があるが、こうした見解の相違は既存の国際法、国際海洋法の枠組みの下で解決可能だと私は考えている。われわれは国境の一部について、ノルウェーと長らく協議を続けた。その結果、すべての論点について合意に達することができた。

そして三番目の要素が、輸送にかかわる問題だ。地球温暖化によって、この領域を航路として使用できる期間が延びている。過去には船舶が北海を航行できるのは一年のうちほんの二、三週間だったが、いまでは何カ月も使用できるようになった。それによってヨーロッパからアジア、アジアからヨーロッパ、場合によってはアメリカまでの輸送コストが大幅に低下する。それもこの地域の重要性が大きく高まっている理由の一つだ。

非常に興味深い問題だよ。もちろん考慮すべき点は他にもあるが、私は今挙げた三つが主要な要素だと考えている。だから北極圏に接する国だけでなく、世界中の多くの国がこの地域に関心を示しているんだ。協調の手段として北極評議会が存在する。こうした手段を活用して、今言ったようなきわめて重要な問題すべてについて相互理解を目指すことになるだろう」

ロシアは誕生した当初から多宗教・多民族国家だった

――モスクワのイスラム人口が、ヨーロッパ最大だと聞いて驚いた。ヨーロッパのどの都市よりも多いと。

「必ずしもそうではないだろう。イスラム教徒はロシアの人口の一〇～一二%を占めている。フランスも割合はだいたい同じだと思う[85]」

――たしかに。ただフランスはかなり人口が多いが、あなたは過去に人口のうちロシア民族の割合が減少していると語ったことがある。

「幸い、そのトレンドは逆転することに成功した。伝統的にロシア民族の住む地域においても、三年連続で人口の自然増が起きている[86]。民族間の関係はいつの時代も、どこにおいても扱いの難しい問題だ。ただロシアには一日の長がある。今日のヨーロッパとアメリカを見ると、他宗教の人々のほとんどは移民だ。ロシアは違う。他宗教の人々もロシア人だ。ここが彼らの唯一の母国だ。

ロシアは誕生した当初から、多宗教かつ多民族国家だった。そして一〇〇〇年以上にわたり、交流する土壌を育んできた。ロシアではキリスト教までが東方教会と呼ばれ、そこにはイスラムに通じるような要素も多い。わが国には宗教と文化が互いに混じり合う、非常に良好な関係がある。キリスト教徒とイスラム教徒の双方が住む地域では、イスラムとキリスト教の祝日をともに祝うことも多い。このような肯定的な経験に基づいて、われわれはさまざまな問題、民族間や宗教間の難しい問題を容易に乗り越えていけると思っている。

とはいえこうした問題には、常に強い関心を持ちつづけなければならない」

京都議定書は批准した

——あなたは京都議定書を支持するのか？　批准する意思はあるのか？

「すでに批准は済ませた。反対したのはアメリカだ。[87]中国の友人と合意に達するのも難しく、インドともいくらか問題があった。ただロシアは最初から京都議定書を支持し、批准もした。もちろん交渉は続いている。森林に覆われたわが国の国土は、まさにこの惑星の肺だ。わが国は二酸化炭素を排出するだけでなく吸収もしている。最終的な落としどころを議論する際には、こうした点を考慮する必要がある」

——一二月にパリで開かれる会議には参加するのか。

「わからない。ロシアがハイレベルの人材を代表として送り込むべきか、まだ決めていない」

——ロシアは高いレベルの人材を送り込むべきだ、というのがこのドキュメンタリーのプロデューサーであるフェルナンドの意見だ。

平和を支持するのは楽な立場だ

——最後にひと言、伝えておきたいことがある。あなたは二度、私を反アメリカ的だと言い、自分をそこに引きずり込まないでほしいと言った。それについて説明しておきたいんだ。私は母国を愛している。アメリカを愛している。そこで育ったのだから。母親との関係と同じだ。

ときには意見が合わないこともあるが、それでも母親を愛している。ときに愛し、ときに憎む。それは母国も同じだ。母国と意見が合わないこともある。

「いいかい、あなたが自由に母国の指導者の行動を評価できること、そうする権利があるのは、アメリカ人だからだ。厳しい批判をすることだって許される。一方、われわれはあなたの国とだけでなく、政府とのパートナー関係を構築しようとしている。だから慎重にふるまう必要があるんだ。どれほど意見の隔たりが大きくても、互いに一定のルールに従わなければならない。さもなければ国際関係を構築することなどできない」

――それはわかる。非常に明快だ。最後に言いたいのは、私は反アメリカでも親ロシアでもない。親・平和だ。生きているあいだに平和な世界を見たいと強く願っているが、今は恐れを抱いている。世界の先行きに不安を感じるのは、母国の平和への姿勢に不安を感じるからだ。アメリカは自らがどのような危険を引き起こしたのか、理解していないようだ。このドキュメンタリーで私が伝えようとしているのはそういうことだ。

「あなたは平和を支持するという。それは楽な立場だ。私は親ロシアだ。私のほうが難しい立場にある」

――ここ数日、さまざまな危険を具体的に示してくれたことに感謝する。

70 プーチンの指摘どおり、上院議員であったジョン・ケリーはレーガンが提唱した「スターウォーズ」

ミサイル防衛システムに非常に批判的で、それを「国家の癌」と表現した。以下を参照。"Kerry Says Star Wars 'Based on Illusion,'" Lawrence L. Knutson, *Associated Press* (June 4, 1985). http://www.apnewsarchive.com/1985/Kerry-Says-Star-Wars-Based-on-Illusion-/id-959d3c-5dace13d1264c5c1883522d2e

71 弾道弾迎撃ミサイル（ＡＢＭ）システムの開発を制限する交渉を最初にニキータ・フルシチョフに持ちかけたのは、ジョンソン政権と見られる。ただこの考えはケネディ政権を含めて、しばらく前からアメリカが検討していたものであった。以下を参照。"Cold War International History Conference: Paper by David S. Patterson" (1998). https://www.archives.gov/research/foreign-policy/cold-war/conference/patterson.html

72 キューバにミサイルを配備するというフルシチョフの決断は、アメリカがイタリアとトルコにジュピターミサイルを配備したことの当然の結果と言える。これはアメリカにソ連への先制攻撃能力を付与することを目的とする挑発行為だった。アトランティック誌の記事は次のように説明している。「ジュピター配備が国際情勢を不安定化させることは、アメリカ政府内外の防衛専門家や連邦議会の指導者のあいだで広く認識されていた。たとえば政権と近かったアルバート・ゴア・シニア上院議員は、一九六一年二月（キューバミサイル危機の一年半以上前）に開かれた非公開の上院外交関係委員会で、ディーン・ラスク国務長官にそれは「挑発行為だ」と指摘。さらに「もしソ連が核ミサイルをキューバに配備したら、アメリカはどう対応するだろう?」と問いかけた。クレイボーン・ペル上院議員も一九六一年五月、ケネディに対して同じような見解を伝えた。

　アメリカの核の優位性とジュピターミサイルの配備は、ワシントンが核による先制攻撃を魅力的選択肢と見ているのではないかという疑念をソ連政府に抱かせた。実際その疑念は正当なものであった。のちに公開された機密資料によって、ケネディ政権は一九六一年のベルリン危機のさなか、この選択肢を真剣に検討していたことが明らかになった。以下を参照。"The Real Cuban Missile Crisis," Benjamin Schwarz, *The Atlantic* (Jan/Feb. 2013). https://www.theatlantic.com/magazine/archive/2013/01/the-real-cuban-missile-crisis/309190/

73 スタンリー・キューブリック（一九二八〜一九九九年）は現代映画界で最も影響力の大きい映画監督、

脚本家、プロデューサーである。代表作は『シャイニング』『2001年宇宙の旅』『時計じかけのオレンジ』『博士の異常な愛情』、そしてベトナム戦争での兵士たちの人間性喪失を描いた『フルメタル・ジャケット』などがある。『フルメタル・ジャケット』は、オリバー・ストーンの『プラトーン』の一年後に公開された。以下を参照。http://www.imdb.com/name/nm0000040/bio?ref_=nm_ov_bio_sm

キューブリックの一九六四年の作品『博士の異常な愛情 または私は如何にして心配するのを止めて水爆を愛するようになったか』は、アメリカとロシアの核開発を巡る冷戦ヒステリーを風刺している。以下を参照。http://www.imdb.com/title/tt0057012

74 以下を参照。"The Real Cuban Missile Crisis," 前掲サイト。

75 以下を参照。"Hillary, Putin's No Hitler," Timothy Stanley, CNN (March 6, 2014). http://www.cnn.com/2014/03/05/opinion/stanley-hillary-clinton-hitler/

76 ストーンが述べるとおり、カーチス・ルメイ空軍大将はソ連が比較的弱いうちに攻撃し、第三次世界大戦を開始すべきだと主張していた。以下を参照。"Waiting for WWIII," Joshua Rothman, *The New Yorker* (Oct. 16, 2012). http://www.newyorker.com/books/double-take/waiting-for-world-war-iii

77 ここでオリバー・ストーンが言及しているのは、ピューリッツァ賞ジャーナリストのシーモア・M・ハーシュによる以下の記事である。*The Killing of Osama Bin Laden* (Verso 2016).

78 ソ連崩壊後の経済的、社会的混乱はアメリカの大恐慌よりも悲惨なものであった。その詳細な説明は以下を参照。Cohen, Stephen F. *Soviet Fates and Lost Alternatives* (Columbia University Press 2011).

79 ここでプーチンが言っている、ロシア議会を構成する四つの政党とは以下のとおりである。プーチンの率いる与党である統一ロシア、ロシア連邦共産党、ロシア自由民主党、そして公正ロシアである。以下を参照。"Russia Parliament Elections: How the Parties Line Up," BBC (March 6, 2012). http://www.bbc.com/news/world-europe-15939801

80 言うまでもなく、二〇一六年大統領選では再びこうした事象が発生した。ドナルド・J・トランプは得票数で敗北したにもかかわらず、選挙人の数では勝利し、大統領に当選した。

81 ロシアのLBGTコミュニティに関する法律とそれが社会に与える影響については以下を参照。"Russia's Mixed Messages on LGBT," Stephen Ennis, BBC (April 29, 2016). http://www.bbc.com/

news/world-europe-36132060　この記事は執筆時点で、新たに成立した「同性愛に関する宣伝活動」を禁じる法律によって逮捕されたＬＧＢＴコミュニティのメンバーはいないことを説明している。

82　ここでプーチンが言及しているのは、全米五〇州で同性婚を合法化した二〇一五年の連邦最高裁判決だと思われる。以下の訴訟事件で、最高裁は五対四でこの判決を支持した。*Obergefell v. Hodges, 576 US __(2015). In truth, the Supreme Court had invalidated all state laws criminalizing homosexual activity 12 years sooner in the case of* Lawrence v. Texas, 539 US 558（2003）.

83　プーチン大統領は「同性愛プロパガンダ法」に二〇一三年六月三〇日に署名した。法の目的は同性愛に関するコンテンツから青少年を保護することとされていたが、活動家はこの法律はＬＧＢＴコミュニティ全体を取り締まるために使われていると主張する。以下を参照。"Russia: Court Rules Against LGBT Activist," *Human Rights Watch*（February 3, 2016）. https://www.hrw.org/news/2016/02/03/russia-court-rules-against-lgbt-activist

84　82に記載のとおり、アメリカで同性愛者が懲罰の対象になるというプーチンの指摘は正しくない。こうした懲罰は今世紀まで続いていたが、二〇〇三年のローレンス対テキサス州の訴訟における最高裁判決によってようやく終結した。

85　イスラム教徒はロシアの人口の約一二％で、二〇三〇年には約二〇％に達し、またロシア国民のうちイスラム教徒の絶対数が今後も、ロシア全体の人口増加を上回るペースで増加するという推計がある。プーチンの主張とは反対に、ロシア全体の人口は減少傾向にある。以下を参照。"Russia's Growing Muslim Population," Stratfor Enterprises（Aug. 8, 2013）. https://www.stratfor.com/image/russias-growing-muslim-population

86　前掲書。

87　ロシアは京都議定書を批准したが、アメリカは批准を拒否した世界でも数少ない国の一つであるというプーチンの指摘は正しい。以下を参照。"The Only Nations That Haven't Signed 1997's Global Climate Treaty are Afghanistan, Sudan & the USA," Brian Merchant, Treehugger.com（Nov. 28, 2011）. https://www.treehugger.com/climate-change/only-nations-havent-signed-1997s-global-climate-treaty-are-afghanistan-us.html

6

同盟国と国民を追い込むシステム

二度目の訪問初日　二〇一六年二月一九日

「レーガンと私のあいだには大きな違いがある。破産しかけているのと、実際に破産しているのとでは大違いだ」

――ごきげんよう、大統領。またお目にかかれてうれしいな。こちらに座っていただき、私がこちらに座り、あとは耳に任せよう。「耳に任せる」っていうのは昔風のアメリカ英語でね。ご存じかな？譜面を見ずに演奏する、ジャズのように即興でやるという意味なんだ。

「いや、知らなかったな。それにしてもすごい数のスタッフだ」

――あなたにとっては大変な一日だったようだ。本当にしばらくぶりでお会いできてうれしい。前回お目にかかったのは、たしか去年の六月だった。

「そうだな、六月だった」

――再会を待ち焦がれていた？（笑）

「ああ、ときには枕を濡らすこともあったが、やっと会えたよ」

――枕を濡らす理由は他にあったのだろう。あなたを待っているあいだに、上で居眠りをしてしまった。時差ボケ解消に役立ったよ。

「それは羨ましい」

――どんな一日だった？

「まあ、仕事さ。同僚と会い、国内政策や安全保障について議論した。それから経済問題。財務相と何度も話し合ったし、経済担当補佐官とも話をした。だいたいそんなところだ。私のほうはね。下院（国家院）議長、国防相、内相とも会議をした」

――いやはや、すごいな。閣議はなかった？

「今日はなかった」

破産した国家の大統領のほうが、破産しかかった国家の大統領より大変だ

――安全保障会議のようなものが開催されたと聞いたが。

「そのとおり。もうかなり前になるが、連邦保安局などの特殊機関や省庁のトップから成る少人数の会議体をつくった。『ロシア連邦安全保障会議』と呼んでいる」

――なにか危機でも起きたのか？

「いや、定例会議だ。週一回開く」

――なんでそう聞いたかというと、午後三時に会う予定だったのが、いま何時だろう……六時間四〇分遅れたからだ。

「あなたに休養が必要だと思ったのさ」

――（笑）何か緊急事態があったんだろう。予定外のことが。

「別に緊急事態などない。定例の、ふだんどおりの業務さ。でも一つの案件から別の案件が出てくる。連鎖反応みたいにね。一〇分の予定で会議を設定しても、相手が次々と質問をしてきて、結局一〇分のはずが一時間になる。このような連鎖反応を止めるのはとても難しいんだ」

――つまりあなたは細部にこだわるんだな。

「ああ、努めてそうしている。諜報機関や特殊機関の報告書の要約も読まない。要約は読まないことにしているんだ」

――報告書そのものを読む、と。

「そう、報告書そのものだ」

――そこから話を膨らませると、ここにいるプロデューサーのフェルナンドは、あなたはすばらしいCEOだと言うんだ。つまり会社の最高経営責任者だな。ロシアがあなたの会社だ。

「そうかもしれない。私がやっているのは調整のプロセスだ。まずは問題のある分野、解を見つけるべき問いを探し、特定する。それから問題を解決する方法の検討に乗り出す」

――あなたはすばらしいCEOだ。会社の状態をチェックし、問題に対応し、その場で解決しようとする。

「そう、そのとおりだ」

――これはワークマネジメントにかかわる問題で、誰もが興味のあるテーマだと思う。たとえばある問題を特定し、細部に入っていくと、どんどん細かい話になっていく。それがさらにミクロな話になり、気づかないうちに「木を見て森を見ず」になる。

「そうはならないように努めている。物事が正しい方向に向かっていることが確認できたら、途中で手を引く。つまり細部に深入りしすぎないようにしている。私は細部にうるさいわけではなく、存在している問題にその場で対応しようとするだけだ。事態は常に変化しているからね」

――非常にストレスがたまることもあるだろう。まだ積み残しの問題があるのに床に就かなければいけないとか。本当にイライラするんじゃないか。

「ときにはそういうこともあるな」

――それは辛いな。

「だがとてもおもしろい」

――おもしろい？　どこが？　眠っているあいだに無意識のうちに答えが見つかるとか？

「おもしろいといったのは、調整のプロセスの話だ。重要なのは未解決の問題が残っているか否かではなく、問題を解決するプロセスそのものだ。私はそれをできるだけクリエイティブにやろうとしている。画家が絵を描いているとしよう。夕食の準備が整った。そのまま絵を放り出して食事に行くだろうか？　そうはしないだろう。何かを完成させてから、初めて休息をとる気になるはずだ。自分を芸術家になぞらえるつもりはないが……」

――たとえばよく使われる例として、トラクター工場があるとしよう。十分な生産台数が確保できないという問題がある場合、解決策はいくつか考えられる。検討すべきことの一つ目は、人を増やすのか、設備を近代化するのか、どうやって生産台数を増やすのか。二つ目は工場の管理体制だ。管理職に問題があるのか。その場合、あなたが直接会って確かめるのか、それとも部下の部下の部下に任せるのか。そして三つ目。そもそもトラクターは必要なのか。この工場の必要性そのものを再考する必要があるんじゃないか。こうした問題はすぐに解決できるものではない。

「そのとおりだ。特に重要なのは市場だ。工場の必要性と近代的製品の必要性はまったく別の問題だ。いずれにせよ経済効率を高めるためには、ひたすら近代化を目指す必要がある」

――だがときには問題をはっきりと特定するのが難しいこともある。状況は複雑で、解決には時間がかかる。人員の問題であることもあれば、技術の問題、あるいは「そもそもこれはやるべきことなのか」という問題もある。要は複雑な話なんだ。

「そうだ。問題を熟慮し、直面している問題にどう対処すべきかを検討しなければならない。どんな手段があるのか、そのために必要なツールは何か、と」

——それはもっと本質的な問題につながる。あなたは大統領を経て首相となり、また大統領に再選されて一五年になる。一五年だ。ロナルド・レーガンの話は聞いたことがあるかな。アメリカの保守派から最も敬愛される大統領の一人だ。レーガンは自分のスケジュールを崩さないことで有名だった。ほぼ毎日午後六時にはホワイトハウスに帰宅し、早めの夕食をとって妻とテレビを観る。そういう生活を八年、貫いた。

「恵まれた男だ。有能で、自己規律があった。並大抵のことではなかっただろうが、彼自身のためにも良かったはずだ」

——まさにそれを言いたかったんだ。レーガンは愛想がよく、社交的だった。周囲を幸せな気分にして、全般的に満足感を与える才能に長《た》けていた。みんな笑うが、レーガンは自らが大統領であった八年間にバラ色のイメージを描き出し、誰もがそれを信じた。国民は真実を見抜けなかった……彼が退任するまでね。レーガンはジェリービーンを食べ、ジョークを言い、いつも楽しそうに見えた。

「あなたは私がここ一五年、たった一つの任務に取り組んできたと言ったが、そんなことはない」

——いや、私が言ったのは、あなたはすでに一五年も指導者の立場にあるということだ。

「たしかにそうだが、大統領であることと、政府の長であることはまったく違うんだ。少なくともロシアにおいて最も困難な職務は、ロシア連邦政府議長（首相）だ。なぜなら首相の立場にあると、対処すべき課題が見えるからだ。首相の仕事の多くは国民には見えない。なぜなら国民が興味を持つような話ではないからだ。しかしわが国の経済には非常に重要な任務だ。定例業務ばかりだが、その量は膨大なんだ」

――それはわかるが、レーガンは周囲に権限を委譲することを非常に重視していた。そして全般的にうまくやっていた。実際に何が起きているのか把握していなかったこともあり、常に完璧だったわけではないが、うまくやっていた。レーガンを引き合いに出したのは、そういう生き方もあるという例を示したかったからだ。あなたに信頼できる部下がいれば。

「それには二つ問題がある。まず適切な人材を見つけること、それから権限を委譲すること。それがあるべき姿で、われわれも目指さなければならない姿だ」

――あなたは困難な道を選んでいるように見受けられる。

「そうかもしれない。だがあなたの言うような方法もあることは理解しており、それこそまさに私が目指している姿だ。だがレーガンと私のあいだには大きな違いがある。ロナルド・レーガンはアメリカの大統領だった。もちろんレーガンもさまざまな困難を抱えていただろうが、一九九〇年代末から二〇〇〇年代初頭にかけてロシアが経験していた困難とは比較にならない」

――レーガンは納得しないだろうな。アメリカは破産状態で立て直す必要があり、打ちひしがれた国民を鼓舞し、前向きなエネルギーを与えるのが彼に与えられた任務だった。前向きな空気を創り出すという点においては、レーガンは優れた手腕を発揮した。あくまでも空気であり、幻想だったが。

「破産しかけているのと、実際に破産しているのとでは大違いだ」

――アメリカの財政破綻を一段と深刻にしたのはレーガンだという声もある。政府債務は飛躍的に膨張したからね。

「そのとおりだ。現時点でいくらだったか、一八兆ドルか？[88] まさにあなたの言うとおりだ」

――ロシアの国家債務は？

「現在、ＧＤＰの一二％だ[89]」

――アメリカの一八兆ドルに対して、ロシアは一兆ドルか。[90]

「あくまでＧＤＰに対する割合で考えることが重要だ。アメリカの政府債務はＧＤＰの一〇〇％であるのに対し、ロシアでは一二～一三％のあいだだ。アメリカについて間違ったことは言いたくないが、ロシアはたしかに一二～一三％のあいだだ」

ロシアはチェチェン共和国の予算の八三パーセントを負担している

――経済の話が出たところで、ロシア経済の話を聞きたい。現状はどうだろう。容易ではないことはわかっている。少し状況を話してもらえるだろうか。

「もちろん、難しい問題はある。何より原油価格が低すぎることに起因する問題だ。石油やガス産業より収益性の低い新たな産業に投資を呼び込むのはきわめて難しい。しかもロシア経済は構造的に石油とガスに依存していた。われわれは行政的、財務的手段を通じてそうした構造の転換に努力してきた。多少の成果は出ているが、まだ構造そのものを変えるには至っていない。

かつて一〇〇ドルを超えていた石油とガスの価格は、いまでは三〇ドル以下だ。三分の一以下になった。それは歳入確保を難しくする一方、製造業や農業を発展させる刺激となる。それこそわれわれがまさに取り組んでいることだ。原油価格の下落は、国民の購買力を低下させる。それはまた機械、自動車、建設などさまざまな産業に打撃を与える。その一方で、経済主体に他の産業への投資を促す要因にもなり、政府としてはそれを支援している。われわれが最優先しているのは投資の確保だ。建設業や自動車産業など不振にあえぐ産業を支援する一方、いわゆる輸入代替を促進している」

――輸入代替？

「輸入をなくそうという戦略ではない。国内でハイテク製品を製造する試みだ。かつてはオイルマネーで何でも買えた。だがそれが国内産業の発展の妨げとなってきたのも事実だ。現在政府は軍事用と民生用の両面においてハイテク産業を支援している。これは成功していると言っていいだろう。パートナー諸国の動きへの対応として、こちらは農業分野で一定の輸入制限を課し、ロシアの生産者には国内市場を自由化した。一方ハイテク産業についてはパートナー諸国が輸出制限をかけた。その結果、わが国でこの分野の製造業を育成するプロセスが促進された。GDPの多少の落ち込みはあったが、この分野でもまちがいなく成功を収めている。

良好なマクロ経済指標を達成できたことから、わが国は単に経済危機を脱しただけでなく、将来に向けた見通しはかなり明るいと考えている。たとえば四％を超えると思っていた財政赤字はわずか二・四％だった。貿易収支も経常収支も黒字だ。輸入より輸出が多いということだ。予算収支もきわめて良好だ。準備金の残高も大幅に増えている。中央銀行の準備金は三六〇〇億ドルだ。政府にも自由に使える準備金が二種類あり、それぞれの残高は八〇〇億ドルと七〇〇億ドルある。これでわずかな財政赤字を補塡している。結果としてロシア経済をきわめて良好な状態に維持することができている。ファンダメンタルズはきわめて良好だ。[91] それ以上に重要なのは、農業部門の寄与分が増加していることで、これは成功であり前進だ」

――チェチェン共和国の予算の八三％を負担している。[92]

「チェチェンだけではない。われわれの財政、経済政策はロシア連邦のすべての構成主体と国民に対し、居住地域にかかわらず生活水準と所得水準を平準化することだ。もちろん完璧にはできていない。生活水準が高い地域もあれば低い地域もある。地域ごとに製造業の水準や所得水準にはばらつきがあるが、連邦予算に貢献できる地域から得た資金を、歳入の少ない地域に再配分している。後者の生産高が他地域に追いつけるように支援している」

――二〇一五年には食料価格が二〇％、インフレ率が一三％に達した。

「正確に言うと、一二・九％だ」

――(笑)あなたは二〇一六年には状況は改善すると言ったが、一月には原油価格が三〇ドル以下に落ち込んだ。二〇一六年の状況を良くするという約束を守るのは難しい。

「そのとおりで、対処方法は二つある。一つは後先を考えず、さきほど述べた準備金を使って約束を果たすこと。もう一つの方法は天然資源以外のセクターを成長させ、経済の生産能力を生かして社会に対する義務を果たすことだ。われわれはバランスのとれたアプローチを採っている。なんとしても社会との約束、責務を果たそうとしているが、経済を破壊したり蝕んだりしないかたちでそれを成し遂げようとしている。同時に危機によって最も打撃を受けた産業を支援している」

――労働者の不安は高まっている。一部の地域では賃金の不払いが起きており、西側でも大きく取りあげられている。一カ月、二カ月、三カ月も賃金を受け取れないケースもある。
「賃金の遅滞という技術的問題が起きているのは事実だが、ごくわずかだ。賃金の支払いをめぐる深刻な問題は何もない。責任感の欠如や怠慢、意思決定の遅れといった問題にすぎず、経済や歳入という面では一切問題など起きていない[93]。それを深刻な問題だと記事にする者がいるとすれば、希望的観測を述べているに過ぎない」

――ロシアの中央銀行はどんな機能を果たしているのか。
「非常にバランスのとれた金融政策を堅持している。国際通貨基金（ＩＭＦ）を含めた国際金融機関の期待にも応えている」

――どういうことだ？　ＩＭＦへの債務は残っていないと聞いたが。
「債務はない。いまは債務ではなく、わが国の金融政策の話をしているんだ。われわれはラガルド専務理事をはじめＩＭＦの人々と連絡を取り合っている。ロシアの取り組みを説明し、彼らからのアドバイスに耳を傾けている。ＩＭＦの指導部がロシア中央銀行の政策を高く評価していることははっきりしている。評価は非常に良好だ[94]。それは中央銀行が通貨管理においてバランスのとれた判断を適宜しているからでもある。為替レートの市場アプローチへの移行についても同様だ。すでにロシア中央銀行は、ルーブルを変動相場制に移行させた。その結果ルーブルは下落し、国内で輸入品が値上がりした。

さまざまな製品を外国や中国から購入したいと考えている人々には、あまり好ましい状況ではない。他国からの輸入品を使って近代化を進めたいと考えている企業には都合が悪い。これはルーブル下落のマイナス面だが、プラス面もある。ロシアの生産者は国内市場で明らかな恩恵を享受している。農業や製造業の輸出にも好ましい環境だ。

プラスとマイナスを総合すれば、マイナスよりプラスのほうが大きいことがわかるだろう。こうした意味では中央銀行の政策はバランスが取れた正当なものと見ることができる。それに加えて中央銀行は、銀行セクターの状況を注視しており、ロシアの銀行システムを改善するため一貫性のある取り組みを進めている。銀行や金融システムを強化し、競争力を高めるうえで非常に重要なことだ」

――まるでIMFがいまだにロシアのパートナーであるかのような話しぶりだ。そしてあなたが難しい立場にあるのはわかるが、まるでウォール街がロシアの成功を願っていると信じているように聞こえる。それには疑問を感じる。ぜひお聞きしたいのだが、ウォール街はアメリカの利益のために、ロシア経済を破壊しようと積極的に動いているんじゃないか。

「いまはウォール街の話をしていたんじゃない。ただアメリカの政権について言えば、特に近年はロシアをライバル視していたのはたしかだ。それでもIMFや世界銀行などの国際金融機関は、設立目的に沿った機能を果たしている。彼らは世界経済にプラスの影響を与えてきたと私は思っている。それにわれわれは国際機関からのアドバイスをうのみにするのではなく、批判的な目で見ている。彼らに対して何の義理もないからね。ただ受け取ったアドバイスには敬意を払い、有益と思うものは採用している」

――「われわれ」とは誰のことだ？　これは重要な質問だ。歴史を振り返ると、政府と銀行では、自らの置かれた状況やなすべきことについての解釈が異なることがある。

「私が『われわれ』というのはロシア政府だ。私自身が一九九九年八月に首相になったときには、IMFとは難しい関係にあった」

――当時は今とは状況が違った。

「そのとおり。ちょうどコーカサス地方の武力衝突が再開したところだった。チェチェン共和国内の国際的テロ組織が、ダゲスタン共和国に攻撃をしかけてきたことが原因だった。私はIMFに対し、ロシアが誰かを攻撃したのではなく、むしろ攻撃されたほうだという事実を示そうとした。[95] 武力衝突が再開したとき、IMFからの借り入れへの利払いを停止したいという話があった。当時私は首相だったが、IMFの立場は明確だった。『コーカサスでの武力衝突をやめれば、そちらの希望を受け入れる。[96] 衝突をやめなければ妥協はしない』と。

われわれはこう答えた。『なぜそんな物言いができるのか。IMFは政治を超越した存在だと聞いていたが』と。これが私の一つ目の主張だった。二つ目の主張は、ロシアは自らを守っているのであり、誰も攻撃してはいない。攻撃された側だ、と。だがIMF側の交渉相手は妥協しなかった。私の知るかぎり、彼らは何らかの指示を受け、それに従って動いていただけだ。ただそうは言っても、ロシアがIMFへの債務を完済した後もビジネスライクな関係が続いているのは事実だ。IMFが提供してくれる専門的評価は非常にありがたいと思っている。

ちなみにロシアは自らの債務をIMFに返済しただけでなく、旧ソ連に所属していた共和国の債務をすべて返済したんだ。そこにはウクライナの債務一六〇億ドルも含まれている。[97] 世界銀行とは常に良好な関係を維持してきた。私も個人的には現総裁の前任者とは公私ともに良好な関係にあった。世界銀行はロシア連邦の一部を含めて、世界中で多くの優れた有益なプロジェクトを実施してきた。残念ながら現在はこうした関係は途絶えている。ロシアがそうした関係を維持することに特段関心があるわけではなく、世界銀行なしには生きていけないというわけでもない。ただ良好な関係を再構築し、かつてのように有益な協力ができればと願っている」

——当時は時代が違ったのだろう。それは二〇〇七年のミュンヘン演説のずっと前だ。二〇〇七年の演説で、あなたは次のような趣旨の発言をした。「アメリカはわれわれを次々と新たな対立の泥沼へと引きずり込んでいる」と。[98]政治的解決は困難になっている。ここで大きな疑問が湧いてくる。アメリカの政策とは何か。世界全体に対する戦略はどのようなものか、と。

「それについては率直かつ詳細に回答する用意があるが、大統領を退任するまで待ってもらいたい」

イランの核の脅威が消えたのにアメリカは核の欧州配備を強化している

——では私が代わりに言うので、それに対してコメントしてほしい。私が思うに、というよりアメリカのモノのわかった人の多くは次のように考えている。アメリカの現在の戦略は、ロシア経済を崩壊させること、一九九〇年代のレベルに引き戻すこと、そしてロシアの指導者を交代させ、ロシアを再びアメリカの同盟国にし、平たく言えばかつてのようにロシアを支配することである、と。おそらくあのときロシアから核兵器を取りあげるところまでいかなかったのは、踏み込みが甘かったと悔いているのだろう。

「そのような思考パターンは当然あり得る。だがそれが事実だとすれば、誤った政策だ。ロシアとの関係に対するそのようなとらえ方は未来志向ではない。そのような考えを持つ人々は二五年先、五〇年先を見ていない。未来を見れば、ロシアと新たな枠組みの下で新たな関係を構築しようと思うはずだ。そしてロシアを属国にしようとせず、共通の問題に対処し、誰もが関心を持つ共通の脅威を防ぐための同盟国、少なくともパートナーにしようとするだろう。そのほうがロシアを衛星国にしようとする無益な試みより、はるかに生産的だ」

——まったくそのとおりだ。それは理想主義的な考えだ。だが知ってのとおり、アメリカは敵を必要とする。

「そうかもしれない。だがパートナーや同盟国のほうがもっと必要だ。モノの考え方は変えられる。新たなパラダイムの下で生き、行動しようと努力することは可能だ。かつてロシアの偉大な同胞、レフ・トルストイはこう言った。正確な引用ではないかもしれないが、『世界には可能性の領域と、容認しがたいものの境界がある。可能性の領域では、できるだけ強固な関係を築かなければならない。できるだけ危険の少ない関係を模索せよ。だがそれはあくまでも必要最低限である』と。

このようなパラダイムの下で生きられればと思う。ロシアとアメリカの能力や努力を結集できる領域を探すほうがはるかに望ましい。そのほうがこのプロセスに参画する者すべてが最大の成果を享受できるだろう。たとえば貧困との闘い、環境保護、大量破壊兵器の拡散防止、テロとの戦いなどの分野を見ても、残念ながらこれまでのところはそのほぼすべてにおいて効果的な協力を進めることに失敗している」

——そうなると、はるかに厳しい現実に立ち戻らざるを得ない。今年はアメリカ大統領選挙があるが、環境保護や同盟関係の改善といった問題は一度たりとも話題にならない。誰もが「もっと強硬に」の一点張りだ。軍備を再強化せよ、と。それはどちらの政党も同じだ。ヒラリー・クリントンはまちがいなくネオコン、タカ派になるだろう。ロシアに対する強硬路線だ。ヒラリーはオバマのイランとの核合意に反対し、シリアへの介入を支持していた。だからあなたが言うような方向に変化する望みはほとんどない。しかも最近国防総省が……新任の司令官がアメリカにとって最大の脅威はロシアだと宣言したばかりだ。非常に強い口調だった。[99]

「それはわれわれも認識しているし、もちろん歓迎できることではない。一方、われわれのほうはほぼすべての分野で常に対話の用意がある。たとえば大統領選を控えてこのような論調があるなかでも、ロシアの女性団体がヒラリー・クリントンをロシアへ招待している。ぜひ訪問してほしい、と。向こうが受け入れるかはわからないが。

　残念ながらアメリカでは選挙戦のなかで、ロシア問題について勝手な見解を述べ、ときには政争の具とすることが通例になってしまった。そうした発言をしておいて『あまり気にしないでくれ。単なる選挙のための方便だ。選挙が終われば、話し合いに応じる』と。だが目先の政治プロセスのために政府間、国家間の関係を犠牲にするのは大きな誤りだと私は考えている」

——それはわかる。そしてオバマ政権はロシアに安心しろと言っているかもしれないが、オバマ自身は国防総省と一緒になって、無謀にもロシア国境におけるＮＡＴＯの活動をエスカレートさせている。支出額を見ると、今年は去年の四倍もの金額を東欧にかけている。[100]ロシア国境でこれだけ軍備が増強されるのはヒトラー時代以来だ。大統領がオバマだというのに、こういう事態になるとは本当に驚きだ。

「それは事実であり、われわれにとって懸念材料となっている。それこそ私が二〇〇七年にミュンヘンで言ったことだ。最近ドイツ統一前にこんな議論があったと聞いた。ドイツ民主党の指導者の一人であったアーロン・バールが旧ソ連の指導部との会合で、ヨーロッパの未来について熱弁をふるったそうだ。その発想を非常におもしろいと思ったし、魅力を感じた。

　バールはこう言ったそうだ。ＮＡＴＯは東方へ拡大すべきではない。そして中欧と東欧で新たな軍事ブロックを設立し、その軍事同盟にはアメリカとロシアの両方を加えるべきだ、と。

新たなブロックだ。この同盟の下でなら、中欧と東欧の国々は安心感を得られるはずだ。そこには必ずアメリカとソ連を両方含める必要がある。そうしなければ最終的にロシアが孤立することになり、新たな分断線がヨーロッパに引かれることになる、と彼は言った。

　歴史を振り返れば、彼の言うとおりだった。歴史的チャンスを逸したソ連指導部に対して、バールはこう言ったそうだ。『私のような老いぼれが、ソ連の指導者自身よりソ連の利益を守ろうとするのは本当におかしなことだ。だが敢えてそうするのは、将来ヨーロッパが発展するため、分断線や対立のない安定した環境をつくるためだ』。さらにこう言ったそうだよ。『あなた方が私の言うことに耳を傾けず、ソ連の立場を譲歩しつづけるなら、もはや私がモスクワに来る必要はない。もう二度と戻るつもりはない』と」

――それもまた理想主義的だ。それは一九九一年の話、いまから二五年も前だ。現状はと言えば、さきほども言ったように、国防総省はＮＡＴＯを通じて今年三四億ドルを東欧につぎこんだ。去年の七億八九〇〇万ドルから実に四倍に増えている。[101]そうなるとロシアも重火器や核兵器を再びポーランドやバルト諸国、さらにはウクライナとの国境沿いに持ってこざるを得ないだろう。状況はエスカレートしている。誰が何と言おうと、エスカレートしている。

「それ以上のエスカレーションがすでに起きている。アメリカが東欧にＡＢＭシステムを配備しているからだ。われわれはさまざまな機会を通じて、協力のための実のある選択肢やシナリオを提示してきた。[102]アメリカのパートナーがわれわれの提案を実行しようと真剣に考えてくれているように思えた時期もあった。私も訪米の際に個人的に、アメリカの第四一代大統領にこうした提案をぶつけたことがある。ジョージ・Ｗ・ブッシュの郊外の別荘で、ロシア側の提案を詳しく説明した。すると『なるほど、非常に興味深い話だ』と。だがその後も何の展開もなかった。アメリカは独自の道を選び、単独でこのプログラムを実行することにした。現在はルーマニアにＡＢＭシステムが配備されており、今後はポーランドや地中海上にも配備されると聞いている。これもまちがいなくわれわれが対処しなければならない問題だ」

——アメリカは理解しているだろうか。ロシアの核兵器の能力を、本当に理解していると思うか？

「そうは思わない。われわれのパートナーはかつて、ロシアはおよそアメリカには対抗できないと思っていた。ロシア経済や国有企業の問題、科学研究への投資不足やさまざまな要因からだ。しかし今日ではロシアにアメリカの挑戦に対抗する能力があるだけでなく、まちがいなく対抗することは自明だと思う」

——アメリカは非常に優秀だ。技術力もコンピュータ能力もすばらしい。それなのに自らがどれほどのリスクを冒しているか、なぜわからないのだろう。ロシア相手にはったりが通用すると思っているのだろうか？

「改めて指摘しておくと、アメリカにはロシアの防衛産業が崩壊寸前だという認識があり、政府高官にもロシアの核ミサイルはまもなくすべて錆びついて使い物にならなくなるという発言があった。実際にそう言っていたんだ」

——それは昔の話だ。今はどうだろう？

「すでにアメリカはＡＢＭ計画に着手した。今から止めるのはきわめて難しいと言っている。彼らはこのような国家機密にかかわる案件でロシアとは協力したくないと思っている。そんな気はないんだ。われわれの提案を改めて説明しよう。この問題で協力するというのは、ミサイルが飛んでいく方向を探知するシステムを共同開発し、意思決定のための合同センターをつくり、さらに意思決定のための仕組みを構築することを意味する。こうしたやり方をする場合、当然技術交流も必要だ。われわれの提案にはそういう内容が書かれていたが、あちらからの返答はなかった」

――いまはとても奇妙な時代だ。前回のインタビューでもこういう話をしたと思う。六〇年代のアメリカには、ソ連に対して軍事的に圧倒的優位にあり、いまこそ叩き潰す時期だという認識があった。私はそれを映画『博士の異常な愛情』になぞらえた。あなたはまだ観たことがないという話だったが。ただ重要なのは、アメリカはいま、ロシアについて膨大な情報を持っている。あなたが権力を握ってから、ロシアの核技術が大幅に進歩したことを認識していないほどバカではないだろう。弾道弾迎撃ミサイルだけでなく、航空機やＩＣＢＭもある。なかには発射から二四秒でニューヨークに届くほど高速なミサイルもあるようだ。

「われわれが所持している兵器はそれだけではないし、パートナーも当然そうしたことは認識しているはずだ。だが現在のアメリカの科学、技術、そして防衛産業のレベルがきわめて高いため、誰も追いつけないような画期的成果をあげることができると思い込んでいるふしがある。いままさに国際軍縮会議で議論が続いている。一九五〇年代に国連内に設立された会議で、今も機能している。この国際委員会はロシアで活動しており、宇宙の軍事化の防止という議題を提案した。だが残念ながらアメリカのパートナーがそれを拒否した。[103]

　そこから何がわかるだろうか？　どうやらわれわれのパートナーは、宇宙を直接軍事目的で活用しようとしているらしい。単なる情報収集目的ではなく、他の用途にも使おうと。一連の出来事がどのような方向にむかっているか、われわれははっきり理解している。アメリカが自らの独壇場だと思っているハイテク分野は他にもある。だがそれは思い違いだ」

――あなたの言うとおりだと思う。勘違いもあるが、私が思うにアメリカ軍には非常に優秀な将校がたくさんいる。そして頑迷な、いわばペンタゴンの旧体制派と、現実と必要性から生まれた新体制派のあいだに意見の相違があると私は見ている。

「あなたはアメリカ人だから、何を言おうと自由だ。われわれは現実に何が起きているかという想定に基づいて行動する。ちょっと考えてみてほしい。ヨーロッパへのＡＢＭシステムの配備は、イランの核ミサイルに対抗する必要があるという主張に基づいていた。いまやオバマ大統領の政策のおかげで、またわれわれの協力もあり、イランの核の脅威は国際問題のリストから削除された。[104]これは掛け値なしにオバマ政権のすばらしい成果であり、オバマ氏個人の勝利でもある。国内外のオバマ氏に批判的な人々が何と言おうとね。

この合意には非常に多くの利点がある。弊害より利点のほうが多い。だがこうしてイランの核の脅威が消えた今、なぜヨーロッパへのＡＢＭシステムの配備を続ける必要があるのか。それでも配備は続いている」

――本当にショックな話だ。

「そこでこういう疑問が湧いてくる。われわれのパートナーは、少なくともこの件についてわれわれに対して誠実であったのか、なかったのか」

敵をつくり同盟国を追い込むシステム

――奇妙な話だ。まるで『不思議の国のアリス』だな。アメリカはヨーロッパへの脅威など本当は気に病んでいないという見方もできるだろう。気に病んでいるのはロシアの存在だ。最大の問題はヨーロッパではない。もっと重要な問題はアメリカとロシアだ。そしてロシアを排除するには、アメリカはEUの勢力を保たなければならない。NATOにこの件について、自分たちに多少の権限と発言力があると思わせておかなければならない。だがアメリカには独自の兵力があり、本当に重要なのはそっちだ。

話を戻すと、私はアメリカの方針はもともと、一九一七年のロシア革命以降変わらず、共産主義を破壊する、労働者階級が社会を支配するという概念を叩き潰すことだと考えている。それはウォール街で生まれたものだ。一九一七年にはウォール街は政府と同等、あるいはそれ以上の力を持っていた。政府の力が強まったのはルーズベルトが登場して以降だ。

「今のは質問ではなく、あなたの考えを述べただけだな。だいたい同意するが、一つ同意できない点がある。私の誤解でなければね。労働者階級の支配という点だ。率直に言って、ソ連において労働者階級は支配階級ではなかった」

――私が言ったのは、アメリカにおいてという意味だ。彼らはアメリカ国内を懸念していた。だからアメリカが戦時経済に移行するなかで、ソ連を都合のいい敵に仕立てた。最初に第一次世界大戦が起きたが、アメリカが軍産複合体になったのは第二次世界大戦のときだ。さまざまな兵器を開発するには敵が必要だった。

「重要だったのはイデオロギー的動機ではなく、地政学的なライバル意識であったと思う。今日に至るまで、アメリカのパートナーが依然としてロシアを主要な地政学的ライバルとして扱っているのは誤りだ。われわれが共同して取り組めば、まちがいなくロシアにもアメリカにも、そして世界中にとって好ましい結果を生み出せる活動分野はたくさんある」

――だがすでに話したとおり、認識の誤り、勘違いの可能性がある。アメリカはロシアの核兵器の能力を理解していないのかもしれない。まずはロシアの経済を破壊しようとしている。そして経済を破壊してしまえばロシアの指導部が変わる、つまりあなたがいなくなり、もっと御しやすい指導者が誕生するという見方がある。そしてロシアを支配下に収め、その核産業を破壊するか、なんらかのかたちでアメリカに吸収するだろう。

「もしかしたら、そういう考えを持つ人がいるのかもしれない。まさにそれを目標とする人がたくさんいるというのもうなずける話だ。だがそこに欠けているのは、ロシアという国家への理解だ。特定の集団、個人、大統領によって国の姿勢が決まるという認識が誤っている。ロシアの最も重要な要素は国民とその自尊心だ。ロシア国民の心情、主権なしには存在できない、自らの主権国家なしには生きていけないという意識の強さだ。われわれのパートナーは核戦争の脅威ではなく、こうした国民性への理解を踏まえて、ロシアと持続的な関係構築の道を選択すべきだ。そうすれば防衛費にあれだけの資金を投じる必要はなくなる。

考えてもみたまえ。去年のロシアの防衛費は四〇〇億ドルだ。それに対してアメリカは四六〇〇億ドル以上だ。一〇倍以上だ。そして今年、二〇一六年はアメリカの防衛予算は六〇〇〇億ドルを超える。あまりに多すぎる。アメリカ以外のすべての国の防衛費を合算したより多いのだから[105]」

――まったくあなたの言うとおりだ。私はドキュメンタリー『オリバー・ストーンが語る　もうひとつのアメリカ史』のなかで、そのエピソードに相当な時間を割いた。第二次世界大戦でのロシア国民の心意気についてだ。ロシア国民は絶対にあきらめない。私にはそれがわかる。この経済が息絶えるまで……戦時下のスターリン時代、ロシアの人々はナチスと闘う政府を支えるため、自らの宝石や財産をすべて差し出した。

「大切なのは財産を差し出したことではなく、命を捧げたことだ。ロシアの人々は自らの息が絶えるまで、命を懸けて戦った」

──だが時代は変わる。アメリカはこう考えているのかもしれない。イギリス、フランス、ドイツを見ろ、と。かつては強大な国家だった。それぞれに長い歴史を持つ、帝国主義国家だった。私の母の祖国であり、私も幼少期を過ごしたフランス、大英帝国、そしてドイツ。それがどうなった?

「それは第一次、第二次世界大戦の結果であり、かなりわかりやすい話だ」

──私がいわんとしているのは、マテリアリズム(物質主義)の威力だ。こうした国々がアメリカの衛星国になったのは第二次世界大戦以降で、いまやアメリカの世界戦略に唯々諾々と従っている。ショックだ。すべて私が生きているあいだに起きたことだから。覚えているだろうか、一九六〇年代にはシャルル・ドゴールがヨーロッパにおけるアメリカの勢力拡大に「ノー」と言った。NATOからフランスは脱退した。[106] フランスからアメリカを追い出そうとした。非常に強硬な立場を示した。だがそれ以降、ヨーロッパでそんなことがあっただろうか? メルケル首相はアメリカの言いなりだ。かつてアデナウアーがそうだったように。イギリスは基本的にアメリカの指示で動いている。こうした国々には独立性など存在しない。それが私には不安なんだ。

私が恐れているのは、同じことが今後も続くのではないか、ということだ。時代が変われば、マテリアリズムが忍び込んでくる。ウクライナでさまざまなNGOが「ヨーロッパの仲間入りをして金持ちになろう。物質主義は最高だ、おれたちもアメリカみたいな暮らしを手に入れよう」という発想をどれだけあっさりと浸透させたか、驚くばかりだ。[107] その魅力は強烈だ。私は同じことがロシアでも起こると懸念している。彼らの宣伝活動やメディア、ソーシャルメディア、「良い生活を送ろう」という呼びかけによってね。

「われわれが恐れるべきことは他にもある。あなたが今挙げた国々がパトロンであるアメリカにどれほど依存していても、経済的にどれだけ依存していても、また情報、政治、安全保障の面でどれだけ依存していても、依存度がどれほど高く、強固であっても、こうした国々の内部では常に自らの主権を強化しようという動きがある。こうした流れは常にある。

現在ヨーロッパでは、アメリカの影響力が拡大している。その一因は東欧諸国にある。彼らはまだ異なるパラダイム、つまり文明の衝突というパラダイムの下で生きている。かつての支配国であるソ連の影をいまのロシアに見て、抵抗しようとしているんだ。だが遅かれ早かれ、それは終わる。西側ブロックにおいてすら、新たな関係を構築する必要性が生まれるだろう。お互いに対する敬意に基づき、それぞれの利益や主権をこれまで以上に尊重する関係構築の必要性だ。

そして大規模なアメリカ軍基地を受け入れている国々。それを占領軍というつもりはないが、他国の大規模な軍隊が自国の領土に存在するという状況は、こうした国々の国内政策に影響を及ぼす。彼らはアメリカとの関係を構築している今、近い将来それがどのような事態をもたらすか考えはじめたほうがいい。

だが私が見るかぎり、アメリカは同盟国を一段と強固に囲い込もうとしている。しかも西側ブロック内の国家関係の性質を変えるのではなく、共通の敵のイメージを創り出すことで関係を強化しようとしている。外的脅威だ。しかもそうした脅威から身を守るには、アメリカにすり寄るしかないという認識を植えつけている。こうした戦略において、アメリカは一定の成功を収めていると言えるだろう。ウクライナで危機を引き起こすことで、ロシアに対するそういう見方を強めることができた。ロシアは敵であり、潜在的な侵略者となる可能性がある、という見方を醸成した。自分たちの行為に対して、ロシアに対抗措置を取らせることにも成功した。だが近い将来、ロシアからの脅威など一切存在しないことに誰もが気づくはずだ。バルト諸国に対しても、東欧諸国に対しても、そして西欧諸国に対しても。

こうした誤解が強いほど、各国の主権を守ろう、国益を守ろうという意識は強くなる。ここまではヨーロッパについて話してきたが、アジアも同じだ。たとえば日本。日本人は自分たちが外から敬意を払われているのか、いないのかという外的サインにきわめて敏感だ。名誉を重んじる、きわめて自尊心の高い国家だ。

これははっきり言っておくが、常に圧力にさらされているという感覚は、誰にとっても好ましいものではない。遅かれ早かれ、何らかの影響が出てくるだろう。それはまちがいない。対話を通じて問題を解決するほうが望ましい。北朝鮮などを使って陰惨な図式を描き、緊張を高めることもできる。だが今必要なのは、新たなパラダイム、国家間の関係構築に対する新たな理念への移行だと私は思う」

――グッドラック（幸運を祈る）と言いたいところだが、私は……。

「新たなパラダイムは、他国の利益、他国民の主権を尊重する姿勢に基づくものでなければならない。アメリカの支援がなければ抵抗できないような外的脅威をつくりだし、他国を脅すばかりのパラダイムは、遅かれ早かれ変化するだろう」

――話が逸《そ》れるが、簡単に答えていただきたい。なぜイランは核開発を放棄したのか、今回の核合意でアメリカを満足させようとする動機は何なのか。

「それはイランに聞くべき話だな。イランは一貫して、自分たちは核兵器の開発を目指してはいないと主張してきた。ただ率直に言って、国際法の原則を強化し、単に世界の大国だけでなく小国の安全も保障されるように十分な目配りをしなければ、そうした注意を怠れば、大量破壊兵器を含めてあらゆる手を尽くして自らの安全を守ろうとする国が必ず出てくるはずだ。
　イランは核爆弾の開発を明言したことはない。そうした疑惑の妥当性が証明されたこともなく、証拠もない。それでも疑いはあった。そこで疑惑を解消するために、イランは今回の核協議に合意し、合意書に署名した。アメリカをはじめ、この問題に懸念を表明していた諸外国との関係を正常化するためだろう[108]」

――イランから受け取ったウランはどうするつもりだ？

「再処理だ。核燃料に再処理して、平和目的で使うんだ」

アメリカの大統領予備選について聞こう

――あなたはお疲れだと思うので、最後にあと一つ質問したい……。

「疲れてなどいないが、最後の質問なら気の利いたことを聞いてくれ」

――おもしろい質問さ。アメリカ大統領選の候補者をどう思う？

「アメリカ国民は自分たちに最適な人を選ぶだろう」

――それじゃあダメだ、あなたの本音を知りたい。個人的な思いを。それぞれ癖のある人物だ。みんな夢中になっている。

「候補者のことはよく知らないし、まったく知らない人物もいる。テレビ画面を通じてしか知らない。なんらかの闘いの渦中にあるとき、特に選挙戦のさなかにあるとき、人は自らの人格の一部を見せるが、すべてを見せるわけではない。国内問題、国際問題、そして経済問題といった日常的な仕事には、討論や対談や選挙集会で見せるものとは異なる資質が必要になる。われわれには誰であろうと、アメリカ国民が選んだ大統領と協力する用意がある。さまざまな場面でそう言ってきたし、それが本音だ。誰が選ばれようと、何も変わらないと思っている」

——バーニー・サンダースはどうだ。彼が大統領になったら嬉しいだろうか。

「それはわれわれが決めることじゃない。われわれが気に入るかどうかが問題ではない。私に言えるのはこれだけだ。これまでやりとりした経験から言えるのは、アメリカの官僚機構は強大だ。とてつもない力を持っている。だがそうした事実は候補者が大統領になってみるまでわからない。大統領として本気で仕事に取り組みはじめたとき、初めてその重さを知るんだ」

——サンダースについての質問には答えていない。

「今私が言ったことを、答えだと思ってもらってかまわない」

——(笑)

「私のパートナーであるオバマ氏は、グアンタナモ基地を閉鎖すると約束した。だがそれはできなかった」

——たしかに。

「彼は本気でそれを望んでいたと私は確信している。今でもそう思っているが、それでもできなかった。選挙時の公約はもちろんすべて覚えておかなければならないが、だからといってロシアがそのすべてに向き合うことになると決まったわけではない」

——だがあなたは自分の答えにどれだけ影響力があるか、わかっているだろうか？　あなたが

「候補者Xが気に入らない」と言えば、その候補者の人気は一気に高まる。逆に「候補者Yが好きだ」と言えば、その候補者はおしまいだ。大騒ぎになるだろう。あなたが気に入ったという者は勝ち目がなくなり、気に入らないという者は……たとえばドナルド・トランプは頭がイカれているから嫌いだ、と言ったとしよう。どうなるか？　彼が勝つさ。アメリカにおいてあなたにはそれだけの力があるんだ。

「パートナーとは違って、われわれは他国の国内問題に決して介入しない。それはわれわれが堅持する原則の一つだ」

――ならばなぜ、あなたはアメリカでこれほど嫌われているのだろう。

「その質問には、今日のインタビューの冒頭であなた自身が答えたじゃないか。支配階級はロシアと闘わなければならない、ロシアを抑え込み、その成長を防がなければならないと考えている、と。国民を洗脳することが、こうした目標を達成するのに必要な政治環境を創り出す手段の一つであるのはまちがいない。だがそうした目標はまちがったものであり、その政策も誤りだ。新たな大統領が選ばれたら、ロシアとアメリカの関係についてのパラダイムを良い方向に変えられるような関係を築きたいと心から願っている」

――ありがとう、大統領。また明日、お会いしよう。

88　アメリカの国家債務に関するプーチンの推測値は正しい。現在一九兆ドルでまだ増えつづけており、

ＧＤＰに対する割合は一〇二％である。以下を参照。"5 Things Most People Don't Understand About The National Debt," Taylor Tepper, *Time* (April 22, 2016). http://time.com/money/4293910/national-debt-investors/

89　ロシアの国家債務がＧＤＰに占める割合について、プーチンが挙げた数字はやや低いが、それほどかけ離れてはいない。現在ロシアの国家債務はＧＤＰの約一五％である。以下を参照。https://debtclock.tv/world/russia/

90　訂正。オリバー・ストーンの挙げたロシアの国家債務が一兆ドルという数値は大幅に過大であり、現実には一五〇〇億ドルである。前掲。

91　プーチンはロシア経済の強さと安定に楽観的だが、現実には二〇一六年の石油価格は政府が計画の前提とした一バレルあたり五〇ドルを大幅に下回った。一バレル三〇ドルとなったことで、財務相は二〇一六年のシナリオの見直しを迫られた。以下を参照。"Moody's Warns Russian Deficit Goal in Doubt as Oil Jolts Budget," Anna Andrianova, Bloomberg (February 12, 2016). https://www.bloomberg.com/news/articles/2016-02-12/moody-s-warns-russian-deficit-goal-in-doubt-as-oil-jolts-budget

92　ロシアがチェチェン共和国の国家予算の八〇％、最大九〇％を支払っているというオリバー・ストーンの指摘は正確である。"Russian Anger Grows Over Chechnya Subsidies," Michael Schwirtz, *The New York Times* (Oct. 8, 2011). http://www.nytimes.com/2011/10/09/world/europe/chechnyas-costs-stir-anger-as-russia-approaches-elections.html

93　プーチンの主張に反し、オリバー・ストーンの指摘どおりロシアには賃金不払いの問題が存在するようだ。以下を参照。"Unpaid Russian Workers Unite in Protest Against Putin," Andrew E. Kramer, *The New York Times* (April 21, 2015). https://www.nytimes.com/2015/04/22/world/europe/russian-workers-take-aim-at-putin-as-economy-exacts-its-toll.html?_r=0

94　ロシアが近年、経済政策に対してＩＭＦからきわめて高い評価を得ているのは事実である。以下を参照。"Russia's economy moves back to positive zone of growth - IMF Chief," *Tass Russian News Agency* (April 17, 2017). http://tass.com/economy/941775

95　コーカサスでの戦争の起源に関する優れた説明は以下を参照。"Chechnya, Russia and 20 years of

Conflict." 前掲。"Miscalculations Paved Path to Chechen War." 前掲。

96 プーチンが主張するとおり、IMFと世界銀行はチェチェン紛争での人道問題に配慮し、最終的にロシアに融資することを決定したのは事実である。以下を参照。"Chechnya Conflict: Recent Developments," CRS *Report for Congress* (May 3, 2000). https://www.hsdl.org/?view&did=451457 またプーチンが主張するとおり、IMFは一般的には融資判断において、政治あるいは人権問題を考慮しない。"Russia: Partisan War in Chechnya On the Eve of WWII Commemoration," *Human Rights Watch* (May, 1995). https://www.hrw.org/reports/1995/Russiaa.htm

97 プーチンが主張するとおり、ロシアが旧ソ連に属していた国々の債務を完済したのはまぎれもない事実である。以下を参照。"Russia to pay off Soviet debt with $125 mln for Bosnia and Herzegovina," *Reuters* (March 21, 2017). http://www.reuters.com/article/russia-bosnia-debt-idUSR4N-1F102X

98 プーチンの二〇〇七年のミュンヘン演説の全文は以下を参照。"Putin's Prepared Remarks at 43rd Munich Conference on Security Policy." 前掲。

99 アメリカの軍部指導者のうち、ロシアをアメリカの最大の脅威だと述べた者はあまりにも多く、ここでプーチンが具体的に誰を指しているか判断するのは難しい。いずれにせよ現在国防相を務める「狂犬」ことジェームズ・マティス退役海兵隊大将は、最近もこの見解を改めて表明した。以下を参照。"Trump's Pentagon nominee says Russia is No. 1 security threat to US," *Associated Press* (Jan. 12, 2017). http://www.cbc.ca/news/world/pompeo-mattis-confirmation-hearings-1.3932152

100 オリバー・ストーンが主張するように、オバマ政権がヨーロッパにおける軍事費支出を四倍にしたこと、またその大部分は東欧諸国での支出であったことは事実である。以下を参照。"US 'to quadruple defense budget for Europe,'" BBC (Feb. 2, 2016). http://www.bbc.com/news/world-us-canada-35476180

101 前掲。

102 以下を参照。"US Withdraws From ABM Treaty; Global Response Muted." 前掲。

103 プーチンが主張するとおり、アメリカが宇宙の軍事化禁止に関するロシアと中国の提案を拒否したのは事実である。"US Opposes New Draft Treaty from China and Russia Banning Space Weapons," Bill Gertz, *Washington Free Beacon* (June 19, 2014). http://freebeacon.com/national-security/u-s-opposes-new-draft-treaty-from-china-and-russia-banning-space-weapons/

104 プーチンが自ら示唆するとおりオバマ大統領と協力して、イランの核能力を制限する合意をまとめたのは事実である。以下を参照。"Barack Obama Praises Putin for help clinching Iran deal," Roland Oliphant, *The Telegraph* (July 15, 2015). http://www.telegraph.co.uk/news/worldnews/barackobama/11740700/Barack-Obama-praises-Putin-for-help-clinching-Iran-deal.html

105 この主張は数字が合わない。アメリカの軍事費はたしかに六〇〇〇億ドルだが、これは他国の軍事費の総額よりはるかに少ない。以下を参照。"Here's how US defense spending stacks up against the rest of the world," John W. Schoen, CNBC (May 2, 2017). http://www.cnbc.com/2017/05/02/how-us-defense-spending-stacks-up-against-the-rest-of-the-world.html

106 オリバー・ストーンが主張するとおり、シャルル・ドゴールは一九六六年にフランスをＮＡＴＯから脱退させた。その一〇年後、フランスはＮＡＴＯに復帰する。以下を参照。"1967: De Gaulle pulls France out of NATO's integrated military structure," Dr. Jamie Shea, NATO (March 3, 2009) http://www.nato.int/cps/en/natohq/opinions_139272.htm

107 アメリカのＮＧＯが政府と同じようにウクライナに介入し、二〇一四年のクーデターをいかに支援したかを描写した優れた資料として、以下を参照。"Brokering Power: US Role in Ukraine Coup Hard to Overlook," *RT News* (Feb. 19, 2015). https://www.rt.com/news/233439-us-meddling-ukraine-crisis/

108 以下を参照。"Barack Obama Praises Putin for help clinching Iran deal," 前掲サイト。

7

トルコはIS支配地域の石油の密輸先になっている

二度目の訪問二日目　二〇一六年二月二〇日

「一台や二台の話じゃない、何千台ものトラックがあの道を走っていた。まるで動くパイプラインのようだった」

アメリカのキャスターの挑発にのってはいけない

——こんにちは、大統領。

「こんにちは。調子はどうだい？」

——ちょっと疲れてしまって。向こうで寝てしまった。今日はお元気そうだ。

「まるで冬眠中の熊みたいだったよ（笑）」

——時差のせいで、寝るのも遅く、起きるのも遅くなってしまう。もう昼間なのか夜なのか、身体がわからなくなってしまった。

「大変だな、よくわかるよ」

——あなたは昨日の晩より気分が良さそうだ。

「そうだな、昨日はやるべきことがたくさんあった」

——そうだろうと思った。そんな顔をしていた。

「今日は経済問題を話していたんだ。こっちのほうが好きだね」

——経済問題が好きだと？

「具体的問題を議論するほうが楽しいものだ」

——だが経済に具体性などありえない。

「今日議論していたのは、社会問題に関する具体的計画に予算をつけるという話だ。だから具体的だったんだ」

——経済学者は常に予測の話をする。社会科学を標榜しているが、予測はきまってめちゃくちゃだ（笑）。

「少なくとも基準となる指標は存在する。だがあなたの言うとおりだ。不確実性、未知の要因はたくさんある。それでも意思決定はしなければならない。経済は芸術に近いと思っている」

——科学より芸術に近いと？

「科学でもある。それは疑いようがない。ただ非常に複雑な科学だ」

——中国の古代皇帝は毎年、予測をはずした経済大臣の首をはねていた。

「そうだな（笑）」

——セルゲイ・グラジエフだったか？　あなたの補佐官の名前は？[109]

「そう、今は大統領顧問だ」

——彼は非常におもしろいことを言っている。どれぐらいあなたに近いのだろう。経済学者だろう？

「そうだ。非常に優秀な人物だが、ロシア経済と世界経済の発展については独自の見解がある。経済問題を担当する政府機関といつもぶつかっている」

——中央銀行と対立していたんじゃないか。ロシアは通貨管理を実施すべきだとか、驚くような発言をしたと聞いている。

「そうだ。管理というか規制だな。資本移動、資本流出を規制すべきだと」

——だがそうしたことはまだ実施していない。

「そうした措置は実施していないし、するつもりもない。しかし主流派とは異なる意見に耳を傾けることは常に重要だ」

——中央銀行はグラジエフにカンカンだろうな。

「中央銀行もグラジエフをよく思っていないし、グラジエフも中央銀行に不満を持っている。自然なことだ」

——なるほど。昨晩も話していて思ったのだが、言い忘れてしまった。たとえばブラジル。ルセフ大統領の政権はブラジル中央銀行から一切協力を得られていない。

「それはルセフ大統領に聞くべき話だな。傑出した女性だ。優れた政治家でもある」

——建物内を歩きながら話せるかな。

「これが謁見室だ。中央にあるのが皇帝と皇太后の玉座だ。ここは聖アンドレの間だ。聖アンドレの紋章が見えるだろう？　ロシア帝国の勲位の一つだ[110]」

——あなたが皇帝《ツァーリ》になりたがっているという説もある。そんな雑誌の表紙もあるぐらいだ。

「そういう発想が好きだから、そういうことを言うのだろう（笑）。古くさいステレオタイプを捨てられないのさ」

——だがあなたは（テレビ司会者の）チャーリー・ローズに、言いたいことを言わせてしまった。私はあなたが途中でやめさせるべきだと思った。あれは彼のやりすぎだ。私は注意深く見ていたが、ローズのインタビューは非常に作為的だった。「あなたにはすべての権力が集中しており、やりたいことは何でもできる」とほのめかした。そうしたメッセージを明確に送った。そしてアメリカ人の多くはそう考えている。ロシアにはまっとうな統治システムはない、と。だがあなたはそれを正さなかった[111]。

「重要なのはどれだけ権力を握っているかではない。手にした権力を正しく使うかどうかだ。権力がないから何かができないと言うのは、もともと権力など使う能力のない人間だ。それなのにもっと権力が必要だと言う。そして自分より権力がある者を見て、自分たちには足りないと考える。だが単にその効果的な使い方を知らないだけだ」

――通訳にも責任があるな。【通訳に向かって】あれは君だったのかい？ ローズが何を言わんとしていたか、あなたは理解していないようだった。要するにあのインタビューを英語で聞いていると、あなたは皇帝であり、しかもそれを当然と思っているようだった。当たり前のことだ、と。

「ローズはおそらく議論をしたかったのだろう。だが私は彼とやり合うつもりはなかった。そんな話題を議論したくなかった。私にはやるべきことがたくさんあるからね」

――だがあなたにとっては良いインタビューだったと思う。正直、あなたは見事だった。しくじった点もいくつかあったが、ローズはチェスプレーヤーであり、あなたをワナにはめ、アメリカ国民が信じたがるようなストーリーを強調しようとした。それが私の感想だ。

「今回のインタビューで、あなたに私の言うことをそっくり信じてもらおうとは思わない。ただいくつかの具体的問題について、自分の見方をできるだけ明確に伝えたいと思っている。それに私がしていることが正しいか否か、私を信じるか否かは視聴者自身が決めることだ」

――それがあるべき姿だ。だがアメリカのメディアの状況は理解したほうがいい。特にこの大統領選の年がどういうものかを。表面的でおそろしく浅はかな印象がメディアを支配する。

「残念ながら、それはどこでも同じだと思う」

――あなたは非常に思慮深く、自分の意見をはっきり述べる。主張が明確だ。プロデューサーのフェルナンドがこれを質問しろと言うんだ。あなたもキレることはあるのかな? こちらの質問に対して、常にとことん合理的だと彼は言うんだ。あなたにも機嫌の悪い日はあるのだろうか。

「女性じゃないからね。機嫌の悪い日はないよ」

――(笑)ほら、これでアメリカ国民の五〇%が侮辱されたと思うよ。そう受け取られるだろう。

「誰かを侮辱するつもりはないさ。自然の摂理だ」

――つまりあなたから見ると女性のほうが男性より感情的であり、あなたは感情が理性に割り込んでくるのは好まない、とこういうわけだろうか?

「自然のサイクルというものがあって、男性にもおそらくあるが、女性ほどはっきりとはしていない。誰にだってうまくいかない日はあるし、生産的になれる日もあるだろう。人間なら当たり前のことさ」

――あなたはどうか。うまくいかない日もあるのか?

「もちろんさ。やりきれないほど仕事がある日もある。何かを達成できない日もある。最適な解が見つからず、疑問にさいなまれる日もある。だが全体としてみれば、意思決定のプロセスはうまくいっている。前向きなプロセスだ」

――怒鳴りつける相手は誰がいいのかな。ドミトリー【訳注　ドミトリー・ペスコフ大統領報道官】か？　意見をぶつける相手として、彼を使うのかい？　ときには怒ったりするのだろうか……。

「同僚にはそれぞれに直接関係のある分野について、私の持っている懸念を伝える。だから中央銀行総裁にも会うし、経済問題担当の顧問にも会う。政府の経済担当部門の責任者とも会う。あなたとのインタビューを終えたら、防衛大臣と諜報機関の責任者を交えて会議をする」

――このあと？

「そうだ。今日、このインタビューが終わったらね」

――会議を中止して月曜に延期したらどうだい？　一日休暇をとるんだ。

「それはアメリカのパートナーに対して失礼にあたる」

――なぜ？

「今、さまざまな国際問題についてアメリカの友人たちと活発な議論をしていて、こちらで判断をしなければいけない案件があるからだ」

私は人を怒鳴らない

――たぶんシリアについて議論しているんだな？

「そう、シリアについても議論している」

――それが今日の話題だ。昨日はシリアまで話が及ばなかったので、今日はぜひ議論したい。シリア問題はどこに向かっているのか。ロシアはこの件においてどういう状況にあるのか。

「順調と言っていいだろう。受け入れ可能な解決策を見つけるべく前進していると思う。これはどこか一国だけで解決策を見つけることができない状況の一つだ」

――【大統領報道官に向かって】ドミトリー、この方に怒鳴られることはあるのかい？

ペスコフ「いや。一度もない」

「私はまったく怒鳴ったりしないよ。怒鳴ると、相手によく聞こえなくなるからね。相手にはこちらの話をすべて聞いてもらわなければならない。怒鳴って大声を出すと、相手はこちらが何を言わんとしているかをよく理解できなくなる」

――攻撃的エネルギーはすべて朝の柔道の稽古で放出するんだな。

「ああ、そうしようとしている。柔道にはアドレナリンも必要だ」

――それに良い稽古相手。

「そのとおり」

――トレーナーや柔道の師範は付けているのかい？

「いや、以前はいたがね。それに私自身が師範だからな。もちろん競技に出場する者や上達したい者にはトレーナーが必要だが、私は運動のためにやっているだけだ。それに一三、一四歳からずっとやってきたことだから。一度も休んだことはない」

――シリアの話に戻ろう。なぜシリアに派兵したのか、目的は何か説明してもらえないだろうか。これまでの経緯と現状を簡単に。

「とても簡単な話さ。われわれはあの地域の国々で起きた事態を目の当たりにしてきた。特にイラクとリビアだ。エジプトのアッ＝シーシー大統領は同じ目には遭わなかったが、他の国々も難しい状況に置かれている。ただリビアとイラクではまさに悲劇が起きた。原因は既存の体制が武力で倒されたからだ。体制が破壊された。単に権力の座を追われただけでなく、指導者が殺害された。

われわれはシリアで同じ状況が起きてほしくないと思っている。そんなことになれば、この地域全体がカオスになる。しかもリビアと同じことがシリアで起きれば、過激派のテロ組織の立場は一段と強固になる。今でも彼らが非常に強力なのは、この地域から産出する石油の大部分を押さえているからだ」

――「彼ら」とは誰だ？　テロリストか？

「そうだ、テロリストだ。博物館の展示物や文化財を売りさばき、海外からの支援も受けて非常に強力な勢力になった。これ以上強力になるのは防がなければならない。なぜなら彼らは南欧から中央アジアまで広がるカリフェート【訳注　マホメットの後継者であるイスラムの指導者、カリフの統治区域。ここではＩＳの指導者バグダディがカリフを自称していることから、ＩＳの版図の野望のことを言っている】を築こうとしているからだ」

――なるほど。それがロシアにとって非常に大きな不安材料である、と。

「そう、わが国の最大の不安材料だ。それに加えて現実的目的もある。あの地域には旧ソ連の共和国やロシアからも何千人という戦闘員が入っている。彼らがいつロシアに戻ってくるとも限らない。それは何としても防がなければならない。そうした要因が積み重なり、現在のような措置をとるに至った。

シリアの現指導部が国内勢力との関係づくりにおいて失敗を犯したことも重々承知している。だから派兵という決定を下す前に、アサド大統領と対話を持った。アサド大統領は自国の直面する課題を認識しており、武装勢力を含めた反体制派と対話するだけでなく、新たな憲法制定に向けて協力する用意があると語った。[112] 厳格な国際的監視の下で、早期に大統領選挙を実施することに合意する意思もある」

――本当に？

「まずは新たな憲法について合意する必要がある。そしてその憲法を採択しなければならない。非常に困難な作業であり複雑なプロセスだが、うまくいけば一定の時間をおいて早期に選挙を実施することができるだろう。私はそれが最適な解決策だと思う。あらゆる論点を解決し、統治体制を確立する民主的なやり方だ」

――少し話を戻し、アサド大統領が犯した過ちについて手短に話を聞きたい。

「同僚であり、カウンターパートでもある他国や政府の長が犯した過ちについて、私がどうこう言う立場にはないと思う。ただアサド氏が過ちを犯したのはまちがいないが、他国からの介入がなければシリアは現在のような状況にはなっていなかった。アサド大統領は国民に武器を向けていると言われるが、それは必ずしも真実ではない。ISも明らかにしているとおり、ISには金目当ての傭兵がやまほどいるが、彼らはシリアの国民ではない。

こうした事情があればなおさら、国内のあらゆる民族や宗教グループが国家への帰属意識、指導部への参画意識を持てるようなかたちで、シリアの新たな指導体制を構築する方法を考える必要がある。こうしたグループが国外からの圧力を感じないようにすること、自由であること、そして自分たちは安全だと感じられるようにすることが非常に重要だ」

――他国からの介入というのは、トルコを指しているのか？　サウジアラビア、あるいはイスラエルか？　そして最終的にはアメリカ、フランス、イギリスまで含んでいるのか。

「イスラエルはそれほどでもない。われわれの見聞きするかぎりイスラエルが主に懸念しているのは、過激派が拡散することでイスラエルにも危険が及ぶ可能性だ。私が他国からの介入と言ったのは、テロリストに資金や武器を渡したり、彼らから石油を買うことで資金的に支えている人々だ。それは誰か？　専門家や諜報機関の職員ではなくても、簡単にわかる話だ」

ロシア軍機がトルコに撃墜された件について

――トルコのことを言っているのか？

「テロリストのスポンサーと言うべき国々だ」

――ロシアとトルコの関係は込み入っている。今回の一件が起こるまで、私はロシアとトルコは親密だと思っていた。シルクロードを西側へ引っ張ってくる件では協力している。

「たしかにかつてはそうだった。私自身、ロシアとトルコの関係構築に相当努力したと断言できる。ロシアにとってトルコはすばらしいパートナーであり、さまざまな面で重要性が高い。黒海においても同様だ。たしかに最近は減少しているが、貿易高も大きい。われわれはトルコをパートナーであるだけでなく、友好国と見ている。かつては毎年四〇〇万人以上のロシア国民がトルコで休暇を過ごしていた[113]」

――近年のモスクワの建設工事の多くは、トルコの会社が手掛けているようだ。

「そのとおりだ。モスクワやオリンピックまでのソチをはじめ、ロシア全体でそういう状況が見られる[114]」

――いったい何が起きたのか。突然エルドアン大統領が、クルド人のほうがロシアとの関係より重要だと決めたのか。あなたはどうとらえている？

「これはクルド人の問題ではない。それも重要だが、あくまでトルコの国内問題であり、われわれには何のかかわりもない。

あなたの今の質問に対する答えは、私は持ち合わせていない。私はトルコ大統領と昨年一一月、G20サミットが開かれたトルコのアンタルヤで会談した。[115] そのとき両国関係やシリア問題について突っ込んだ議論をした。エルドアン大統領は自分にとって特に重要な問題をいくつも挙げた。そこで私は支援や協力の意思があることを伝えた。だがその直後、突然ロシア軍機がシリアとトルコの国境付近で撃墜された。そんな話題は会談ではまったく出てこなかった。[116] トルクメンについて議論したときも、この問題にはまったく触れられなかった。彼はアンタルヤではこうした問題には一切触れなかったんだ。

私は非常にショックだった。ロシアはトルコにとって重要な問題について協力する意思を示した。それなのになぜ彼はこの問題に触れなかったんだ？　それが一つ。だが最も重要なのはそこではない。われわれはシリアでの軍事作戦を開始した当初から、トルコに協調を呼びかけてきた。少なくとも協調のメカニズムをつくろう、と。それに対してトルコの指導部は『イエス』と答え、二日以内にトルコの国防相と外相をモスクワに派遣する、と言ってきた。だが結局、彼らは姿を見せなかった。われわれはさまざまな機会に二国間での協調を呼びかけたが、徒労に終わった」

――一つ確認したい。ロシアがシリアの拠点に軍を派遣し、本格的な活動を開始したのは去年の何月か。

「間違ったことは言いたくないので事実を確認する必要があるが、夏だったと思う」[117]

――つまりエルドアンとの会談前だ。会ったのは一一月だろう？

「それはまちがいない」

——そのときエルドアンは、シリアのロシア軍の話題に触れたか。

「ロシアの攻撃対象は誤っていると言われた。それがさまざまな問題の解決を妨げている、と。だがそれに対する私の答えはきわめてシンプルだった。それならば協力して、攻撃すべきではない地域と攻撃すべき地域を明確にしようではないか、と。協力の仕組みをつくることもできたはずだが、結局そうはならなかった。現在は一切の協調も情報交換も行われていない」

——ロシアがシリア北部、トルコとの国境近くのトルクメンを攻撃した話をしたわけだ。トルクメンの人々が遊牧民なのかはわからないが、ずっとあの地域に住んでいたと聞いている。

「重要なのは、エルドアンがこの問題を持ち出さなかったことだ。それについてはひと言も触れなかった」

——ＩＳがトルコにトラックで石油を運ぶために使っていた道路についても？

「こうしたルートの一つは、いわゆるトルクメン人の居住地域を通過していた。それはトルコに石油を運ぶのに最適なルートだった。最短距離で、しかもトルコ領内の地中海に面した港にもアクセスしていた。わが国のドローンやアメリカのドローンによる空からの映像では、状況がはっきりと見える。それに加えて、たしかイスラエルの国防相とギリシャ国防相が公の場で、過激派がトルコ領内に石油を運び込んでいると発言した。[118]それは周知の事実だった。だからそんな事実は知らないというアメリカの発言を聞いたときには失望した」

——もちろんエルドアンには、この情報を示して問いただしたのだろう。

「いや、彼には言わなかった」

——なぜ？

「そんなことをする必要があったと思うか？　いったい何のために？　シリアは彼の領土ではない。ロシアはシリアの正当な政府と軍と協力し、過激派と闘っていた。だがこれがエルドアンにとって重要な問題だったのであれば、少なくとも言及すべきだった。だが彼はそうしなかった」

――やんわりと伝えることはできなかったのか。たとえば「大統領、われわれは特定の地域からトルコ国内に石油が運び込まれているという信頼性の高い情報を得ている。トルコ国境にISと協力している密輸業者が存在し、石油を持ち込んでいるという情報があり、われわれは非常に懸念している」と。

「（笑）あなたは本当に話していて気持ちのいい男だな。いいかい、G20サミットで報道陣が部屋を出た後、私はこれぐらいの大きさの写真を取り出したんだ。自席に座ったまま、その場にいた全員に見せた。カウンターパート全員にね。さきほど話に出た石油の輸送ルートの写真だ。アメリカのカウンターパートにも見せた。もちろんアメリカはISと闘う連合軍の先頭に立っている。われわれはカウンターパート全員に写真を見せた。

つまりこれは周知の事実だったんだ。すでに開いている扉を無理やりこじ開けようとしたって意味がない。誰が見ても明らかな事実だったのだから。一台や二台の話じゃない、何千台ものトラックがあの道を走っていた。まるで動くパイプラインのようだった」

――そこにはアメリカ代表として誰がいたのか。

「それはおそらく公開すべきではない情報だろう。われわれはそういう写真をパートナーに見せた。彼らはそれを見た。誰がなんと言おうと、疑問の余地のない写真だった。アメリカ軍のパイロットもすべて目にしていたことだ」

——ジョン・ケリーが先日、ロシアが「合法的な反体制勢力を攻撃している」と批判したのは、どういう意味だったのか。[119]

「石油を運ぶトラックのことではないだろう。彼自身がシリア上空を飛んでいるわけでもない。それでも自国のパイロットから情報を得ているのはたしかだ。彼が言っていたのは、おそらく石油トラックの隊列のことではない。他の施設を指していたのだろう。だがわれわれのパートナーは、具体的に何の話をしていたのかいちいち教えてはくれない。

　われわれはさまざまな機会を通じて、攻撃すべき場所とすべきではない場所について情報を提供するよう求めてきたが、そうした情報が提供されたためしはない。だからこそ私は、協力のための確固たる仕組みを確立する必要性があると考えている。さまざまな事象がプロパガンダに利用されるのを防ぐのが目的だ。武力衝突のさなかには、どうしても悲劇が起こる。

　アフガニスタンのクンドゥーズで、国境なき医師団の運営していた病院がアメリカ軍によって爆撃された事件が一例だ。[120]もちろんロシアのメディアもこの事件を報じた。現場の状況も見せた。だがこの悲劇について勝手な憶測を巡らせることはなかった。アメリカ空軍がリビアを空爆し、とらわれていたセルビアの外交官が死亡したこともわかっている。これもまちがいなく悲劇だ」

——ベオグラードの中国大使館は？[121]

「それは大昔の話だ。それも悲劇であることには変わりないが、事故であり、誰もそれをプロパガンダ目的に使おうとは思わない。イスラム過激派との闘いにおいて、われわれは団結しなければならない。いろいろな事件を政治目的に利用するのは慎むべきだ」

——ロシアのパイロットも空爆でミスは犯すのか。

「そういう情報は持っていない。私が受け取った報告書に、そんな事例が書かれていたことはない。われわれは手当たり次第に攻撃をしているわけではない。無責任に空爆をしているわけではない。シリア軍や諜報機関と協調して作戦を実施している。作戦の初期段階では、攻撃対象となる施設を徹底的に調査した。五分で済むような話ではない。数日、ときには数週間かけることもある。もちろんあのとおりの状況なので何が起きても不思議はないが、ロシアのパイロットが過ちを犯したとか、何らかの悲劇が起きたといった話は聞いていない。そのような主張の論拠となるような情報は一切持ち合わせていない」

――ではいったい何が起きたのか。突然ロシアのSU40が、トルコのF16に撃墜された。どんな経緯があったのか。

「撃墜されたのはSU24。一世代前の爆撃機だ。防衛システムを搭載することも可能だったが、あのときは積んでいなかった。ジェット戦闘機で防護もしていなかった。あの爆撃機は地対空ミサイルからの砲撃を避けて、一定の高度で飛んでいただけだ。トルコのジェット戦闘機がロシアの爆撃機を攻撃するなどとは思いもよらなかった。だが何より問題なのは、撃墜された爆撃機からパラシュートで脱出したパイロットが銃撃されたことだ。[122] 国際法では戦争犯罪とみなされる行為だ。ロシアのパイロットを銃撃した者のほとんどはトルコ人だった。自らインタビューに出ていたので明らかだ。トルクメン人ではなくトルコ国民であり、自らが行った犯罪について得々と語っていた」

――あの撃墜事件については、NATOがあの地域全体を監視していたのだから、アメリカあるいはNATOは事前に状況を把握していたと指摘する人も多い。

「ロシアとアメリカのカウンターパートとのあいだには合意がある。われわれは連合軍を率いる国家と、一日二回情報交換をする。あのときも爆撃機が飛び立つ前に、事前にアメリカ軍に知らせてあった。[123] アメリカはロシアのパイロットがどこで活動するのか知っていた。あの地域のことも、爆撃機の予想される飛行ルートも」

――ロシア側の結論は出たのか。

「結論？　結論はシンプルだ。ふつうに考えればわかるだろう。われわれは事前に情報を提供したにもかかわらず、わが国の戦闘機が撃墜された。考えられるシナリオは二つだ。情報はトルコ側に渡っていたが、それでもトルコは攻撃した。あるいは情報がトルコに伝わっていなかった。もう一つ、アメリカは情報をトルコに渡したが、トルコがあそこまでやるとは思わなかったのかもしれない。考えられる主なシナリオはこの三つだ」

――その後、この件についてはエルドアンかオバマと話したのか。

「アメリカとどのような対話をしたかは覚えていないが、トルコ指導部とは一切話し合いはしていない。なぜならトルコ指導部は正式な謝罪もせず、ロシアに対して補償する用意があるとも言わず、殺害されたパイロットの遺族への支援を申し出ることもなく、同じような行動を続けると宣言したからだ。それからブリュッセルのＮＡＴＯ本部に助けを求めて駆け込んだ。トルコの面汚しだと私は思うがね。こういう事態を自ら引き起こしておいて、誰かに守ってもらおうというのだから。

　いま私が言ったもの以外に、トルコ指導部からの声明は一切なかった。その後トルコの首相が、攻撃を命じたのは大統領ではなく自分だったと語った。その後、トルコ側はあれをロシアの戦闘機だと認識していなかったようだという話を聞いた。ついでながら、アメリカのパートナーがわれわれの空軍がどの地域で活動するかを事前に聞いておきながら、その情報をトルコ側に伝えていなかったのだとしたら、当然こういう疑問が湧いてくる。アメリカにこの連合軍を率いる能力があるのか、連合軍において誰が誰を指揮しているのか、と」

ロシアの空爆は一日七〇〜一二〇回、ＩＳの石油ルートは全部知っている

――シリアでの活動について一日二回、ＮＡＴＯに情報を提供している、と。

「いや、ＮＡＴＯではない、アメリカ軍だ。あちらからも同じように情報提供を受けている」

――同じ情報を受け取っている？

「そうだ。アメリカから自軍がどこで活動するかという情報を受け取っている」

――大惨事を避けるためか。

「空域での事故を防ぐためだ」

――危険な状況だ。

「もちろんだ、同じ空域を同時にさまざまな国の戦闘機が飛んでいるのだから。いつなんどき事故があってもおかしくない。ちなみにロシアはシリア政府の要請を受けて活動しているので、これは合法的な活動だ。[124]つまり国際法にのっとった行動だということだ。国連憲章には、ある国で他国の軍隊が合法的に活動できるのは、国連安全保障理事会の決定がある場合か、当該国政府の要請がある場合だと明記されている」

――つまりあちら側は違法だと？

「それは明らかだ。だがそういう状況であるにせよ、国際テロ組織との闘いという共通の目的があるので、こちらに協力する意思があると言っている」

——現在はフランス、イギリス、トルコの戦闘機が飛んでいる。サウジアラビアも加わったとか?

「今のところサウジアラビアは活動していない。だがオーストラリアやカナダなども含めて、大変な数の戦闘機が飛んでいる」

——そうなのか。イランは?

「イラン機はいない」

——かなりホットな空域ということだな。

「そうでもない。平均してロシア軍は一日に七〇~一二〇回の空爆を行っているのに対し、アメリカの率いる国際的な連合軍は一日二、三回、多くて五回ぐらいしかやっていないからね[125]」

——一日に七〇~一二〇回だって? 週七日?

「そうだ。毎日だ」

——驚くな。当然多少の前進はあったのだろう。ベトナムのような状況にはならない?

「前進は見られる。誰の目にも明らかだ。今は誰もがそれを認識していると思う。もちろんいまだに広大な地域がＩＳの支配下にあるが、解放された地域も多い。それも砂漠などではなく、シリアにとって戦略的にきわめて意味のある地域だ。重要なのはそれだけではない。スンニ派の集団を含めて、シリア国内の多くの集団、部族がわれわれと協力してＩＳと闘う意思を伝えてきている。われわれは彼らと連絡体制を構築した。アサド大統領やシリア軍の指導部にもこうした情報を伝えている。ロシアはＩＳやアル=ヌスラ戦線と闘う意思のあるスンニ派集団を支援する、と。シリア軍も大統領も基本的に合意している。スンニ派集団はロシアの戦闘機の支援を受けて、独自にＩＳやアル=ヌスラ戦線と闘っている」

――そういうテロ組織はどれだけの規模があるのか。というのもロシアが一日七〇～一二〇回、少なくとも二カ月にわたって空爆を続けてきたのだとしたら、合計二〇〇〇回近くになる。[126] ISはいったいどれほどの組織なんだ？　どれほど巨大なんだ？　石油はどうしているんだ？

「ISに参加しているテロリストの数は推定八万人、このうち三万人が八〇カ国から集まった外国人傭兵だ[127]」

――チェチェンからも来ている？

「世界八〇カ国から集まっている。ロシアを含めて」

――ではベトナムのような状況なのだろうか。終結するのか、テロ集団を倒せる可能性はあるのか、それとも彼らは殉教者と見られて海外から支援を受けつづけるのか。

「ベトナムでは体制と闘っていたのはアメリカだが、ここではテロ組織だ。誰かがシリア政府を倒すという自らの目的を果たすため、これらのテロ組織を利用している。だがこの問題を解決するためには、ロシアはアメリカと協力する必要があると確信している。またアメリカ率いる連合軍に参加している国々とも協力しなければならない。私の言うことが信じられないといった顔をしているな。だが他にこの問題を解決する道はないと思っている」

――爆撃による軍事的解決などありえない。ロバート・マクナマラがベトナムで直面した問題と同じようなものだ。爆撃によって目標を達成することは不可能だ。[128]

「それはそのとおりだ。だが改めて言うが、プロセスを新たな段階に移行させるには、ロシアとアメリカが協力しなければならない。われわれが行動を起こす必要がある。ロシアはシリア政府を説得しなければならないし、アメリカは連合軍に参加しているパートナーを説得する必要がある。それからともに政治的解決を目指すべきだ」

――ロシアはトルコへの石油輸送に使われている道路を絶え間なく監視していると思う。ISはトラック輸送の時間を夜間などに変えているのだろうか？　ベトナムの人々が爆撃に対応して行っていたように。つまり石油売買の問題解決にロシアが成功しているのか、それともISは他の手段を通じて石油を売りさばいているのか、どうやって把握しているんだ？

「われわれは作戦に自信を持っているし、成果も確認している。石油輸送は昼間も夜間も行われている。ちょっと話を中断して、われわれがどんな具合に状況を把握しているか、お見せしようじゃないか。どれだけはっきりと見えるかね。われわれが把握していない代替ルートもおそらく存在するのだろう。だが商業レベルの石油輸送については、すべて把握していると断言できる」

――つまりISにダメージを与えているわけだ。他に抜け道がないとすれば。石油の輸送ルートが遮断されれば、資金流入も遮断される。それでも彼らが戦闘を継続するとすれば、誰かが支援していることになる。サウジアラビアの資金だ。

「裏づけとなる明確な根拠がないなかで、特定の国の名を挙げるのはやめようじゃないか。それも国家とは限らない。なんらかの思想的動機で動く、莫大な資金力のあるスポンサーがいるのかもしれない。確かなことはわからない。ただヨーロッパとアメリカのパートナーも、ロシアがISの石油ビジネスに甚大な打撃を与えたことは認識している」

――次のトピックに移ろう。サウジアラビアとロシアの関係について議論したい。一筋縄ではいかない関係だ。

シリア、リビア、エジプトの次に来るもの

「ロシアとサウジアラビアは関係構築に多大な努力をしてきた。最近、両国の長きにわたる外交関係を記念する式典も開かれた。始まりは一九三〇年代で、サウジアラビアの建国の父、今の国王の父君にあたる方がソ連を訪問した。[129] この間、両政府の関係にはさまざまな時期があったが、今日のシリア情勢に関する意見の相違はあるものの、総じてみればサウジアラビアとの関係はきわめて良好で、さらなる発展の余地もあると思う」

――たしかにそうだが、たとえば中国はサウジアラビアと数十億ドル規模の投資で合意するなど、新たな展開が見られる。中国にとってはこれまでなじみのなかった地域だ。何か見せたいものがあるとか？

【スマートフォンでドローンによる空爆の映像を見せながら】

「ほら、見てごらん。ロシアの空爆の様子だ」

――地上にいるのは？

「武装勢力さ。武器を持って走り回っている。マシンガンだけでなく、かなり強力な武器も持っている。それで軍の車両を攻撃するんだ。ほら、ここに一人担いでいる者がいる」

――ここに来る前にはアフガニスタンでも戦っていたのだろう。

「さあな。どこにいたっておかしくない。こいつらは国際的なテロリストだ」

――ロシア軍に見つかって驚いていたのかな？

「そうだ。ところで、こいつらはトルコとの国境から入ってきたんだ」

――これはＩＳへの参加を思いとどまるよう呼びかけるポスターだな。こんなものを見たら入ろうという気はしないだろう。

「これはインターネットでも見られる」

――そうだな。ところでわからないのだが、ロシアはサウジアラビアとはずっと良好な関係を維持してきた。一方サウジアラビアは長年アメリカと関係が深く、イスラエルとの関係も強めてきた。

「世界は複雑なのさ」

――だがロシアはサウジと競争関係にある。生産量を増やしたときには、ロシアの石油が気がかりだっただろう。

「ある程度の競争はある。それは必然だ。しかしサウジアラビアとロシアのような主要な産油国が市場で活動する際には協調することも必要だ」

――最近も協議があったが、どうなったのか。

「生産量を増やさないのであれば、少なくとも現状は維持してもよいというのは誰もが同意するところだと思う。この方針に合意するのは、近年原油採掘量を減らしていたイランのほうが難しい。イランはもともと強かった市場に復帰しようとしており、それは正当な主張だ。この問題についても解決策を見いださなければならない」

――一筋縄ではいかない話だが、近年ロシアほどイランとの関係が良好な国はないようだ。別にロシアとイランとの関係がすばらしいと言っているわけではなく、イランとすばらしい関係にある国がないなかで、ロシアは比較的良好な関係を築いているという意味だ。サウジアラビアとも外交関係がある。中国はサウジアラビアと新たな関係を築いている。この四カ国で、イランとサウジアラビアの問題、宗教の問題、さらには石油問題をなんとか解決する方法はないだろうか。

「石油については、たしかに複雑な問題ではあるが、合意に達することはできると思う。そこにおいてロシアには果たすべき役割がある。宗教をめぐる論争、さまざまな宗教グループの関係については、ロシアにできるのはこの地域の国同士が話し合いの場を持つための状況を整えることだけだ。われわれとしては国家間の困難な問題に介入するのは控えたい。問題を解決できるのは当事国だけだ。ただロシアと近接する地域なので、問題が克服され、安定と持続的発展がみられることを期待している。

この地域の国々はわれわれのパートナーであり、どの国とも安心して協力できるように、どの国にも安定してもらいたい。特定の国と協力することで、別の国との関係がこじれるようでは困る。ただどのような関係を選択するかはわれわれの自由だ。これまでロシアはどの国とも良好な関係を築いており、どれもきわめて重要な関係だと考えている。現実には各国のあいだに存在する論争を認識したうえで、そうしたものからは距離を置くようにしている」

――サウジとロシアの関係はどれほど深いのだろう。いつも不思議に思うのだが、アメリカとサウジアラビアのチェス盤を見ると常に接戦で、どちらがどちらを支配しているのかわからない。アメリカが中東での方針はサウジが決めていると言うこともある。

サウジアラビアはロシアに対する経済制裁やロシアの問題をどう認識しているのだろう。もちろんサウジも独自の経済問題を抱えているが、アメリカに刺激を受けたり背中を押されたりして石油増産を継続し、ロシア経済にとってますます厳しい状況をつくり出そうとするかもしれない。ロシアがイランを支援しているのはわかっているのだから。

「われわれは他の国同士の関係には立ち入らないようにしている。アメリカはあらゆる国を民主化しようとする。ペルシャ湾岸の君主国家がそれを好ましく思っているとは思えない。率直に言って私が彼らの立場なら、アメリカは次にどう動くかを考えるね。事実、すでに考えているだろう。一貫して民主化を目指すとしたら、シリア、リビア、エジプトの後、次に何をするかは自明だ。私はこうした国々の伝統、歴史、宗教的特徴を考慮するのが一番いいと思っている。ある国でうまくいっている統治構造をそのまま別の地域に移植するのはきわめて難しい。すでに存在しているものを最大限尊重するのが一番だ。民主化のプロセスを支援するにしても、外から強制的に押しつけるのではなく、なるべく穏やかにやるべきだ」

――シリア問題の最適な解決策は、シリアを四つか五つに分割することだという意見もある。問題はそれぞれを誰に与えるかだ。

「さまざまなパターンやシナリオが考えられるが、われわれはシリアの領土的一体性を守る必要があると一貫して考えてきた。この地域の目先の安定ではなく、一歩先に進めて将来のことまで考える必要があるからだ。シリアを分割したらどうなる? 分割された地域のあいだで永遠に対立が続くことにならないか。だからできるだけ慎重に、テロ組織をのぞく戦いに参加しているすべての当事者が協力するためのプラットフォームの構築に向けて、最大限の努力をしなければならない」

――アメリカのイランに対する制裁は、イランをケリーとの核合意に踏み切らせるのに役立ったのだろうか。

「私の管轄外の質問が多いな」

――そうだな。

「アメリカの友人たちは、制裁には一定の効果があったと考えている。一方イランは、核兵器の開発を計画したことなどないと主張している。重要なのはこの件について国際社会の懸念をやわらげることにあった。だから協議は段階的に進められた。その過程でイラン側も望んでいたものを手に入れた。核研究を実施する権利だ。それに加えて、一定量のウラン濃縮を含めた平和的核プログラムを実施する権利も手に入れた。この結果には誰もが満足しているようだ」

——どちらにも取れる答えだな。制裁に効果があったのか否かはわからないと言っているようだ。

「イラン自身が、制裁が特定の産業を育成するためのさまざまな措置をとるきっかけになったと言っている。制裁の一部はおそらくかなり負担だったのだろう。イランが制裁解除を望んでいたのはたしかだ」

——ロシアがアサド大統領やアメリカと、シリアによる化学兵器の廃棄について議論したとき、戦争のリスクはどれだけ差し迫ったものだったのか。

「非常に差し迫っていたと思う。戦争が始まるリスクはきわめて高く、当時オバマ大統領は正しい判断をしたと思う。オバマ大統領と私は協調行動に合意することができた[130]。アメリカ流の言い方をすれば、オバマ大統領は傑出したリーダーとしてふるまい、両国の協調行動によって対立がエスカレートするのを防ぐことができた」

——アメリカの議員の多くは、レッドライン（越えてはならない一線）を明確にすべきという意見に傾いていた。だがオバマ大統領がシリア危機に介入するという意向を示した場合は反対票を投じたはずだ、という見方が多い。あのときロシアが介入しなかったら、シリアでの戦争に身を投じるべきか否か、アメリカの意思が試されることになっていたと言われる。

「それは当然のことだ。さまざまな人が、さまざまな意見を持っている。しかし最終的に判断を下す責任を持っているのは一人だけだ。最悪なのは延々と議論を続けて最終決定を下さないことだ」

――あなたがあの場面で国際舞台に再び登場し、オバマの窮地を救ったことで、再びネオコンに目をつけられ、標的とされるようになったと考える議員が多い。

「そうだろうな。まあ、彼らには好きにさせておけばいい」

――あのときも危なかったし、今も危ない状況だ。大統領として大変な緊張を強いられる時期が続いている。

「楽な時期などあるかい？　いつだって困難な時代さ。母国に奉仕する機会を与えてくださる神に感謝するだけだ」

――あなたはたくさんの機会を与えられ、この大変なプレッシャーのなかでも冷静さを保つという離れ業をやってのけた。何百万人もの人がそうとは知らずに、あなたの介入のおかげで命を救われたと思う。

「たぶんな」

――そして今、トルコに腹を立てて制裁を課している。[131] 二つの制裁があるわけだ。ロシアがトルコに制裁を課し、アメリカがロシアに制裁を課している。[132] あなたは制裁には意味がないと考えていたのでは？

「さきほども言ったが、ロシアとトルコはかつてパートナー関係にあっただけでなく、友好国だった。ビザなしで国境を越えられた。一方、われわれはトルコのパートナーに対して、トルコからロシアに多くの過激派が入り込んでいるという事実を繰り返し訴えてきた。過激派は支援を受け、保護され、それからビザなし渡航プログラムの下でトルコのパスポートを持ってロシアに入国して姿をくらます。しかもトルコはロシアに対してだけでなく、他にもたくさんの国に対してそのような行動をとっている。具体名を挙げるつもりはないが、私は同僚やカウンターパートからそういう話を聞いている。

トルコはわれわれが国内のさまざまな産業に追加的な保護措置を講じる、正当な理由を与えた。最たる例が農業だ。ロシアには正当な理由がそろっている。国家の安全保障の観点からも必須だ。ただそれでもトルコとの既存の契約は一切破ってはいないことは強調しておきたい。量は限られているが、いずれにせよ政府としてはそういうことはしていない。経済主体、つまりロシアの民間企業がやっていることだ」

――ビザに関する主張はわかるが、なぜこの大変厳しい時期にトルコとの貿易を断ち切るのかわからない。トルコとの新たな貿易だ。ロシア戦闘機の撃墜事件に対するあなたの反応のなかで、一番感情的なものだと思う。

「そうすることがロシアの生産者の利益を大幅に増やすことにつながるからだ。価格に影響が出る。短期的なことではあるが、農家は生産量を増やすことができる。新たな雇用、収入、技術が生まれる。税収も増える」

――それでもやはり問題だと思う。制裁はすべきではないというのがあなたの基本方針のはずだ。それは非常に明確に言っていた。

「たしかに他国に対する制裁には効果がないが、トルコはロシア市場で非常に活発に活動していた。それによってロシアの農業生産者にとって困難な状況が生じていた。またそうすることで安全保障に関する問題により集中できるようになる」

――だが価格統制を実施するという手段もあるだろう。政府にはそういう選択肢もある。グラジエフはそういう方向、つまり一時的な価格統制を提案していたと思ったが。

「ロシアはリベラルな経済政策を推進しており、政府による統制ではなく、経済的に弱い立場の人々を支援するかたちで価格に影響を及ぼそうとしている」

――最後の質問だが、昨晩の議論で、一九一七年のロシア革命の後、ウォール街がアメリカで労働者階級が権力を手に入れ、富裕層が国の主導権を失うことを恐れた、といった話が出た。私のそういう見方に対し、あなたは同意しつつ、この地域に対する地政学的思惑もあったと指摘した。

　私の質問はこうだ。ここ中近東は天然資源の集中する、地政学的な最重要地域だ。世界一の豊かな地域だ。何年も前、アメリカの副大統領だったディック・チェイニーはある会議で、中近東は「王国への鍵だ」と発言した。[133]

「あなたは共産主義者かな？」

――違う、資本主義者だ！　だから中東には常に石油の問題がつきまとう。石油が戦争の原因であり、アメリカがイラクに出ていった理由も、今シリアにいる理由も、イランなど各地にいる理由もすべて石油だと言われる。そしてロシアももちろん石油市場の主要プレーヤーだ。本当のところ、石油はいったいどのような役割を果たしているのだろう。われわれが目の当たりにしている混乱の決定的原因は、本当に石油なのか？

「この地域においてだけでなく、世界全体において石油が最も重要な要素の一つであるのはまちがいない。ただ世界が新たな技術構造に移行し、代替エネルギー源が成長すれば、石油の重要性は低下すると考えている。かつてサウジアラビアの石油鉱物資源相が、石器時代が終わったのは石がなくなったためではないと言った[134]。人類が新たな技術段階、新たな生産手段に移行したためだ、と。私も同意見だ。石油についても同じことが起こるだろう。かつては石炭が最も重要なエネルギー源で、次に石油、天然ガス、原子力が登場した。次は水素ベースのエネルギーが推進力になるのかもしれない。

現時点では石油が世界政治、世界経済の最も重要な要素の一つであるのはまちがいない。ただ、いずれ石油は現在の役割を失う。それがいつのことかはわからないが、新たなエネルギー源はたしかに登場している。今はまだコストが高すぎる。新たなエネルギー源に完全に移行すると競争優位が失われてしまうために、それができない国もある。だが技術は確実に進歩する」

――「石油は最も重要な要素の一つ」と言ったが、他に何がある？

「もう一つはこの地域の地政学的立場だ。この地域のさまざまな紛争は、その背後の国際関係をそっくり反映している。たとえばイスラエル・パレスチナ問題だ。これはさまざまな国際関係や国家間のむすびつきを反映している」

――アメリカがイラクに侵攻したのは石油のためか、それとも地政学的配慮のためか。あるいはその両方だろうか。

「（笑）それはあなた自身に聞くべき質問だな。あなたはアメリカ人だが、私はそうではない」

――あなたは世界的な政治家だ。これは政治家の問題だ。あなたは単に大統領であるだけでなく、国際的政治家であり、平和に貢献してきた。とほうもなく重要な役割を果たしている。

「イラクで一番金額の大きい、大規模な契約を考えてみようじゃないか。それを手にしたのは誰だ？　アメリカ企業だろう。それがあなたの質問に対して、ある程度の答えになると思う。

ただアメリカのパートナーの動機がどのようなものであれ、私はやはりこのやり方は誤っていると思う。そもそも地政学的問題であろうと経済問題であろうと、武力で解決するのはまちがっている。その国の経済を破壊してしまうからだ。イラクという国家そのものが崩壊している。

イラクの状況は改善しただろうか？　改めて指摘しておくと、かつてイラクにはテロリストなど一切いなかった。そういう意味では、当時のイラクのほうが今より世界にとって価値のある国だった。少なくともヨーロッパにとっては。サダム・フセインが独裁者であったのは紛れもない事実だ。イラク国内で民主的な体制を求める人々に、おそらく支援は与えるべきだったのだろうが」

――そのとおりだ。

「ただそれはもっと慎重に、外側からではなく内側から進めるべきだった。そして最後に経済だが、イラクは産油国であるにもかかわらず、現在はカネに困っているという事実を知っているかね？

アメリカは財政的にもイラクを援助しているはずだ。アメリカの納税者はかつてイラクにカネを送っていただろうか？　そんなことはないだろう。だからこそロシアは国際社会に対して、国連憲章、すなわち国際法の地位を強めるべきだと訴えている。世界の最重要課題の解決のために協調すべきだと訴えている。どこかの国がどれほど一方的行動を望んでも、妥協点を見いだすように、と。この地域は非常に複雑な状況にあり、誰もがその解決に責任を負っている」

アメリカはサウジを支配するのが理にかなっている

——あなたに一つ、難しい問いを出させてもらいたい。じっくり考えていただき、次回議論しよう。

私の税理士はフォックスニュースを観るタイプ、つまり右寄りの人間だ。典型的なアメリカ人で、サウジアラビアはアメリカの石油生産者を潰そうとしていると考えている。サウジアラビアの一連の動きは、シェールガス採掘によるアメリカの石油ビジネス拡大を意識したものだ、と。実際アメリカの石油事業者の多くが潰れている。テキサスは惨憺たる状況で、他も似たようなものだ。これは現在のアメリカにとって、重要な地政学的問題ではないだろうか。サウジアラビアとの関係を再考し、アメリカのパートナーは誰か、味方は誰かをはっきりさせたいと考えているのではないか。

「アメリカの基本的考え方はこういうものだと思う。政府にとってはアメリカ市場に誰が石油を供給するかは重要ではない。何より重要なのは、石油価格をできるだけ低い水準にとどめることだ。現時点ではシェールガス採掘を手がける国内業者のコストが高く、製品価格が高い。同じ製品をもっと安い値段で供給できる者がいるなら、後者が勝つのが当然だ。なぜなら最終的にはそれがアメリカ経済全体に好ましい影響をもたらすからだ。消費者は安価な価格で石油を手に入れることができる。一方コストの高い製品に投資した者は、自らの意思でリスクをとったのだから、その結果は受け入れなければならない」

——あえて皮肉な見方をすれば、私がアメリカの指導者ならさっさとリヤドでクーデターを起こし、サウジアラビアを支配するのが理にかなっている。あらゆる場所で戦争をするぐらいなら、サウジアラビアを制圧したほうがいい。そうすればアメリカの問題はすべて解決する。

「なぜだ?」

――問題がきれいさっぱり片付く。

「どんな問題が解決されるんだ？」

――イラクの石油も、イランの石油も要らなくなる。

「たいして意味のない解決策にしか思えないな」

――単なる冗談さ。

「そうだろう。だがサウジアラビアで何か想定外の事態が起これば、国際エネルギー市場は大混乱になり、その衝撃は甚大で、誰もが悔やむことになる。生産者も消費者も価格の安定と適正な価格を望んでいる。市場の不安定化など誰も望んではいない。事業の成長や消費量が予測可能であるのは重要なことだ」

――最後の質問だが、低温核融合には望みがあるのかな？

「わからない。専門家に聞いてくれ」

――ロシアは低温核融合に関心があると思っていた。

「これは伝統的にロシアで研究の進んでいる分野だ。原子力という分野においては、掛け値なしにロシアの科学者が世界の最先端を行っているという自負がある」

――望みはありそうか？

「望みはいつだってあるさ。遅かれ早かれ、いまは誰も想像できないような解決策が登場すると私は確信している。だが同時に、われわれが立ち向かわなければならない新たな問題も出てくるだろう」

――あなたは楽観主義者なのか？

「慎重な楽観主義者さ」

――それは一貫しているな。ありがとう、プーチンさん。

「中東情勢とその問題の複雑さについて、かつてイスラエル首相のシャロン氏にこう言われたことがある。私がイスラエルを訪問したとき『大統領、あなたが今いるのは、何事においても誰も信用できない地域だ』と。それまであまりに多くを経験し、あまりにも多くの悲劇を見てきたことで、この地域に好ましい変化が起こる可能性を信じなくなったのだろう。

だが私自身は、いずれこの地域に再び平穏が訪れることを信じている。さまざまな問題を解決することがいまはどれほど困難に思えても、この地域が比較的安全なかたちで存在できるような均衡点を見いだすことができるだろう」

――さもなければモスクワがカリフェートになってしまう。

「それは何としても防ぐ。あなた方もワシントンがカリフェートのものにならないように気をつけたほうがいい」

109　以下を参照。"Russia's Ultimate Lethal Weapon," Pepe Escobar, *Counterpunch* (September 18, 2015). http://www.counterpunch.org/2015/09/18/russias-ultimate-lethal-weapon/
110　皇帝アレクサンドル三世（在位期間は一八八一年三月一三日から一八九四年一一月一日）と妻のマリア・フョードロブナ皇后（フィンランド大公妃）。以下を参照。http://www.alexanderpalace.org/palace/mariabio.html
111　チャーリー・ローズのインタビュー（二〇一五年九月二八日）。https://charlierose.com/

videos/22696

112 以下を参照。“Assad says he can form new Syria government with opposition,” Jack Stubbs and Lisa Barrington, *Reuters* (March 31, 2016). http://www.reuters.com/article/us-mideast-crisis-syria-idUSKCN0WW1YO

113 以下を参照。“4.5mn Russian tourists won't visit Turkey this year,” *RT* (January15, 2016). https://www.rt.com/business/329075-turkey-lose-russian-tourists/

114 トルコの建設企業はショッピングモールからソチ五輪用の施設まで幅広いプロジェクトを受注し、ロシアに多額の投資をしている。以下を参照。“Why Turkey Aims for 'Zero Problems' With Russia's War in Syria,” Behlül Özkan, *Huffington Post.* http://www.huffingtonpost.com/behlal-azkan/turkey-russia-syria_b_8265848.html

115 トルコは二〇一五年一一月一五、一六日の二日間にわたってリゾート地のアンタルヤで開かれたG20会合の議長国だった。G20は国際的経済協調のための最高の舞台である。G20は一九九七年、九八年の経済危機によって引き起こされた問題に各国がともに取り組む必要性から誕生した。G20諸国の初会合は、一九九九年に財務相および中央銀行総裁レベルで開催された。http://www.mfa.gov.tr/g-20-en.en.mfa

116 訂正。G20サミットに至るまでの出来事の順序について、プーチン大統領の記憶は誤っている。アンタルヤでサミットが開かれたのは二〇一五年一一月一五、一六日であるのに対し、ロシアの戦闘機が撃墜されたのは二〇一五年一一月二四日である。

117 オリバー・ストーンが二〇一五年の何月にロシアはシリアへの軍事支援を開始したかを尋ねたのに対し、プーチンは何月かはわからないが夏だったと思う、と答える。正確にはロシアがシリアに派兵したのは二〇一五年九月初旬であった。以下を参照。“Exclusive: Russian troops join combat in Syria - sources,” Gabriela Baczynska, Tom Perry, Laila Bassam, Phil Stewart, *Reuters* (September 10, 2015). http://www.reuters.com/article/us-mideast-crisis-syria-exclusive-idUSKCN0R91H720150910

118 以下を参照。“Israeli defense minister accuses Turkey of buying IS oil,” BBC (January 26, 2016). http://www.bbc.com/news/world-europe-35415956

119 オリバー・ストーンの発言どおり、ジョン・ケリーが、ロシアが「合法的な反体制勢力を攻撃している」と非難したのは事実である。以下を参照。“John Kerry condemns Russia's 'repeated aggression' in Syria and Ukraine” *The Guardian* (February 13, 2016). https://www.theguardian.com/us-news/2016/feb/13/john-kerry-condemns-russias-repeated-aggression-in-syria-and-ukraine

120 以下を参照。“US military struggles to explain how it wound up bombing Doctors Without Borders hospital,” Thomas Gibbons-Neff, *The Washington Post* (October 5, 2015). https://www.washingtonpost.com/news/checkpoint/wp/2015/10/05/afghan-forces-requested-airstrike-that-hit-hospital-in-kunduz/

121 以下を参照。“Nato bombed Chinese deliberately,” John Sweeney, Jens Holsoe and Ed Vulliamy, *The Guardian* (October 17, 1999). https://www.theguardian.com/world/1999/oct/17/balkans

122 以下を参照。“Turkey shooting down plane was 'planned provocation' says Russia, as rescued pilot claims he had no warning - latest,” Isabelle Fraser and Raziye Akkoc, *The Telegraph* (November 26, 2015). http://www.telegraph.co.uk/news/worldnews/middleeast/syria/12015465/Turkey-shoots-down-Russia-jet-live.html

123 ロシアはたしかに戦闘機が離陸する前に、アメリカ軍に情報を伝えていた。以下を参照。“US Agrees With Russia on Rules in Syrian Sky,” Neil MacFarquhar, *The New York Times* (October 20, 2015). https://www.nytimes.com/2015/10/21/world/middleeast/us-and-russia-agree-to-regulate-all-flights-over-syria.html

124 “Russia Begins Airstrikes In Syria After Assad's Request,” Bill Chappell, NPR (September 30, 2015). http://www.npr.org/sections/thetwo-way/2015/09/30/444679327/russia-begins-conducting-airstrikes-in-syria-at-assads-request

125 数字は時期によって変化するが、おおよそ妥当なものである。以下を参照。“Russia Is Launching Twice as Many Airstrikes as the US in Syria” David Axe,” *The Daily Beast* (February 23, 2016). http://www.thedailybeast.com/russia-is-launching-twice-as-many-airstrikes-as-the-us-in-syria

126 訂正。一日一二〇回の空爆を六〇日間続けると、七二〇〇回になる。

127 情報源によってＩＳのテロリストの数の推計は、二、三万人から八〜一〇万人と幅がある。プーチンの推計については以下を参照。"Russian Intel: ISIS Has 80,000 Jihadis in Iraq and Syria," Jordan Schachtel, *Breitbart* (November 11, 2015). http://www.breitbart.com/national-security/2015/11/11/russian-intel-isis-80000-jihadis-iraq-syria/. ＩＳで戦う海外の傭兵については以下を参照。"Thousands Enter Syria to Join ISIS Despite Global Efforts," Eric Schmitt, Somini Sengupta, *The New York Times* (September 26, 2015). https://www.nytimes.com/2015/09/27/world/middleeast/thousands-enter-syria-to-join-isis-despite-global-efforts.html?_r=0

128 ニューヨーク・タイムズによると、ロバート・マクナマラは「押しの強く頭脳明晰な国防長官で、国家をベトナム戦争の混乱に陥れた一人として、生涯その精神的影響に苦しむこととなった」「二〇世紀で最も影響力のある国防長官で、一九六一年から六八年にかけてジョン・Ｆ・ケネディ、リンドン・Ｂ・ジョンソン両大統領に仕えた」。以下を参照。"Robert S. McNamara, Architect of a Futile War, Dies at 93," Tim Weiner, *The New York Times* (July 6, 2009). http://www.nytimes.com/2009/07/07/us/07mcnamara.html?pagewanted=all

129 訂正。サウド王室の公式ウェブサイトによると、現サウジアラビア王国の建国者であるアブドゥルアズィーズ国王はアラブ世界以外に旅したことはない。以下を参照。http://houseofsaud.com/saudi-royal-family-history/

130 ダマスカス郊外で化学兵器サリンが使われた後、シリアを攻撃しないという判断をくだしたことでオバマ大統領は強い批判を浴びた。しかし自制心を示した大統領を支持する声もあった。以下を参照。"When Putin Bailed Out Obama," former CIA analyst Ray McGovern, *Consortium News* (August 31, 2016). https://consortiumnews.com/2016/08/31/when-putin-bailed-out-obama/

131 以下を参照。"Russia Expands Sanctions Against Turkey After Downing of Jet," Andrew E. Kramer, *The New York Times* (December 30, 2015). https://www.nytimes.com/2015/12/31/world/europe/russia-putin-turkey-sanctions.html

132 以下を参照。"US Imposes Sanctions Over Russia's Intervention in Ukraine," Julie Hirshchfeld

Davis, *The New York Times* (December 22, 2015). https://www.nytimes.com/2015/12/23/world/europe/us-russia-ukraine-sanctions.html

133　この発言は検証できない。

134　一九六二年から八六年までサウジアラビア石油鉱物資源相を務めたアハマド・ザキ・ヤマニの発言。「石器時代は石が枯渇したために終わったわけではなく、石油時代も石油が枯渇するはるか以前に終わるだろう」。以下を参照。"The end of the Oil Age" *The Economist* (October 23, 2003). http://www.economist.com/node/2155717

8

クリントン大統領はロシアのNATO加盟を「いいじゃないか」と二度は言った

三度目の訪問初日　二〇一六年五月九日

「だがアメリカの代表団は非常に神経質な反応を見せた。なぜか？　外敵が必要だからだ」

――まずパレードに参加できて、本当に楽しかったとお伝えしたい。本当にすばらしい、最高の一日だった。

「軍事パレードを見るのは初めてだったかな?」

――そう、去年も来られたらよかったのだが。とにかくあの行進、統制、誇り……感動的だった。

「六週間前から準備していたんだ」

――女性部隊も良かった。

「女性部隊がパレードに参加したのは今回が初めてだ」

――アメリカ大使が列席しなかったのは残念だ。去年、対独戦勝七〇周年を祝ったときからロシアの安全保障をめぐる環境は全般的にどう変化したのか、振り返っていただけるだろうか。昨年から変化はあったのか。

「国内と国外、どちらの安全保障の話だろう」

――両方だ。

ロシアがNATOに入ってもいいじゃないかとクリントン大統領は認めた

「ロシア領土の防護は万全だと思っている。軍備の更新を進め、兵器と装備の七〇％が国際基準の最高レベルに達するようにするための計画を実施している。軍の構造改革も進めており、軍と契約ベースで働く人材が増えている。現在は軍で働く者のほとんどが徴集兵だが、最先端の軍事システムを運用するには、最高レベルの教育を受けた軍事プロフェッショナルが必要だ」

――契約労働者を使うというのは国防総省の手法を踏襲しているようだ。

「たしかにそういう面もあるが、完全に踏襲しているわけではない。依然として大部分は徴集兵だ」

――ロシアでは兵役は義務だろう？

「そうだ」

――今日という日を、五月九日を祝う重要性はそこにある。

「まさにそのとおりだ。ロシアでは伝統的に兵役は責任や義務であると同時に、神聖な権利だと考えられてきた。ロシア軍の権威が高まるなかで、軍で働くことを志望する者、軍事機関や大学で訓練を受けたいと希望する者の数は増えている」

――太平洋側の戦力の現状は？

「増やしている」

――増やしている？　なぜだ？

「軍の規模そのものを増やしているからだ。現在の兵力は一二〇万人だが、新たに一〇〇万人の増員を目指している。ただ極東ロシアの人員は減らしている。ロシアは依然として世界最大の国家であり、軍はこの規模を踏まえて常にロシア全土の安全を保障しなければならない。それを目指している。そのために空港や空軍基地のネットワークを構築している。必要なときに軍を迅速に配備できるようにするためだ。輸送や航空システムの構築も目下進めており、艦隊についても同様だ」

――NATOやアメリカは今日の軍事演習をどう思うだろう。

「それはあちらに聞いてくれ。彼らのやっていることを私がどう思うかは言えるがね。彼らは何をしている？　去年はロシア国境の近くで少なくとも七〇回の演習を実施した。当然われわれも注目している。つまり何らかのかたちで対応せざるを得ないということだ。昨年、われわれは新たな国家安全保障戦略を採択した。別に革命的なテーマがあるわけではない。ロシアが安全保障システムを構築するうえで指針となる文書だ。対立や威嚇をするのがわれわれの主な目的ではない。重要なのは、ロシアと近隣諸国にとって最も難しく、最も大きな脅威となる分野において、安全保障面で協力するための環境を整えることだ。

　あなたはNATOについて質問したが、残念ながら二〇一四年にNATO・ロシア理事会という枠組みでの協議を打ち切ったのはわれわれではない。[135]NATOのほうだ。それにもかかわらず協議を打ち切ったのはロシアのほうだという批判を耳にするようになった。それは違う。われわれは協議を打ち切ることを望んでおらず、こちらが言い出した話でもない。最近、NATOの働きかけで、たしか大使レベルでの初めての協議があった。これは継続する必要がある。ともに立ち向かうべき紛争や問題はたくさんあり、合意点を見いだす必要がある」

――二日前にアメリカはジョージアで訓練を実施したと聞いた。アメリカが軍事訓練を実施していた、と。対象はわからないが、NATOの軍だろうか。

「その可能性はある。ジョージアのみならず他の場所でも、ロシアとの国境沿いで軍事活動が強化されているのが絶えず確認されている。こうした問題について私は公式の場で発言しており、カウンターパートとも直接議論しているので、NATOの動きに対する考えはこの場ではっきりあなたに伝えることができる。

NATOは冷戦期の名残である、未熟な組織だと私は考えている。設立されたのは東西ブロックの対立があった時代だ。いまやワルシャワ条約は忘却の彼方で、ソ連も東ブロックも消滅した[136]。そうなると、NATOはなぜ存在するのかという疑問が当然湧いてくる。私には、NATOは自らの存在を正当化するため、常に外敵を探しているように見える。だから誰かを敵呼ばわりするために挑発行為をするのだ。前にも言ったことだがクリントン大統領との最後の会談で、ロシアがNATOに加盟する可能性は完全には否定しないという私の発言に対して、クリントンは『いいじゃないか』と答えた。だがアメリカの代表団は非常に神経質な反応を見せた。なぜか？　外敵が必要だからだ。ロシアがNATOに加わるようなことがあれば外敵はいなくなり、NATOの存在理由もなくなってしまう」

――加盟申請はしたのか？

「アメリカの代表団がなぜロシアのNATO加盟の可能性にあれだけ神経をとがらせたのか、理由を説明しよう。第一に、それが実現すればロシアは投票権を得るので、意思決定の際にロシアの意見に耳を貸さなければいけなくなるからだ。それに加えて、NATOの存在理由そのものが完全になくなるからだ」

――ＮＡＴＯに加盟しても、独自の軍を維持できるのだろうか。

「もちろんだ。現在、ＮＡＴＯ加盟国の軍は完全に統合されてはいない」

――ロシアがＮＡＴＯに加盟申請をしたと発表したら、広報戦略としてはかなりの妙手になるだろう。

「アメリカの友人たちは検討すらしないだろう。世界の現状を考えるにつけ、今とは違う道を歩むべきだと思う。ブロック同士の対立というメンタリティは捨てなければならない。東ブロック、西ブロック、ＮＡＴＯ、ワルシャワ条約機構のようなブロックを、新たに作ろうとすべきではない。安全保障は国際的枠組みと対等な関係に基づくものでなければならない」

――知りたいのは……アメリカがアドバイザーとして軍の訓練に参加していたジョージアのようなケースは、あなたの耳に入るのだろうか。

「もちろん何が起きているかは把握している。ある国が、われわれの隣国を支援する意思を行動で示しているんだ。だが安全保障を確立するのにふさわしい環境を整えるには、今とは違うアプローチが必要だ。軍事演習など必要ない。信頼感を醸成することが必要だ。

一つ例を挙げよう。臆面もなくジョージアの国籍を放棄し、今はとんでもないことにウクライナのオデッサ州知事になっているサーカシビリ氏[137]の話だ。とにかくサーカシビリは一か八かの賭けに出て、タイミングをうかがって攻撃を仕掛けてきた。誰かが思いとどまらせるべきだった。彼がジョージアの大統領であったとき、われわれの関係は正常だった。私はさまざまな機会をとらえ、関係修復は困難だが忍耐強く事にあたり、事態を軍事衝突にエスカレートさせるという最悪の選択は絶対にしないよう求めてきた。それに対し、彼は『イエス』と言った。私の言うことに理解を示し、そんなつもりはないと言った。それにもかかわらず、彼は武力攻撃に踏み切った。

アメリカとの議論では、軍事衝突は防がなければならないこと、状況を正し、関係を正常化する必要があることを繰り返し伝えた。だが彼らは耳を貸さず、結局あのような事態になった。われわれとしては対応せざるを得なかった。ジョージア軍が最初にとった行動の一つが、ロシアの平和維持部隊の隊員を殺害することだったからだ[138]。だからわれわれも反応せざるを得なかった。ああいった事態が起きていなければ、現在の挑発行為も軍事演習もまったく必要なかっただろう」

――活動の中心はどこか。防衛と安全保障のための軍勢の多くは、ロシアの北部と南部のどちらにいるのか。

「ロシア全体にだいたい均等に分散している」

――極東以外？

「たしかに極東は多少少ないが、ふだんどこにいるかはさほど重要ではない。現代の兵器類は最前線に兵力を必要としないからだ。平時に兵力をどこに配置するかはさほど重要ではない。重要なのは戦争遂行の手段だ。防衛用と攻撃用の能力をどのように使って、軍がどのように対応するかだ。われわれは兵士だけでなく、その家族にとってもより好ましい環境を整えるために、兵力の配置方法を見直す計画だ。軍関係者の子供達が普通に学校に通うことができ、より快適な環境で生活できるようにするためだ」

ロシアを非難する口実を必ず見つける欧米諸国

――シリアとウクライナ情勢について、近況を簡単に聞きたい。ロシア国境の安全保障の問題だ。シリアのパルミラで交響曲が演奏されたのには非常に感銘を受けたが[139]、ロシアの安全保障の観点から見たシリアとウクライナの現状はどうなのか。

「ウクライナについては、あなたも知ってのとおりだ。やや沈静化したものの、危機は依然として続いている。ミンスク和平合意の最も重要な構成要素は政治的解決だったと私は認識しているが[140]、残念ながらその責任を負うべきキエフ当局はこれまでのところ実行していない。ミンスク合意に従い、二〇一五年末までに憲法を修正するはずだったが、それがなされなかった。恩赦に関する法案も通過させるはずだった。法案は議会では採択されたが、大統領は署名せず、発効していない。

採択し、発効させるべき法律はもう一つある。未承認の共和国の特別な地位に関する法律だ。ウクライナの現政権の主張はこうだ。境界線ではまだ武力衝突や暴力が見られることから、政治的解決を実施する環境は整っていない、と。だが私から見れば、そんなものは空虚な言い訳だ。最前線で衝突を引き起こすのは簡単なことで、永遠に引き延ばすことができる。今最も重要なのは政治的解決を実現することだ。

ウクライナのカウンターパートにはもう一つ、現状を正当化する口実がある。未承認の共和国にあるウクライナとロシアの国境を閉鎖すべきだ、というのだ。たしかにミンスク合意ではウクライナの国境警備隊によってロシアとの国境を閉鎖することが前提条件となっているが、それは主要な政治的解決が実行されてからのことだ。未承認共和国の国民の安全が確保されてからでなければ、国境閉鎖によって何が起きるかは明らかだ。包囲され、抹殺されるだろう。この件についてはミンスク合意を結んだ夜にじっくり議論した。細部まで話を詰めたはずだ。

ウクライナのカウンターパートもそのときは合意したが、今はまるで知らないふりをしている。

現在われわれは、紛争地域の境界線の監視団を強化するというポロシェンコ大統領の提案を支持している。この提案を示したのはポロシェンコ氏であり、私もそれを支持してきた。さらにポロシェンコ氏は欧州安全保障協力機構（ＯＳＣＥ）の監視団に武器を持たせることを提案し、それもわれわれは支持した。

ウクライナの経済と内政が劇的に悪化したことにより、事態は一段と深刻化した。そして名前を挙げるつもりはないが、今パートナー諸国の一部は、ウクライナ国内の困難な政治情勢を鑑みるとポロシェンコ大統領には政治的解決の能力がないと言い出している。一年前、私はポロシェンコ大統領が早期に大統領選挙を実施して自らの立場を強化すべきだと提案した。われわれと立場の違いはあっても、そうすれば大統領が必要な政治的決断を下せると思ってのことだ。しかしそのときアメリカとヨーロッパの友人たちは、当時のヤツェニュク首相とポロシェンコ大統領は力を合わせ、協力すべきだと主張した。その結果、どうなったかは言うまでもないだろう[141]。政権は分裂し、政治情勢は一段と難しくなった。私が今その話を持ち出すと、パートナー諸国は肩をすくめるだけだ。

問題は、こうした状況のなかでロシアが果たしてきた役割だ。アメリカとヨーロッパは次々とロシアを非難する新たな口実を見つけてくる。それは自分たちが過ちを犯したという事実を公に認められないからだ。だからロシアに非があるかのように見せようとする。

ロシアのクリーロフという有名な詩人が書いた、オオカミとヒツジの寓話がある。オオカミとのやりとりで、賢いヒツジは自分には何の落ち度もないことをあの手この手で訴える。とうとう返す言葉もなくなり、しまいにオオカミはこう言う。『ヒツジさん、わたしが腹ペコだっていうのが、あんたの落ち度だよ』（笑）」

――あなたは「抹殺される」という言葉を使ったが、そういう状況になったら最悪の場合、どれだけのロシア系ウクライナ人が危険にさらされるのか。

「未承認の共和国の指導者だけではない。両国にはおよそ三〇〇万人の市民が住んでおり、彼らは投票所に足を運んで投票した。つまり恩赦の法律がなければ、全員が分離主義者として処分される可能性がある」

――三〇〇万人が深刻な危険にさらされる。ということはセルビア、ボスニアのような状況になるのだろうか。

「たしかに同じような状況に見える。オデッサで起きた悲劇はみな覚えている。罪のない、武器も持たない人々が四〇人以上も建物に閉じ込められ、焼き殺された。逃げようとした者は鉄の棒で撲殺された。実行犯は誰か？　極端で過激な思想を持つ者たちであり、彼らは未承認共和国の領土に入ってきてまた同じことをするかもしれない。私が西側のパートナーにこの問題を訴え、あの地域でどのような大規模な人権侵害が起こりうるか説明すると、彼らがなんと言うと思う？　人権団体に保護を求めるべきだ、と言うんだ。国際機関に支援を求めよ、と。オデッサの労働組合の建物での虐殺の後、国際機関に駆け込んだのは誰だった？」

――ロシアがそんな事態を傍観するとは思えない。

「むろんありえない。われわれは必要な支援はするが、一方的にそうした行動をとるわけにはいかない。主要な判断はキエフ当局が下すべきだ。

シリアについても聞かれたが、さまざまな軍事的進展があったとはいえ、今のシリアになにより必要なのは政治的解決だ。ロシアは十分に貢献している。われわれの行動によって政府の体制が強化された。国際テロ組織にも甚大なダメージを与えた。以前も話したが、ISには八〇カ国から兵士が集まっている。そしてISが掌中に収めようとしているのはシリアやイランだけではない。(アルジェリアの)メデア、メッカ、イスラエルも狙っている。

またわれわれはたしかにISに多大なダメージを与えたが、シリア問題の原因は国際テロ組織だけにあるのではない。国内の政治問題にも悩まされており、それは反体制派も交えて政治的解決を目指さなければならない。

われわれは、アサド大統領は対話に前向きだと考えている。必要なのは、相手方も同じように前向きになることだ。まずはアサド大統領が退陣すべきという声をよく聞くが、それに対してわれわれが『その後はどうなるのか』と尋ねると、誰も答えられない。それに対する答えはないのだ。私は今後進むべき道として最も好ましく、また最も自然で民主的なのは、アサド大統領も合意した新たな憲法を採択することだと思う。この新たな憲法に基づき、早期に大統領選を実施することになる」

——聞いていていつも悲しい気持ちになるのだが……私には誰がアメリカの意見を代表しているのかよくわからない。オバマ大統領があることを言ったかと思えば、ケリー国務長官はまた別のことを言い、さらにオバマ大統領が「アサドの退陣は不可欠」と言う。わけがわからない。

「これまでの話でアメリカの立場はわかったはずだ。ただ他の当事者も一筋縄ではいかない。この地域の国々の隔たりは大きい。当然、政治的解決のプロセスに参加するすべての人の利益を考慮する努力が必要だ。何より重要なのは、シリアの国土の一体性と国民の主権を確保すること、そして難民が母国に帰還できる環境をつくり出すことだ」

——パルミラのコンサートはすばらしかった。パルミラではロシアは何をしたのか。

「あれは作曲家のゲルギエフ氏の発案だった」

――ロシア軍による地雷撤去も大変な作業だった。

「それもそうだし、やるべきことはほかにもやまほどあった。たとえばパルミラの空港から会場までのルートの安全確保だ。またオーケストラは一晩泊ったので、そのための環境も整えた。テロリストを市街からなるべく遠ざけておく必要もあった。一番近いところでは、コンサート会場から二五キロしか離れていないところにいて、銃声がオーケストラの団員にも聞こえたほどだ。昼間は気温が摂氏五〇度を超え、楽器もうまく鳴らなかった。大変な勇気と努力を要する事業だった」

ゴルバチョフには自らは挨拶に行かない

――少しソチのことを話せるかな。個人的にソチについてはどんな思いがある？　あなたとソチとの関係は？

「ソチの冬季オリンピックを準備していたとき、われわれはソチを通年型リゾートにする構想を持っていた。国際水準のリゾートだ。それを発表した当初は懐疑的な声も多く、不可能だと言う者も多かった。交通インフラもエネルギーインフラも整っていない、と。環境への悪影響や下水道システムの不備、宿泊施設の不足も問題視された。もちろんスポーツ施設など影も形もなかった。

それが今ではソチは通年型リゾートになった。冬はスキーを楽しみつつ、夜は海辺のホテルに滞在できる。山岳部と沿岸部を結ぶ高速鉄道があるからだ。自動車用道路も二つあり、二〇

〜三〇分で移動できる。ソチはすでに国際リゾート地になった、あるいはその途上にあると言っていいだろう」

——穏やかな引退生活を楽しめるようになったら、ソチで暮らしたい？

「いや。暑すぎる」

——ロシアが投じた金額は五一〇億ドルと言われるが？

「誤った数字を言いたくないので……あとで連絡しよう。重要なのはその金額が何に使われたか、だ。われわれはガスのパイプラインを二本敷設した。一つは海底を通り、もう一つは山腹を通るルートだ。発電所とピーク対応のための補助的発電所も造った。山腹を通る橋、トンネル、高速道路、ソチを囲む鉄道、そして四万室の宿泊施設も整えた」

——投資資金はすべてあなたの友人、つまりあなたの息のかかったオリガルヒの手に渡ったという批判もある。

「（笑）本当にくだらない話だ。ばかばかしい。契約はすべて実力本位で決まったものだ。資金の相当部分が外国企業にもわたった。契約を受注した海外企業が稼いだ金額は一〇億ドルを超える。トンネル建設を国際的事業主体に任せたときには、カナダから専門家が来ていた」

——あなたを擁護する声としては、総額五一〇億ドルの投資のうち、四四〇億ドルはインフラに投じられたという主張もある。[142]

「具体的数字は記憶していないが、おそらくそれぐらいだろう」

——そろそろ着陸だな。ソチには映画館か映写室があるだろう。映画『博士の異常な愛情』を二〇分でいいからお見せしたいんだ。

「探してみよう」

――このドキュメンタリーにとって重要なことなんだ。あなたには熱い戦争についての見方を語ってもらった。だからこの映画に出てくる作戦指令室の場面をぜひ見ていただきたい。とてもおもしろい。映画なんて観ているヒマはないというのはわかるが、ぜひお願いしたい。

「時間と場所をちょっと考えさせてくれ。ソチにはいつまでいるんだい？」

――はっきり決まっていないが、少なくとも金曜日まではいる。

「ホッケーはお好きかな？」

――私はやらないが、あなたがプレーするのを撮影することになっている。妻も一緒にうかがう。

【飛行機が着陸する】

――ドミトリー、大丈夫かい？（笑）かなりおもしろい絵だな。大統領報道官がマイクを支えているというのは。

「たまには働いてもらわないと困るよ」

――パレードでゴルバチョフ氏を見かけた。あなたは挨拶に行かなかったな（笑）。

「公式な式典にはゴルバチョフ氏を招くことがルールになっている」

――それはわかるが、私が言いたいのは、あなたはわざわざゴルバチョフ氏のところまで行って挨拶をしなかったということだ。

「彼がいるとは気づかなかったんだ。姿を見なかった。どこに座っていたんだ？」

――スタンドにいたよ。堂々と座っていた。ゴルバチョフが来ているのを知らなかったのかい？　まったく目に入らなかった？

「私の執務室に招待したことはある」

──大昔のことだろう?

「何年か前のことだ」

──あなたがゴルバチョフ氏に好感を持っていれば、足を止めて挨拶ぐらいはしたんじゃないか。「やあ、ゴルビー!」とね。

「最近、メディアが主催したイベントで会ったよ」

──挨拶はしたのか?

「もちろんだ」

──あなたのほうから?

「いいや」

──(笑)

「別に彼に対して偏見があるわけじゃない。ゴルバチョフはロシアの初代大統領であるボリス・エリツィンととても折り合いが悪かった」

──ああ、わかっている。

「だがそれによってわれわれの関係に悪影響があったわけではない。私はゴルバチョフと会ったことがあるし、彼とは何のわだかまりもない」

──ゴルバチョフはNATOの問題については、あなたを支持しているはずだ。

「NATOもそうだし、私の知るかぎりクリミア問題についてもそうだと思う。ゴルバチョフ氏が反体制派を支持したこともあったが、彼には独自の意見があり、私と一致することもあれば、しないこともある。元大統領として、ゴルバチョフ氏は連邦警備サービスの保護を受けている」

――それは良いことだ。エリツィンも保護されていたのだろう。

「もちろんだ。それは法律に定められており、われわれは当然それを順守している」

――次に大統領が代わるときもそうなるだろう。

「結構なことだ」

――（笑）では終わりにしよう。ありがとう。

135　以下を参照。"Ukraine crisis: Nato suspends Russia co-operation," BBC (April 2, 2014). http://www.bbc.com/news/world-europe-26838894

136　「ワルシャワ条約機構」は中欧・東欧の共産主義国家による組織。一九五五年五月一四日にポーランドのワルシャワで、NATO同盟の設立を脅威と見て設立された。特に一九五五年五月九日にパリ平和条約が批准されたことで、西ドイツの「再軍備」とNATOへの統合の見通しが示されたことが脅威と認識された。ユーゴスラビアを除く中東欧の共産主義国家が調印した。ワルシャワ条約機構の加盟国は、一カ国以上の加盟国が攻撃された場合に相互を守ることを誓約した。条約は冷戦期を通じて存続したが、東欧ブロックの崩壊とソ連の政治体制の変革を受けて一九八九年に消滅の道をたどりはじめた。ニューワールド・エンサイクロペディアより。以下を参照。http://www.newworldencyclopedia.org/entry/Warsaw_Pact

137　「収監は不可避」と見て、ジョージアの市民権を放棄したサーカシビリは、ウクライナの市民権を付与され、オデッサ州知事に任命された。以下を参照。"Georgia ex-leader Saakashvili gives up citizenship for Ukraine," BBC (June 1, 2015). http://www.bbc.com/news/world-europe-32969052

138　ジョージア軍が南オセチアへの攻撃を開始したとき、複数のロシア軍平和維持部隊の隊員を殺傷したのは事実である。以下を参照。"Russian troops and tanks pour into South Ossetia" Helen Womack, Tom Parfitt, Ian Black, *The Guardian* (August 8, 2008). https://www.theguardian.com/world/2008/aug/09/russia.georgia

139 指揮者のヴァレリー・ゲルギエフ率いるサンクトペテルブルクのマリインスキー劇場管弦楽団は、シリアの古代遺跡パルミラでテロの犠牲者を追悼するコンサートを開いた。以下を参照。"Russian orchestra plays concert in ancient Syrian ruins of Palmyra," Fred Pleitgen, CNN (May 6, 2016). http://www.cnn.com/2016/05/05/middleeast/syria-palmyra-russia-concert/

140 ウクライナのドンバス地域の戦闘を終結させるために最初にまとめられたミンスク議定書が破綻したことを受けて、新たな和平交渉が二〇一五年二月一一日、ウクライナ東部のベラルーシ共和国の首都ミンスクで行われた。ミンスク合意の主な内容は、即時・双方の停戦、双方による重火器の撤去、有効な監視と確認、地方選挙実施に関する対話の開始、ドネツクとルガンスクの武力衝突に関与した人々の訴追を禁止することによる恩赦、人質と不法に拘束されている人々の釈放、妨害のない人道支援のための輸送、すべての社会的、経済的関係の復活、ウクライナ政府による完全な支配の復活、海外武装勢力、武器商人、傭兵の撤収、ウクライナの憲法改正と二〇一五年末までの新憲法の発効などが含まれている。以下を参照。"Ukraine ceasefire: New Minsk agreement key points," BBC (February 12, 2015). http://www.bbc.com/news/world-europe-31436513

141 ここでプーチンが言及しているのは、ポロシェンコ・ヤツェニュク体制の継続のことであり、それはヤツェニュクの首相辞任で幕を閉じた。以下を参照。"The Toxic Coddling of Petro Poroshenko," Lev Golinkin, *Foreign Policy* (April 13, 2016). http://foreignpolicy.com/2016/04/13/the-toxic-coddling-of-kiev-ukraine-poroshenko-yatsenuk/

142 ワシントンポスト紙によると、大方の推計では条件付きで五〇〇億ドルとされている。以下を参照。"Did the Winter Olympics in Sochi really cost $50 billion? A closer look at that figure," Paul Farhi, *The Washington Post* (February 10, 2014). https://www.washingtonpost.com/lifestyle/style/did-the-winter-olympics-in-sochi-really-cost-50-billion-a-closer-look-at-that-figure/2014/02/10/a29e37b4-9260-11e3-b46a-5a3d0d2130da_story.html

9

米国との対立は二〇〇四年から二〇〇七年に始まった

三度目の訪問二日目　二〇一六年五月一〇日

「（国民への監視については）アメリカよりはましだよ。アメリカほど高度な設備がないからさ。同じ設備があれば、アメリカと同じぐらいひどいことをしていただろう（笑）」

――良い試合だった。

「チームとしてもう少しやれたはずだが、まあ良いだろう。私自身はウォームアップをしなかったので、あまり調子が出なかった」

――一度転倒したな。お疲れだろうか？

「ちょっと躓《つまず》いただけだ」

――ホッケーを始めたのは四〇歳だったか。

「いや、ほんの二、三年前だ」

――三年前？　本当に？　五〇歳で？

「六〇だ」

――（笑）どうしてもあなたのことは六三歳ではなく、五三歳だと思ってしまう。すばらしいな、本当に。

「その前はスケートをしたこともなかった」

――それは聞いている。スキーもそうだったとか。

「こういうのは本当に楽しい。何か新しいことを学ぶというのはね」

――七〇歳になったら何を始めようか。

「さあね。ブッシュ・シニアはスカイダイビングを始めたと聞いた」

――深海ダイビングは?

「それはもうやったことがある。大好きとは言えないが、とてもおもしろかったな」

――相手チームはあなたにそれほど手荒なまねはしなかったな。そうするとも思っていなかったが。チェックされれば、骨だって簡単に折れるだろう?

「ときにはそういうこともあるさ、スポーツなんだから。私はずっと柔道をやってきたが、一度も負傷したことはないよ」

――だがホッケーはフットボールと同じように衝撃が大きいからな。どちらかのチームメンバーの一人が、自分はゲイだと認めたらどうする? 伏せておくのかな。

「(笑) もうこのホモセクシュアルやレズビアンの話にはうんざりだよ。一つはっきり言っておこう。ロシアにはジェンダーに関する制約や迫害は一切ない。そうした制約はロシアには一つもないんだ。非伝統的な性的志向を表明した人はたくさんいるが、社会から疎外されることもなく、多くがそれぞれの分野で卓越した業績を残している。業績に対して国家的な賞を受けた人さえいる。同性愛者に対する制約は一切ない。ロシアは性的マイノリティを迫害しているというのは、とんだ作り話だ」

――だが「プロパガンダ法」はある。

「未成年者に対して同性愛の宣伝活動を禁じる法律はある。その根拠は子供の意識に特別な影響を与えず、健全に成育できる環境を与えようというものだ。子供や思春期の若者はまだ自分ではそうした意思決定ができないので、そのあいだは特別な影響は与えないようにする。成人した後には、性生活を含めて自らの人生をどのように生きていくか決められる。一八歳で成人して以降については、なんの制約もない」

――あなたの言うことは本当なのだろう。ただロシアには男らしさの伝統がある。非常に強固なマッチョ文化だ。今日のホッケープレーヤーの誰かがゲイだったとしても、つまり隠れゲイだったとしても、カミングアウトしてチームメートに打ち明けるだろうか？　きっとそんなことはないだろう。

「あなたの言うことも一理ある。だが同性愛者が死刑のリスクにさらされる一部のイスラム国のような状況はロシアにはない。ロシア社会はかなりリベラルで、同性愛者であることを公表してもおそろしい悲劇にはならない。私もゲイであることを公表している人が出席するイベントに参加することもあるが、そういう会合では彼らと話をし、交流する」

――軍隊でも同じだろうか。

「制約は一切ない」

――軍にも制約はない？　たとえば潜水艦でシャワーを浴びている仲間がゲイだとしても、問題にはならない？

「（笑）私ならわざわざ一緒にシャワーに行こうとは思わないが。なぜ挑発する必要がある？」

――いや、昔から言われる話で、男性のなかには目の前のシャワーにいる素っ裸の男が自分のことを狙っているかもしれない、というのが受け入れられない人もいる。

「まあ、私は柔道の有段者だから……（笑）」

――もう一つ気づいたのは、ロシアではレズビアンも……女性同士のセックスも快く思われな

9、米国との対立は二〇〇四年から二〇〇七年に始まった

いことだ。これも赤ん坊は大切であり、男性と女性のあいだで生まれるのが自然だという伝統的価値観があるためだ。聖書に描かれた男女の夫婦関係が健全な子供を育て、社会の強さにつながる、と。だから受精することに興味のない女性は顧みられない。

「たしかにそれは事実だ。ロシアにはそういう伝統がある。誰かの気を悪くさせるつもりはないが、われわれはこうした伝統を良いものだと思っているし、大切にしている。私は国家の長として、伝統的価値観と家族的価値観を堅持することが自分の責任だと思っている。なぜかと言えば、同性婚では赤ん坊は生まれないからだ。それは神が決めたことだ。国家にとって出生率は大切だ。また健全な国民や家族も大切だ。家族を大切にする必要がある。国を強化したいという意思を持つ国家にとっては当然の立場だ。だからと言って誰かを迫害して良いということではなく、ロシアには迫害は一切ない」

――ただ社会には孤児がたくさんおり、同性婚のカップルが養子にすることもできる。

「それは可能だが、率直に言ってロシア社会がそれを歓迎するとは思えない。ちなみに同性愛者のなかにも、同性婚のカップルが養子をとる権利に反対する人が多いことも指摘しておきたい。その理由がわかるかい？　つまり同性愛者のあいだでも、同性婚のカップルが養子をとる権利については意見が分かれているということだ。私自身、子供は伝統的家族で育つほうが、成長したときにより自由な選択ができると考えている。選択肢が広がるということだ」

――たしかにそのとおりだ。そろそろ時間だ。われわれの三度目の訪問も終わりに近づいている。インタビューはあと一度、水曜日で終わりだ。これまでのビデオを見直してみて、確認のために前にもした質問をいくつかさせてもらいたい。あなたの回答がよくわからなかった点など、はっきりさせておきたいからだ。

雑誌『フォーリン・アフェアーズ』で指摘された懸念も、いくつか確認させていただく。アメリカの主流な見解ではないが、政府の公式見解と言ってよいものだと思う。フォーリン・アフェアーズを発行する外交問題評議会には非常に力がある。この雑誌を発行するだけでなく、多くの専門家がそれぞれの得意分野でロシアについて書いている。これから尋ねる質問のいくつかは、この雑誌で提起された問題だ。

「私についてあれこれ想像したり、勝手な像を描く人もいる。それは単なる想像、彼らの願望だ。だがそれは現実ではなく、書いた本人もそうとわかっているはずだ」

——それはわかる。ただこれは公式見解であり、ワシントンの人々も耳を傾ける。つまりあなたが向き合わなければならないものだ。

「ヨーロッパにもアメリカにも、いろいろな意見を持った人がいる。二五年、三〇年先を見据え、将来起こりうる問題に思いをめぐらせる人もいる。彼らのロシアに対する見解はまるで違う」

——まったく異論はない。

「さらに選挙のためだけに生きている人もいる。自分の政治的利害しか考えない輩だ」

ロシアはアメリカのようにマス・サーベイランスはしていない

——次の質問を聞くうえでぜひ理解していただきたいのは、こと国家による監視活動については、アメリカ人の多くはロシアはアメリカと同じぐらいひどいものだろうと考えている。単なる想像に過ぎないが、かつてのＫＧＢの存在が原因だ。

「アメリカよりはましだよ。アメリカほど高度な設備がないからさ。同じ設備があれば、アメリカと同じぐらいひどいことをしていただろう（笑）」

――それは本気で言っているのか？　技術的にアメリカほどではないと。資金力ではなく、技術力の面で。

「アメリカは特殊機関に莫大な資金を投じている。われわれにはそんな余裕はない。しかもアメリカの技術的装備は開発が続けられてきた。一方、ロシアでは徹底した独裁政治が行われたソビエト時代の後、特殊機関が力を持ちすぎることへのある種の嫌悪が広がった。それは嫌だ、と。こうしたロシア国民の内なる拒絶感を当局は考慮する必要がある」

――ロシアはなんらかのかたちでマス・サーベイランスを実施しているのか【訳注　スノーデンが暴露した米国の監視システムに、ネットの通信や携帯電話などすべてのデータを政府が監視するというマス・サーベイランスがあった】。

「していない。それは断言する」

――監視活動はすべて対象を絞ったものだと？

「そのとおりだ。特殊機関は対象を絞った監視活動を実施しており、マス・サーベイランスをして後からデータを選別するといったことはしていない。そういうことは一切やっていない」

――私が問題にしているのは、データの収集段階だけだ。データを見ているかではなく、集めているか否か。電話システムやインターネットをそっくり使ってデータを集めていないか。

「いや、無差別的にそういうことはしていない。ロシアにはそんなネットワークはない」

――「ロシアはそういうことをやっていないばかりか、アメリカのように無差別にやらなくても、選択的に対象を絞ってサーベイランスをする方法を発明した」という話だったらよかったのだが。つまりロシアは技術的にこの問題を解決した、と言ってくれたらよかった。

「これは技術的な問題ではなく、運用上の問題だ。ロシアの特殊機関は容疑者と見なした人物とその人脈に基づいて監視活動をする。容疑者を探すためにマス・サーベイランスは実施していない」

――ロシアの人口の一五％がイスラム系だという[143]。その大部分がモスクワにいる、と。イスラム系住民に対してもマス・サーベイランスは実施していないということか。

「やっていない。それは一〇〇％断言できる。たしかに一九九〇年代末から二〇〇〇年代初頭にかけてはチェチェン紛争のために武力衝突が起きた。ただロシアはもともと多宗教国家として成立した。異なる宗教が共存する文化がある。それは何世紀にもわたって醸成されてきた。チェチェン人はソ連時代、他の多くの民族と同じようにスターリンの迫害に苦しめられたが、それはイスラム世界の代表としてではない。政治的理由で苦しめられた。イスラム教徒、ユダヤ教徒、キリスト教徒の衝突といったものは、ロシアでは一度もなかった。この好ましい歴史はロシアの大きな支えとなってきた。しかもロシアのイスラム・コミュニティはみなロシア国民だ。他に祖国はなく、ロシアが彼らの母国だ。移民でも、移民の子供でもない」

――その話題についてては、次の質問のすぐあとに戻りたい。ロシアが諜報活動にいくら投じているか、教えていただけないだろうか。アメリカは年間七五〇億ドル使っている。これは公開情報だ。このうち五二〇億ドルがＣＩＡ、ＦＢＩ、ＮＳＡなど文民[144]、残りが軍事だ。

「アメリカが特にテロとの戦いにおいてロシアと良好な関係を構築すれば、諜報活動に必要な予算は少なくとも今の半分になるだろう。しかも特殊機関の活動は今よりずっと効率的になるはずだ」

――予算が半分に?

「われわれが効率化を目指して協力すれば、いまほどの金額をかける必要はなくなる。そして今よりずっと効率も高くなる」

――要するにロシアの現在の支出額は三〇〇億ドル程度ということか?

「ロシアがいくらかけているかは重要ではない。重要なのは、われわれが力を合わせれば、もっと効率的な活動ができるということだ」

――金額は教えてもらえないんだな。

「教えられない。機密なんだ(笑)」

――わかった。

「公開情報もあるが、私は正確にいくらだったか記憶していない。ただすでに話したように、ロシアがこうした用途に使う資金はアメリカよりずっと少ない。そしてこれもすでに話に出たが、アメリカの軍事予算は世界の他の国をすべて足し合わせたより多い[145]」

――ロシアの金額はその一〇%に過ぎない。

「そうだ、アメリカの軍事費の一〇%だ」

ウクライナの衝突にはチェチェンからの義勇兵も参加している

――あなたはこれまですばらしい成果をあげてきた。ここでチェチェンの話題に戻ろう。チェチェンではこの二〇年、大変な抗争が続いており、あなたのやり方に反対する人も多い。たしかにチェチェンには過激派が入っている。テロリストの存在はわかっている。一方、チェチェン共和国の首長であるカディロフはかなり独裁的要素があり、しかもあなたに非常に忠実ときている。これについては多くのロシア人が批判的だ。私がこの問題について読んだ文献の筆者の多くは反体制派ではなかったが、カディロフと関係を持つことを快く思っていなかった。カディロフは戦争犯罪者だといった批判もある。「なぜロシア連邦にチェチェンのようなとんでもない国まで入れなければならないのか。ロシア系住民だけのロシア連邦をつくればよいではないか」という疑問を持つ人もいる。あなたが前回、チェチェンは祖国「ロディナ」の一部だと主張したのは覚えているが、もう少しそこを説明してもらえないか。

「チェチェン共和国とコーカサスでの出来事については、目新しいことは何もない。どちらもソ連崩壊の直後に始まったことだ。強大な国家が消滅するとき、領土全体に幻滅した空気が広がるのは自然なことで、ロシアも例外ではなかった。それが一つ。二つ目として、ロシアでは経済だけでなく社会制度そのものも崩壊した。国民はなんとか苦境を脱する道を模索した。ロシアの辺境に住む人々も、どうすれば生活を良くできるのか、目の前の苦境を乗り越えられるのかと考え始めた。そんななかチェチェン共和国のみならず、多くの地域で分離主義思想を煽る者たちがいた。別に特別な話ではない。だがチェチェン共和国の場合、スターリンによる抑圧の記憶があったために状況は他の地域より深刻化した。チェチェンの人々は、第二次世界大戦後に自分たちが味わった悲しみを覚えていた。対立が起きたのはそのためだ。事態は徐々に進展し、きわめて悲劇的な道筋をたどった。

決定的な転換点がいつだったのか、わかるかね？　それはロシア軍が勝利を収めたことではない。紛争がエスカレートし、チェチェン共和国の武装勢力がロシア連邦内の隣接する地域に攻め込んだ話はあなたも知っているだろう。イスラム系住民が多数派を占めるダゲスタン共和

国も攻撃した。ダゲスタンの国民はロシア連邦軍の助けが来るのを待たず、自ら武器を取って応戦した。

ただ転換点となったのは、チェチェン政府やチェチェン人の指導者が、かたちばかりの独立を目指すより、ロシアの一部となったほうが将来ははるかに明るく、チェチェン人にとっても有益だと気づいたことだ。チェチェンの伝統的なイスラム教徒は、外部の者が中近東から持ち込もうとしていたイスラム教の新潮流をおとなしく受け入れるつもりはなかった。カディロフの父親を含めてもともとこの地にいた宗教指導者と、外国からやってきた新たな指導者のあいだで対立も起きた。

私がカディロフと最初に話したのはその頃で、ロシアとの関係構築を考えている、と言われた。すべてカディロフの父からの提案だった。そうするように圧力をかけられたわけでもない。その結果、彼はチェチェン共和国の初代首長となった。現在の首長である息子も、かつては父親とともに連邦軍と戦った人物だが、やはり父親と同じようにチェチェン国民の利益はロシアのそれと切り離せないことに気づいた。もちろんかつても今もこの地域には勇猛さを称えるメンタリティを持つ人が多く、悲惨な内戦で多くの血も流れた。

なぜカディロフやその取り巻きが敵対勢力に対してあれほど強硬な物言いをするのか、説明してほしいと言われることが多い。この点については私自身、カディロフと何度も話をし、彼もレトリック（話し方）を変えると約束した。だが彼の説明は非常にシンプルだ。『われわれは血と涙を流した。内戦がどれほど悲惨なものかわかっている。だからそこへ引きずり戻そうとする連中を許すわけにはいかない』と。こうした論理が正しいとは思わないし、私は支持しない。ここで伝えたかったのは、彼の立場であり理屈だ。

カディロフは現在チェチェン共和国の首長なので、自制心を発揮し、ロシアの法律に従ってもらう必要がある。最終的にはそうなると期待している。ただ彼がこれまでどんな人生を歩んできたのか、何を経験してきたかを忘れてはならない」

――ただロシアはチェチェン政府の予算の八〇%を支払っているという。正確な数字は忘れてしまったが。

「それはチェチェン共和国の予算に限った話ではない。ロシア政府が対象を定めて行なっていることだ。われわれはロシア連邦の構成主体すべての経済発展を平準化することを目指し、予算を配分している。ロシアのすべての地域が経済的に自立できる状況を目指しており、それが実現すればロシアが支援する必要は未来永劫なくなる。繰り返しになるが、これはチェチェン共和国に限った話ではない。ロシア連邦の八五の構成主体のうち、歳入が歳出を上回るのはわずか一〇地域だ。そこで連邦予算を使い、北コーカサス、極東、南部連邦管区をはじめ、多くの構成主体を支援している。チェチェン共和国が例外ではないのだ」

――直近のウクライナの衝突には、チェチェンから軍や兵士が参加しているのか。

「義勇兵がいた。私もそれは認識している。事実だ」

中央アジアの各共和国にアメリカの進出を許した理由

――話題を変えよう。これについてもすでに触れたが、はっきりさせておきたい。なぜ二〇〇一年以降、中央アジアでのアメリカ軍の侵犯を黙認してきたのか。

「黙認したのではない。アメリカ大統領から支援を求められたので、中央アジアの各共和国の指導者と話し合い、アメリカからの要求に前向きに対処するよう要請した。[146] 各国の領土にアメリカ軍を駐留させ、インフラや空港を整備させるよう求めた。われわれはアフガニスタンからのテロリズムという共通の脅威に直面していると考えた。だからアメリカと協力しなければならない、と。さらにアメリカ大統領は、恒久的に中央アジアにとどまるわけではない、と私に言った。何十年もとどまることはない、と」

——恒久的にとどまるつもりはない、と大統領が言ったのか？

「そうだ。まさにそう言った。ほんの数年だけ協力をお願いしたい、と。だからわれわれはそうする、と答えた。支援する、と。こちらはそう伝えた」

——あなたはいつの時点でだまされたのだろう。二〇〇六年以前か？　二〇〇七年のミュンヘン演説では、アメリカとの関係についての新たな見方を語っている。二〇〇八年にはジョージアで戦争が起きた。二〇〇二年から三年ごろにかけて、何があったんだ？　イラク侵攻があり、二〇〇四年にはウクライナでオレンジ革命が起きた。ウクライナで革命が勃発したとき、あなたはどう思ったのか。

「別に何か特別なことが起きたわけじゃない。何も変化していない。そこが重要なんだ。私はミュンヘン演説で、ソ連崩壊後ロシアはアメリカやヨーロッパと真摯に向き合ったと言った。互いに協力することを期待し、協力しあうためにこちらの利益も考慮してもらえると考えた。だがフタを開けてみれば西側は、ロシアが世界における戦略的安全保障を確保するうえで特に重要な意味を持つ地域での政治力や影響力を拡大した[147]」

——その時点でアメリカがすでにウクライナに関与していたとしたら、あなたはそれをどう見ていたのか。アメリカがウクライナの独立運動を煽っていると考えていたのだろうか。

「答えは非常に単純だ。この地域におけるアメリカの外交政策の基本は、ウクライナがロシアと協力するのを何としても阻止することだと私は確信している。両国の再接近を脅威ととらえているからだ。それがロシアの勢力と影響力の増大につながると見て、両国の和解を何としても止めなければと考えている。あちらの動きはこうしたイデオロギーに基づくものであり、ウクライナの人々の解放のためではなかったと私は考えている。それがアメリカとヨーロッパのパートナーたちの行動の動機だった。ウクライナの過激な愛国主義的集団を支持し、ロシアとウクライナを分裂させること、関係に亀裂を入れることが目的だった。ロシアがそれに対抗措置をとれば、ロシアを悪者にできる。目に見える敵が現れれば、あらゆる罪をロシアに着せて、同盟国を引き寄せることができる。こういう意味では、ウクライナの背後にいた人々は、自らの目標を完璧に達成した。

ただわれわれはもっと広い視点から状況をとらえている。対立の視点や、外的脅威を理由に衛星国を囲い込もうといった視点からではない。二五年先の未来を見据え、そこまでに世界の情勢がどのように変化するかを考えれば、ロシアとの関係も含めて国際関係に対する理念や行動様式を変える必要が出てくる」

——だが二〇〇四年から二〇〇七年にかけてのどこかの時点で、状況は逆の方向に動いた。イラクで、そしてアフガニスタンで悲劇が起きた。この時期にあなたの認識は変わった。

「ミュンヘンでは、世界の現状をどう評価すべきかという話をした。ソ連は崩壊した。アメリカ、ひいては西側全体に対する敵はもはや存在しなくなった。ならばNATOを拡大する意味はどこにあるのか。誰に対してそうするのか。ソ連崩壊後、NATO拡大の波は二回あった。あらゆる国には自らの安全保障の方法を選ぶことができるといったまやかしだ。何度も耳にしたが、ばかげた話だ。多くの国々が脅威を感じ、安全保障を強化する必要があるからといってNATOを拡大する必要はない。相互支援と安全保障のための二国間合意を結べばいいだけの話だ。偽りの敵のイメージをつくり出す必要などない。

二度にわたるNATO拡大の波の後、今度はアメリカが一方的にABM条約から撤退した。これは非常に重要な問題、本質的な問題だ。向こうは常に、心配するな、これはロシアに対する脅威ではないと言ってくる。イランの脅威に対抗するためだと主張している。だがいまやイラン問題はなくなった。イランはあらゆる軍事用核開発計画を放棄した。アメリカもそれに合意している。合意が調印され、関連文書に署名もしたと言っている。それにもかかわらずABM開発計画は依然としてヨーロッパで進行中だ。システムの一部はヨーロッパに配備されることになっている。いったい誰に対しての計画なのか。これにはロシアも対応せざるを得ない。

卓越した世界の指導者であったオットー・フォン・ビスマルクはかつて同じような状況に置かれたとき、こう言った。『重要なのは相手が何を言うかではない。何が起こり得るかだ』と。まさに今ロシアの国境沿いで、起こり得る事態を予感させる動きがある。われわれは何をすべきか。これについてはよく検討する必要があるが、続きはまた改めて」

——そうしよう、おやすみなさい、大統領。

「ありがとう。ホッケーの試合は楽しんでいただけたかな?」

——もちろん、大いに楽しませてもらった。体中の筋肉が疲れているんじゃないか。

「いや、大丈夫だ。睡眠不足を解消しないとな」

143　以下を参照。"In Russia, how one mainly Muslim region beat back radicalism," Fred Weir, *Christian Science Monitor*（August 22, 2016）.　http://www.csmonitor.com/World/Europe/2016/0822/In-Russia-how-one-mainly-Muslim-region-beat-back-radicalism

144　連邦議会調査サービスによる詳細なレポートで開示された情報によると、オリバー・ストーンの挙げた数字は正しい。以下を参照。"Intelligence Community Spending: Trends and Issues." Anne Daugherty Miles,（November 8, 2016）https://fas.org/sgp/crs/intel/R44381.pdf

145　以下を参照。"Here's how US defense spending stacks up against the rest of the world." 前掲。

146　二〇〇一年九月一一日のテロを受けて、プーチンはアメリカに諜報情報の支援と、アメリカ軍が旧ソ連の軍事拠点を使用できるように中央アジア諸国と調整することを申し出た。以下を参照。"9/11 a 'turning point' for Putin," Jill Dougherty CNN（September 10, 2002）. http://www.edition.cnn.com/2002/WORLD/europe/09/10/ar911.russia.putin/index.html

147　ソ連崩壊後、ＮＡＴＯは積極的に東欧への拡大を進めた。以下を参照。
"Did the West Break Its Promise to Moscow?" Uwe Klußmann, Matthias Schepp, Klaus Wiegrefe, *Der Spiegel*（November 26, 2009）. http://www.spiegel.de/international/world/nato-s-eastward-expansion-did-the-west-break-its-promise-to-moscow-a-663315.html

10

ウクライナで起きたのはアメリカに支援されたクーデターだ

三度目の訪問三日目　二〇一六年五月一一日

「ウクライナで大統領選が実施された。ヤヌコビッチ氏が選挙で勝利したが、反体制派は納得せず、大規模な暴動が起きた。この暴動はアメリカが積極的に煽ったものだ」

ソチにて。『博士の異常な愛情』を観る前まで

――こんにちは、大統領。今日はどうです？

「元気だ。あなたは？」

――ちょっと疲れている。あまり寝られなかったので。

「昨日ホッケーをしたのは私なのに、あなたのほうが疲れているとはね」

――でもあなただって筋肉痛はあるだろう？　私は妻と公園を散歩してきた。

「それは良かった」

――紀元前四世紀のソチに思いをはせていた。どんなふうだったのだろう、と。

「オデッセウスはここまで金の羊毛を探しに来たんだ」

――そう、伝説では四世紀か五世紀のことだ。

「一行はアゾフ海と黒海の合流点にさしかかった。ロシアではタナンと呼ばれる地域で、彼ら

はそこがタルタロス、つまり黄泉《よみ》の国への入り口だと考えた。あそこには地下水脈や間欠泉が多く、地震も始終あったからね。アメリカにも同じような渓谷があるし、極東ロシアにも同じような渓谷がある」

――金の羊毛を持ち帰るイアソン、テセウスに出てくるアマゾン族の話も、みな似ている。ソチでもアメリカのように石油採掘が盛んなのかな。

「いや、かつてはそういう地域ではなかった。今は炭化水素を採掘する計画がある。ただここはもともとロシアのリゾートだったので、開発は慎重に進める必要がある。ここからそう遠くない沿岸部にはかなり大規模な石油精製所があり、エクソン・モービルが港湾とその運営に興味を示していた」

――昨晩は二〇〇七年のミュンヘン演説まで話した。

「忘れていた」

――別に構わないさ。

プーチンの大統領一期目、アメリカとの蜜月

――では二〇〇一年にあなたがアメリカに協力した時点から、二〇一六年現在までを振り返ろう。読者のために、簡単にそれ以前の経緯を振り返っておきたい。私の理解を話すので、間違ったところがあれば後で修正してもらいたい。

九〇年代にはあなたはすでに最前線で働いていたので、コソボでのアメリカの行動やベオグラードの爆撃は認識していただろうし、ユーゴスラビアの分裂も目の当たりにしたはずだ。そ

れでも二〇〇一年にはアメリカに協力、協調する姿勢と友情を示した。言うまでもなく、結局アフガニスタンとイラクはアメリカとNATO連合の大失敗に終わった。

この間、NATOは二度にわたって拡大し、さらには一九七二年に締結されたABM条約をアメリカが一方的に脱退した。ほぼ同時期の二〇〇四年には、ウクライナでオレンジ革命が起きた。それについては昨晩も議論したが、今のところウクライナがロシアと決別する脅威はない、そのようなことは検討されていないという話だった。ウクライナ国内はさまざまな派閥に分裂し、そのあいだで対立が生じているが、ウクライナが一丸となってロシアに背を向ける脅威や恐れは今のところない、と。

私の理解では、この時期のあなたは、アメリカとのパートナーシップという理念に少なからず魅力を感じていたように思う。ウォール街もすり寄ってきて、そうするようにけしかけていた。二〇〇四年にはシャロン・ストーンと一緒に歌も唄った。覚えているかな？　フェルナンド、こっちに来て見せてくれ。ぜひそのときの映像をお見せしたいと思ってね。とてもおもしろい。【違う映像が流れる】。探してくれ。ぜひ大統領の反応を見たいんだ。

こんな具合にあなたの一期目は終わりに近づいていた。初回の訪問のときに、その頃の興味深いエピソードをうかがった。二〇〇五年にブッシュ大統領に、中央アジアでアメリカがテロ組織を支援していると不満を伝えたという話だ。非常におもしろい話だった。それに対して、たしかCIAがロシアの特殊機関に手紙を送ってきて、自分たちが中央アジアでテロ組織を支援していたのは事実であると認めた、という話だった。違うだろうか？

「たしかにそういう会話をしたな。ただ中央アジアではない。われわれが入手した情報では、アゼルバイジャンのアメリカ政府職員がコーカサスの武装勢力と連絡を取り合っていた、という話だ。私がその事実を伝えると、大統領は自らきちんと調べて解決すると言った。その後パートナーシップのルートを通じてCIAから届いた手紙には『われわれの同僚は反体制派の代表とも連絡を取り合う権利があると考えており、今後もそれを継続する』と書かれていた。そこにはバクー（アゼルバイジャン共和国の首都）のアメリカ大使館で働くアメリカの特殊機関職員の名前まで書かれていた」

――アメリカは自らがアフガニスタンでテロリストと闘っていた時期に、そういうことを言ってきた。

「正確に何年の話かは覚えていないが、たしかそうだ」

――矛盾した行動だ。おかしな話だ。

「そういう矛盾にはもう慣れたよ。当時は私もいささか矛盾した行動だと思った。いずれにせよ自分の目的を果たすために誰かを利用する一方、相手が目標を達成するのには協力しないという態度は、相互不信につながり、実のある協力に適した環境をつくり出すことにはならない」

――CIAの手紙はトップシークレットだから、見せてはいただけないのかな。

「それは不適切だろう。私がこの情報をあなたに伝えたというだけで十分だろう。手紙はアーカイブに保管されているはずだ。ジョージ（・ブッシュ）もあの会話は覚えているんじゃないか。他国で開かれた会議で会ったときだ。たしかイギリスだったと思うが、はっきりとは覚えていない」

――その後、二〇〇八年に二つ大きな出来事があった。まず西側諸国で金融危機が起きたが、それはロシアにも深刻な打撃を与えた。足をすくわれたような気がしたのではないか。

「たしかに困難な時期だった」

――ロシアはウォール街から、それまでのやり方ではダメだと言われた。

「いや、そういう言い方は正しくない。何も指図を受けたわけではなく、こちらとしてはそういう受け止めはしていない。われわれにはやるべきことがたくさんあった。当時私はロシア連邦政府議長（首相）の職にあった。ロシア憲法では、政府が国家の最高執行機関であり、経済運営の責任を負っている。だから迅速に、経済の最も危うい部門を支援するための危機対応計画を策定した。まず経済全体の心臓血管システムである銀行セクターの支援に力点を置いた。銀行が政府やロシア中央銀行から支援を得られる環境を整えるだけでなく、実態経済に資金を貸し出すという主たる機能を果たせるよう努力した。これはロシアのみならず、アメリカやヨーロッパにおいても深刻な問題だった。大変危うい状況のなかで、金融セクターが実態経済に確実に資金を供給するようにしなければならなかった[148]。

失業対策や新規雇用創出のための特別計画も策定した。そして自動車や航空機製造など、経済で最も打撃を受けた脆弱な部門に具体的な支援を実施した。最重要課題の一つは、国民に対する社会的義務を確実に果たすことだった。給料や年金や社会保障給付を支払うことだ」

――大変な時期だった。

「ただ全体としては国民の期待に応えられたと思う」

――たしかに。ただ西側諸国はぞっとするような状況だった。そして民間金融機関の失態によって「ロシア経済の多角化が必要だ」という古い議論が蒸し返された。

「ロシアの民間金融機関の行動に批判的な声があるというのは賛成できないな。経済環境が激変したことで、ロシアの金融機関にマージンコール（証拠金請求）が来たことが大きな不安材料となった。西側の金融機関に融資を返済する義務があったからだ。ロシア企業のあいだで融資を返済できないかもしれないという不安が広がった。海外の金融機関から融資を受けている民間銀行や企業を、政府が支援してほしいという要請が殺到した。それこそまさにわれわれがしたことだ。直接支援や準公的金融機関を通じた融資など、さまざまな手段を使って支援した。

それによってさまざまな過ちを防ぐことができた。今から振り返っても、重大な過ちは一切犯さなかったと言っていいだろう。しかもロシア経済の構造を悪い方向に変えなかった。ロシアやアメリカをはじめ先進国にはこうした状況が必要だ。経済の国営セクターを拡大するのには抗《あらが》いがたい魅力がある。だがそうはしなかった。民間企業のオーナーの一部が首相である私のところにやってきて、一ルーブルでいいから政府に会社を買い取ってもらいたいと言ってきたにもかかわらず、だ。債務を返済し、一定の雇用を維持する責任を政府に肩代わりしてもらいたいという話だ」

――自動車会社か?

「さまざまな会社がそういう申し入れをしてきた。だがわれわれはそうせず、別の道を選んだ。民間セクターを支援することを決め、数多くの民間企業を救済した。企業経営者が非常に分別のある姿勢を見せたのも事実で、率直に言って私も驚いた。彼らは私財を投じて責任を引き受けようとした。会社を守るために闘う姿勢を見せた。

最終的にわれわれは新たな損失を出さずに状況を切り抜けることができた。それだけでなく、政府はさまざまな手段を通じて銀行セクターを支援し、最終的に利益を得た。民間セクターを支援しただけでなく、それを通じて利益を得たのだ。こうした事実を踏まえると、政府の計画とその成果はかなり優れていたと言っていいだろう」

――あなたと西側との蜜月は二〇〇八年には終わりに近づいていた、と言っていいだろうか。それまではシャロン・ストーンと登場するなど、親米的と見られていた。だがその後あなたは新たなスタート、新たな段階に移った。[149]

「純粋に親米の立場をとったことは一度もない。常にロシアの国益を守るのに最適の立場をとってきただけだ。当時はアメリカと良好な関係を育むことが必要だと考えていた。今も私はそう思っている。この点については私の立場は変わっていない。ロシアに対する立場を変えるべきなのは、われわれのパートナーのほうだ。自分たちの国益だけでなく、われわれにも国益があることを理解してもらわなければならない。調和的関係を構築するには、互いに敬意を持って接する必要がある。

今、二〇〇八年の経済危機の話があったが、ロシア政府は国内の企業と銀行システムを支援しただけでなく、同様の支援を誰にでも分け隔てなく実施した。そこには外国の株主や、一〇〇%外国資本の金融機関も含まれている。それ以上に重要なのは、金融市場が混乱するさなかにも資金移動に制約を課さなかったことだ。そうすることはできたし、さまざまな手段があったが、一切行使しなかった。最終的には正しい判断だったと思う。なぜなら結果的にそれが政府に対する投資家からの信頼を得ることにつながったからだ」

――わかった。では別の聞き方をしよう。二〇〇八年以前のあなたは、ウォール街に言い寄られていた。ある意味ではアメリカという体制の「ジュニアパートナー」だった。彼らから見ればだ。だが突然危機が起こり、ウォール街の土台、西側の土台が揺らいだ。これはロシアの問題ではなく、経済システム、グローバルシステムそのものの問題だった。わかっていただけるだろうか。言葉を換えれば、あなた自身がこの体制に信を置くほどナイーブだったということか。

「ウォール街について議論するつもりはないし、彼らの思考様式、行動様式、かつてのそれについても議論するつもりはない。ウォール街そのものがアメリカ政府の誤った外交政策の犠牲者だ。ここでウォール街と言ったのはアメリカの金融部門にとどまらず、もっと広い意味だ。アメリカにはロシアでもっとビジネスをしたいと心から望んでいる企業がたくさんある。だが彼らは手足を縛られている。

私に言わせれば、それはアメリカ政府による大きな過ちだ。ロシアには『タダの土地があれば、誰かが必ず取りに来る』ということわざがある。当然そこはライバルがモノにするだろう。ウォール街のビジネスマンはもちろんそれをわかっている。ウォール街にはわれわれの友人やパートナーがたくさんいる。だから私があなたの攻撃から彼らを守ってやらなければならないんだ（笑）」

――私はあなたの変節を知りたかったのだが、どうやら認めてくれないようなので次の話題に移ろう。

「一つだけ、あなたの言うことが正しいと認めざるを得ない点がある。ロシアとパートナーとの関係について、われわれの認識にナイーブなところはたしかにあった。われわれはロシアが劇的に変わったと考えていた。非常に重要な政治的行動を自発的にとった。ソ連が崩壊するときに武力衝突が起こるのを防いだ。西側のパートナー諸国に対して、すべてを公開した。

かつてのKGBのトップが、モスクワのアメリカ大使館でアメリカ側のパートナーに盗聴システムをそっくり明け渡したという事実を改めて述べるだけで十分だろう。彼がそうしたのは、アメリカも駐米ロシア大使館でまったく同じことをするだろうと思ったからだ[150]。今となっては軽率な判断だったと言わざるを得ないがね。アメリカ側からそんな対応は一切なかったのだから」

――ネオコンの歴史家は過去の資料を自分たちの歴史観に合わせて都合よく解釈する。だからＪＦＫの暗殺に関する資料と同じように、クレムリンが公表した冷戦期の資料についてもさまざまな主張がなされている。九〇年代半ばにはかなりの騒ぎになったと記憶している。

「ＪＦＫの暗殺という悲劇についていろいろな憶測があったのも、またソ連の関与を立証しようという試みがあったのも認識している。かつてロシアの連邦保安局のトップを務めた者として、ＪＦＫ暗殺についてソ連は一切かかわっていないと断言できる」

――（笑）それは信じる。私だけでなく、誰もが信じるだろう。

「そういう論理に従えば、あらゆる暗殺事件にはソ連が関与していたとして、ロシアに責めを負わせることができる」

――たしかにそうだが、私はそういう立場には与《くみ》しない。

なぜ、ロシアはジョージア（グルジア）に介入したか

――アメリカから見ると、二〇〇八年のジョージア戦争でロシアは一九九一年以降では初めて軍事力を誇示し、独自路線への回帰を鮮明にした。私の見方が誤っていれば、正していただきたい。

「だいたいそんなところだ。すでに話したとおり、われわれは兵力を大幅に減らしてきた。さらに削減する計画もある。新たな軍事装備が開発されるのにともなって、粛々と進めていくつもりだ。当面は大幅に削減する計画はないが、全体としては新たな装備品の登場によって、人

員は変化する見込みだ」

――私が聞きたいのはそういう話ではない。アメリカから見ると、ジョージア戦争はそれまでのロシアの行動からは大幅な逸脱だった。あの戦争について、何が争点であったのか、なぜロシアは軍隊を送り込んだのか説明してほしい。

「そもそも、その判断を下したのは私ではない、当時大統領だったメドベージェフだ。隠すつもりはない。私も彼の判断は知っていた。さらに私が大統領二期目を務めていたときから、ジョージアに対するこの種の活動の可能性は検討していた。ただもちろん、われわれとしてはこのような事態にならないことを期待していた。改めて武力衝突がどのように発生したか強調しておこう。

サーカシビリ大統領はジョージア軍に、南オセチア領の攻撃を命じた。最初の攻撃で、ロシアの平和維持部隊が活動する地域に壊滅的打撃を与えた。それによって一〇～一五人の死者が出た。ジョージア軍の攻撃では多連装ロケット弾発射装置が使われたため、平和維持部隊は兵舎から出てくる余裕すらなかった。その後さらにジョージア軍は大規模な軍事攻撃を行った。

自国が派遣した平和維持部隊が攻撃されたらどうするか、各国の代表に聞いてみたいものだ。そこでわれわれは南オセチアを支援することにした。ただここは強調しておきたいが、平和維持部隊の任務は継続していた。こちらはいわれのない損害を受けたというのに。これはロシア連邦に対する攻撃とみなすこともできた。

私はさまざまな場面でアメリカやヨーロッパのパートナー、ジョージアの指導部と対話を繰り返し、この対立が武力衝突に発展するのを防ぐよう要請してきた。[151]私は大統領だったとき、オセチアとアブハジアという未承認共和国の指導者と会ったことがある。この何十年にもわたる国内対立を平和的手段で解決できるのではないかと考えたからだ。領土の一体性を維持できたのではないかとか、何らかの連合体を形成できたのではないかといったことではなく、平和的手段で問題を解決できたのではないかという話だ。

だがサーカシビリ大統領は挑発行為を選択した。当時私は各国のカウンターパートと協議をしたが、反応は『仕方がないじゃないか、相手は気がふれているんだ』というものだった。[152] 西側諸国のカウンターパートがこういう反応だった」

——つまり西側のカウンターパートと話をしたところ、サーカシビリに責任があるという見方だった?

「そうだ。武力衝突が始まった当初、私は『たしかに彼は気がふれているかもしれないが、ロシア国民を殺害している。彼を止めてもらえないのであれば、こちらとしても行動を起こさざるを得ない』と言った。だが誰も彼を止めなかった。できなかったのかもしれない。だからロシアは対応せざるを得なかった。ここをぜひ理解してもらいたいのだが、ロシアは即座に対抗措置をとったわけではない。攻撃が始まってから数日は状況を見守っていた。誰かが介入し、サーカシビリに南オセチアから軍を撤退させ、軍事行動をやめさせることを期待していたんだ。だがそうはならなかった。

だからわれわれから見れば、何も変わってはいなかった。あちらがわれわれを越えてはならない一線まで押し出した。われわれはあのような行動をとらざるを得ない状況に追い込まれたんだ」

——アメリカかNATOがサーカシビリの軍事行動を支援していた、あるいは彼に行動を起こしてもよいと伝えていたと思うか。

「誰かがサーカシビリをそそのかした、あるいは背後で操っていたという一〇〇%の確証はない。それはわからない。ただサーカシビリ自身にそれだけの度胸があったとは思えない。いずれにせよ、誰も彼を止めなかったのは事実だ」

――そのときメドベージェフ大統領の決断が一日か二日遅れたので、あなたが条約に従って介入すべきだと促した。

「そのとおりだ。いずれにせよ判断が下された。自国の平和維持部隊が攻撃され、罪のない人々が殺害される状況のなかでも、ロシアは自制と忍耐を示した。改めて強調するが、行動を起こしたのはそのうえでだ。結局、誰もあの扇動者を止めようとしなかった。最終的にメドベージェフ大統領は正しい決断を下した」

――あの短い戦争、敢えて戦争と言わせてもらうが、それをきっかけにロシア政府は軍を近代化する必要性に気づいたと聞いた。軍のパフォーマンスが期待ほどではなかったからだ。

「ロシア軍はかなり良くやった。高い能力を発揮したと思う。ただ軍の近代化、新たな調整は必要だった。こうした事象の発生によって、その必要性を再認識したということだ。ロシアに対するこのような行動を誰も制止しなかったのだから」

――こうして軍の近代化が始まり、軍が強化され、予算が拡大し、装備も改善された。

「ジョージアでの出来事だけが原因ではない。装備の使用期限の問題もあった。使用期限が迫っていたために交換する必要があった」

――核戦力のほうはどうだろう。そちらの状態は？

「あのとき以来、核戦力の近代化にも相当取り組んだ」

――あのときに開始した？

「それ以前からだ。もともと計画があり、あらかじめ設定されたスケジュールどおりに実施していた。ただジョージアの衝突が発生して以降、われわれはより厳格に計画を遂行するようになった。予算的にも技術的にも。現時点でロシアの核抑止力はきわめて良好な状態にある。ロシア軍のなかでも最も近代化の進んだ部分だ。そこには潜在的敵対国のＡＢＭを迂回する能力を持ったシステムも含まれている」

――では二〇〇八年から一気にウクライナ危機へと話を進めたい。初回の訪問の際にテラスでこの話をしたが、映像を見返したところ、聞いておくべき質問がまだあることに気づいた。だからできるだけ明確にするため、もう一度この話題に戻りたい。このドキュメンタリーを観る人、あるいは本の読者にとって非常に大きな関心事だと思うからだ。

「喜んで。たしかにウクライナ情勢を明確に理解するには、相当な努力が必要だ。あなたの同僚、つまり西側のジャーナリストの方々は非常に有能だからね。視聴者や読者に黒を白だと、あるいはその逆を信じ込ませる能力がある。

一つ例を挙げよう。南オセチアへの攻撃という悲劇だ。サーカシビリ氏は自軍に攻撃を開始する命令を出したと公言した。側近の一人もテレビで同じ趣旨の発言をした。それなのにメディアがこの攻撃の責任はロシアにあると言うのを聞いて、耳を疑ったよ。世界中の何百万人もの視聴者がそれを信じた。アメリカとヨーロッパのジャーナリストの影響力は驚くべきものだ。みなさん、本当に有能だよ。一方、ロシアのジャーナリストがロシアの国益を守ろうとすると、そのような立場を明確にすると、すぐにクレムリンのプロパガンダの代弁者だと批判される。それが私にはとても歯がゆい」

――ダブルスタンダードだな。サーカシビリ氏とあなたの対談をぜひ見たいものだ。二人が同じ部屋で顔を合わせたら、とても見ごたえがあるだろう。

「彼とは何度も会ったことがある」

――まだ気がふれていると思う?

「私はそんなことは言っていない」

――彼は気がふれていると言ったと思うが。

「いや、西側のカウンターパートが彼は気がふれていると私に言ったんだ。私にはおよそそんなことは言えないね。現職のカウンターパートにも前任者にも」

――最後に彼に会ったのはいつだろう。

「覚えていないな。南オセチアの危機より前なのはたしかだ」

――戦争が始まって以降は会っていない?

「会っていない。だが私は何度も彼にこう言ったんだ。『ミハイル・ニコラエビチ、流血の事態を防ぐためにあらゆる手を尽くしてほしい。あの二つの地域との関係を修復するには、とにかく慎重にふるまう必要がある』と。両地域の摩擦、分離独立運動の起源はずっと以前にさかのぼる。ただ何百年という話ではなく、ロシア帝国が分裂した一九一九年のことだ。ちなみにこの二つの地域は、もともとジョージアがロシア帝国の一部となる以前から帝国内でそれぞれ独立国家として存在していたんだ。一九一九年当時、二つの地域はロシアへの帰属を希望していたが、そんな彼らに対してジョージアは苛烈な攻撃を加えた。両地域の住民はいまだにそれを虐殺であったと考えている。こうしたさまざまな問題を乗り越えるには、忍耐とある程度の外交力が必要だ」

――よくわかる。

「どうやら当時のジョージアの指導部にはそれが欠如していたようだ。さらに言えば、現在のジョージアの指導部はサーカシビリの採った行動は、ほかならぬジョージア国民に対するおそろしい犯罪であったと考えている。きわめて重大な結果を招いたのだから」

――シェワルナゼ……どうにも発音しにくい名前だが……の件はショックだった。ゴルバチョフ政権の外相としてとても尊敬していたからだ。あなたは同意しないかもしれないが、彼がジョージアのNATOへの加盟を模索したこと、汚職に手を染めたことを知ってショックを受けた。[153]一九八〇年代には非常に尊敬を集めていた政治家だ。

「何事も過ぎ去り、変化していくものさ」

ウクライナで起きたのはアメリカに支援されたクーデターだった

――それはそのとおりだ。ところでオバマ大統領の時代になり、その後ウクライナ危機はあったが、特別重大で劇的なことは何もなかったと記憶している。唯一の例外は二〇一三年のスノーデン事件だ。[154]スノーデンはロシアへの亡命を認められ、それにアメリカは激怒した。それ以外にこの時期、ロシアとアメリカの関係を悪化させた要因、争点となったこととして、あなたが覚えていることはあるだろうか。

「いやいや、重大なことは何もなかったなんて、とんでもない。クチマ大統領の任期が終了したとき、正確に何年だったかは覚えていないが、ウクライナで大統領選が実施された。ヤヌコビッチ氏が選挙で勝利したが、反体制派は納得せず、大規模な暴動が起きた。この暴動はアメリカが積極的に煽ったものだ。そしてウクライナの憲法に反して、三度目の選挙が行われた。

これ自体、クーデターとみなすことができる。その結果、親欧米派が権力を握った。ユシチェンコとティモシェンコだ。あのような政権交代のやり方は、およそ歓迎できるものではない。どこでだってまかり通らないが、特にソ連崩壊後のこの地域において憲法を破ることなど許されない。流血の事態にならなかったのは幸いだった」

――この件について、オバマ大統領とは電話会談をしたのか。

「これはオバマ大統領が就任する以前のことだ。そしてこうした事情にもかかわらず、ロシアはユシチェンコ氏とティモシェンコ氏の率いるウクライナ指導部と協力関係を維持した。私はキエフを訪問したし、彼らもモスクワにやってきた。第三国でも会った。協力のためのさまざまな計画も実施したが、ユシチェンコ氏らの政策はウクライナ国民には不評だった。だからユシチェンコ大統領の任期が終了したとき、再びヤヌコビッチ氏が大統領選に勝利したのだ。それは誰もが認めたことだ。

だがこの政権も完璧とはほど遠かった。経済問題と社会問題が相まって、新政権に対する信頼は損なわれた。そうした状況を是正するために、何が必要だったのか？　もう一度選挙を実施することだ。それによって異なる経済的、社会的立場の人を選ぶべきだったのだ。そういう人々が政権を目指して再度挑戦すべきだった。何より流血の事態を防ぐべきだったし、絶対的に言えるのは誰もこのような殺戮を支援すべきではなかったということだ」

――いまのは二〇一四年の話だ。話が一気に飛んでしまった。

「そうだ、二〇一四年の話だ」

――〇八年から一四年にかけては、今あなたが話していた二〇一二年の選挙しかなかったと思うが。

「覚えていない」

――われわれにとってウクライナは……アメリカ人はウクライナ問題にあまり関心を持っていなかった。

「あなた自身は関心がなかったかもしれないが、ＣＩＡは大いに関心を持っていたよ」

――それはそうだ。非常にわかりにくい話だ。二〇〇〇年代初頭、毒を盛られて顔が崩れてしまった人物がいて……。

「それがユシチェンコだ。選挙期間中に毒を盛られたと主張していた[155]。それでも大統領に選出された。私は彼と何度も会っている。なぜ彼らが武力に訴える必要があったのか、私にはわからない。さらにこの件については繰り返し話してきたが、二〇一四年に大統領だったヤヌコビッチ氏は、反体制派と合意文書に調印した。相手の要求をすべてのんでいたんだ」

――ウクライナ危機の最終段階か？

「そのとおり。ヤヌコビッチ大統領は選挙の早期実施にも合意した。それなのになぜ、彼らはクーデターを起こしたのか。私にはまったく理解できない」

――誰もが覚えていると思うが……たしかチャーリー・ローズの番組で、あなたが「証拠は十分にある」と、笑みを浮かべて語ったのを私ははっきりと覚えている。十分な証拠とは、要するにこの事件には世界の注目が集まっていたということだ。このクーデターには世界が注目していた。スローモーションのようなクーデターだった。ロシアの人々にはすべてが明らかにされ、公表されていた。

「もちろんだ」

――あなたはテレビでもそう言ったが、アメリカの人々には理解しがたかったと思う。あなたの言う証拠とは何か、それをはっきり見せることで、アメリカの人々は西側の作り話に騙されていたこと、実際にウクライナで起きたのはクーデターだったことが納得できるのではないか。

「そんなことは簡単だ。事件の推移をたどればいいだけだ。ヤヌコビッチ大統領が、ＥＵとの貿易協定への調印を延期すると発表したとき、誰もその理由や条件や見通しを聞こうともしなかった。発表の直後に大規模な暴動が起きた。[156]暴徒は大統領公邸を占拠した。前日に反体制派と、状況を収束させ、選挙の前倒し実施の可能性について合意したというのに。そこには欧州諸国から三人の外相も同席し、合意書に署名していた。彼らの保証はどうなった？　ヤヌコビッチ大統領がウクライナ第二の都市で開かれた政治集会に出るためにキエフを出発したとたん、武装集団が大統領公邸を占拠した。それがアメリカで起きていたらどうか。ホワイトハウスが占拠されたらどうなのか。そういう事態をなんと表現する？　クーデターか、それとも床掃除に来たとでも言うのか。検事総長が銃撃された。おそろしい銃撃や暴力があった」

――私はヤヌコビッチ氏もインタビューしているので、彼の言い分は知っている。ただアメリカのメディアでは、ヤヌコビッチ大統領が群衆に殺害されることを恐れて、自らキエフを放棄したように描かれていた。

「それはクーデターを支援したことを正当化するために使われる理屈だ。ヤヌコビッチ氏は海外に逃亡するためにキエフを離れたのではない。公邸が占拠されたとき、ウクライナ国内にいた。[157]さらにその翌日、ロシアの力を借りてクリミアに移動した。当時クリミアはまだウクライナの一部だった。ヤヌコビッチ氏はそこに一〇日以上とどまった。少なくとも一週間はクリミアにいた。反体制派との合意書に署名をした人々が、文明的、民主的、合法的なかたちで対立を解決する努力をするのではないかと期待してのことだ。だがそういう動きはなかった。相手側に捕まったら殺害されることが明らかになったため、ヤヌコビッチ氏はロシアへ逃れた。

メディアが独占状態にあれば、あらゆることを曲解し、歪め、何百万人という視聴者を欺《あざむ》くことができる。だが客観的で中立的な目で見れば、何が起きたかは明白だと思う。クーデターが起きたのだ。このクーデターによって何か好ましい変化でもあればよかったが、その逆で、状況はさらに悪化した。ウクライナが領土を失ったのはロシアの行動のためではなく、クリミアの住民がそう選択したからだ。クリミアの人々はナショナリズムの旗印の下で生きたいとは思わなかった。

ウクライナ南東部のドンバス地方では内戦が勃発した。その後、ウクライナのGDPは極端に低下した。国内有数の企業が閉鎖し、失業率は急上昇した。国民の実質所得、給与は低下し、インフレ率は四五〜四七％にも達した。誰もこうした問題への対処の仕方がわからず、さらに首相と大統領の対立によってウクライナ国内の政治危機は一段と深刻化し、最終的にヤツェニュク首相が辞任した。同首相は危機を通じて一貫してアメリカ政府を支持し、またその支援を受けてきた。

次に何が起きたか？　EUがウクライナに国境を開いたのだ。ウクライナの製品に対する関税をゼロにした。それでもウクライナのEUとの貿易高は二三％減少し、ロシアとの貿易高は五〇％減少した。EU市場にはウクライナの工業製品に対する需要はそれほど多くなく、一方ロシア市場へのアクセスは失われた。かつては西ヨーロッパに輸出できていた農業製品も、割当制度によって制限されるようになった。割当制度を導入したのは欧州諸国で、ウクライナは合意調印からわずか二カ月で枠を使い果たしてしまった。

現在ウクライナは国民がビザなしでEUに入れるように交渉している。その理由がわかるか？　国民が自由にウクライナを出て、海外で新たな職を見つけられるようにするためだ。だがウクライナ国民はまたしても騙されることになる。なぜならウクライナ人にビザなし渡航が認められても、海外で働けるようにはならないからだ」

アメリカはクーデターを起こすことに成功したが、ロシアにとっては致命的ではない

――ロシアへのビザなし渡航か？

「いや、EUへのビザなし渡航だ。国民はそれが実現すれば、ヨーロッパの別の国に転居して働けるようになると聞かされている。ここであなたにぜひ言っておきたいことがある。ソ連時代のウクライナは、常に先進的な工業国だった。それが今では国内産業が崩壊したため、ウクライナ人はヨーロッパのどこかの国で看護師や庭師や子守として働くことを夢見るようになった。なぜこうなる必要があったのか。私にはまったく想像もつかない」

――あなたの話を聞いていると、ロシアはウクライナを必要としていないと言っているようだ。

「ロシアは自給自足国だ。他国を必要とはしていないが、ウクライナとのあいだには幾多の絆がある。さまざまな機会に言ってきたことだが、再度言わせてもらいたい。ウクライナ国民とロシア国民は単に近い親戚ではないと、私は心から信じている。ほぼ同じ民族だ。それぞれの言語、文化、歴史については、当然敬意を表する必要がある。実際われわれが一つの国家であったときも、ウクライナには敬意を持って接してきた。何十年にもわたり、ソ連の指導者にはウクライナ出身者が就いていたという事実だけで十分だろう。私はそれが多くを物語っていると思う」

――なるほど、ただ経済的にはあなたが言うとおり、ロシアは自給自足ができる。ウクライナは去った。彼らが苦しむのは勝手である、ロシアには何の打撃もない。

「そのとおり、まったくダメージはない」

――前回のインタビューで、あなたはこう言った。私が『クリミアにあるロシアの潜水艦基地はどうなのか』と尋ねたときのことだ。セバストポリだ。それに対してあなたは、黒海沿岸に別の基地があるので重要ではないと言った。たしかこの辺りだと思う。要するにロシアは、セバストポリの基地を失うことを脅威とは感じていない。あなたはあのとき、そう言った。

「セバストポリの基地を失うことは脅威だが、そこまで重要な問題ではない。現在われわれは新たな軍事基地を稼働させようとしている。ここからさほど遠くないノボロシースクだ。[158]多少厄介だったのは、軍事企業との絆を断ち切ることだ。ソビエト時代には、ウクライナとロシアの軍事セクターは単一のシステムだったので、関係を断ち切るとなると当然ロシアの軍事企業にもある程度マイナスの影響が出る。それでもわれわれはインプット代替という新たなシステムを考案し、こうした問題に果敢に立ち向かっている。ゼロからまったく新しい企業を立ち上げ、次世代の軍装備を開発させている。一方、かつてロシア軍にサポートを提供していたウクライナの軍事企業は今、消滅しようとしている。ミサイル、航空機、エンジン建造などすべてだ」

――つまりアメリカはクーデターを起こすのに成功し、これまでずっとそうしてきたように勝利を収めている。それはロシアにとって敗北ではあるが、致命的な敗北ではない、と。

「そういう見方もできるだろう。ロシアが技術的に新たなステージに到達するための企業を立ち上げているという話をするとき、私がよく引き合いに出す例がある。かつてロシアのヘリコプターに搭載されるエンジンは、一〇〇％ウクライナ製だった。だがウクライナからの供給が途絶えたことを受けて、われわれは新たな工場を建設し、まもなく二つ目の工場が竣工しようとしている。ロシアのヘリコプターは依然として空を飛び、機能的にまったく問題はなく、次世代のエンジンも手に入った。ロシア空軍のシリアでの活躍も、われわれの取り組みがかなりうまくいっていることを証明していると言えるだろう」

――新たな兵器があれば、ＮＡＴＯがウクライナと合意を結んでもそれほど脅威にはならないと思うが。

「私はやはり脅威を感じる。その脅威とは、ひとたびＮＡＴＯがある国に入ってしまえば、その国の政治指導者も国民もＮＡＴＯの決定に口を出せなくなることに起因する。そこには軍事インフラの配備にかかわる決定も含まれる。きわめて重要な意味を持つシステムが配備されることさえある。私が念頭に置いているのはＡＢＭシステムだ。それはロシアが何らかのかたちで対応せざるを得ないことを意味する」

――ＡＢＭに加えて、バルト諸国に配備された兵器も？

「私が問題視しているのは戦略的ＡＢＭシステムだ。東欧には二カ所にしかない。ルーマニアとポーランドだ。さらに戦艦にシステムを搭載するかたちで地中海上にも配備するという計画もある。現在韓国でも同じ内容の交渉が進んでいる。こうした動きは当然、われわれの核抑止システムへの脅威となる。

すでに話したことだが、私自身がアメリカのパートナーに、共同でＡＢＭシステムを開発しようと提案したことがある。それは何を意味するのか。両国でミサイルの脅威を特定し、共同でＡＢＭ管理システムを開発すること、さらに技術情報の交換を意味する。それは世界の国家安全保障のあり方にきわめて重大な劇的変化をもたらすだろう。ここで細かい話をするつもりはないが、われわれの提案はアメリカのカウンターパートに拒否された。それも何度も言ったことだがね」

――そのとおりだ。だがロシアには適応力があり、ＡＢＭシステムにも適応している。違うだろうか？

「われわれにはそうした装備があり、さらに改良を続けている。アメリカのカウンターパートとの議論では、われわれがＡＢＭシステムの開発を脅威と見ていることを伝えたが、それに対する彼らの反応は決まって『ロシアを念頭に置いたものではない』だ。あくまでもイランのミサイル計画に対処するものだ、と。幸いイランとのあいだでは合意が成立した。それにもかかわらずＡＢＭシステムの配備は依然として進められている。それをロシアはどう理解すべきか。われわれの懸念は正しかった。

この問題を議論していた当時、われわれとしても対応策を取らざるを得ない、そこには攻撃能力の強化も含まれる、ということもアメリカには伝えた。向こうの反応はこうだ。ＡＢＭシステムはロシアに対するものではない。だからアメリカはロシアがやろうとしていること、すなわち攻撃能力の強化も、アメリカに対するものではないとみなす、と。それで双方が合意した」

――アメリカ・インディアンもアメリカ政府と協定を結んだ。アメリカ政府の背信を最初に経験したのは彼らだ。ロシアではない。

「最後にもなりたくはないがね（笑）」

クリミアが独立したのは、旧ユーゴの国々が独立したのと同じ

――この問題に関して、ぜひスタンリー・キューブリック監督の作品『博士の異常な愛情』の一場面を見ていただきたい。アメリカ政府の作戦室の場面だ。まず一シーン見てもらって、良かったら次をお見せしよう。だがその前にウクライナの話を終わらせないと。要するに私が最も聞きたいのは、今振り返るとクリミア併合はあなたのミスだったのではないかということだ。というのも、それは大きな代償を伴ったからだ。経済制裁に加え、EU全体がロシアに反発し、それにアメリカも……とにかく第二次世界大戦後の国際条約を重んじる世界において違法行為とみなされ、大きなニュースとなった。他の国が国際条約を破らないわけではないが、いずれにせよロシアは大きな代償を支払うことになった。もしかすると計算違いがあったのかもしれない。うまくすれば許容されると考えたのか。あの決断を、後から振り返ったことはあるか。

「われわれが強制的にクリミアをロシアに併合したのではない。クリミアの住民がロシアへの編入を決めたんだ。この道を選択するにあたり、われわれはどこまでも慎重にふるまい、国際法と国連憲章を完全に順守するかたちで行った。クリミアで最初に動いたのはロシアではなく、クリミアの住民だ。ウクライナの法律に準拠して選出されたクリミアの正当な議会が、国民投票の実施を発表した。国民投票を受けてクリミア議会は圧倒的多数でロシアへの編入を可決した。

この種の問題に対処するうえで、国民の自由意思にゆだねる以上に民主的なやり方を私は知らない。国民が自由意思を表明し、圧倒的多数がウクライナから独立してロシアに編入するこ

とを支持した。[159]国民投票では九〇%以上が賛成票を投じた。これ以上に民主的なやり方があるなら、教えてもらいたい。

今日のクリミアについての議論は、ロシアの行動が正しくなかったという主張を正当化しようとするものばかりだ。つまりウクライナの中央政府がそれを認めていない、と。だがコソボの独立をめぐっては、国連の国際司法裁判所が独立と自決に関する問題については当該国の中央政府の同意は必要ないという判断を下したのを思い出していただきたい。そしてこのドキュメンタリーの視聴者や本の読者には、そのときアメリカ国務省が国連安全保障理事会に送った書簡に、国務省はコソボの独立の決定を心から支持すると書かれていたことをぜひ伝えていただきたい。[160]他の欧州諸国も同じ趣旨の発言をしていた。コソボの人々が享受したものと同じ権利を、なぜロシア人、ウクライナ人、クリミアに住むクリミア・タタール人が享受できないのか、私にはよく理解できない。まったく受け入れがたいことだ。

これこそダブルスタンダードだ。われわれに悔やむことは何もない。これは単に旧ソ連の領土問題の未来にかかわる問題ではない。何百万という人々の未来にかかわる問題であり、実際のところわれわれに他の選択はなかった。選択肢はただ一つ、クリミアの人々のロシア再編入への要求に合意することだけだ。あと一つだけ。ロシア軍はたしかにクリミアに駐留していたが、一発の弾丸も撃ってはいない。選挙と国民投票が実施できる環境を確保しただけだ。さまざまな場面で言ってきたことの繰り返しになるが、国民投票までの一連の出来事のなかでは一人の犠牲者も出ていない」

――別の聞き方をしよう。あなたはこの件によって欧州諸国から追放されることを予期していたのか。

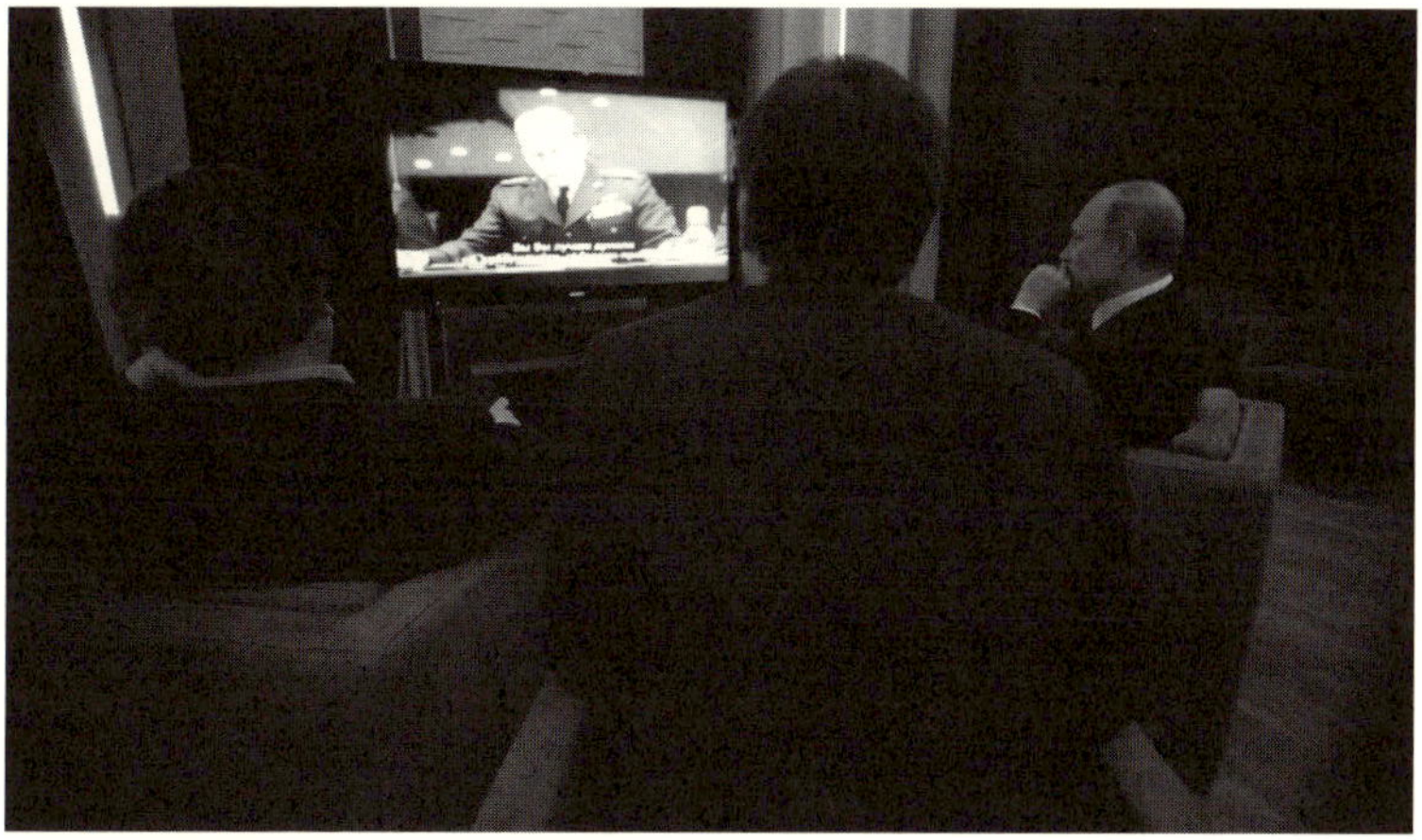

『博士の異常な愛情』をともに観る

「もちろん、こういう反応は予想していた。ただ判断を下す前に、われわれはロシアで徹底した世論調査を実施した。その結果、たとえ西側諸国などとの国際関係が悪化することになってもクリミアをロシアに再編入してもよいかという質問に対し、八〇%を超える国民の大多数が『イエス』と答えた。再編入を認める、と。つまり私がこの判断を下すときに基準としたのは、他国のカウンターパートの意向ではない。ロシア国民の心情だ」

――そして現在の時点で、クリミアの人々は感謝しているのだろうか。それとも腹を立てている?

「クリミアにはたくさんの問題はあるが、総じてみれば国民はロシア編入という判断を支持している。国民の支持を最もよく表しているのが、最近クリミアで実施された世論調査だ。キエフ当局がクリミア半島への電力供給を封鎖しようとした時期であるにもかかわらず、圧倒的多数、つまりさきほど言ったのと同じぐらいの割合が、ロシア編入という以前の判断は正しかったと改めて確認した」

――ドンバスは？　容易に抜けないトゲという意味では、こちらのほうが重要な問題だ。こちらはどう乗り切る？

「まずはミンスク合意を実施することだ」

――だがキエフにはまったくそんなつもりはなさそうだ。

「私自身にはさまざまな考えがあるし、ロシア指導部全体としてもさまざまな考えがある。ただミンスク合意の主な構成要素は政治的なものであり、その主要な要素がウクライナ憲法の改正だ。それはロシアではなく、キエフ当局が二〇一五年末までに実施すべきことだった。さらに恩赦に関する法律も採択し、発効させなければならない。これはすでに採択はされたが、大統領によって公布されていない。ドンバス地方の特別な地位に関する法律も施行しなければならない。こちらはウクライナ議会で採択されたが、まだ施行されていない。それはロシアがウクライナに成り代わってできることではない。だが最終的には実行されると私は期待している。そして対立は解消する、と」

――そろそろ映画を観ようか。部屋の照明を落とそう。あちらに座ってもらって、いくつかの場面を観たあとでまた議論しよう。

148　二〇〇八年の金融危機を受けて、各国は必死に回復の道を模索した。ロシアのアプローチは、同国固有の経済事情を反映したものであった。以下を参照。"Russia's Response to the Global Financial Crisis," Pekka Sutela, *Carnegie Endowment for International Peace* (July 29, 2010). carnegieendowment.org/files/russia_crisis.pdf

149 以下を参照。"Vladimir Putin finds his thrill on 'Blueberry Hill,'" Shaun Walker, *Independent* (December 13, 2010). http://www.independent.co.uk/news/world/europe/vladimir-putin-finds-his-thrill-on-blueberry-hill-2158697.html

150 一九九一年一二月、KGB長官のヴァディム・バカティンは、在モスクワ・アメリカ大使館を盗聴するための計画書と盗聴器をアメリカ側に引き渡した。以下を参照。"KGB Gives US Devices and Plans Used to Bug Embassy," *Los Angeles Times* (December 14, 1991). http://articles.latimes.com/1991-12-14/news/mn-197_1_eavesdropping-devices

151 ロシアのセルゲイ・ラブロフ外相はフィナンシャル・タイムズ紙への寄稿のなかで「ジョージアの侵攻が始まる数時間前まで、ロシアはジョージアと南オセチア軍の再統合を呼びかける、国連安全保障理事会の声明をとりまとめるべく努力していた」と書いている。以下を参照。"Why Russia's response to Georgia was right," Sergei Lavrov, *Financial Times* (August 13, 2008). https://www.ft.com/content/7863e71a-689e-11dd-a4e5-0000779fd18c

152 以下を参照。"I Would Call Saakashvili Insane," Benjamin Bidder, *Spiegel Online* (May 14, 2009). http://www.spiegel.de/international/world/georgian-opposition-leader-zurabishvili-i-would-call-saakashvili-insane-a-624807.html

153 ジョージア大統領を務めた八年のあいだ、エドゥアルド・シェワルナゼはジョージアのNATO加盟の希望を表明していたが、その一方で政府と経済の汚職をめぐる、さまざまな非難を受けていた。以下を参照。"Shevardnadze Resigns as Georgian President" Fox News (November 24, 2003). http://www.foxnews.com/story/2003/11/24/shevardnadze-resigns-as-georgian-president.html

154 アメリカの機密情報を漏洩したエドワード・スノーデンに一時的亡命を認めたロシアに対して、アメリカは不快感を抱いた。以下を参照。"Defiant Russia Grants Snowden Year's Asylum," Steven Lee Myers, Andrew E. Kramer, *The New York Times* (August 1, 2013). http://www.nytimes.

com/2013/08/02/world/europe/edward-snowden-russia.html

155 ウクライナの反体制派リーダー、ヴィクトル・ユシチェンコは政敵から毒を盛られたと繰り返し主張した。以下を参照。"Yushchenko Poisoned, Doctors Say" *Deutsche Welle* (December 12, 2004). http://www.dw.com/en/yushchenko-poisoned-doctors-say/a-1425561

156 以下を参照。Ukraine protests after Yanukovych EU deal rejection," Oksana Grytsenko, BBC (November 30, 2013). http://www.bbc.com/news/world-europe-25162563

157 ヤヌコビッチ大統領はキエフを発ち、ウクライナ第二の都市で、同国東部における自らの政治拠点であったハリコフに向かった。以下を参照。"Ukraine crisis: Viktor Yanukovych leaves Kiev for support base," Bonnie Malkin, *The Telegraph* (February 22, 2014). http://www.telegraph.co.uk/news/worldnews/europe/ukraine/10655335/Ukraine-crisis-Viktor-Yanukovych-leaves-Kiev-for-support-base.html

158 プーチンはノボロシースクに新たな基地を開設するので、セバストポリの基地を失うことは脅威ではないと述べている。以下を参照。"Russia To Unveil New $1.4 Billion Black Sea Fleet Base Near Crimea," Damien Sharkov, *Newsweek* (July 28, 2016). http://www.newsweek.com/russia-unveil-new-14-bn-black-sea-fleet-base-four-years-484974

159 以下を参照。"Crimeans vote over 90 percent to quit Ukraine and join Russia." 前掲。

160 二〇〇八年二月一八日、アメリカは正式にコソボを独立した主権国家として承認した。以下を参照。"US Recognizes Kosovo as Independent State," Secretary Condoleezza Rice, US Department of State (February 18, 2008). https://2001-2009.state.gov/secretary/rm/2008/02/100973.htm

11

ソ連は何年もかけて人材を評価したが、結局崩壊した

三度目の訪問三日目　二〇一六年五月一一日

「誰にでも、権力を禅譲しなければならない時期は訪れる」

——私の願いを聞き入れて、『博士の異常な愛情』を一緒に観てくださってありがとう。ロシアの首相役はなかなか良かったんじゃないか。

「ありがとう。たしかに考えさせられる映画だな。スクリーンで見るものはすべて架空の話だとしても、現実世界の問題や脅威を連想するような重要な問題を描いている。こと技術については、キューブリックは多くを見通していたと思う」

——「核の冬」、世界の終末という概念は、水素爆弾によって生まれた。戦後、科学者のあいだでは議論があったが、トルーマンはかまわず開発を続けた。この映画はコミュニケーションの問題を描いている。ロシアには「人類破滅兵器」があるが、アメリカは一方的に攻撃を仕掛ける。すべての戦闘機は呼び戻されるが、一機だけ残り、とびきり優秀なパイロットはレーダーシステムをかいくぐって任務を遂行する。

「結局のところ、この映画の時代からほとんど何も変わっていないのだ、とつくづく思うね。唯一違うのは、現代の兵器システムのほうが高度で複雑になったことぐらいで、報復攻撃、システムが制御不能になるといった問題はすべて今日にも当てはまる。今のほうが困難で危険になっただけだ」

私は巨万の富など隠し持ってない

――そのとおりだ。では議論の続きに戻ろう。次の質問はいくつかのパーツにわかれている。経済やオリガルヒに関することだ。あなたのもとでロシアの生活水準が全体として大きく向上したことに疑問の余地はない。ただアメリカの批判は、あなたは集権的で独裁的なシステムを作り上げたというもので、それを「オリガルヒ的国家資本主義」と呼んでいる。かつてのロシア帝政時代や共産主義時代と変わらない、と。その一方、アメリカはあなたが登場する以前の、一九九〇年代のロシアには非常に満足していた。そこへあなたが登場し、一部のオリガルヒを放逐した。そのときのことは初回のインタビューでも話してもらった。モスクワで会議を開き、国民と国家への義務を果たせと伝えたという話だ。

つまり西側の上層部の言い分としては、あなたは古いオリガルヒをロンドンなどに追放する一方、ここ一五年でその代わりとなる新たなオリガルヒを育ててきたのだ、と。それが西側の見方だ。実は私にはロンドンに友人がおり、そこでは信じられないような話を耳にする。ロンドンにいるかつてのオリガルヒは、自分たちはたしかに巨万の富を築いたが、それはあなたの口利きがあったからで、それを可能にしたのはあなたであり、あなたもその分け前にあずかったのだ、と。彼らが責任を他者になすりつけて自らへの批判をかわそうとしているのは明らかだ。だが驚くのは、私の知り合いであるロンドンの知識人までが徐々にそういう話を信じるようになってきたことだ。つまりあなたが世界一の金持ちである、と。[161] ロックフェラーやモルガン、オナシス以来の大富豪だ、と。

——笑ってくれてむしろありがたいが、あなたのような指導的立場にある人はチャベスしかりカストロしかり、みな私腹を肥やしたと批判されてきた。何らかのかたちで、あなたの個人資産を明らかにすることはできないのか。

【プーチンが笑う】

「正直に言って、私には彼らの言うような巨万の富はないよ。まずこのオリガルヒという現象がどういうものであったか、はっきりさせておこう。それには一九九〇年代初頭のロシアがどんな状況にあったのか、思い出す必要がある。ソ連崩壊後、残念ながら政治力によって金儲けをしようとする多くの輩によって民主主義が悪用されるようになった。この民主主義の下では、なんでもありだとみなされるようになった。

私はサンクトペテルブルクからモスクワに移ってきたとき、ペテン師のあまりの多さに驚き、愕然とした。そのふるまいは衝撃的で、私がそれに慣れるまでに相当な時間がかかった。彼らには罪の意識などこれっぽっちもなかった。オリガルヒとは何か？ それはひたすら富を蓄積することを究極の目的に、カネと権力を握って政治的決定に影響を与えようとする人々だ。

一九九〇年代には「七人の銀行家」という暗黙の了解があった[162]。オリガルヒは、ロシア経済の規模は小さいので、それ以上プレーヤーの数は増やせないと主張した。プレーヤーが七〜一〇人もいれば十分である、と。こうした状況は西側諸国から利権の構造とみなされ、現在モスクワに住んでいる者も海外にいる者も含めて、彼らは西側諸国への入国を禁じられていた。ビザを交付されなかったんだ。

だが、ひとたびわれわれがオリガルヒと闘う姿勢を鮮明にすると、彼らはある種の反体制派に変貌した。そして彼ら支配階級に対する西側諸国の姿勢も劇的に変化した。オリガルヒは西側の支援を獲得しはじめた。それまで大変な重罪を犯してきたにもかかわらず、必要とあらば海外への亡命も認められた。いったい誰が私の口利きで金儲けができたなどと言えるのか、さっぱりわからないね。私のおかげと言うなら、なぜいまロンドンにいるんだ？　そんな単純な話じゃないんだ。かつてオリガルヒ・コミュニティを代表する存在であったベレゾフスキー氏は生前、私に許しを請い、ロシアに戻る機会を与えてほしいという手紙を送ってきた。誰から聞いた話か知らないが、たった一度の会話で語り尽くせるようなことではないということだな。

権力を使って私腹を肥やした者たちが、再びこの権力を行使するのを思いとどまらせるためには、一貫性のある厳しい政策が必要だった。私はそれを段階的に進めていったが、とにかく首尾一貫していた。

オリガルヒによる権力の行使がどのように行なわれていたか、わかりやすい例を挙げよう。当時、ある大統領府の職員が新たなポストに就いたとき、ロシア有数の企業のトップがアプローチしてきた。そしてその職員のすることはすべて、自分の管轄下にあると言った。官僚としての仕事だけではなく、個人の金銭的問題まで面倒を見てやろう、と。

私の任務は権力とカネを切り離すことだった。そして違法な手段を用いて経済あるいは政治に影響力を及ぼす行為を止めることだった。全体としてみれば、一定の成功を収めたと思う。ここ一〇年で資産家となった人々はたくさんいる。私が大統領になる以前から知っていた人もいれば、大統領あるいは首相在任時に知己を得た人もいる。いずれにせよ、みな正直かつ公正な手段で財を成した人たちだ。彼らは権力とはなんのかかわりもなく、政府の意思決定に影響を及ぼす能力もない。これがオリガルヒによる支配を防ぐうえで重要な要素だ。なにより重要なのは、二〇〇〇年以降、ロシア経済はほぼ二倍の規模に成長し、そのあいだに民間企業を含めて多くの企業が成長を遂げたことだ。もちろん私の知人ばかりが注目されるが、それは主に権力を奪われた者たちが世論を操作し、政治目的に利用するためにやっていることだ。

権力の乱用や汚職といった問題をわれわれが完全に解決したと言うつもりはなく、今後も継続して取り組んでいく。ただ私はもはやオリガルヒが懸念材料だとは思っていない。彼らは今後もあるべき地位を占めていくことだろう。かつてのようなオリガルヒによる支配システムはもはや存在しない。二〇〇八年の経済危機のさなかに、それまで会ったことのなかった新たな起業家たちの高潔さに触れて驚いた、というのはすでに話したとおりだ。彼らは自らの企業の置かれた状態や雇用の維持に強い責任を感じ、私財をリスクにさらすこともいとわなかった。

今後も法律を順守しながら民間企業を育成していきたいと考えている。現時点ではオリガルヒと権力の問題は、一九九〇年代のように深刻ではない。今はそれ以上に重要な課題がある。富める者と貧しい者との所得格差だ。この格差は不平等の表れであり、国民が所得格差の現状に不満を抱くのも当然だ。今後われわれが取り組むべき任務は、貧困ライン以下で暮らす国民の数を減らすことだ。残念ながらロシア経済が危機的状況にあるなかで、この任務を完遂するのは難しい。それでも二〇〇〇年と比べれば、今は貧困ライン以下で暮らす国民の数はほぼ半減した。二〇〇〇年にはその数は四〇〇〇万人に達していた。今でもまだ多いが、ほぼ半分まで減少した。

このようにオリガルヒについては、私はもはや問題とは認識していない。大企業は自らの分をわきまえ、取り組むべき課題を理解しており、われわれとしても産業界の指導者には敬意をもって接している。政府内で最終的判断を下す前の案件を起業家との会合で議論することもあるが、それはオープンかつ透明性のあるかたちで実施している。特定の産業あるいは金融グループの利益に沿った決定をするために密室で議論することはない。今でも自らの利益のためにロビー活動をする集団が存在することは認める。それを目の当たりにすることもあり、認識はしている。だがわれわれはそれと闘っており、今後も闘いつづけるつもりだ」

もし二〇一八年の大統領選挙で勝てば

――つまりオリガルヒ的国家資本主義など存在しない、と。ではあなたならロシア経済をどう表現するのか。

「市場経済だ。疑問の余地はない。そうでなければWTOの基準を超えられたはずがない。ただロシア経済で国営企業が大きな役割を果たしていることに伴う問題はある。今後は間違いなく、経済の一部セクターにおける国営企業のシェアを徐々に減らす方向に進むだろう。ただ世界を見渡しても一部の経済セクターはたいてい独占事業となっている事実を踏まえ、慎重に進めていくつもりだ。たとえば電力、電気、鉄道、宇宙開発、航空といった産業は、国によって形態や育成の方法は異なるものの、たいていどこでも独占だ。そして政府と直接的むすびつきがあり、支援を受けている。そうした状況はよく理解している。大企業や主要な産業の破壊や消滅を招かないように、経済構造を改善していく」

――つまりキプロスに隠し口座などないと。

「ない。あるわけがない。本当にばかげている。そんなものがあったら、ずっと前に明らかになっていただろう」

――パナマ文書が出てきたときにはどう思った？[163] 見出しにあなたの名前が出ていた。

「パナマ文書が公表されることは事前に把握していた。詳細までは知らなかったので、興味を持って公表を待っていた。ただパナマ文書に私の名前はなかった。私の友人や知人の名はたしかにあったが、彼らは政府の一員ではない。しかも彼らは何の法も犯してはいない。ロシアの法律も他国のそれも。彼らの名前を私と結びつけ、ほかの情報は一切明かさず私の名前だけを見出しにとるだろうということもわかっていた。これを使ってロシアの内政に影響を及ぼそうとする試みにほかならない。

　ロシア国民はかなりリテラシーが高く、知的なので、そういうことはすべてお見通しだ。私はそう信じている。ロシア国民は誰が何をたくらみ、どんな目的を果たそうとしているかをわかっている。私や同僚たちがわが国の経済、社会、防衛能力を強化するためにどのような取り組みをしているか、国民が理解してくれていることに感謝している」

――私の意見を率直に言わせてもらえば、私が金持ちならもっととことん人生を楽しむと思うな。

「私は金持ちになることが大きな幸せにつながるとは思わないんだ。今のロシアのような危機的状況では、資産をどうしよう、どうやって守ろう、どこに置こうなどと思い悩むことになる。頭痛の種になるだけだ。

　あなたは銀行口座に巨額の資金をため込んでいる人より、はるかに豊かだ。自分の意見があり、才能があり、それを世に示す機会があり、すばらしい作品を後世に残せる可能性もある。お金はそのような幸せをもたらしてはくれない。棺桶に入るときに、ポケットにカネを入れてあの世に持っていくことはできない」

――あなたが二〇一八年の大統領選に出馬し、勝利すれば、さらにあと八年、二〇二四年まで権力の座にとどまることになる。二四年にわたって大統領と首相の座にあったことになる。一二年大統領の座にあったルーズベルトよりも長く、五〇年務めたカストロよりは短く、およそ三〇年のスターリンに近い。毛沢東は二七年だ。怖くないか？　権力に慣れてしまわないか。あなたの視点は歪まないか。ロシアは本当にそこまであなたを必要としていると思うのか、体制のなかで後継者を選ぶ健全な競争を促すことはできないのか。中国の一党支配システムは、党内の後継者競争の良い例だ。後継候補は党員としてさまざまな地方に送られ、何年もかけて資質を評価される。

「ソ連体制は何年もかけて人材を評価したが、結局崩壊したよ」

――それはそうだ。

「だから重要なのは選抜のプロセスではない。ロシアが誰かをそれほど必要としているのかという質問があったが、それはロシア自身が決めることだ。外部の者が何らかの選択肢を強制することはできないし、そもそも選択に影響を与えるのはきわめて難しいだろう。ロシア国民は自ら選択する機会を与えられたと感じており、いまさらその権利を取り上げることは誰にもできない。

権力の交代はもちろんあるべきで、その過程では当然、健全な競争が必要だ。ただこの競争に参加するのは、国家の利益を考える者だけであるべきだ。われわれはロシア国民の利益を考える必要がある。繰り返しになるが、二〇一八年の選挙について最終的判断を下すのはロシア国民だ。

そしてまず言っておきたいのは、私は大統領を務めていなかった四年間は首相を務め、メドベージェフ氏が大統領だった。メドベージェフ氏や私に政治的に反対の立場をとる人々が、メドベージェフ氏は傀儡であったと主張しているが、それは真実ではない。メドベージェフ氏は正真正銘、ロシア連邦の大統領だった。彼にとって私の後任を務めるのは特段難しいことではなかったが、彼は決して妥協をしなかった。だからこの四年間、実権を握っていたのを私と見るのは正しくない。そして二〇一八年の選挙については、期待感を持たせるには多少謎めいた部分も必要なので、回答は控えさせてもらうよ」

――それはわかる。「もし出馬したら」の話だ。

「政治は仮定の話じゃない。仮定法を使うのは控えるべきだ」

誰にでも権力を禅譲しなければならない時期はくる

――プーチンさん、あなたが愛情と誇りを持ってロシアに奉仕していることを私は片時も疑ってはいない。あなたはロシアの息子であり、国家のために大変な貢献をしてきたのは明白だ。だが権力には代償がつきもので、誰でもその座に長くとどまりすぎると、自分は国民に必要とされていると錯覚する。そのあいだに自分が変わってしまっても、気づかないこともある。

「たしかに、それは非常に危険な状態だ。権力者が国家や一般の国民との心のつながりを失ってしまったと感じたら、潮時だ。だが繰り返しになるが、最終的には未来の権力者を決めるのは一般市民と有権者だ。そして権力には重責と犠牲が伴うのも疑いようのない事実だ」

――そして権力の禅譲には、大いなる品位が求められる。歴史を振り返れば、支配欲を断ち切り、他の者に譲った偉人の例はたくさんある。

「誰にでも、そうしなければならない時期は訪れる」

——そしてもちろん、民主主義にも常に欠陥はある。アメリカの仕組みはおよそ完璧ではない。カネで権力が買われることもあるのは周知の事実だ。もちろんロシアの仕組みにも問題はあると、他国からは指摘されている。有権者の意向に完全に沿った仕組みだとは誰も言えないだろう。ロシアの有権者にもおそらくさまざまな意見があるだろうし、大きな混乱が生じるリスクは常にある。

そしてあなたも言ったとおり、ロシアが民主主義という実験を始めたのは一九九一、九二年とまだ歴史も浅いことから、次の選挙によってロシアの民主主義がうまく機能していると世界が納得する可能性はきわめて低い。チャベス氏がベネズエラで行ったように、国際監視団を招いてプロセスの透明性をとことん確保するといったことをしない限り。

「誰かに認めてもらうことがわれわれの目標だと思うかね？　われわれの目標は国家を強くすること、暮らしやすく、魅力と価値のある国家にすること、そして目の前の課題に迅速に対応できるような国家にすることだ。国内政治体制を強化すると同時に、国際政治における立場も強めることだ。これがわれわれの追求すべき目標であり、誰かの歓心を買うことではない」

——それは危険な議論で、両刃《もろは》の剣《つるぎ》となる。権力を乱用する者は、常にそれを国家が生き残るためだと主張する。

「今はロシアの生き残りの話をしているわけでも、自らを正当化しようとしているわけでもない。これは非常事態における独裁体制を存続させるか否かといった議論だろうか？　現在ロシアは非常事態でもなんでもない。今必要なのは、国家の安定的、持続的発展を実現することだ。これまで話に出てきたソ連の遺産、帝政時代の遺産といった否定的性向は、すべて過去の話だ。

一方、われわれが過去から引き継いだ肯定的遺産にも目を向ける必要がある。ロシアという国家は一〇〇〇年以上にわたって築き上げられてきた。そこには独自の伝統がある。何が正しく、何が正しくないかという独自の考え方がある。優れた政府とはどうあるべきかという独自の理解もある。さきほど未来のロシアはきわめて柔軟に、目の前の課題に迅速に取り組み、自らを適応させていくべきだという話をしたが、それは過去から受け継いだ優れた遺産を土台として活かしつつ、未来に目を向けることを意味する。

私自身、あるいは他の誰かが権力の座にしがみつくためにこういう話をするのではない。重要なのは経済を成長させ、成長率を維持し、生活の質を高めること、そして危機や政治問題が発生したときだけでなく恒常的に防衛能力を高めていくことだ。権力について、われわれの判断基準となるものは一つしかない。ロシアの法律であり憲法だ。特定の集団や個人の利益をかなえるために憲法が破られたり歪められたりするのは、決して許されることではない。一方、民主的に定められた憲法が順守されているかぎり、その結果には敬意を払うべきだ」

――ロシア憲法がすばらしいものであることは、まったく疑っていない。問題なのは常にその執行だ。私は別にアジア諸国、「アジアの虎」と呼ばれる国々の体制を批判するつもりはない。たとえばシンガポールのリー・クアンユー元首相は、独裁体制を構築し、経済を成長させ、アジア第一の経済大国になると宣言した。非常に現実的だ。韓国も同じ、日本もある程度同じ、台湾はまちがいなく同じ、そして結局は中国も同じ思想に基づいている。中国は非常に強固な一党独裁を築きあげ、大国の仲間入りも果たしたが、明らかに民主国家ではない。だから敢えて民主主義といった美辞麗句を使う必要があるのか、私にはわからない。

「民主国家を装ったり美辞麗句を使ったりする必要などない。ただすでに述べたように、わが国にはロシア憲法という土台がある。これが民主社会や民主国家の憲法にふさわしいか、疑問符が付いたことはない。制定されたときから、そうであるとみなされてきた。ロシア社会を非民主的だと批判する根拠になるような欠陥が、ロシア憲法にあるといった指摘は聞いたこともない。特定の個人や集団の利益に沿うように憲法を歪めたら、疑念を持たれるのも当然だ。しかしそういうことがない以上、ロシアの現状に敬意を払っていただきたい」

――よくわかった。今、何時だろう。

「終わる時間だ」

――（笑）ありがとう。

「これまでの人生、殴られたことはあるかな？」

――もちろん、数えきれないほど。

「ならば初めての経験にはならないな。この作品によって、まちがいなくそういう目に遭うからね」

――それはわかっている。だがそれだけの価値があることだ。この世界に多少の平和と善意をもたらそうと努力するのは意味のあることだと信じている。

「ありがとう」

【ストーンがプーチンにＤＶＤのケースを渡す】

――いずれ観たいと思うかもしれない。

【プーチンはストーンに礼を言い、立ち去りながらＤＶＤケースを開けるが、中に何も入っていないことが判明。全員爆笑】

「典型的なアメリカの手土産だな！」

【アシスタントがプレーヤーからＤＶＤを取り出し、プーチンに手渡す】

161　プーチンの個人資産についてはさまざまな憶測が飛び交っている。オリバー・ストーンはプーチンに対し「世界一の金持ちである」という説の真偽を尋ねる。それに対してプーチンはそんな資産は持っていないと答える。世論においてはこの疑問は未解決のようだ。この問題については二つの関連資料を示す。以下を参照。"Is Vladimir Putin hiding a $200 billion fortune? (And if so, does it matter?)," Adam Taylor, *The Washington Post,*（February 20, 2015）. https://www.washingtonpost.com/news/worldviews/wp/2015/02/20/is-vladimir-putin-hiding-a-200-billion-fortune-and-if-so-does-it-matter/; "Former Kremlin banker: Putin 'is the richest person in the world until he leaves power,'" Elena Holodny, Business Insider（July 28, 2015）. http://www.businessinsider.com/former-kremlin-banker-putin-is-the-richest-person-in-the-world-until-he-leaves-power-2015-7

162　ここでいう七人の銀行家とは、ボリス・エリツィンの大統領への再選資金を出したロシアの大物経営者を指す。ニックネームの「semibankirshchina（七人の銀行家による支配）」は一七世紀の短期間、ロシアを統治した七人の貴族を指す。以下を参照。"Russia bows to the 'rule of the seven bankers,'" *The Irish Times*（August 29, 1998）. http://www.irishtimes.com/culture/russia-bows-to-the-rule-of-the-seven-bankers-1.187734

163　二〇一六年六月七日、パナマの法律事務所「モサック・フォンセカ」が一万四〇〇〇人の顧客に対し、どのようなオフショア企業や銀行口座を使った租税回避を支援していたかを示す一一五〇万件の文書が漏洩した。「パナマ文書」と呼ばれるこれらの資料は、世界の資産家や有名人がどのように資産隠しをしていたかを浮き彫りにした。以下を参照。https://panamapapers.icij.org/20160403-panama-papers-global-overview.html

12

ロシアはアメリカ大統領選挙に介入したか？

四度目の訪問初日　二〇一七年二月一〇日

「もちろんわれわれはトランプ大統領に好感を持っていたし、今もそうだ」

――やあ、みなさん、こんばんは。プーチンさん、どうぞこちらに。私はここに座ろう。初回のインタビューにも来ていたアンソニーを覚えているかな？　アンソニー・ドッド・マントル、今回のドキュメンタリーの撮影監督だ。あなたにはあちらの扉から入ってきていただきたい。

【プーチン大統領が扉から入ってくる】

――もっと奥からお願いできるかな。私が途中で出迎えるかたちにしよう。

「バルコニーから降りてこようか」

――いや、扉からがいい。そのほうが重々しい感じがする。たしか奥にバーがあった、そのあたりでお願いできるだろうか。もっと奥、もっと奥だ。そう、それでよし。準備はいいかな。

【笑いながら】では、お互い初対面のフリをして……数カ月ぶりの再会という感じで行こう。オッケー。アクション！

【しばし間があく】

アクション！　うちのＡＤはどこに行った？「アクション！」をロシア語で大統領に伝えてくれ。何、別の会議に入ってしまった？　おい、勘弁してくれ！

通訳「あなたにお茶を運んでくるところです」

【プーチンが両手にコーヒーカップを持って別室から出てくる】

「ストーンさん、コーヒーはいかがかな？」

――ありがとう。

「ブラックだが、いいかな？」

――ええ、大丈夫。

「砂糖は？」

――ありがとう、大統領。お元気でしたか？　ずいぶんお会いしていなかった。

誰がハッキングしたかは問題ではない

――ここ数カ月、いろいろなことがあった。私の国、アメリカでは大統領選があった。

「それについてはお祝いを申し上げる」

――ドナルド・トランプが勝利した。あなたにとっては四人目かな？　クリントン、ブッシュ、オバマ、そして今回で四人目。

「そうだな」

――何が変わるだろう？

「まあ、ほぼ何も変わらないだろう」

――そうだろうか？　これまで四人の大統領を見てきて、あなたの印象は……。

「もちろん、生きていればいろいろなことがある。だがアメリカは特にそうだが、世界中どこを見ても官僚制度は非常に強固だ。世界を支配しているのは、官僚だ」

――官僚が世界を支配する……どこの国でも？

「多くの国ではね」

――前回こんな話をした。アメリカの安全保障には軍産複合体というべきシステムが存在する、と。

「そうだ。ロシアにも同じようなシステムがある。どこにでもあるさ」

――それを「ディープ・ステート（闇の国家）」と呼ぶ人もいる。

「どんな名前で呼ぼうが、本質は同じだ」

――トランプ氏になって、可能性というか希望はあるだろうか。

「希望は常にあるさ。われわれの葬儀の準備が整うまではね」

――（笑）非常にロシア的だな。ドストエフスキー的だ[164]。大統領選について大変な批判が出ており、西側ではロシアがトランプ氏を勝たせるために介入したというのが通説になっている。

「本当にくだらない言説だな。もちろんわれわれはトランプ大統領に好感を持っていたし、今もそうだ。アメリカとロシアの関係修復に取り組む意欲があると公言しているからだ。いろいろな国のジャーナリストが私をハメようとして、この点を突っ込んできた。そういうときには、いつもこう言うんだ。『あなたは米露関係が改善するのに反対なのか？』と。すると誰もが『もちろん両国の関係改善は望ましい。われわれはそれを支持する』と答える。

ロシアが両国関係の改善を歓迎しないことなどありえない。もちろん関係の再構築を望んでいる。その意味ではドナルド・トランプが勝利して喜んでいる。現実に、つまり実務上、両国関係がどう発展していくかを見きわめるには時間がかかるだろうが。トランプは経済関係の再構築や、テロとの闘いにおける協力について語っていた。それは喜ばしいことじゃないのか？」

——それならなぜわざわざ選挙をハッキングした？

「われわれは断じてハッキングなどしていない。たとえロシアのような大国であっても、他国がアメリカ大統領選の結果に重大な影響を及ぼしうるなどというのは考えにくい。たしかに一部のハッカーが民主党の抱えていた問題を明らかにしたが、それが選挙戦やその結果に重大な影響を与えたとは思わない。正体不明のハッカーはもともと存在していた問題を白日の下にさらしただけで、嘘をついたわけではなく、誰かを欺こうとしていたわけでもない。民主党全国委員会委員長【訳注　デビー・ワッサーマンシュルツ氏】が辞任したという事実が、疑惑が真実であったというなによりの証拠だ。暴露されたことがすべて真実だと認めたことになる。つまり批判すべき相手は、ハッカーではない。これはアメリカの内政問題だ。世論操作をもくろんだ人々は、ロシアを使って外敵のイメージをでっちあげようとすべきではなかった。有権者に謝罪すべきだったが、それもしていない。これはまちがっているが、一番重要な問題はそこではない。全体状況から判断すれば、アメリカ国民が本物の変化を望んでいたのは明らかだ。

特に重要なのは、安全保障、失業問題、雇用創出、さらには伝統的価値観の保護だ。アメリカはやはりピューリタン国家の色彩が強い。少なくとも地方はそうだ。ドナルド・トランプ陣営の選挙運動は、非常によく考えられていた。票がどこにあるか、選挙人がどの州に集中しているか、よくわかっていた。その州の住民が何を望んでいるかも。どうすれば有権者の過半数を押さえて勝利できるかも知っていた。選挙期間中のトランプ氏のスピーチを見ていて、少し行きすぎだと思うこともあった。だが結局は彼が正しかった。彼は国民の心の機微がわかっており、どうすれば心をつかめるか熟知していた。選挙結果に疑問の余地はない。敗れた人々は外部の誰かに責任を転嫁するのではなく、自分の行動やその手法を振り返り、反省すべきだ。
退陣するオバマ政権は、新たに就任する大統領とその政権の行く手に地雷原を用意したと私は思う。新たな大統領が国民との約束を果たすのが難しい環境をつくってしまった。ただいずれにせよ、何か劇的なことが起こるとは予想していない。新たな政権が発足し、ロシア、中国、アジアをはじめ世界各国と対話する準備が整うのを待ち望んでいる。それでようやく新政権は国際問題や二国間問題に対処できるようになるからだ」

——でも知ってのとおり、トランプもロシアが大統領選をハッキングした、と言っている。これは彼自身の発言だ[165]。

「トランプ氏がどういう意味で『ロシアが大統領選をハッキングした』と言ったのか、私にはわからない。トランプ氏は、現在のテクノロジーの水準をもってすれば、誰でもどこでもハッキングなどできる、どこかの国の自宅のベッドに寝そべりながらノートパソコンを操作してハッキングができてしまう、とも言っている[166]。ハッキングの場所を偽装することも可能であり、攻撃の出どころを突き止めるのは非常に難しい」

——ただ私には、これは歴史的な大事件のように思える。民主、共和の二大政党と、ＦＢＩ、ＣＩＡ、ＮＳＡといった諜報機関、さらにはＮＡＴＯの指導部までが一様にロシアが大統領選をハッキングしたという話を信じている。これは大変なことだ。

「それは必ずしも正確ではない。この件に関する文書、公表された分析結果は読んだだろう?」

——あなたは二五ページの報告書を読んだのか?

「ああ、読んだとも。ある情報機関はロシアが介入した可能性は大いにある、と言い、別の諜報機関は可能性はそれほど大きくないと結論づけている。それぞれが行った分析に基づいて結論を導き出しているが、具体的なものは何もない。明確な結論はない。

どうだろう？　私にはこれは正しいこととは思えない。イデオロギーというか、反ユダヤ主義のような特定の民族に対する憎しみに通じるところがある。問題の対処方法がわからないとき、問題を解決する能力がないとき、反ユダヤ主義者は自らの失敗を常にユダヤ人のせいにする。ユダヤ人にすべての罪をなすりつける。ロシアに対しても同じだ。何か起こると、いつもロシアのせいにする。自分の過ちを認めたくないから、責任をロシア側に押しつけようとするんだ」

カルタゴとローマは協調すべきだった

――たしかマケイン上院議員が今日か昨日、先手を打ってトランプがロシアに対する制裁を解除できないようにする上院決議を提案した。

「残念ながらアメリカにはそういう上院議員がたくさんいる。同じような考えを持った上院議員がね。それほど多くはないかもしれないが、依然として何人かはいる。でも率直に言って、私はマケイン上院議員に多少の好感を抱いているんだ」

――（笑）おやおや。

「本気で言っているんだ。マケイン議員が愛国主義者であること、一貫して自国の国益を守るために闘っているところには共感できる。古代ローマの政治家マルクス・ポルキウス・カトー・ケンソリウスは、どんな演説も必ず『とにかく、カルタゴは滅ぼさなければならない』と締めくくった。ローマ人にはハンニバルを憎む正当な理由があった。第二次ポエニ戦争のさなかにはローマまであと一一〇キロメートルのところまで迫った。

ロシアとアメリカは、カルタゴとローマのように直接対決したことは一度もないが、最終的にローマが勝者となった後、どうなった？　ハンニバルは自害した。そしてローマもおよそ六〇〇年後には蛮族に攻め込まれて崩壊した。ここには学ぶべき教訓がある。カルタゴとローマが闘うのではなく、共通の敵に対して共闘することに合意できていたら、ハンニバルは自ら命を絶つ必要もなく、ローマ帝国も存続しただろう。あなたが名前を挙げた上院議員のような人々は、いまだに古い世界に生きている。未来に目を向け、世界がどれほど急速に変化しているか認めるのを嫌がる。本当の脅威を見ず、いつまでも過去にとらわれている。

ロシアはアメリカの独立戦争を支援した。第一次、第二次世界大戦では同盟国だった。今日も国際テロ組織など共通の敵に直面している。世界的な貧困、さらには人類にとって真の脅威である環境破壊とも協力して闘わなければならない。そしてわれわれは世界全体への脅威となるほど大量の核兵器を貯め込んでしまった」

――ロシアは今、大変な裏切りのそしりを浴びている。大きな罪を着せられ、それをメディアが繰り返し伝えるなかで、アメリカではすっかり既成事実となり、自明のことととらえられるようになった。ロシアは大統領選をハッキングしたので、トランプはクレムリンに借りがあり、もはやその言いなりである、と。その結果は明らかで、ロシアとの関係正常化など不可能だ。たとえトランプ氏が関係を修復したいと思っていても、非常に難しい。

「すでに言ったことの繰り返しになるが、アメリカ大統領選の結果にロシアが影響を与えたなどという議論はすべて嘘だ。だがロシアが情報を操作したというキャンペーンには、さまざまな目的がある。第一に、トランプ大統領の正当性に疑問符をつけること。第二にロシアとアメリカの関係正常化を困難にすること。そして第三に、アメリカの国内政治をさらに混乱させる材料にすること。こういう意味では、米露関係は単なる手段、アメリカの国内政争の具にすぎない」

——だが現状にいらだちを感じている人も多い。アメリカ国民と話していると、このロシアに対するハッキングの嫌疑はナンセンスだという声を聞く。でっちあげだ、と。民主党全国委員会に関する情報を持ち込んだのは特定の国家ではない、というウィキリークスのジュリアン・アサンジの発言に納得する人も多い。アサンジはそう断言しており、過去の実績を振り返ってもそれは信頼できる。私の知るかぎり、アサンジはウィキリークスを結成した二〇〇六年以降、自らの活動方法を完全に公開してきた。

以上を前置きとして、次の質問をしたい。多くのアメリカ人がロシアは公の場で十分な反論をしていない、もっと自己弁護の努力をすべきだという不満を感じている。たとえば例の二五ページの報告書を破り捨て、そこに書かれた誤りを一つひとつ指摘するなど、公の場で自らに対する非難に堂々と反論すべきだと。なぜそうしないのか。

「いいかね、これはアメリカの国内政治の駆け引きなんだ。そんなものに巻き込まれたくない。アメリカにもロシアのハッカー攻撃という主張がでっちあげだと考えている人が多いというのは、ありがたいと思う。だがその一方、そういう考えを広め、このばかげた認識を表明して政争の具にしようとしている輩もいる。われわれが否認したところで、やめないだろう。われわれの言い分を新たな口実として利用し、キャンペーンを続けるだけだ。そういうやり口はもうわかっている」

——彼らのやり口がわかっているなら、サイバー戦争について何らかの声明を出すとか、なぜロシアによるハッキングが不可能なのか、なぜ痕跡がないのかなど具体的主張を示せばいい。やり方はいろいろあるじゃないか。今のロシアは、こうした非難に対して抗弁する気がまるでないように見える。さまざまな非難を受けているのに、まるで気にしていないようだ。

「まさにあなたの言うとおりだ。われわれは特段こうした非難を懸念していないし、気にかけてもいない。これはアメリカの国内問題だ。もう一度言おう……ぜひ多くの人に聞いてもらいたいが、ハッカーの正体が何者であろうと、大統領選挙の帰趨《きすう》に重大な影響を与えることなどできなかったはずだ。彼らが何かを明らかにしたのだとしたら、それはアメリカ政界に実在する問題を白日の下に晒したにすぎない。ハッカーが嘘をついたわけではないし、何かを捏造したわけでもない。さまざまな政治勢力は、問題が存在することを明らかにしたハッカーを責めるのではなく、こうした問題に自ら対処するべきだ。ハッカーの居所がどこなのか、ロシアなのか南米なのか、アジアなのかあるいはアフリカなのか、そんなことは重要ではない」

アメリカこそ二〇一二年のロシア大統領選挙に介入した

――サイバースペースに、ロシアが潔白を証明するのに使えるような何らかの証拠はないのか。

「われわれが犯人であるという証拠はない。それが最大の証拠であり、われわれの最大の抗弁だ。あなたが先ほど挙げたＮＳＡとＣＩＡの報告書には、具体的事実が一つもない。示唆や推測、一方的主張を並べ立てているだけだ」

――それはそうだが、ロシアにはもっと効果的な対応ができるように思えてならない。もちろん難しいのはわかるが、ロシアの対応には熱意が感じられないというか、批判に対する憤慨や怒りといったものが感じられない。大人の対応として、アメリカ国民の心に響くような言葉でロシアの立場を理解させようといった努力がまるで見えないんだ。

「それこそ今まさに私がしていることだ。ロシアの立場をわかりやすく説明しているだろう」

――もっとそうした努力があれば、と思う。ところで今は新政権の立ち上がりを待っているところだと言ったが、知ってのとおり、トランプ氏はアメリカの軍備強化を再三主張している。核兵器と通常兵器の両面だ。私には本当に理解しがたい話だ。どうやって軍事予算をこれ以上増やすというんだ？　だがそれこそまさにトランプ陣営の主張だ。軍事費を増やす、と。

「すでにこの件についても議論したと思うが、アメリカの軍事費は世界中のほかの国をすべて足し合わせた金額を上回る。その額は六〇〇〇億ドルを超える[167]」

――トランプ氏の増額要求は幼稚で不安にならないか。

「アメリカを含めて、あらゆる国の軍事支出の増額には不安を感じる。それがロシアの安全保障にどのような影響をおよぼすかを常に分析しなければならない。アメリカの納税者もこの点については考える必要がある。それだけの支出にどれだけの有効性があるのか。現在の経済情勢においてどのような意味を持つのか。軍事以外にも、医療、教育、年金制度など支出すべき分野はある。

対処すべき社会問題は他にもたくさんある。たとえば政府債務は約二〇兆ドルに達する。いずれも何らかの手を打たねばならない問題だ。そもそも軍というのは、国から割り当てられる予算に常に不満を持つものだ。必ずもっと増やせと要求する。正直言ってロシアでも国民生活に関する省庁、防衛省、財務省のあいだでまったく同じ議論がある。どの国も同じだ」

――今後数カ月でトランプ氏と会える見込みは？

「いずれは会うことになるだろう。だが別に急ぐつもりはない。アメリカの新政権はまだ構築途上にあり、重要な問題に対する自らの立場を固めている最中だ。トランプ大統領が自らの盟友やパートナーたちとともに、アメリカにとって最も重要な問題について立場を決めていくことはよくわかっている。諜報機関、国務省、軍とも協議しなければならない。共和党、民主党とも協力しなければならないし、検討しなければならない要素はたくさんある。だから新政権が落ち着いて実務に取り組める状態になったら、こちらも対応するつもりだ」

——ロシアが大統領選挙をハッキングしたと主張する諜報機関とどうやって協力していくのか。袋小路だ。

「いや、袋小路などではない。個人の力量の問題だ」

——トランプ氏がウクライナに関する、そしてシリアに関する機密資料すべてを要求し、問題の根源を理解することができたら、彼の考えが変わる可能性はないか。

「そういう可能性はあると思う。だが繰り返しになるが、トランプ氏も一定の枠組みのなかで仕事をせざるを得ない。われわれはみな大人であり、世の中がどういうものかわかっている。もちろんトランプ氏が問題の本質を理解し、独自の現状認識を持ってくれればと期待しているがね」

——そうなるといいんだが。

「私もそう思う。二人で意見の一致する点を見つけ、互いに理解しあえればと心から望んでいる」

——次のG20の会合はいつかな？

「夏だろう。七月だ」

――七月となると、それがトランプ氏との初会談になるのかな？

「そうかもしれない」

――これまで電話では二回話したと思うが。

「そうだ。就任式前に一回、そして就任後に一回だ」

――そこではテロに関する議論もしただろう。

「テロとの戦い、北朝鮮、核軍縮について話した。ウクライナ問題にも触れたし、もちろんロシアとアメリカの関係に新たな一ページを開こうということでも合意した」

――テロリズムについては、アメリカの諜報機関はロシアの立場とは一致しないようだ。本質的にアメリカの諜報機関は政治色が強まっている。

「実はオバマ政権とはシリア問題で協力することでほぼ同意したんだ」

――ほぼ？

「そうだ。シリア地域の戦闘機の飛行の安全確保において協調することで話はまとまった。だが残念ながらそこまでだった。そこから先には進めなかった。合同作戦に合意する意欲は双方にあった。具体的にはロシアの情報とアメリカの情報に基づいて、テログループの居場所を特定することだ。また戦うべき標的も合同で特定すべきであったし、合同攻撃についても合意の可能性はあったと思う。合意は達成間近だったが、おそらく何らかの政治的理由から、最後の最後でアメリカのパートナーはこのプロジェクトを断念した」

――トランプ氏はイランについては非常に厳しい発言をしてきた。アメリカ人の多くが世界で最も悪質なテロ組織はイラン政府だという政府の公式見解を信じているが、プーチンさん、あなたはそれには反対の立場だ。一方、最も悪質なテロ組織はサウジアラビア政府だと考えている人もいる。これはシーア派とスンニ派の対立にほかならない。

スンニ派を支援し、シーア派に批判的なアメリカ人が多く存在する反面、問題の元凶はスンニ派であり、アメリカはサウジとの同盟関係を見直すべきだと考える人も多い。いずれにせよサウジアラビアとイスラエルはアメリカの非常に強固な支援を受けており、そこが変わらなければこの根本的な対立も、またロシアとアメリカの対立も継続することになる。

「諸悪の根源となるような世界的宗教など存在しない。イスラムにはさまざまな宗派や分派があるなかで、主流となっているのがシーア派とスンニ派だ。たしかに今、この二つの宗派のあいだには深い分断があるが、私は遅かれ早かれその分断は乗り越えられると考えている。ロシアはすべてのイスラム国ときわめて友好的な関係を築いている。二〇〇三年からイスラム諸国会議機構のオブザーバーも務めている。それはロシア国民の一五%がイスラム教徒だからだ。

私自身、イスラム諸国会議機構の首脳会合に一度参加したことがある。ロシアがシリアの正当な政府を支援することが、スンニ派との対立につながることを期待する者がいるのはわかっている。だが実際にはそうなっていない。これについて興味があれば、もっと詳しくお話ししよう。

イランの核問題に対するロシアとアメリカのアプローチの違いについて言えば、本質的な違いがあるか見きわめるには、アメリカの国務省レベルあるいは諜報機関レベル、そして国家安全保障会議レベルと議論する必要がある。なぜならロシアもアメリカも、公式見解を表明するだけでは不十分だからだ。アメリカ側からは公の場で語れる主張だけでなく、本音を聞きたいと思っている。アメリカとの建設的でプロフェッショナルな対話を望んでいる。われわれの立場にも耳を傾けてもらいたい。前政権とはこうした問題についてたくさんの合意点を見いだすことができた。新政権についてもその可能性を否定するつもりはない。共通認識を持てるところも出てくるだろう。そのためにはことの本質について、実のある対話をする必要がある」

——なるほど、それはわかる。アメリカは二〇一二年のロシア大統領選挙に介入しただろうか。

「二〇〇〇年も二〇一二年も、介入は毎回あった。特に二〇一二年の介入はあからさまだった[168]」

——たとえばどういうことか。

「詳しい話は避けるが、一つ例を挙げれば、パートナーのアメリカは介入の事実を把握しており、われわれも申し入れをした。私はオバマ大統領とジョン・ケリー国務長官にこの問題を伝えた。特定の国、つまりこの場合はロシアに駐在する外交官が、その国の選挙にこれほどあからさまに介入するというのは本当に信じがたいことだ。反体制派を応援し、集会を資金援助した。外交官の本来の任務は違うはずだ。二国間の良好な関係を築くことだろう。NGOなら国籍や出身国にかかわらずさまざまな活動を行ってもいいが、NGOのなかにもアメリカ国務省が直接あるいは間接的に管理する団体から資金を得ているものが多い」

——ウクライナの話か？

「ウクライナだけの話ではなく、かつてソ連が支配していた東欧、アフリカや南米などの国々でも同じことが行われている」

——たしかに。

アメリカは日本が同盟国でなくなった時に備えマルウェアを仕込んだ

――二〇一二年のロシアの大統領選挙にはサイバー攻撃はあったのか。

「率直に言って、それにはあまり関心がない。ロシアには対処すべきもっと重要な課題がある。われわれのパートナー諸国は自分たちだけの世界に生きていて、ロシアをはじめ他国の現実をまるで理解していないように思う」

――これははっきりさせておきたい。サイバー戦争は現実に起きている。始まったのは数年前だ。アメリカは絶対に認めないが、二〇一〇年にはコンピュータワームの「スタックスネット」をイランに埋め込むのに成功した[169]。

「われわれもそれは認識しているし、アメリカ国家安全保障局（NSA）のやり方もわかっている。スノーデンの告発のおかげでね。そしてスノーデン氏の話はメディアからも伝わる。スノーデン氏は必要と思うことはメディアに伝えるからだ。情報伝達のためにインターネットも使う。だから世界中が彼の話を知っている。市民の私生活や政治指導者の私生活が監視されていることが明らかになったが、これは非常にまずいやり方だと思う」

――しかしサイバー戦争とは、監視のことではない。監視と同じぐらい、当たり前のように行われているのは事実だが。私の撮影した映画『スノーデン』[170]のなかで、スノーデンが二〇〇七年から〇八年にかけて日本にいたときの話をしている。NSAが日本の当局に、国民をスパイしようと持ち掛けた。日本側は断ったが、NSAはかまわず実行した。それだけでなくアメリカは日本の通信システムを調べあげ、日本が同盟国でなくなった事態に備えてマルウェアを仕込んだ。スノーデンはブラジル、メキシコのほか、ヨーロッパの多くの国で同じようなことが行われたと証言した。同盟国に対してこういうことをしているとは本当に意外だった。

「アメリカはあまりに手を広げすぎているからだ。注意を払うべき問題が多すぎる。しかも世界中、あらゆる場所が守備範囲だ。国防総省が安全保障と防衛にかけている金額は、六〇〇〇億ドルの防衛費にとどまらない」

――いや、話をそらさないでほしい、これは大事な問題だ。他人事のような口ぶりだが、ロシアはサイバー戦争の威力とアメリカに何ができるかを重々承知しているはずだ。アメリカが日本のインフラにマルウェアを仕掛け、発電所や鉄道を破壊し、国を停電させて機能停止に陥らせようとしていることを私が知っているぐらいなら、ロシアの認識ははるかに先を行っているはずだ。サイバー戦争の危険を認識し、かなり以前からそのような事態がロシアで起きないように手を打っているに違いない。ロシアがアメリカの仮想敵の一つであるのは明らかなのだから。

「あなたはおそらく信じないだろうが、妙な話をしよう。一九九〇年代初頭以降、われわれは冷戦は終結したと考えていた。ロシアは民主国家になった。自らの意思で、旧ソ連邦の共和国の独立を支援した。このプロセスを開始したのは、ロシア自身だ。旧ソ連に属していた共和国に主権を付与することを、われわれのほうから提案した。

またロシアは世界のコミュニティの一員となったという自覚から、追加的な防衛措置はもはや不要になったと考えた。ロシア企業、国家機関、行政機関はハードウエアもソフトウエアもすべて外国から購入していた。アメリカやヨーロッパから購入した設備を諜報機関や防衛省でも使っていた。ただ近年はそうした行為のはらむ危険性も当然認識するようになった。技術面での独立と安全保障を確保する方法を検討しはじめたのは、本当にここ数年のことだ。言うまでもなく、十分な検討をして適切な措置をとっている」

――スノーデンの言うように、アメリカが二〇〇七年か〇八年には日本でそうした行為を、つまり同盟国にマルウェアを仕込むようなまねをしていたのだとしたら……私が何を言わんとしているかわかるだろう？　中国、ロシア、イランなどではいったい何をしていただろう？　要するに、ロシアは二〇〇七年にはアメリカがマルウェアを仕掛けていることを認識していたはずなんだ。二〇〇七年、〇六年、〇五年にはロシアに対する攻撃があったんじゃないか。

「当時はそこに関心を払っていなかった。ロシアの核兵器の工場にすら、アメリカのオブザーバーを常駐させていたぐらいだ」

——それはいつまで？

「二〇〇六年まではいたと思う。正確には記憶していないが。ことほどさようにロシア側はかつてないほど西側を信頼し、オープンだった」

——なるほど。その後何が起きた？

「残念ながら、向こうはそれを理解しなかった。ロシアのそうした姿勢を認め、評価しようとはしなかった」

——ロシアはいつからサイバー能力の強化に乗り出したのか。

「この取り組みには長い歴史がある。まずは他国に追いつかなければならなかった。もともとロシアにはすばらしい土壌があった。教育水準は非常に高く、数学教育の質はきわめて高かった。アメリカで活動するロシア人科学者の多くは卓越した業績を残した。三、四年前に何もないところから始めた複数の企業が、いまやソフトウエア市場で高い競争力を持ち、年間売上高が数十億ドルを超えるようになった。ハードウエアの開発にも積極的に取り組んでいる。独自のスーパーコンピュータの開発も始まった。この分野は急激な発展を遂げている。防衛と安全保障のためだけではなく、科学と経済の振興のためでもあるが」

――だがスノーデンによると、アメリカは二〇〇八年か〇九年には中国にサイバー攻撃を仕掛けていた。彼がロシア側のサイバー能力を把握していたとは思わないが、ロシアはアメリカと常に闘っている。サイバー戦争という見えない闘いにも従事しているはずだ。私の想像に過ぎないがね。アメリカはロシアにさまざまな攻撃を仕掛け、ロシアはそれに対して防衛する一方、自らもアメリカに攻撃を仕掛けているだろう。合理的に考えればそうだ。単なる思いつきではなく、それが当然だろう。

「攻撃のあるところには、常に反撃がある」

――この問題についてのあなたの反応は、どうも不自然だな。まるで鶏小屋から出てきたキツネのようだ（笑）。

「残念ながら鶏小屋は空っぽだったよ」

――数週間前のRT【訳注　旧称ロシア・トゥディ　ロシアから発信される24時間ニュースチャンネル。六カ国語で放送し、全世界100カ国で視聴可能】で、気になる報道を見た。その話題は一日か二日でぱたりと消えてしまったが、ロシアの主要銀行六行を標的としたボットネット【訳注　サイバー犯罪者が悪意あるプログラムで多数のコンピュータを乗っ取り、ネットワーク化したもの】による攻撃に、二〇カ国以上が絡んでいたという内容だった。[171] 私はRTでこの報道を見たが、非常に大規模な攻撃だし、アメリカが仕掛けた可能性がある。攻撃が起きたのは大統領選挙の後だ。アメリカによるロシアの銀行システムに対する攻撃というのは、説得力のある説明に思える。だが報道がぴたりとなくなったので、あなたがこの件を認識しているかわからないが、この話はどうなったのか。事実なのか？

「報道がなくなったわけではない。たしかにそのような攻撃が計画されているという報道があった。一〇〇%起こるという確証はなかったが、銀行業界は念のためメディアに知らせたのだ。さらに顧客企業や市民にも、そのような攻撃の可能性があり、差し迫っていることを知らせた。そして市民に、不安や混乱に駆られて、銀行から預金を引き出したりしないよう呼びかけた。銀行は事態を掌握している、と。市民が不安を感じる理由はないが、攻撃が起きた場合にはそれがロシアの金融システムを混乱させるためのハッキング攻撃によるものだと知らせておく必要があると考えたのだ。アメリカのしわざだと主張するつもりはない。その裏付けとなる証拠はないからだ」

――あれは壮大な企てだった。最初にバイデン副大統領が「ロシアが大統領選のあいだにこちらを攻撃したのと同じやり方で、われわれはロシアを攻撃する」[172]と発言した。同じ方法で、しかるべき時期に、と。おおよそそんな内容だったと思う。オバマ大統領もそれに同調して、大統領選のハッキング、具体的に何という言葉を使ったか覚えていないが、攻撃には対応をとると言った。とんでもない発言だ。副大統領や大統領としては、かなり踏み込んだ発言だ。二人とも軽々しい人間ではない。就任式の前に何かあったはずだ。

「もちろんこのような高い地位にある人間が、このような発言をするのが好ましいわけがない。あなたの言ったとおり『しかるべきタイミングに行動をとる』という趣旨の発言だった。理由は二つあったと思う。一つは選挙結果に異を唱えるためだ。しかるべきタイミングに、とは言ったが、オバマ政権に残された時間はほとんどなかった。誰かの気を悪くさせたり侮辱するつもりはないが、正直に言って最近の様子を見ていると、ソ連時代の共産党政治局を思い出すね。互いに勲章を贈りあったときなど、かなり滑稽だった」

――そのたとえはよくわからないが。

「オバマ大統領が副大統領を表彰していただろう。何かメダルのようなものを贈っていた。それを見て、かつてのソ連共産党政治局の面々を思い出したよ。互いに勲章やメダルを贈りあっていた。あれを見たとき、この政権はもう時間切れで重大な判断を下すことはできなくなったとわかった」

——あなたはたいしたことではないように言うが、アメリカがサイバー戦争につぎ込んだ金額やそのサイバー部隊の存在を考えれば、私には重大な脅威に思える。実際に何かあったのに、アメリカとの微妙な関係に配慮してそれを明らかにしたくないために、敢えてつまらないことのように扱っているような印象を受ける。

「アメリカが何もできなかったことにがっかりしているのか？　それともサイバー戦争に投じられたアメリカ国民の血税を惜しんでいるのか？」

——違う、私はサイバー戦争は熱い戦争につながる可能性があると考えているんだ。過去を振り返ると、その可能性は高いと思う。知ってのとおり、「スタックスネット」のおかげで世界が大混乱に陥るところだった。これは本当に危険な火遊びだと私は思っている。

「非常に危険なことだ」

——そのとおり。いずれにせよ、あなたが重要な情報を握っているのは明らかだが、公表したくないようだ。

「そうだ。大変な秘密だ。最高機密さ」

サイバー戦争に対する歯止めを米国に提案した

――(笑)そうだろうな。だがわれわれは今後もこの能力をコントロールしつづけられるだろうか。イランで起きたことはある意味、一九四五年に広島と長崎で起きたことと同じぐらい重大な事象になりえたと私は思う。あれは新たな時代の始まりだった。

「広島と長崎で使われた兵器によって、人類史に悲劇的な一ページが加わった。恐ろしいジニーをランプから出してしまったんだ。あの時点ですでに敗北が決まっていた日本に、核兵器を使う軍事的意味はなかったというのがわが国の軍事専門家の見方だ。スタックスネットと核兵器を同一視するのは行き過ぎだと私は思う。しかしこの分野で一定の行動規範を設けなければ、あなたの言うように攻撃の連鎖から非常に重大かつ悲劇的結果が生じないともかぎらない」

――これは誰が始めたのかわからない、隠れた戦争のように思える。攻撃の背後に特定の国家がいるのか、たとえばソニーをサイバー攻撃したのは北朝鮮だったのかは、誰にもわからない。ただ噂が駆け巡るだけだ。だがロシア全土の明かりが一瞬にして消えたら、たとえばロシアの送電網の一部が突如ダウンしたら、ロシア国民は大変な恐怖に襲われるだろう。アメリカでも同じことだ。そして犯人は誰にもわからない。隠れた戦争だ。

「ロシア国民に不安を植えつけることなど不可能だ」

――(笑)おっと。

「それが私が言いたいことの一つ目だ。そして二つ目は技術的に高度に発展した経済国ほど、この手の攻撃には脆弱だ。いずれにせよ、これは非常に危険なトレンドだ。競争の舞台としては非常に危険で、共通の指針となるなんらかの国際ルールが必要だ」

――国際条約だな。

「こういう話はしたくないが、あなたが聞くのだから仕方がない。そちらが言わせているんだからな。一年半前、つまり二〇一五年の秋、われわれはアメリカのカウンターパートにある提案を出した。この問題をじっくり検討し、順守すべきルールを条約あるいは合意のかたちで定めようと提案したんだ。国連にも同様の提案を出した。だがアメリカは反応しなかった。沈黙を守り、何も返答してこなかった。オバマ政権の終了間際にこちらから国務省と連絡を取ったところ、この問題について議論を再開する用意があると言われた。だがロシアの外相はもう残り時間は少ないため、新政権と議論すると伝えた。これは近い将来、ロシアとアメリカがともに取り組まなければならない非常に重要な案件の一つだ」

——もしかしたら、これはあなたとトランプ氏が議論を開始し、大きな成果をあげられる分野かもしれない。

「これは両国が協力して取り組まなければならない問題のほんの一例だ。これが非常に重要だという点では、私もあなたと同意見だ。しかし繰り返しになるが、われわれが提案を出したにもかかわらず、これまでアメリカのパートナーからは何も言ってこなかった。こちらが提案を出したのは、大統領選挙が本格化する前のことだ」

【しばらく休憩をとった後、午後一一時にプーチン氏とストーン氏が通訳を伴ってクレムリンの廊下を歩いている】

——本当に大きな宮殿だ。暖房はどうしているのかな……いや、答えなくて結構。

「そうだな、もっと簡単な質問にしてくれ。どういう仕組みかわからないが、薪を使っていないことだけはたしかだ」

——サイバー戦争についての議論を終わらせよう。ほんの数週間前ここモスクワで、主席捜査官が逮捕された。容疑者は顔に袋をかぶせられ、勤務先から連行されていた。

「ハッカー集団が摘発されたんだ」

――だが容疑者は政府職員だった。

「いや違う、民間人だ。ハッカーだ」

――三人が逮捕され、私の聞いた噂では、アメリカ人と共謀していた、と。

「それは知らない。私にわかっているのはハッカー集団が逮捕されたということだ。個人や私企業の銀行口座を攻撃し、金を盗んでいたんだ」

――つまりあなたはこれを民間の事件であり、アメリカとロシアをめぐる状況とは関係ないと考えていると。ちなみに運動のために、この廊下を歩いたりしないのかな？

「いや、ここにも小さなジムがあるんだ」

――夜間、一人でこの廊下を歩くことがあるのか？

「夜ここは歩かない」

ロシアもマス・サーベイランスを始めるのか？

――前回お会いしたとき、マス・サーベイランスの話をした。そのときあなたはそれに合理性はなく、有効なやり方ではない、と言った。その後、ロシアでは新たな法案が成立し、あなたもそれに署名したと思う。ロシアで「ビッグブラザー法」[173]と呼ばれるもので、あなたが強く批判したアメリカの手法とまったく同じタイプのサーベイランスを可能にする内容だ。

「それは正確ではないな。説明しよう。別に秘密でもなんでもない」

――前回マス・サーベイランスについて議論したときには、あなたはそれに反対で、アメリカのやり方に非常に批判的だった印象がある。テロ防止には有効な手段ではなく、私の映画『スノーデン』でも指摘したように、テロリストに対して最も有効なのは無差別的ではなく選択的標的化だ。だがそうした会話をした後、ロシアでは新たな法律ができて、あなたも署名したと聞いて驚いた。ここロシアにいるスノーデンもそれを批判している。私には意外感があったのだが、この件についてどう考えているのか。

「まずあなたが今言った新たな法律は、世界中の誰彼かまわずサーベイランスの対象とすることを合法化するものではない。まったくそんなことは認めていない。この法律の目的はまったく別のところにある。今話に出たスノーデン氏は、ＮＳＡとＣＩＡが世界中の市民や政治指導者、同盟国に対してサーベイランスを行っていたことを暴露した。

一方、今回われわれが採択した法律は、データ、すなわち情報をこれまでよりも長い期間保存することを義務づけている。インターネットサービスや通信サービスを提供する事業者は情報を保存しなければならない。ただ諜報機関や警察が個人情報や重要情報を入手できるのは、裁判所が認めた場合に限定されている。諜報機関や警察が裁判所に根拠を提示し、裁判官が個人情報を提供すべきか否かを判断する。特殊機関が民間企業から自由に情報を入手することはできない。このような法律はアメリカ、カナダ、オーストラリアをはじめ、多くの国に存在する。私はこれは正当なものであり、テロとの戦いに必要だと考えている。何もせずにデータが削除されてしまえば、犯罪の容疑者を追跡する機会が失われてしまう」

――だが、なぜ？　なぜこんなことをする必要があるのか。ロシアには重大なテロの脅威などなさそうだ。新法はまるでロシア国民に対する捜査網のようだ。

「もう一度繰り返すが、警察や特殊機関が情報を入手できるのは、裁判所が許可した場合だけだ。法律は通信会社やインターネットサービス会社に情報をこれまでより長い期間保管する義務を課す。しかし特殊機関にこの種の情報を自由に入手することを認めるものではない。反対に民間企業のほうからこうした情報を特殊機関に提供することもない。

なぜこの法律がそれほど重要なのか？　考えてみたまえ。すでにシリアの話はしただろう。残念ながら今、シリアにはＩＳなどのテロ組織のメンバーとして戦闘に加わっているロシア国民が四五〇〇人いる。また旧ソ連に属していた中央アジアの国々からはさらに五〇〇〇人が入っている。彼らはロシア国内にさまざまな人脈を持っており、テロ攻撃も計画するだろう。[174]昨年、ロシアの特殊機関は四五件のテロ攻撃を阻止した。幸い、現在は深刻なテロ活動は起きていないが、それはテロリストが攻撃をしかけていないからではなく、幸運なことに特殊機関が未然に防ぐことに成功してきたためだ。だがロシアはこれまでたびたびテロリストから攻撃を受けており、国民もそれをよく覚えている。過去には甚大な被害を被っており、われわれには国民を守る義務がある」

――この法律はグーグルの活動と何らかの関係があるのだろうか？　ヨーロッパに蔓延しているようなグーグルに対する不安というかパラノイアと何らかのかかわりはあるのか？

「そうしたパラノイアについてはよくわからないが、テロリストがそのようなコミュニケーション・チャネルを使うことは認識している。ときにはクローズド（閉鎖的）なコミュニケーション・チャネルを使うこともある」

――膨大な情報を蓄えるのには莫大なコストがかかるので、対象となる企業には財務的負担が非常に大きいと聞いている。

「それはかなり誇張されているな。たしかに数兆ルーブルはかかるだろう。だが専門家の意見では、政府が必要な対策をとれば、コストは数千億ルーブルまで圧縮できると聞いている」

――驚いたな。

「この法律に署名したとき、私は政府機関に、対象となる企業への財務的影響を抑えるための方策を検討するよう指示した」

――そうしたほうが良さそうだ。

ロシアの国防費はアメリカの国防費の一〇分の一

――アメリカと中国は南シナ海の領有権をめぐって深刻な問題を抱えている。これはロシアにとっても懸念材料に違いない。この件について、中国の国家主席と何らかの話し合いはしたのか。

「いいや、簡単に触れたかもしれないが、一般的な話だけだ。この問題に対するロシアの立場は明確だ。あらゆる地域紛争や問題はその地域の国々の話し合いによって解決されるべきだ、と。外部からの干渉は必ず非生産的結果を招く。私の知るかぎり、中国は地域の国々とそうした対話を行っている」

――ただ地域の国々は、自らを非力だと考え、アメリカの核の傘に頼ろうとする。

「それはどうかな。フィリピンはすでにそのような発想と決別したと思うが」

――たしかに。あなたにはまた違う見解があるようだ。

「知ってのとおり、この問題は常設仲裁裁判所（ＰＣＡ）にまで持ち込まれた。その手続きを開始したのはフィリピンだ」

――それは問題の解決になるだろうか？

「私はそうは思わない。理由を説明しよう。ＰＣＡの判断が承認されるためには、いくつかの条件を満たす必要がある。第一に、すべての関係国が裁判所に申請しなければならないが、中国は申請していない。第二の条件はＰＣＡが紛争に関係するすべての当事者から聞き取りをすることだが、中国はＰＣＡから呼ばれておらず、立場を主張する機会を与えられていない。だから私はＰＣＡの判断が正当なものとして承認されることは難しいと考えている。

ただ繰り返しになるが、フィリピンの現政権はＰＣＡの判断に固執していない。いまフィリピンはこの件について中国との対話を目指している。私はそれが解決に向けた最適な道だと思う」

――日本と韓国はどちらも大国だ。非常に西洋的な資本主義的国家だ。徹底した資本主義経済であり、日本のアメリカ軍基地は世界で二番目に多い。韓国にもアメリカ軍のものを含めて多くの基地がある。そして当然ながら、米軍基地があるということは、これはアメリカの問題となる。

「それは彼らがそう思うからだ。もう一度言うが、地域紛争や対立を煽るのが最善の道ではない。どこかの国がその地域における自らの地位を強固にするためにこうした紛争を利用すべきではない。アメリカは既存の問題に解決策を見いだすため、淡々と前向きに建設的対話を推進すべきだ」

――ロシアを含めてどんな国にも反動的勢力や強硬派というのがいるものだ。アメリカでもロシアでも、世界中すべての国にそうした勢力は存在する。あなたは国粋主義者や強硬派から、こうした問題についてロシアとしてもっと強硬な立場をとるべきだという圧力を受けているのだろうか。

「圧力を感じているとまでは言わないが、ロシアにもさまざまな意見を持つ人がいる。なかには世論への影響力という点で、非常に力を持っている人もいる。当然私も彼らの立場を考慮しなければならない。リベラルな人々の立場を考慮するのと同じように。それが私の仕事だ。さまざまな立場を考え、容認可能な落としどころを見いださなければならない」

――ここは？

「私が同僚とテレビ会議を開く会議室の一つだ。ロシアのさまざまな地域、政府機関、省庁とテレビ会議ができる。わざわざ足を運んでもらわなくても、会議を開けるので時間の節約になる」

――タイムゾーン（時間帯）は一〇か一一個だったか？

「一一だ」

――ここでインタビューができるかな？　私がこちら側に座ろう。そのほうが絵になりそうだ。この地図はすばらしいな。つまりここはシチュエーションルーム【訳注　ホワイトハウス地下にある危機管理室】のような場所だろうか？

「まさにそうだ」

――ここで奇襲攻撃などの指揮を執るのだろうか。

「いいや。私がどこで最高司令官としての任務を果たすのかということなら、ここでも可能だ。必要な通信手段や防衛省とのホットラインもある。ほら、ここに来てタイムゾーンを見たまえ。左端がロシア西端のカリーニングラード州だ。こちらが東端。日本がよく『日出づる国』と言われるが、ニュージーランドのほうが日本より東にある。そのさらに東にあるのがチュクチ自治管区で、これはロシア連邦の一部だ。そしてチュクチの目の前、アラスカとのあいだに横たわるのがベーリング海峡で、わずか九六キロメートルほどしかない。やはりチュクチがユーラシア大陸の東端だ。私ならここを日出づる国と呼ぶね」

――従来の意味での軍事費は、アメリカの六〇〇〇億ドルに対してロシアは六六〇億ドルだ。政府統計にそう書いてある、六六〇億ドルと。それはアメリカの支出のほぼ一〇分の一だ。中国は二一五〇億ドル、サウジアラビアは八七〇億ドル。六六〇億ドルのロシアは世界第四位ということになる。この数字は正しいだろうか。

「だいたいそんなところだ」

――サウジアラビアのほうがロシアより軍事支出が多い。

「そのようだな」

――なぜロシアにはそんな芸当が可能なんだ？　ロシアの軍や諜報機関は相当なものだ。秘訣はなんだろう。余計なコストのかかるロビー団体が存在しないのか。ペテン師や汚職がないからか？

「もちろん他国と同じように、ロシアにだってそういうものはあるさ。ただわれわれには国家にとって最も重要なのは、健全で活力のある経済を維持することだという認識がある。だから軍事分野における野心とニーズと新たな可能性の折り合いをつけなければならない。ロシアの国防には固有の伝統がある。先人たちが築き上げてきた伝統だ。ロシアの傑出した司令官の一人であったアレクサンドル・スヴォーロフは『戦闘に必要なのは頭数ではなく技術だ』と常々語っていた。軍はコンパクトでありながら、どこまでも近代的で高性能でなければならない。

われわれの軍事費は十分な水準だ。ＧＤＰに占める割合は三％を超えている。ロシアにとってこれは相当な額だ。今年は軍事支出の削減によって、予算規模を抑えることができた。今後三年間で軍事費のＧＤＰ比率を二・七〜二・八パーセントに下げていく方針だ」

――アメリカは積極的な軍拡をしている。ミサイル迎撃システムの話題ばかりだ。この分野において何らかの技術的ブレークスルーがあったと見るべきだろうか。

「これまでのところブレークスルーは起きていない。だがこれから起こる可能性はある。わが国としても当然それを考慮する必要がある。われわれも中長期の安全保障に万全を期すべく取り組みを進めている」

――だがアメリカには何らかの思惑があり、先制攻撃能力を手に入れるための計画を進めている。アメリカが真剣に努力していることが私にはわかる。ＡＢＭシステムで突破口を開けば、優位に立てると考えているんだ。

「それはまちがいない。アメリカがＡＢＭ条約を脱退したのは誤りだったと思う。アメリカは自らを守るための傘をつくろうとしているが、現実にはそれが軍拡競争を煽ることになる。それは新たな疑念を招く。一例がルーマニアへのＡＢＭシステムの配備だ。175 そこに海洋発射型の中距離巡航ミサイルを保管しておける地上システムをつくったらどうか。アメリカにはこの手のミサイルがあり、既存の条約に縛られてもいない。ミサイルをルーマニアに保管しておき、発射準備をしたとしても、われわれにはわからない。ほんの数時間もあれば、発射用コンピュータ・プログラムを書き換えることができる。それでこっちはおしまいだ。

　それに加えて、ＡＢＭシステムが完全に機能するようになれば、われわれとしてもどうやってそれを突破するかを考えなければならない。最終的には方法を見つけ、核兵器の配置場所を見直すだろう。幸い、ロシアの地上システムはちょうど更新期を迎えている。技術的観点から、いずれにせよ更新しなければならない時期が来ているんだ。現在の状況、そしてアメリカによるABMシステムの配備状況を考えれば、更新は着実に進めていくことになるだろう」

――ロシア国境近くでのアメリカ・NATO軍の演習について、何か話せるような新展開はないか。たとえばポーランドにおける戦略転換などはないか。

「特に新しい展開はない。これは軍事的効果というより、心理的効果の問題だ。軍事的にみれば、あんな演習など懸念する必要もない。しかし政治協力に不可欠な信頼を損なう行為だ。今起きている状況は決して好ましいものではなく、ロシアとの関係を損なっている」

――興味深い話だ。

ロシアの憲兵を派遣してシリアの安定化を図る

――少しシリアの話題に戻りたい。状況は沈静化したようだ。西側メディアはアレッポの状況を大々的に取り上げ、残虐なイメージを強調した。一方、私が見たRTの報道は、西アレッポで起きていることをまったく別の視点から伝えていた。アメリカのメディアは西アレッポで起きている残虐行為の一部を伝えておらず、まったく違った印象を受けた。

「これは情報戦争の一環だ。まちがいなくメディアは利用されている。メディアが偏った情報を伝えれば、最終的に信頼を失うことになる。いずれにせよ、必然的に生じるのは次の問いだ。市民をテロリストに人質に取られたら、それはこちらがテロとの戦いをやめなければならないことを意味するのだろうか。テロリストに好き放題にふるまう自由を与えるべきなのか。これは常に生じる問いだ。悪の根源はテロリスト自身なのか、それともテロリストと戦う者なのか、と。

ちょっと考えてみてほしい。しばらく前にはアレッポに人道的支援を提供しなければならないとさかんに言われた。だがアレッポがテロリストから解放された今、誰も人道的支援の話をしない。アレッポの安全と安心が保障されたにもかかわらず、だ。私のパートナーや同僚の多くは、人道的支援をする用意があると言っていたにもかかわらず、これまでのところ誰も何もしていない。

遅かれ早かれ、ロシアはスンニ派と揉めることになるという者がいるが、私はそれは単なる言いがかりにすぎないと見ている。アラブ世界やトルコの人々の多くは、ロシアの意図をきちんと理解している。同意しない人もいるが、われわれの立場は明快だ。ロシアの目的はシリアの正当な政府を支援し、国家が分裂するのを防ぐことにある。そうしなければこの地域が第二のリビアかソマリア、あるいはそれよりもっと悲惨な状況になるからだ。

第二の目的はテロと戦うことであり、これは第一の目的と同じぐらいロシアにとっては重要なものだ。さきほども言ったとおり、われわれの情報によると、現在ロシアから四五〇〇人、旧ソ連の中央アジア諸国から五〇〇〇人がシリアで戦っている。われわれの任務は彼らが母国に戻ってくるのを防ぐことだ。とはいえ、われわれはトルコやアラブ諸国のパートナーの懸念に配慮しながら行動している。その結果、どうなったか。

第一にアレッポ解放の戦いの最終段階は、武力衝突ではなかった。敵対する勢力同士を引き離すことだ。ロシアは武装勢力の一部がアレッポから脱出するのを支援した。このプロセスをすべて取り仕切ったのはロシアだ。だが他国はそうした状況にまるで気づかないフリをした。

第二にアレッポが解放されたら、民族浄化や宗教的浄化が行われるといった懸念が指摘されていたが、それに対して私はどのような措置をとったと思う？　ロシアの憲兵部隊をアレッポに派遣したんだ。ほとんどがチェチェン共和国[176]からだったが、他にも北コーカサスの複数の共和国から派遣された。ちなみにその全員がスンニ派だ」

――なるほど（笑）。

「地元の住民はロシアの憲兵を大歓迎した。自分たちを守ってくれると思ったからだ。もちろん憲兵を派遣する前には事前にアサド大統領に相談し、支持を得ている。アサド大統領はさまざまな宗教グループと対話したいという意向を示していた。この結果、どうなったと思う？　まだ知られていない事実を話そう。このドキュメンタリーが放映される頃には誰もが知るところになるかもしれないが。武装勢力の代表者がアレッポ郊外に集まり、ロシアの憲兵の増員を依頼してきたんだ。それぞれが支配している地域に、大勢のロシア憲兵に駐留してほしいと。

一週間前、私は憲兵の追加部隊をシリアに派遣することを決めた。それだけではない。憲兵と一緒に、チェチェン共和国からムフティー【訳注　イスラム法学者】も一人送り込んだ。彼もスンニ派で、軍やシリアの地元住民と話ができる。

われわれにはシリアの紛争を煽るつもりはない。むしろその逆で、対話を促し、非常に難しいことではあるが、この国の領土の一体性を守りたいと考えている。いま起きていることで私が特に懸念しているのは、異なる宗教グループのあいだで分断ができつつあることだ。住民がシリアのある地域から別の地域へと移動している。こうした宗教グループは他のグループと距離を置こうとしており、それは分裂につながりかねない非常に危険な事態だ。

それでもわれわれは成功を収めていると断言しよう。なぜならトルコとイランの指導部から直接支持を得ているからだ。これは非常に複雑な問題であり、合意を形成するのは必ずしも容易ではない。だがイランとトルコのパートナーは直接対話を支持しており、われわれはそこに希望を感じ、自分たちの成功の証だと考えている。あなたが先ほど、シリアは沈静化しつつあると言ったのはそのとおりだ。反体制派の武装勢力と政府軍の衝突はほぼ終息した。ただＩＳとの戦いは依然として続いている」

――ロシアの軍事介入の結果を簡潔に言うと、どういうものか。

「とても簡単に要約できる。第一にシリアの正当な政府を安定させた。第二に和解をとりもち、反体制派の武装勢力と政府を交渉テーブルに着かせた。そしてトルコとイランの双方を巻き込んだ三カ国の対話をスタートさせるところまでこぎつけた。アメリカ、サウジアラビア、ヨルダン、エジプトからの支持も必要なので、とにかく慎重にことを進めていくつもりだ。一つひとつのステップがそれまでの取り組みをぶち壊しにせず、積みあがっていくように」

――ダマスカスとモスクワの距離はどれくらいだったか。前にもお聞きしたときに、キロメートル単位で教えてもらったが……。

「考えたことはないな。三〇〇〇キロぐらいじゃないか。ソチまで二〇〇〇、そこからトルコまでがさらに一〇〇〇。だから三五〇〇から四〇〇〇キロといったところだろう[177]」

――なるほど。一つ簡単な質問を。あなたの話を聞いていると、トルコのエルドアン大統領は自らの政権に対する最近のクーデターには、ＣＩＡが関与したと思っているという印象を受ける。

「彼がそう言ったのか？」

――いや。ただそれを示唆するような発言はあった。

「それについてはまったく知らないが、彼がそう考える理由はわかる。クーデターの首謀者とされるギュレン氏は、九年以上前からアメリカのペンシルバニア州に住んでいる」[178]

——エルドアン大統領はあなたに何か言っていないのか？　こっそり打ち明けたとか……？

「いや、エルドアン氏はクーデターを組織したのはギュレンと彼の主宰する市民運動だとにらんでいると言ったが、アメリカの果たした役割については何も言っていなかった。だが彼がどう考えているかはわかる。想像がつくだろう。もし本当にギュレン氏がクーデターに絡んでいたのだとしたら……本当のところは私にはわからないが、アメリカの諜報機関がそれをまったく認識していなかったとは考えづらい。それが一つ。もう一つは、今回のクーデターではインジルリク空軍基地を拠点とする空軍が積極的な役割を果たした。ここは在トルコ・アメリカ空軍の本拠地だ。

　われわれは多少の懸念を抱いている。というのもトルコには戦術核兵器が配備されているからだ。アメリカの核兵器だ。クーデターのような劇的な事象が起こると、核弾頭に何かが起こるのではないかという疑念が生じる」

——トルコ軍がエルドアンに忠実であるか、私にはわからない。軍関係者の多くはアメリカと関係を持っている。

「おそらくあなたのほうが私よりわかっているのだろう」

——エルドアンは大勢の軍関係者を拘束した。

「知ってのとおり、エルドアン氏は危うく暗殺されるところだった。滞在していたホテルから別の場所に移ったんだ。もともと滞在していたホテルに大統領特別治安部隊の一部がおり、そこを特殊部隊、つまり軍のゲリラ部隊が襲ってきた。特別治安部隊との衝突がおき、複数の死者が出た。エルドアンがもとのホテルに残っていたら、殺害されていただろう。

以上は単なる事実であり、そこから何らかの結論を導き出すつもりはない。しかしこれが実際に起きたことだ。その後のエルドアンの行動について分析や評価をするつもりはない。ただ歴史的にトルコ軍が果たしてきた役割はよくわかっている。彼らはトルコの長期的発展を支えてきた立役者だ。ロシアとしてはいかなる国の内政問題にも介入しないという黄金律を堅持する」

——アメリカの大統領選も例外ではない？

「絶対に違う。それはアメリカの国民が決めることだ」

——私はあなたの言うことを信じる。

「さきほど冗談半分、本気半分で、アメリカ憲法は完璧ではないという話をした」

——選挙人団の件だな。

「まさにそのとおりだ。なぜなら選挙人が存在することで、厳密にいうと直接選挙ではないからだ。ただアメリカの反応はいつも同じで『外部にとやかく言われる話ではない。われわれは自分で問題を解決する』と言ってきた。だからロシアはアメリカであろうが他のどこの国であろうが、他国の内政問題に介入しない。トルコにも介入しなかった」

——戦争の危機はどれぐらい差し迫ったものだったのか。二〇一三年にアメリカはシリアに対し、シリアはレッドライン（越えてはならない一線）を越えたと通告した。ロシアのショイグ国防相は、二四時間以内にシリアに対して六二四発の巡航ミサイルを使った大規模な攻撃が開始されるという見通しを示した。実行されていれば、シリアという国家はその時点で消滅していただろう。オバマ大統領がシリアはレッドラインを越えたと言ったとき、ロシアが介入してＮＡＴＯによる攻撃を止め、シリアの化学兵器を廃棄させた。戦争の危機はどれほど迫っていたのか。あなたはアメリカがダマスカスを攻撃すると懸念していたのか。

「正直言って、わからない。それはオバマ政権に聞くべき話だ。どれだけ本気で戦争開始の判断を下そうとしていたのか、と。幸い、最終的な判断は違った」

——あなたもそこに関与していた。

「たしかにそうだ。サンクトペテルブルクでG20サミットが開かれたとき、オバマ大統領と私はこの問題を議論した。そしてシリアに残っている化学兵器を処分するための措置をとることで合意したのだ」

——何事もなかったような口ぶりだ。どうも違う気がする。ショイグ国防相が二四時間以内に攻撃の可能性があると言ったのだから、ロシアは本当に事態を憂慮していたはずだ。シリアはロシアの同盟国なのだから。

「それもまた仮定の話にすぎない。たとえそうだったとしても、オバマ大統領と私はあのとき協力することで合意し、幸いその協力が良い結果を生んだ」

——なんでもないことのように言うが、同盟国が一つ消滅し、そこへＩＳが入ってきてダマスカスを制圧することを懸念していたんじゃないか。そうした可能性を考えなかったのか。

「もちろん、懸念していたさ。だから別の手段による解決を模索し、最終的に成功したんだ」

——この問題について語るあなたは冷静そのものだが、あのときは非常に緊迫した空気だったのだろう。

「それはもう終わったことだ。いまロシアはシリアに非常によく管理された高性能の防空システムを配備している」

——なるほど。

「射程三〇〇キロメートルのS400、同じく三〇〇キロのS3000を配備している。射程六〇キロのDEBOシステムもある。もっと短い射程では、さらに性能の高い他のシステムを配備している。このようにわれわれは多段階の防空システムを整えている。沖合に停泊している戦艦にも、同じ防空システムが搭載されている」

——つまり攻撃されても防御できたと？

「そのうえ射程三〇〇キロのなかで最も高度な防空システムも配備していた」

——つまりそれをオバマ大統領と議論したということだな。ロシアの兵器がアメリカの兵器を撃ち落とし、国際的危機が勃発することになる、と。かなり深刻な状況になっていただろう。国防総省は激怒したはずだ。本当に戦争の危機が迫っていた。

「当時われわれはシリアにそうしたミサイルを配備していなかった」

——おや、配備していたと思ったが。

「当時ロシアのミサイル・システムはシリアでは使えなかった」

——ロシアとシリアには、一九七〇年代初頭から続く長い同盟関係がある。

「そうだ。しかしシリアの問題にロシアは関与していなかった。われわれは医療、軍事技術、金融分野でシリアを支援していただけだ」

——別の聞き方をすると、アサド政権が弱体化していたら、ロシアはISのダマスカスへの侵攻を阻むために支援に駆けつけていただろうか。

「それもまた仮定の話で、議論するのは難しい。考慮すべき要因が数えきれないほどあるのだから」

クリミアをめぐってアメリカとロシアは戦争寸前だった

――せっかくシチュエーションルームにいるのだから、別の戦争についても話そう。もっと最近の件だ。クリミアの国民投票の直前、アメリカの駆逐艦「ドナルド・クック」がトマホーク・ミサイルを搭載して黒海に向かっていた。私の認識が間違っていたら正していただきたいが、私はそのドキュメンタリーを観たんだ。まずNATOが黒海での軍事演習を発表し、ロシアの海軍司令官がロシアは沿岸防衛のためにミサイル・システムを使用するところだったと語っていた。ドナルド・クックはどうやらまっすぐ黒海に向かっていたが、結局作戦を中断してUターンした。[179]

さながらキューバ・ミサイル危機のようだった。一九六二年のあのときも、戦艦が境界線に近づいたが、アメリカ海軍に威嚇されてUターンした。ドナルド・クックの問題が進行していたとき、あなたはどこにいたのか。この問題に神経をとがらせていたのだろうか。

「ウクライナ危機がどのように起きたか、思い出してほしい（すでにその話はしただろう）。欧州三カ国の外相が、反体制派とヤヌコビッチ大統領の合意の保証人となった。内容には全員が合意しており、ヤヌコビッチ大統領は大統領選の前倒し実施まで約束していた。そのとき欧州はアメリカの働きかけを受け、ロシアに『ヤヌコビッチ大統領に武力の使用を思いとどまらせてほしい』と求めてきた。代わりに自分たちは、反体制派を広場や政府庁舎から立ち退かせるために手を尽くす、と。

われわれは『よろしい、良い提案だ。努力しよう』と答えた。そして知ってのとおり、ヤヌコビッチ大統領は武力に訴えなかった。だが合意のまさに翌日の晩、クーデターが起きた。われわれは電話会談をすることもなく、電話連絡すら来ず、（アメリカが）クーデターの首謀者を熱心に支援する様子を目の当たりにすることになった。そうなったら肩をすくめるしかない。アメリカが見せたようなふるまいは、たとえ個人のあいだでも絶対に許容されない。せめて事後にでも連絡をよこし、状況が制御不能になった、合法的状況に戻すために手を尽くしたと言うべきだった。だがそうするどころか、ヤヌコビッチ大統領が逃げたという虚偽の説明をでっちあげ、クーデターの首謀者を支援した。そんなパートナーをどうして信用できる？」

――確認だが、国務次官補のビクトリア・ヌランドが駐ウクライナ・アメリカ大使との会話で、「ＥＵなど、くそくらえだ」と発言したことを言っているのか？[180]

「正直言って、そんなことはどうでもいい。二月二一日の話をしているんだ。二〇日だったかもしれない。クーデターは合意の翌日に起きたんだ。

　クリミアが正式にロシア連邦の一部となった今、われわれのクリミアに対する姿勢は根本的に変わった。どんな国でもそうだが、ロシア領土への脅威を認識すれば、われわれはあらゆる手段を駆使して防衛しなければならない。キューバ・ミサイル危機との比較は適切ではないと思う。なぜならあのときは世界が核による終末の瀬戸際にあったからだ。幸い今回の状況はそこまで深刻にはならなかった。ロシアが沿岸防衛用の最も高度な最新システムで対応したのは事実だがね」

――だがバスティオンは強力なミサイルだし、駆逐艦のドナルド・クックはトマホークを搭載していた。

「そのとおり。われわれがクリミアに配備していたミサイルに対して、ドナルド・クックのような駆逐艦は無力だった」

——おそらくそれがUターンした理由だろう。

「艦長が優秀で責任感のある人物だったのだろう。弱腰だったということではない」

——もちろんそうだ。

「直面している事態を理解したのだろう。だから任務継続を断念した」

——だがロシア軍の司令官にはミサイル発射の権限があったのか。

「わが軍の司令官は、ロシア連邦を防衛するために必要な手段を使用する権限を常に付与されている」

——いずれにせよ、重大な事態になる可能性があった。

「それはまちがいない。大変な事態になっていただろう」

——あなたは報告を受けていた？

「もちろんだ。あの戦艦はふだんどこに配置されている？　母港はどこだ[181]」

——地中海だろう。

「そうだ。しかし母港、つまり登録地はアメリカのどこかのはずだ。それが何千キロも離れた黒海まで来ていた。ふだん停泊しているのが地中海、たとえばスペインのどこかだとしても、そこからも黒海は何千キロも離れている。われわれは自国の領土を何としても守るつもりだ」

——それはわかる。あなたはその場にいたのか。

「いったい誰が誰を挑発していた？　駆逐艦はわが国の領土の目と鼻の先で何をしていたんだ？」

——それはわかるが、あなたはその時点で連絡を受けていたのか。今回の事態はどのような時間軸で動いていたのか。

「事態は時々刻々と変化していた。駆逐艦を発見し、探知した時点でわれわれはそれを脅威と認識し、戦艦自体がわれわれのミサイル・システムの標的となった。ドナルド・クックの艦長が誰かは知らないが、たいへんな自制心を発揮したと思う。責任感があり、おまけに勇気のある軍人だ。彼の判断は正しかったと思う。事態をエスカレートさせないことを決めた。われわれが彼に対してミサイルを発射するつもりだったというわけではない。しかしわが国の沿岸がミサイル・システムによって防御されていることを相手に示す必要があった」

——艦長に対して警告が発せられたのか。

「自船がミサイル・システムの標的になったら、艦長にはすぐにわかる。そうした事態をただちに察知するための特別な装置があるんだ」

——所要時間は？　二分なのか、三〇分なのか、あるいは五〇分なのか。

「わからない。専門家に聞いてくれ。ただ秒単位の話だと思う」

——こんな事態は日常茶飯事なのか？　非常に冷静な話しぶりだが。

「ときどき起こる。だからアメリカのカウンターパートのほうから、あらゆる事故を防ぐため、戦闘機の飛行情報を交換する仕組みを共同開発しようという提案があった。戦闘機が標的になり、他国の戦闘機から撃墜されるようなことになれば由々しき事態だ」

——まったくだ。

「こうしたことが起きれば、きまって非常に重大な事件になる」

——われわれが知らない他の事件もあったということか？

「それはわからないが、ＮＡＴＯの戦闘機はトランスポンダー（応答機）を搭載せずにバルト海上空を飛行している。トランスポンダーは戦闘機の所属を特定するためのシステムだ。だからロシア軍の戦闘機も同じようにトランスポンダーを積まずに飛行するようになった。だがロシア軍機が飛行を開始したとたん、トランスポンダーを積んでいないという批判が湧き起こった。私が公の場で、ロシア軍機の数はＮＡＴＯ軍のそれの数分の一だと主張したことで、ようやく批判は収まった。

フィンランド大統領があらゆる国の戦闘機に、探知と所属確認が可能なようにトランスポンダーの使用を義務づけることを提案したので、われわれも即座にそうすべきだと表明したが、ＮＡＴＯのパートナーが拒否した。われわれに常に必要なのは対話だ。新たな挑発行為など必要ない」

——よくわかる。非常に恐ろしい状況だ。あのときあなたは非常に厳しい口調でＮＡＴＯを批判したと記憶している。「ここはわが国の歴史的領土だ。ここにいるのはロシア国民だ。彼らがいま、危険にさらされている。放っておくわけにはいかない。クーデターを起こしたのはロシアではない。国粋主義者や極右勢力だ。そんな彼らを支援するあなたがたの母国はどこか？八〇〇〇キロも彼方ではないか。われわれはここで生きている。ここがわれわれの国土だ。あなたがたはここで何のために戦うのか？　まるでわかっていないだろう。われわれにはわかっている。そして戦う準備もできている」と。

「たしかにわれわれは瀬戸際に追い込まれたと言えるだろう」

——瀬戸際に……瀬戸際だったと認めるのか？

「それはそうだ。われわれは何らかのかたちで対応せざるを得なかった」

——ふう、ようやく認めてくれた。

「われわれは建設的対話に積極的だった。政治的解決に向けてやれることはすべてやった。それにもかかわらず、彼らはあの非合法な権力の奪取を支援した。なぜそんなことをする必要があったのか、いまだにわからない。ちなみに、あれがウクライナをさらに不安定化させる第一歩だった。しかも同じことが相変わらず起きている。

まず権力を奪取し、それに納得しない者たちに既成事実として受け入れさせようとする。ウクライナ南部と東部で起きているのは、まさにそういうことだ。政治的対話が十分可能であるにもかかわらず、そういう道を選ぶ」

――あなたも自らの主張をもっと積極的に伝えていくべきだ。あなたの側から見たストーリーをRTだけでなく、他のメディアでも。できればストーリーの説得力を増すような、なんらかの機密情報、写真、画像などと組み合わせたほうがいい。あなたの見方、あなたが持っている生の機密情報をシステムに流していかなければならない。

「いいかい、そんなことは土台無理なんだ。なぜならロシアが主張する立場は世界のメディアから無視されるからだ。無視され、他の視点と同じように報道されなければ、誰も耳を傾けない。だから邪悪なロシアといった論調ができあがるんだ……」

――私ならあきらめない。私ならね。反撃するんだ。すでに大変な努力をしているが、もっとやったほうがいい。

「覚えておこう。だがやはりこうしたロシア批判は不当だと思う」

――【冗談めかして】ドミトリーの働きが足りないのだろう。

「いや、これはドミトリーがどうにかできる問題じゃない。彼に期待している仕事ではないんだ」

――わかっている。

「ドミトリーの仕事は私に情報を提供し、日々の職務遂行を支援することだ……それは私の仕事だが、あまり成果をあげられていないな」

――いや、すばらしい成果をあげていると思うが、あなたは働きすぎだ。少しは休んだほうがいい。休暇をとるべきだと思う。パームビーチにでかけて、海辺に座ってリラックスしたらいい。ゴルフでもやって、おしゃべりに興じるんだ。

「誰のことを言っているかはわかるよ。彼が羨ましいね」

この作品でこてんぱんにやられたらロシアに戻ってきたらいい

――最後になるが、あなたは二〇世紀が終わろうとするとき、崩壊しかけていたロシアという国家を引き継いだ。たまたま大統領に就任したとき、国民はきわめて悲惨な状態にあった。中央政府の存在感は乏しかった。私が思うに、ロシアが再び崩壊しないように再建することが主要なテーマだったのだろう。ゴルバチョフ氏の描いた国家再建の理想は実現しなかった。ある意味では西側諸国がロシアの混乱を助長したんだ。あのようなビジョンをロシアは二度と抱くべきではない、とあなたは言った。国家の主権こそがカギだ、とも言った。主権がカギである、と。たしか国家が存在し、主権を維持するために果たすべき責務の一つが、高齢者に年金を支払うことだと言っていたと思う。違うだろうか?

「そのとおりだ。一般論として、また特に今日の国家が主権を確固たるものにするには、まっとうな経済成長率を確保する必要がある。そしてただ成長率を確保するだけでなく、経済発展も遂げていかなければならない。あなたは私の仕事ぶりを評価してくれたが、この点においては私自身も同僚たちももっとできることがあったと思う。非常に難しいことなのは事実だが。

ロシアは長年、ジレンマに直面してきた。悪い選択肢を選ぶか、あるいはそれよりもっと悪い選択肢を選ぶか、と。だがそれはロシアに限らず、どこにでもある状況だ。われわれは常に選択を迫られ、決断を下さなければならない。リベラル派は政府がもっと冷徹な厳しい政策を採るべきだったと考えている。だが私は冷徹な政策は国民の生活水準に見合ったものでなければならないと考えた。われわれには国民の生活を一歩一歩改善していく義務がある。

二〇〇〇年当時、国民の四〇％以上が貧困ライン以下の生活をしていた。社会保障制度は崩壊し、軍もほとんど消滅しかけていた。分離独立の機運がロシア全土に吹き荒れていた。詳細は省くが、ロシア憲法はロシア全土に浸透せず、コーカサス地方では内戦が勃発した。海外の過激派勢力が衝突を煽っていた。最終的に内戦はテロリズムに変貌した。ロシアは非常に困難な状況にあった。

しかしロシア民族をはじめとするすべてのロシア国民には、愛国心という非常に重要な資質がある。危機意識、思いやりの心、そして国家の利益のために犠牲を払おうとする姿勢だ。こうした国民の資質のおかげで、ロシアは困難な時期を乗り越えることができた。とはいえこうした国民の気持ちにいつまでも甘えているわけにはいかない。われわれは国民の生活を改善したい。リベラル派の経済学者は、政府はもっと歳出を抑えるべきだ、賃金や給料や年金を上げるべきではないと主張する。だが見てのとおり、ロシア国民の生活水準はまだまだ質素だ。私はふつうの市民やその家族に、ロシアが回復軌道にあることを実感してほしい。いずれにせよわれわれは非常に抑制のきいた堅実な経済政策を実施している」

——主権の話に戻ろう。

「われわれは石油と天然ガスの収入を活かそうとしている。これらの産業からの収入を蓄えつつ、他の産業からの収入で歳出をまかなっている。これはロシアにとっては非常に難しい試みだ。われわれは国民の実質所得を数倍に増やした。昨年は実質所得は微減となったが、年度末には再び増加に転じた。また昨年はインフレ率を歴史的な低水準に抑えることに成功した。年率五・四％程度だ。目標の六・二％を下回った。今後もインフレ抑制に努め、四％まで下げたいと考えている。

　失業率は比較的低く、五・四％だ。さまざまな政治的制約があったにもかかわらず、われわれは国家の準備金を維持し、経済の安定化に成功した。今年は小幅ではあるが経済成長が続くと確信している。[182]ロシアの金融政策は非常にバランスが良い。それを実施するのは中央銀行と政府だ」

——オバマ大統領には感謝しなければいけないな。経済制裁はロシアにとってプラスだった。

「たしかに農業生産者はオバマ政権に感謝しなければならないだろう。われわれは経済制裁への対抗措置をとったが、そのほとんどが海外農産物の輸入禁止にかかわるものだった。そのおかげで農業は生産高を三％以上伸ばすことができた。昨年は小麦などの穀物の収穫量が過去最大だった。あなたがロシアびいきなのは知っているので、小麦輸出ではロシアが世界第一位であることを謹んでご報告しよう」

——ロシアのパンは好きだな。黒パンが私の好物だ。

「かつては穀物や小麦を輸入していたんだ」

——たしかに。カナダからだ。

「今でも生産量はアメリカ、カナダ、中国より少ないが、こうした国は消費量も多い。人口一人あたり生産量では、ロシアはかなり健闘している」

——あなたの言うとおりだと思う。しかし国家の主権は単に経済だけで支えられているわけではない。あなたに伝えたい話があるんだ。私はロシアの人々には気骨があると思っている。昨晩、たしかテレビの一チャンネルの番組を見た。午後八時のプライムタイムで、ドイツとロシアに関する非常に興味深いストーリーだった。ロシア語だったので理解できない部分も多かったが、メッセージは伝わった。番組に描かれたロシア人は非常に勇敢だった。勇敢で、兵士としても優秀で、ナチスを出し抜いた。もちろん単なるテレビ番組だが、本当によくできていた。優れた作品で、俳優たちもすばらしかった。

やや残酷な場面もあったが、とにかく真に迫っていた。とても感銘を受けて、ブレジネフ時代にロシアを訪れたときのことを思い出した。テレビで白黒のソ連映画ばかり放映していた時代だったが、そのときもソ連兵がナチスに立ち向かうといった同じような作品を観た。私のなかで二つの作品がつながったんだ。あれから三四年経つが、ロシアの人々はことあるたびにその勇敢さを発揮してきた。そして過去を決して忘れない。こういう古い映画を観ることや伝統や歴史を心にとめることは、国家の主権を維持していくうえで大きな意味がある。

「それは非常に重要な点だ。ただ確固たる伝統と同じぐらい重要なのは、新しいものや進歩を進んで受け入れることだ」

——たとえばサイバー戦争だな！　もうこれくらいにしておこう。素材はたっぷり集まった。合計二五〜三〇時間分の映像だ。もう質問は打ち止め！　約束する。さあ、国を超えた握手を。本当にそうなればいいのだが。すばらしいインタビューだった、ありがとう。

【心のこもった握手】

「この作品でこてんぱんにやられたら、ロシアに戻ってきたらいい。われわれが傷を癒《いや》すお手伝いをしよう」

――さあ、どうなるか。私はこの作品に誇りを持っている。あなたはロシア側の見方を伝えるべきだし、私にできるのはこれぐらいだ。

「そんなものに誰も興味を持たないかもしれない」

――それもありうるな。おやすみなさい、プーチンさん。

164　一八二一年にモスクワで生まれたドストエフスキーは、哲学と宗教の深い追求と、ロシアの貧困層や労働者階級の内面的悩みに焦点を当てた実存主義によって文学に変革をもたらした。代表作は『罪と罰』『カラマーゾフの兄弟』『地下室の手記』など。一八八一年にサンクトペテルブルクで没した。以下を参照。*Fyodor, Dostoevsky*. Bloom, Harold. Infobase Publishing. 2009.

165　以下を参照。"Donald Trump Concedes Russia's Interference in Election," Julie Hirschfeld Davis, Maggie Haberman, *The New York Times* (January 11, 2017). https://www.nytimes.com/2017/01/11/us/politics/trumps-press-conference-highlights-russia.html

166　以下を参照。"Hackers Are Mad That Donald Trump Body-Shamed Them at the Presidential Debate," Katie Reilly, *Fortune* (September 26, 2016). http://fortune.com/2016/09/26/presidential-debate-hackers-body-shamed/

167　以下を参照。"Here's how US defense spending stacks up against the rest of the world," 前掲サイト。

168　アメリカの高官が二〇一二年のロシア大統領選の結果を非難したのに対し、ロシア政府はアメリカは反政権派に資金協力しただけでなく、モスクワのデモを準備したと主張するなど、非難の応酬があった。以下を参照。"Despite Kremlin's Signals, US Ties Remain Strained After Russian Election," David M. Herszenhorn, Steven Lee Myers, *The New York Times* (March 6, 2012). http://www.nytimes.com/2012/03/07/world/europe/ties-with-us-remain-strained-after-russian-election.html

169　アメリカの国防副長官であったウィリアム・リンは、アメリカがイランのナタンズ核施設で使われた「スタックスネット」ウィルスの開発に関与したか回答を拒否したが、攻撃を仕掛けたのはアメリカとイスラエルの作戦部隊だと考えられている。以下を参照。"US was 'key player in cyber-attacks on Iran's nuclear programme,'" Peter Beaumont, Nick Hopkins, *The Guardian* (June 1, 2012). https://www.theguardian.com/world/2012/jun/01/obama-sped-up-cyberattack-iran

170　オリバー・ストーンの二〇一六年の作品『スノーデン』は、エドワード・スノーデンが機密情報を報道機関に漏洩することを決断するまでとその後を追っている。以下を参照。"In 'Snowden,' the national security whistleblower gets the Oliver Stone treatment," Ann Hornaday, *The Washington Post* (September 15, 2016). https://www.washingtonpost.com/goingoutguide/movies/in-snowden-the-national-security-whistleblower-gets-the-oliver-stone-treatment/2016/09/15/8f2ebde4-78e9-11e6-ac8e-cf8e0dd91dc7_story.html

171　オリバー・ストーンは「主要銀行六行」と語っているが、ニュースソースはボットネットの攻撃を受けたのはロシアの主要五行だと指摘する。以下を参照。"5 major Russian banks repel massive DDoS attack," *RT News* (November 10, 2016). https://www.rt.com/news/366172-russian-banks-ddos-attack/

172　ジョー・バイデン副大統領は、アメリカ大統領選への介入について、ロシアにアメリカ政府の意向を伝える準備をしているのかと問われ、次のように回答した。「メッセージを送るつもりだ。（中略）われわれにはその能力がある。相手は必ず気づくだろう。（中略）影響が最も大きくなる状況を見計らって実施する」。以下を参照。"Biden Hints at US Response to Russia for Cyberattacks," David E. Sanger, *The New York Times* (October 15, 2016). https://www.nytimes.com/2016/10/16/us/politics/biden-hints-at-us-response-to-cyberattacks-blamed-on-russia.html

173 二〇一六年六月二四日、ロシアの下院にあたる国家院は三二五対一で、テロ活動とその幇助を取り締まるための法律修正を可決した。人権団体はテロ対策によって個人の自由とプライバシーが侵害されると主張する。以下を参照。“Russia passes ‘Big Brother’ anti-terror laws,” Alec Luhn, *The Guardian* June 26 2016. https://www.theguardian.com/world/2016/jun/26/russia-passes-big-brother-anti-terror-laws

174 さまざまな要因によって、今後のロシアに対するテロ攻撃の可能性は高まっている。“Attacks on Russia Will Only Increase,” Colin P. Clarke, *The Atlantic*（April 4, 2017）. https://www.theatlantic.com/international/archive/2017/04/russia-st-petersburg-isis-syria/521766/

175 以下を参照。“US launches long-awaited European missile defense shield,” Ryan Browne, CNN（May 12, 2016）. http://www.cnn.com/2016/05/11/politics/nato-missile-defense-romania-poland/

176 以下を参照。“Chechen soldiers among Russian military police in Aleppo to ‘ease interaction with locals,’” *RTNews*（January 30, 2017）. https://www.rt.com/news/375551-chechen-soldiers-patrolling-aleppo/

177 モスクワからダマスカスへの距離は自動車で三一七〇キロメートル、飛行機では二四七六キロメートルである。

178 以下を参照。“Fethullah Gülen: who is the man Turkey’s president blames for coup attempt?” Peter Beaumont, *The Guardian* July 16, 2016. https://www.theguardian.com/world/2016/jul/16/fethullah-gulen-who-is-the-man-blamed-by-turkeys-president-for-coup-attempt

179 以下を参照。“A strange recent history of Russian jets buzzing Navy ships,” Thomas Gibbons-Neff, *The Washington Post*（April 14, 2016）. https://www.washingtonpost.com/news/checkpoint/wp/2016/04/14/a-strange-recent-history-of-russian-jets-buzzing-navy-ships/

180 漏洩されたビクトリア・ヌランド国務次官補と、ジェフリー・ピアット駐ウクライナ米国大使の会話の録音記録には、たしかに下品な文言（くそくらえ）が含まれている。以下を参照。“Ukraine crisis: Transcript of leaked Nuland-Pyatt call,” BBC（February 7, 2014）. http://www.bbc.com/news/world-europe-26079957

181　アメリカ軍の駆逐艦「ドナルド・クック」の現在の母港はスペインのロタである。以下を参照。"USS Donald Cook Departs Norfolk for Permanent Station in Rota, Spain," http://www.navy.mil/submit/display.asp?story_id=78889

182　以下を参照。"The Russian Economy Inches Forward: Will That Suffice to Turn the Tide?" *Russia Economic Report - The World Bank* (November 9, 2016). http://www.worldbank.org/en/country/russia/publication/rer

訳者あとがき

二〇一七年六月。一本のドキュメンタリー・シリーズがアメリカメディアの話題をさらった。『プラトーン』や『JFK』で知られる社会派映画監督オリバー・ストーンが、二〇一五年七月から一七年二月まで約二年にわたってロシアのウラジーミル・プーチン大統領を追いかけた『プーチン・インタビュー』である。孤高の指導者を二〇時間以上インタビューし、生い立ちから大統領になるまで、そしてウクライナやシリア問題、二〇一六年アメリカ大統領選への介入疑惑を含む米ロ関係までを語り尽くすという前代未聞の企画だ。しかし主要メディアの反応は総じて厳しかった。酷評と言うほうが妥当かもしれない。

ニューヨーク・タイムズ紙はプーチンに対して「あきれるほど寛容な」インタビューと評した。ワシントンポスト紙は「ストーンは甘い球を投げつづけ、プーチンがそれを粛々と打ち返すだけ」、CNNは「ストーンの無駄話やへつらうような口ぶりに、歯ぎしりしたジャーナリストや反プーチン派は多いだろう」と書いた。極めつけは人気トーク番組『ザ・レイトショー・ウィズ・スティーブン・コルベア』だ。ドキュメンタリーの放映直前にプロモーションのために登場したストーンを、司会者のコルベアは「二〇時間も彼（プーチン）と会って、嫌な面はひとつも見つからなかった？　愛犬でも人質に取られているのか？」と挑発し、観客が爆笑するなど、ストーンは完全に嘲笑の的となった。

主要メディアの論調は、ストーンはプーチンの言い分を一方的に聞くばかりで、突っ込みが甘く、まるでロシアのプロパガンダ映画のようだ、というものだ。ただこの過剰なまでに否定的な反応こそ、アメリカの主流派が異なる視点への寛容さを失っている表れであり、それに一石を投じる『プーチン・インタビュー』の価値を示すものと言える。

ドキュメンタリーの素材となった九回のインタビューを、ほぼそのまま書き起こしたのが本書で、四時間という番組の枠に収まりきらなかったプーチンの肉声が盛り込まれている。

アメリカや日本をはじめ西側諸国の読者にとって、本書の最大の魅力は「逆の視点」から世界を見せてくれることだろう。プーチン、すなわちロシア側から見る世界は、西側メディアが伝えるものとはまるで違う。一九九〇年代初頭、ロシアは冷戦が終結したと信じ、アメリカを中心とする西側世界を信頼し、歩み寄った。モスクワのアメリカ大使館に仕掛けてあった盗聴システムをそっくりアメリカ側に引き渡したのはその象徴で、二〇〇一年の同時多発テロ後はアメリカのアフガニスタン侵攻を情報・兵站面で支援した。しかし、それが報われることはなかったとプーチンは苦々しげに繰り返す。

たとえばクリントン、ブッシュ政権時代の二度にわたる北大西洋条約機構（NATO）拡大と、それに続くアメリカのABM条約からの一方的脱退だ。ドイツ再統一が決まった当時、アメリカや旧西ドイツの高官がそろって「NATOの東の境界が旧東ドイツの国境より東に行くことはない」と約束したにもかかわらず、東欧諸国は次々とNATOに加盟し、そこにABM（弾道ミサイル迎撃）システムが配備された。「標的はロシアではなく核開発を続けるイランだとアメリカは説明するが、それならなぜイランが軍事用核開発計画を放棄したのに配備を続けるのか」とプーチンは語気を強める。

ロシアと欧米の対立を決定的にした、二〇一四年のウクライナ政変とそれに続くロシアによるクリミア併合についても同じである。政変に至る経緯を説明しながら、親ロシア派のヤヌコビッチ政権の崩壊は、アメリカが支援したクーデターだったと言い切る。そしてロシア系住民が過半数を占めるクリミア地方が国民投票でロシア編入を決めたことに対する国際社会の反応については「ダブルスタンダードだ」と訴える。旧ユーゴスラビアのコソボが独立するとき、国際社会はセルビア政府の同意は不要だと判断した。それなのになぜクリミアが独立するのに、ウクライナ政府の同意を必要とするのか、と。

いずれも西側から見れば、プーチンのプロパガンダにすぎないかもしれないが、立場が変われば同じ事象がこうも違って見えてくるというのは衝撃的であり、国際問題に対する認識が揺さぶられる。

本書のもう一つの魅力は、ウラジーミル・プーチンという政治家の思考回路や人となりを知る貴重な手がかりとなっていることだ。もちろん伝わってくるのはプーチンが国際社会に見せたい自画像であり、真実の姿ではないかもしれない。しかし二〇時間のインタビューの記録からは、ふだんニュース映像で目にすることのない姿が浮かび上がってくる。まず雄弁である。そして官僚や諜報機関からの報告書の要約に頼らず、資料はすべて原典を読むと言うだけあって細かな事実や数字に強い。歴史や文学に通じ、意外と流暢な英語を話す。

ストーンに「ロシアの主張をもっと積極的に伝えていくべきだ」と促され、「そんなことは土台無理なんだ。ロシアが主張する立場は世界のメディアから無視される。だから邪悪なロシアといった論調ができあがる」と答える姿には、国際社会に対する苛立ちと諦観がにじむ。ともに映画『博士の異常な愛情』を鑑賞した後、ストーンがプレゼントと言いつつうっかり空のDVDケースを手渡すと「典型的なアメリカの手土産だな」と切り返すなど、頭の回転が速くウィットに富んだ一面もうかがえる。二年にわたって関係を構築し、プーチンのさまざまな面を引き出したストーンの手腕はやはり評価に値する。

原書はドキュメンタリーが放映された直後にアメリカで出版され、アマゾン・ドットコムのカスタマレビューでは五点満点で四・八という高い評価を得ている（二〇一七年九月二〇日時点）。ちなみにドキュメンタリー自体も、放映したテレビ局「ショータイム」の視聴者レビューでは八一％が星五つをつけるなど好評だった（二〇一七年七月二三日時点）。

気になる日本での放送は、NHKBS1の「BS世界のドキュメンタリー」で全四話のうち、第一話と第二話が、ロシア大統領選直前の二〇一八年二月最終週から放送される予定。その後、三月十六日からは、GooglePlay・Amazonなどで全話が発売となる。

ストーンはプーチンから冗談交じりに「反アメリカ的」と言われたのに対し、「私は反アメリカでも親ロシアでもない。親・平和だ」と返す。ベトナム帰還兵として、生きているあいだに平和な世界を見ることが望みだというストーンは、一国主義を強める母国への不安を募らせている。このドキュメンタリーを撮ったのも、アメリカの最大の仮想敵であるロシアとのあいだを橋渡ししたいという思いからだ。無意識のうちにアメリカ側の世界観を内部化しがちな日本の読者にも、近くて遠い隣国ロシアに対する理解を深めるため、また世界情勢に対する新たな視座を得るために、ぜひ本書を手に取っていただきたい。

本書の翻訳においては、文藝春秋の下山進氏に大変お世話になった。この場を借りて感謝申し上げる。

二〇一七年九月

土方奈美

解説　北方領土交渉の実体験から本書を読み解く

鈴木宗男（新党大地代表）

ベトナム戦争帰還兵であり、アメリカでもバーニー・サンダースなどの民主党の左にシンパシーを持つオリバー・ストーンがプーチン大統領に投げかけているのは、大国アメリカの過ちです。極東情勢についてこの本では直接は触れられてはいません。しかし、直接は語っていなくとも、日本との関係を考えるうえで示唆的な大統領のコメントが散在しています。本稿では、北方領土交渉に実際に携わり、プーチン大統領とも何度も会った日本の政治家として、そうした日ロ関係を考えるうえで重要な発言を読み解いていきたいと思います。

実はプーチンさんが大統領に当選して初めて会った外国の政治家は私でした。小渕政権時代に私は小渕総理に呼ばれ、日ロ関係の特使としてロシアに行って新しく当選したプーチン大統領に会うことを厳命されました。二〇〇〇年三月に行なわれた大統領選挙の九日後には、私はモスクワでその人と握手を交わしていたのです。

小渕さんが私に特命したのは長らく日本の悲願であった「北方領土」の交渉を進展させることでした。

「北方領土」は第二次世界大戦の前には日本の領土で日本人が住んでいた択捉島、国後島、色丹島、歯舞群島のことで、私の選挙区である北海道の根室の北にあります。日本は一九五二年のサンフランシスコ平和条約でアメリカの占領下から独立を回復し各国と国交を結びましたが、このサンフランシスコ平和条約に当時のソ連は参加していませんでした。ソ連との間には一九五六年の日ソ共同宣言で国交が回復します。この時、ソ連が歯舞・色丹の二島を日本に引き渡すことでいったんは妥結しかかりますが、日本側が国後、択捉も含めた四島の返還を求めるようになったため、平和条約の締結にはいたりませんでした。共同宣言では、第9項で平和条約締結後に、歯舞・色丹が日本に返ってくるということが日ソ両国で確認されたのです。

しかし、それ以降の厳しい東西冷戦対立のもと、日本でも四島一括返還を求める右バネが働き、交渉はまったく進展していませんでした。

ソ連が崩壊し、ロシアとなると、これが好機と、一九九六年に総理となった橋本龍太郎さんが、エリツィン政権と交渉をし、川奈提案と言われる大胆な提案をします。これは択捉島とウルップ島の間に国境線を引くというもので、エリツィンは「たいへん興味深い提案だ」と言っていたのですが、その後、エリツィンの健康状態が悪化、それもついえてしまっていました。

そうした中、小渕政権と森政権で、私は当時外務省の主任分析官だった佐藤優さんとともに、「北方領土特命交渉」を行なったのです。

本書を読むとよくわかるのは、エリツィン政権時代、ロシアはアメリカの同盟国になることで生きていこうとしていたということです。KGBは盗聴システムをアメリカ側に渡し、経済はアメリカ型市場主義を一気に導入する形でソ連の社会主義経済からの移行が行なわれたことがわかります。しかし、そうしたウォール街流の資本主義を一気に導入することでロシア経済は混乱しました。政権と密着に結びつくオリガルヒと呼ばれる資本家が跋扈《ばっこ》し、国自体は、破産しかかります。

そうした時に、健康状態が悪化したエリツィンに代わって登場したのがプーチンだったのです。プーチンは、急激な市場主義を改めて、もういちど統制経済に戻します。オリガルヒたちも法のルールに基づいて経済活動をするように、統制されるのです。それをよしとしなかったオリガルヒは潰され、そのあたりから市場主義を信奉するアメリカとの関係があやしくなってきた、とこのインタビューを読むとわかります。

が、本書に書かれているように、統制型経済に戻したプーチン流の舵取りのほうが、ロシア国民にとってはよかったことは数字の上からも歴然としています。本書によれば、二〇〇〇年のロシア国民の平均所得は二七〇〇ルーブルだったのが、二〇一二年までには二万九〇〇〇ルーブルにまで増えました。エリツィンから政権を引き継いだ時に、破産しかかった国家は、二〇〇五年にはＩＭＦからの借り入れを完済するまでになるのです。

そうです。プーチンは何より経済に強い大統領でした。まず、ロシアは石油という武器がある。世界一のエネルギー資源をもっている。それを利用する国と戦略的関係をつくっていく、という明確な意志がありました。その意味において日本が重要で、極東の開発をし、極東に人を住まわせるということを重視していた。そのためには、自動車工場でもよい、電機工場でもよい、日本に出てきてほしい、そうしたメッセージを私は交渉の中でうけとっていったのです。

プーチンが尊敬する政治家の一人に帝政ロシア時代のストルイピンという人がいます。ロシア皇帝の下で戒厳令を施行し、革命派を容赦なく弾圧した首相でした。裁判の迅速化を図って軍事法廷を導入し、死刑になった人は即日処刑されるという苛烈な政策をとりましたが、「まずは平静を、しかるのちに改革を」という自身の言葉どおりに、様々な経済改革を行ないました。そのうちのひとつに極東の開発がありました。プーチンはストルイピンの「極東に人を住まわせることがロシアの力だ」という言葉を二期目の大統領選挙の際、しばしばひいて、極東開発の重要性を訴えていました。

小渕・森政権と続いた私の北方領土の交渉のスタンスもそこにありました。ロシアと様々な経済協力を約束し、そのうえで、平和条約の締結にもっていく、そのようにして北方領土を日本に返すという道筋です。

そうした働きかけが実り、二〇〇〇年九月にプーチンは、一九五六年の日ソ共同宣言の有効性をロシアの最高指導者として初めて認めてくれたのです。記者会見で、平和条約締結のあとに歯舞・色丹の二島は日本に引き渡すということで、ソ連の最高会議も日本の国会も批准している、これは約束そして義務だ、ということを言ってくれたのでした。

そして、森政権のもとの二〇〇一年三月に、この発言を文書化しました。イルクーツクで行なわれた首脳会談で日ロ両国によって発表されたイルクーツク声明です。

このイルクーツク声明の日ロ両国の認識に従って交渉をしていれば平和条約の締結にまでいき、少なくとも二島は返ってきたと私は考えています。しかし、小泉政権に替わり、外務大臣が田中眞紀子になって、田中眞紀子と私の論争がボヤから火事になり、外務省の一部がそれにのっかって、私が外交の現場からパージされてしまう。この政変による権力の移動と、外務省の官僚たちの自己保身のおかしさについては、当時一緒に北方領土特命交渉で汗をかいてくれた佐藤優氏の『国家の罠』等の一連の著作、そして私と佐藤さんとの共著『北方領土特命交渉』に詳しく書いてあるので、ここでは触れません。

が、いずれにせよ、私と佐藤さんは東京地検特捜部の国策捜査によって逮捕・起訴され、そこからは、北方領土交渉のかやの外でした。「かやの外」といっても、小泉政権で、川口順子外務大臣が、イルクーツク声明について否定的な発言をして、プーチンは、あっ、もうこんな者とはつきあいきれないと、交渉がストップしてしまう。それに続く第一次安倍、福田、麻生、民主党政権でも「北方領土交渉」が進んだわけではないので、日ロは「空白の十年間」を迎えることになります。

それでも第二次安倍政権になった二〇一五年から再び日ロで交渉が始まった理由のひとつに、西側の中で日本だけが小渕・森政権の時代に、チェチェンを人権問題として捉えずにロシアの内政問題だとして、干渉しないという立場を表明したからです。

本書のひとつの読みどころは、チェチェンを含むコーカサス地方で活動しているのはアルカイーダ系のイスラム原理主義者で、国際テロ活動の一環として紛争を起こしているのだ、ということをプーチンが証拠を持ってブッシュ大統領を説得するくだりです。プーチンは、アメリカの諜報機関がそれらのテロリストたちを支援していることを諜報員の実名とその支援方法まで書いた書類を見せてブッシュ大統領に示し、解決を望みます。ブッシュ大統領は、「私がすべて解決する」と約束します。しかし、その後、何の対応もとられず、結局はＣＩＡから『わが国は反体制派を含めたあらゆる政治勢力を支援する。その方針は継続する』という手紙がロシアの諜報機関にきて、終わりになってしまったことをプーチンは本書で嘆いています（66ページ）。

プーチンは、イスラム原理主義の国際的テロ活動に早い時期から敏感でした。まだ首相だった一九九九年八月にニュージーランドのＡＰＥＣで小渕・プーチン会談が行なわれますが、この時キルギスで日本人四人が人質になる事件が起きていました。その事件のことに小渕さんが触れた時に、プーチンは「私は犯人が誰かわかっている」とすぐさま反応したのです。

さらにチェチェンからダゲスタンに武装勢力が進出しているがどうなっているのか、という小渕さんの疑問にプーチンは身を乗り出し「キルギスの日本人人質事件も根は一緒だ」とたたみかけます。

つまり９・11でワールドトレードセンターが破壊されるはるか前から、プーチンはイスラム過激派の国際テロネットワークというものが脅威だということがわかっていて、西側に警告し、協力してテロ対策にあたるよう働きかけていたのです。米国はそうしたプーチンの主張に耳を傾けなかったことがこの本では語られていますが、日本の外務省も同じでした。チェチェン紛争に関してプーチン政権がチェチェンの独立運動を弾圧している、という欧米の認識を日本の立場として表明しようとしたのです。

その時の外務省総合外交政策局長が竹内行夫氏でした。私は「プーチンの言うことには客観的証拠がある」と厳しく問いただし、日本はロシアの内政問題としてチェチェンに干渉すべきではない、と主張しました。竹内氏は、後に小泉政権で事務次官になり、私の最高裁判決が出た際の最高裁判事ですが、この時、面子《メンツ》を潰されたと感じたのではないか。

しかし、いずれにせよ、あの時日本が米国や欧州にならわず、「チェチェンはロシアの国内問題である」と言いつづけたおかげで「北方領土交渉」は細々といえどもつながっていくわけです。

プーチンは反米であったわけではありません。この本の中でオリバー・ストーンが、9・11の後のアフガニスタンの戦争で、勢力圏下にある中央アジアの国々に米軍が駐留することをロシアが許したのはなぜか、とつめよっている箇所がありますが、あくまで反国際テロの戦線を米国とはっていこうということだったのでしょう。当時私は、タジキスタンのラフモノフ大統領と親交があり、アフガニスタンで戦争が始まる前日に、会談をしたことがありました。そこでラフモノフは私に、米国に制空権を与え、基地の使用を認めると初めて明かしました。そのことを記者会見で私は話しますが、これはCNNが一日中トップニュースで流すような大きなニュースでした。タジキスタンとしては、そのことを米国でもなくプーチンでもなく、日本の政治家の私に伝えることで米露のバランスをとったのです。

この本でのプーチン大統領のインタビューの言葉を読みながら強く印象をうけるのは、チェチェン・ウクライナ・シリアと続く紛争でアメリカとの関係が非常に難しくなったことです。しかしだからこそ私は日本にチャンスがあると考えています。

日本が米ロの仲立ちをしながら動き、一方で北方領土問題の解決に向けて前進をするという戦略です。

二〇一五年十二月に私は安倍総理に呼ばれてこう言われました。

「来年は日ロをやりたい。ついては先生、協力してくれないか」

しかし、民主党が政権にいた時、私が党首を務める「新党大地」は民主党との選挙協力をしており、娘の鈴木貴子は民主党の議員でした。そのことを言うと、安倍総理は「心配しないでください。娘さんは自民党でしっかり育てます」と言ってくれました。私は民主党が共産党と全国的な選挙協力を始めていたことに筋の通らないものを感じていたことと、もう一度日ロのために働けるのならばということで安倍首相の話に納得したのでした。

「空白の10年」を経て、もう一度日ロ関係が動き出したのです。安倍政権は米国と違うスタンスでロシアと交渉する、しかも、交渉の基盤は森政権が枠組みをつくった経済協力をしながら、北方四島のことを考えていこう．というものでした。

その交渉で、二〇一六年の十二月には、北方領土での共同経済活動をすることがまとまりました。読売新聞や日本経済新聞が二島返還か、三島返還かと煽って書いたものだから、期待値があがってしまいましたが、この共同で経済活動をするということが合意できたということは大きな進歩なのです。

というのは、プーチンは五六年の日ソ共同宣言の認識にたっていることを認めているわけですから、平和条約が結べれば領土問題は解決する。平和条約の中に共同経済活動というのは含まれている。つまり平和条約への道が一歩進んだということなのです。

米国とロシアの仲立ちという立場からの外交という意味では、北朝鮮の核問題もそうした外交方針が成功していると言っていいでしょう。あくまで話し合いをと主張していたロシアが国連での制裁決議に賛成したのは、二〇一七年九月のウラジオストックでの安倍首相のプーチン大統領への説得が大きかったと私はみています。

この本の面白いところは、西側の画一的な報道が描く「独裁者プーチン」とはまったく違うプーチン像が、プーチンの言葉を追っていくうちに浮かび上がっていくところです。私の逮捕にいたるまでの報道もそうでしたが、米国一辺倒ではない、多角的な外交を本当に志すものは、西側では、様々な形でパージされていきます。それは官庁やマスコミの枢要な箇所が、アメリカ一辺倒の人々によって抑えられているからです。しかし、実は当事者であるプーチンの側から見える世界を素直にうけとめてみると、まったく違う道筋が見えてくるものなのです。

この本のもととなったオリバー・ストーンのドキュメンタリーの評は米国や英国では「独裁者の代弁者か」と厳しいものだったと聞きます。はたしてそうでしょうか？　まずはプーチンの言葉に耳を傾けてみる。そうすると、日本にとっても違う世界が見えてくるはずです。

鈴木宗男（すずき・むねお）　新党大地代表。衆議院議員を八期務め、北海道開発庁長官、沖縄開発庁長官などを務めた。根室を選挙区に持つため、早くから日ロ外交にとりくみ、橋本龍太郎政権から動き出した「北方領土返還交渉」に最前線で関わった。外務省主任分析官だった佐藤優氏とタッグを組み、小渕・森政権時代に、プーチン大統領との間で、現地経済協力による平和条約の締結から二島返還という道筋をつけようとした。しかし、小泉政権で、田中眞紀子との政争から失脚、佐藤氏とともに、北方領土返還交渉が、東京地検特捜部の捜査の標的とされた。まったく別件のやまりん事件のあっせん収賄などで、二〇〇二年六月に逮捕された。起訴、公判中の二〇〇五年八月に新党大地を結成、九月の総選挙で当選。二〇〇九年八月に再選。民主党政権下の同年九月には衆議院外務委員長に就任。二〇一〇年九月、最高裁で一審・二審判決が確定したことにより、失職、同年一二月に収監された。二〇一二年四月刑期満了、公民権停止も二〇一七年四月に解け、一〇月の総選挙に北海道の比例区単独候補として挑んだ。新党大地は22万6552票を得るも議席獲得にはいたらなかった。

装幀　各章扉・目次デザイン

永井翔

著者

オリバー・ストーン

1946年ニューヨーク生まれ。ベトナム帰還兵である自身の体験を投影した「プラトーン」（1986年）で一躍有名になり、「JFK」（1991年）「ウォール・ストリート」（2010年）などアメリカの歴史と社会を独自の見方で切り取る映画をつくってきた。近年はNHK「BS世界のドキュメンタリー」で10回シリーズで放送された「オリバー・ストーンが語るもうひとつのアメリカ史」（2012年）などドキュメンタリー志向を深め、「スノーデン」（2016年）に続き、「プーチン・インタビュー」を2017年制作した。「プーチン・インタビュー」はアメリカのケーブル・チャンネル「SHOW TIME」で４回シリーズで放送されたのをかわきりに、英国、フランスなどで放送される。日本では、NHK「BS世界のドキュメンタリー」でロシア大統領選の直前の2018年２月最終週から第一話、第二話が放送される他、３月16日から、GooglePlay, Amazon などのTVODで全話が発売となる。

ウラジーミル・プーチン

1952年サンクトペテルブルク（当時の市名はレニングラード）生まれ。レニングラード大学法学部４年の時にKGBからリクルートをうけ、KGBに就職、同時にソ連共産党員になった。1985年から東ドイツに駐在、しかし東西ドイツ統一とともにレニングラードに戻り、90年にはKGBに辞表を提出、レニングラード市ソビエト議長だったサプチャークの国際関係担当顧問となる。1996年、ロシア大統領府に職を得て、98年７月にはKGBの後身であるロシア連邦保安庁（FSB）の長官に就任した。当時の大統領だったエリツィンによって99年に第一副首相に任命され、同年12月には健康上の理由で引退を宣言したエリツィンによって大統領代行に指名される。2000年の大統領選挙を制して、2004年まで務め、オリガルヒと呼ばれるソ連の市場経済化で生まれた財閥と対決、圧倒的な人気を博して、2004年には70パーセント以上の得票率で大統領に再選。ソ連邦崩壊直後、破産寸前だったロシアを経済成長させ、2005年にはIMFからの債務を完済した。が、一方で、その政治手法が強権的・独裁的だと指摘され、事実この時期、プーチン政権を批判していた人々が次々不審な死を遂げた。ロシアの大統領選挙に三選が禁止されていたために、メドベージェフを後継に指名、当選したメドベージェフは、プーチンを首相に指名した。2012年まで首相を務めるが、12年の大統領選挙に出馬、当選し、６年の任期を務めている。

訳

土方奈美（ひじかた・なみ）

日本経済新聞記者を経て、2008年より翻訳家として独立。主な訳書に『2050年の技術 英『エコノミスト』誌は予測する』（英『エコノミスト』編集部）、『サイロ・エフェクト 高度専門化社会の罠』（ジリアン・テット）などがある。

オリバー・ストーン オン プーチン

2018年1月15日　　第1刷

著　者　オリバー・ストーン

訳　者　土方奈美《ひじかたなみ》

解　説　鈴木宗男《すずきむねお》

発行者　鈴木洋嗣

発行所　株式会社　文藝春秋
東京都千代田区紀尾井町3−23（〒102-8008）
電話　03-3265-1211（代）

印　刷　大日本印刷

製本所　大口製本

・定価はカバーに表示してあります。
・万一、落丁・乱丁の場合は送料小社負担でお取り替えします。
小社製作部宛にお送りください。

ISBN 978-4-16-390765-9　　Printed in Japan